ÉCHOS STELLAIRES

Du même auteur chez Pocket

Que passe l'hiver (2019)
Le Garçon et la ville qui ne souriait plus (2020)
La Princesse au visage de nuit (2022)
Le Chant des géants (2023)

DAVID BRY

ÉCHOS STELLAIRES

outrefleuve

Fleuve Éditions
92, avenue de France – 75013 Paris
serviceclients@lisez.com

ISBN : 978-2-265-15876-4

Dépôt légal : septembre 2025

À Raoul Borges,

dont les relectures m'ont tant et tant aidé,
depuis mon tout premier roman.

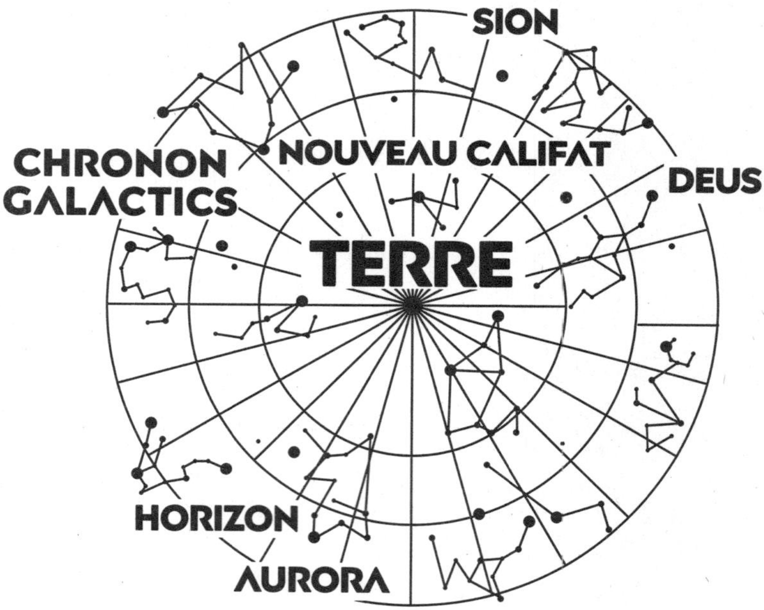
SION
CHRONON
GALACTICS
NOUVEAU CALIFAT
DEUS
TERRE
HORIZON
AURORA

SYSTÈME PI CASSIOPPEIAE-2

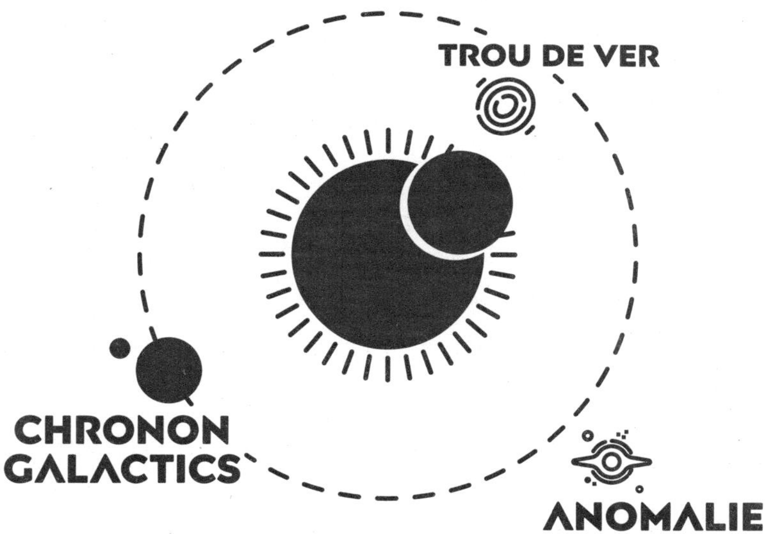

LA RÉBELLION

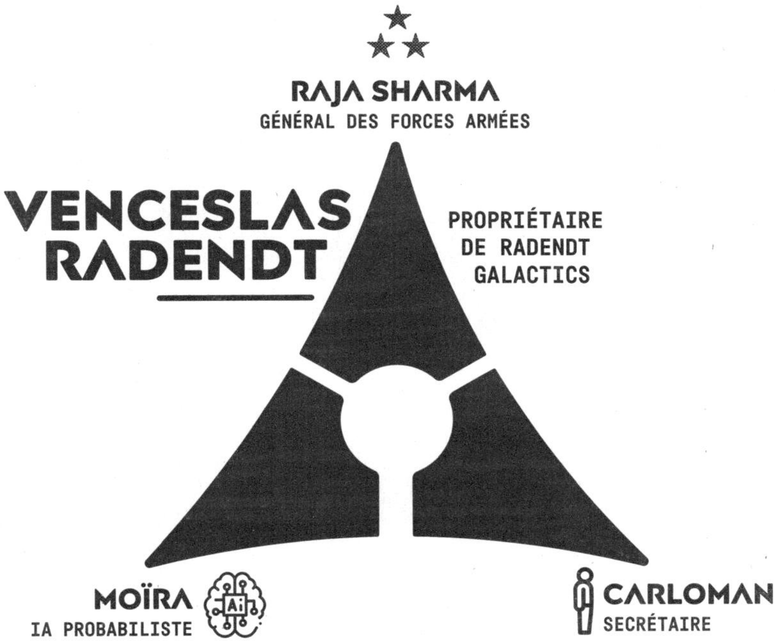
RAJA SHARMA
GÉNÉRAL DES FORCES ARMÉES
VENCESLAS RADENDT
PROPRIÉTAIRE DE RADENDT GALACTICS
MOÏRA
IA PROBABILISTE
Ai
CARLOMAN
SECRÉTAIRE

Chronon Galactics

Rapport de synthèse

Dénomination astronomique :
Pi Cassioppeiae-2
Type : Rocheux
Indice d'habitabilité : 28,3 %
(très faible)

Statut : Colonie sous contrat
Population : 53 479 habitants
Taux de mortalité : 31,4
(très élevé)

Planète rocheuse découverte en 2149 (sortie trou de ver WH-7A), colonisée en 2317. Concession achetée en 2318 par Venceslas Radendt (sous personne morale : Radendt Galactics).
Planète rebaptisée Chronon Galactics en 2319 à la demande de Venceslas Radendt (Motion 07-2319).

La planète Pi Cassioppeiae-2 / Chronon Galactics est la principale source connue de chronons (voir *Aléa chronotique, Anomalie chronotique, Chronon, Radiations chronotiques, Moteurs sidéraux à chronons, Voyage spatial*).

Note : le phénomène cosmique dénommé *Anomalie chronotique* (type : inconnu) émetteur de chronons semble provoquer l'*Aléa*

chronotique, altération profonde des calculs de probabilités des IA, rendant caduque toute projection sociale, économique ou politique dans le système Pi Cassioppeiae.
Plusieurs demandes ont été faites d'envoyer des missions scientifiques sur place. Motions 11-2321, 01-2329 et 07-2349 rejetées au Conseil terrien à la demande de V. Radendt.

1

Les étoiles blanches, rouges, jaunes ou bleues, innombrables, illuminent l'infini de l'espace. Entre elles, des nuages de gaz et de poussières créent de colossales créatures de mille couleurs, de gigantesques spirales pâles, de titanesques doigts autour de soleils depuis longtemps éteints, autour de milliers de milliards de mondes hors d'atteinte pour l'homme.

Le silence, au cœur de tout cela, est abyssal.

— Oroen à Kerval, grésille une voix dans les haut-parleurs. Tu m'entends, mec ?

— Cinq sur cinq, répond Noam.

— La zone est claire. Tu devrais être tranquille un bon bout de temps.

Le pilote abandonne à regret le spectacle et appuie sur les commandes de freinage. Les rétromoteurs s'inversent aussitôt. Le petit vaisseau-collecteur s'immobilise.

— OK, dit-il. Je sors les filets.

Sa main constellée de taches blanches pianote sur le clavier. Des panneaux rouillés se déploient de chaque côté de l'astronef et étendent leurs armatures métalliques, chacune plus large et plus longue que l'appareil, et qui scintillent à la lumière des deux soleils tout proches.

— J'ouvre les yeux, tu peux être tranquille, annonce Kay Oroen dans le canal de communication. Profite, mon pote.

C'est sans doute notre dernier moment de calme avant la grande bataille.

Noam acquiesce, laisse encore son regard errer autour de lui, s'emplir des galaxies et des nébuleuses derrière les tourbillons de chronons à la puissance renforcée si près de l'anomalie.

— Dès que tout ça sera fini, j'irai rejoindre Éléonore dans les Montagnes Brunes. Ras-le-bol de cet astéroïde pourri paumé dans l'espace ! Et toi ?

Noam reste silencieux.

— Tu voulais partir sur une autre colonie, non ? insiste Kay.

— Positionnement du vaisseau-collecteur OK, répond simplement le pilote.

Il actionne les inverseurs afin de stabiliser l'astronef face à l'anomalie.

— Fin des manœuvres, termine-t-il.

Son sourire émerveillé revient.

Il a dépassé sans se faire repérer l'immense base-usine de Radendt qui récolte les particules pour les revendre à prix d'or et s'est approché de l'anomalie chronotique. Elle se trouve là, devant lui, véritable maelström de couleurs dans le noir de l'espace. Des milliards de particules scintillantes de chronons en sont éjectées chaque milliseconde à une vitesse inimaginable, s'échappent en direction du vide sidéral, des astéroïdes et des planètes du système solaire de Chronon Galactics. Sur leur passage, les voiles du vaisseau maraudeur de Noam se gonflent et en capturent une partie qu'elles renvoient aux accumulateurs sous la coque.

— CHARGEMENT À 1 %, annonce l'ordinateur de bord.

Noam s'avachit dans son fauteuil, hypnotisé par le spectacle des chronons formant dans les ténèbres des rideaux translucides roses et mauves, bleus ou orange.

Le temps d'un battement de cœur, une image s'y crée, trop vite pour que Noam puisse l'apercevoir.

— CHARGEMENT À 4 %. NIVEAU D'ACTIVITÉ DE L'ANOMALIE : ÉLEVÉ.

Plus rapides que la lumière, les chronons filent autour de l'astronef protégé par son bouclier, s'écrasent sur les voiles, s'y font absorber ou rebondissent et poursuivent leur chemin supraluminique dans le cosmos.

Durant une fraction de seconde, le profil d'un garçon aux cheveux clairs apparaît dans les particules avant de disparaître, emporté.

— Réduction des boucliers : vingt pour cent, commande Noam.

— Attention, répond le vaisseau de sa voix monocorde. La baisse de puissance des boucliers risque de...

— Ordre confirmé, le coupe le pilote.

L'enveloppe oblongue autour de la navette passe d'un orange vif à un fin voile doré, laissant une partie des chronons le traverser. Ces derniers ondulent et s'assemblent, créent des taches de couleur puis des images floues qui peu à peu se précisent...

Dans une halle protégée du ciel par un épais toit de roche, un enfant blond tient une balle entre ses mains. Il l'envoie d'un air malicieux à un Noam du même âge que lui avant de s'enfuir à toutes jambes. Noam la rattrape de justesse et, riant, se lance à la poursuite de son ami.

Les volutes de chronons s'agitent autour de l'astronef. Dans l'espace, la vision des deux enfants s'efface, remplacée par une autre.

Noam et son compagnon, devenus garçons, sont assis au sommet d'une colline de pierres ocre. Ils portent tous deux un scaphandre léger – leur carapace, unique protection contre les chronons qui bombardent le sol de la planète. La tête levée, ils observent, fascinés, la ceinture d'astéroïdes qui barre le ciel d'un large trait argenté, le soleil jaune et son jumeau rouge qui se couchent au loin, la lune qui apparaît avec les premières étoiles.

— On devait aller dans l'espace, murmure Noam sur son siège de pilote, les yeux mi-clos.

— Chargement à 7 %, annonce le vaisseau. Alerte de niveau 1 : concentration de chronons élevée dans le cockpit.

AUGMENTATION DU NIVEAU : RAPIDE. FUITE : AUCUNE. AVARIE : AUCUNE. BOUCLIERS : PUISSANCE INSUFFISANTE. INTERVENTION HUMAINE REQUISE.

— Re… reçu…

L'image se brouille et disparaît, une nouvelle se forme dans les ondulations de chronons autour de la navette.

Hilares, les deux adolescents, l'un brun, l'autre blond, titubent dans une rue étroite éclairée de néons. Leurs carapaces sont ajustées à la va-vite, les visières de leur casque à peine refermées. Bras dessus, bras dessous, ils tanguent et s'éloignent en direction du prochain bar.

— Caillasse, Noam ! lance la voix de Kay au travers de la radio. J'ai encore reçu une alarme de ton vaisseau. Arrête tes sableries et remonte ton bouclier, OK ¿

— Ta gueule, marmonne le pilote, la bouche pâteuse.

Noam ¿ forment en silence les lèvres de l'adolescent aux mèches blondes. Noam, tu viens ¿

— J'arrive, chuchote ce dernier.

Le sourire revient sur son visage.

Un désert orange s'étend à perte de vue, bloqué à l'horizon par de hautes montagnes brunes. Les deux grands adolescents sont assis sous un promontoire rocheux qui les protège du rayonnement chronotique. Ils ont enlevé leur casque, leurs gants ; leurs mains sont côte à côte.

— CHARGEMENT À 12 %. ALERTE DE NIVEAU 2 : AUGMENTATION RAPIDE DE LA CONCENTRATION DE CHRONONS DANS LE COCKPIT. FUITE : AUCUNE. AVARIE : AUCUNE.

Emporté par les images et les souvenirs, Noam n'entend qu'à peine la voix de l'ordinateur de bord.

Une silhouette en carapace court dans une rue bordée de blocs d'habitations en pierre ocre, sous un ciel envahi d'une épaisse fumée sombre. Au loin, un gigantesque bâtiment rouillé brûle, bardé d'antennes et de capteurs, son entrée gardée par trois rovers blindés. Le jeune homme se retourne. Derrière la visière de son casque, des mèches claires collantes de sueur cachent en partie ses yeux. Il tend la main en direction de Noam.

— Noam ! appelle Kay.

— Pas… maintenant…

— Noam ! insiste la voix. La base-usine a dû te détecter. Des navettes viennent d'apparaître sur le radar et elles filent droit vers toi !

Ils courent aussi vite qu'ils le peuvent en direction de l'astroport. Ils ont cent mètres à découvert – cent mètres seulement ! – avant d'arriver. Peut-être que les rovers…

— Noam ! hurle Kay. Bouge, mec ! Les navettes sont bientôt à portée !

Un pli se forme sur le front du pilote.

— CHARGEMENT À 17 %. RAPPEL : CONCENTRATION ÉLEVÉE DE CHRONONS DANS LE COCKPIT. FUITE : AUCUNE. AVARIE : AUCUNE.

— Noam !

Dans un brusque mouvement de recul, le pilote s'extrait des visions chronotiques, écrase violemment un bouton à sa droite…

— BOUCLIER PLEINE PUISSANCE, annonce le vaisseau.

Ses doigts agrippent le levier à sa gauche…

— RALLUMAGE DES MOTEURS.

… puis appuient frénétiquement sur plusieurs commandes.

— Caillasse ! Qu'est-ce que tu fais, mec, barre-toi !

— Il faut sauver les filets !

Derrière l'enveloppe orangée du bouclier, les filins métalliques se rétractent lentement.

— On s'en fout, dégage de là ! éructe Kay.

— NAVETTES EN APPROCHE, informe l'ordinateur de bord.

— C'est le dernier vaisseau-collecteur en état, grommelle Noam, concentré sur les panneaux qui se replient.

— La commandante va te buter si tu t'en sors !

— Je cours plus vite qu'elle, réplique Noam.

— Ici le Contrôle de Chronon Galactics, les interrompt une voix dans les haut-parleurs. Vous êtes dans la zone réservée à la base-usine de Radendt Galactics. Coupez vos moteurs immédiatement et abaissez vos boucliers. Nous allons aborder.

— Ferme-la, tête de roche…

— VAISSEAUX EN MODE COMBAT, informe l'ordinateur de bord. NOUS SERONS BIENTÔT À PORTÉE.

— Plus vite ! s'impatiente Noam, focalisé sur les voiles qui regagnent lentement les soutes de l'astronef.

— Ceci est notre dernier avertissement. Coupez vos moteurs et abaissez vos boucliers, sinon nous…

— Allez vous faire ensabler ! répond le pilote.

Les panneaux latéraux se referment en même temps que Noam tire brusquement sur le manche de commande. Une explosion de lumière blanche jaillit des moteurs de l'astronef qui s'élance dans l'espace.

— Feu ! ordonne la voix dans les navettes.

Un faisceau écarlate passe quelques mètres au-dessus du cockpit.

— Raté, bande de *loos*…

Un éclair bleu zèbre l'enveloppe protectrice du vaisseau.

— BOUCLIERS TOUCHÉS, alerte l'ordinateur de bord.

Un second flash illumine le champ de force et le fait virer de l'orange vif à un vert fade.

— BOUCLIERS SURCHARGÉS. AVARIE MOTEUR DROIT. PROPULSION ENDOMMAGÉE : 32 %.

— Caillasse ! enrage Noam.

— Tire-toi de là, mec ! crie Kay.

— Sans blague…

D'un geste brusque, le pilote augmente encore la puissance des moteurs.

— LA VITESSE SUPRALUMINIQUE EST DÉCONSEIL…

— Ferme-la aussi, l'ordinateur ! le coupe Noam.

La lumière dans le cockpit s'éteint, laissant Noam seulement éclairé par les rideaux de particules qui scintillent de part et d'autre du vaisseau.

— Et c'est par…

Une explosion assourdissante retentit à l'arrière de l'astronef. Propulsé par la déflagration, l'appareil tournoie sur lui-même en direction de l'anomalie.

— AVARIE COQUE. AVARIE RADARS PRINCIPAUX ET DE SECOURS. DIMINUTION DE PRESSION ZONES 3 ET 9.

— Caillasse de caillasse, grimace Noam, relevant sa tête de la console de commande.

Il tire le levier au maximum.

— Passage en vitesse supraluminique dans cinq secondes.

Un faisceau laser effleure la navette à droite, à gauche.

— Allez, allez…, supplie Noam.

Une nouvelle déflagration retentit à l'arrière du vaisseau qui se dirige de plus en plus rapidement vers l'anomalie chronotique.

— Passage en vitesse supraluminique dans deux secondes…

— Un missile arrive ! rugit Kay, paniqué. Éjecte-toi, vite !

— Jamais !

— Passage en vitesse supraluminique, annonce l'ordinateur d'une voix atone.

L'espace derrière la vitre du cockpit semble s'enrouler sur lui-même et prend une teinte grise comme si toutes les étoiles, les galaxies et les nébuleuses avaient tout à coup disparu.

2

Les ailes noircies et la coque éventrée, la navette se pose sur la plateforme au cœur de la base spatiale. Dans le cockpit, les derniers voyants s'éteignent en même temps que le ronronnement chaotique des moteurs.

Noam lâche les commandes. Face à lui, l'aire de débarquement forme une vaste étendue de métal et de roche creusée dans l'un des innombrables astéroïdes qui tournent autour de Chronon Galactics, seule planète à peu près habitable du système. Des robots rudimentaires aux circuits apparents s'activent un peu partout dans le hangar géant jonché de câbles, chargent et déchargent des caisses de sphères chronotiques, la marchandise la plus convoitée de la Terre et de ses quelques colonies.

— Jamais il ne faut passer en vitesse supraluminique si près de l'anomalie ! peste la voix de Kay dans le canal com.

— Et comment tu voulais que je m'en sorte ? lui rétorque Noam en se libérant des sangles de son siège.

La soute du vaisseau-collecteur s'ouvre dans un chuintement, et un transpalette automatisé arrive déjà pour récupérer la précieuse récolte de chronons.

— Peut-être en prêtant attention à ce que je te raconte et aux navettes qui pourraient t'intercepter ? s'agace Kay.

Le pilote ne répond pas.

— Il faut que t'arrêtes tes sableries, Noam, insiste Kay.

Son ami baisse la tête, observe ses doigts marqués de taches blanches.

— Il me reste combien de temps à vivre, d'après toi ? demande-t-il.

— De moins en moins si tu ne m'écoutes pas et si tu continues de t'exposer aux chronons.

— Autant que je profite de mes souvenirs.

— Tu vaux mieux que ça, Noam, lâche Kay, attristé.

— Je file au sas.

Il abandonne le cockpit et rejoint l'écoutille de l'astronef corrodé par les chronons.

— BIENVENUE SUR LA BASE, CAPITAINE KERVAL, l'accueille une voix synthétique. MERCI DE VOUS RENDRE EN ZONE DE DÉCONTAMINATION.

— Je sais, je sais, grommelle Noam en sautant sur le sol du hangar.

Il dépasse les autres vaisseaux sans croiser quiconque, évite de justesse plusieurs robots affairés et atteint l'entrée du sas. Il pose sa main sur la serrure qui se déverrouille, ouvrant sur une petite pièce. Guère plus grande que le cockpit du vaisseau-collecteur, ses murs sont blancs, bardés de capteurs et d'écrans. Un étroit hublot donne sur le vide de l'espace.

Noam avance. L'adrénaline retombée, il sent la fatigue alourdir ses épaules, ses paupières. Attaquer son moral.

La porte se referme automatiquement derrière lui.

— VOUS ÊTES DANS UNE CABINE D'ASSAINISSEMENT, l'informe le robomédic. MERCI DE BIEN VOULOIR VOUS DÉSHABILLER ET DÉPOSER VOS VÊTEMENTS DANS LE COMPARTIMENT PRÉVU À CET EFFET.

Noam obéit, sans penser cette fois à râler ni commenter les demandes de la machine. Il défait ses chaussures, ôte sa combinaison, son t-shirt blanc, son pantalon militaire sombre, ses sous-vêtements. Sa peau bistre, presque brune, brille sous la lumière crue des néons, révélant les innombrables taches pâles qui la constellent au niveau du dos, des bras, des jambes, dans chaque courbure des muscles de son corps râblé.

— Début des analyses, annonce la voix.

Nu, Noam rejoint le hublot, indifférent aux écrans qui s'allument et où défilent des séries de mesures. De l'autre côté de la paroi de verre, la gigantesque ceinture d'astéroïdes s'étend, centaines de milliers de roches de la taille d'un poing, d'une navette ou d'une montagne. Un peu plus loin, la lune brille au-dessus de Chronon Galatics. La planète de Venceslas Radendt – *sa* planète à lui aussi, celle où il est né – baigne dans la lumière mêlée des deux soleils. À travers les nuages, Noam devine la grande mer asséchée du nord, les Montagnes brunes, l'immense plaine de pierre et de sable orange où il se promenait, enfant, lorsqu'il cherchait un peu de solitude et enfin la zone plus sombre que forment les rues et les blocs de CG-1, unique endroit bâti en dehors des premiers campements dispersés et, pour la plupart, abandonnés.

Le robomédic interrompt le cours de ses pensées.

— Analyse terminée. Taux de chronons anormalement élevé. Cause probable : exposition excessive aux champs de particules. Dangerosité avérée sur couche externe. Lancement de la procédure d'assainissement.

Un panneau coulisse dans le plafond. Une brume en émerge et emplit peu à peu la pièce de son odeur ionisée.

— Noam ? appelle la voix de Kay.

— J'espère que tu n'as pas trafiqué les systèmes vidéo pour me mater sous la douche, répond le pilote, abandonnant la vision de la planète au loin.

— Pas besoin, j'ai déjà une tonne d'enregistrements, plaisante son ami.

Il se tait, soudain gêné.

— La commandante t'attend dans la salle tactique, reprend-il d'un ton inhabituellement sérieux. Tout de suite.

Noam fronce les sourcils.

— Le vaisseau-collecteur est endommagé à ce point-là ?

— Non. C'est autre chose je crois. Dépêche-toi.

Ses vêtements nettoyés et récupérés, Noam marche à pas rapides dans les coursives de l'astéroïde, inquiet. Pourquoi la commandante Torres a-t-elle besoin de le voir de manière si urgente ? L'épuisement provoqué par le champ chronotique aux abords de l'anomalie se dissipe généralement en un à deux jours et jamais jusqu'ici la cheffe des rebelles ne l'avait privé de ce repos.

Noam bâille, tente de se concentrer malgré la fatigue.

Il n'a rien vu de particulier à la surface de la planète ni aux alentours de CG-1. Le va-et-vient des ingénieurs et des techniciens dans les couloirs rouillés, aux câblages apparents, paraît normal. Rien ne semble menacer les rebelles ou leur base.

La commandante aurait-elle décidé de lancer l'assaut plus tôt que prévu ?

Noam frémit à cette idée. Il n'est pas en état de se battre contre qui que ce soit, et encore moins contre les soldats de Chronon Galactics.

Il traverse la bulle centrale, immense grotte au cœur de l'astéroïde, passe le poste de contrôle après un salut aux gardes de faction et atteint la salle tactique.

Le panneau s'ouvre automatiquement à son approche.

— Caillasse… souffle Noam.

Il ne reste presque aucune place à la grande table ovoïde. Les chefs de la rébellion sont tous là, assis autour de la commandante Torres. Les cheveux noirs vaporeux, l'air concentré et vêtue de son éternelle combinaison de combat au poing rouge sur le cœur, celle qui dirige les opposants à Venceslas Radendt accueille Noam d'un signe de la main.

— Prends place, Kerval, dit-elle. Nous allons commencer.

Noam tourne la tête et un sourire apparaît sur ses lèvres. À l'une des extrémités de la table, Kay lui fait signe. Le pilote rejoint son ami et s'affale lourdement sur l'un des rares fauteuils restés libres.

— T'as une sale gueule, lui chuchote l'ingénieur.

Noam arque un sourcil dédaigneux.

— Merci. Quant à toi, je suis ravi de voir que tu t'es habillé pour une fois.

Un air amusé éclaire le visage brun de Kay.

— Ça, c'est parce qu'on a des invités, explique-t-il. Reviens demain, et tu me retrouveras en slip, les dreads détachées, mes haltères à côté de moi et mon corps aussi musclé que magnifique libre de s'exprimer.

Noam pousse un soupir exagéré.

— Merci à tous d'être venus si vite, commence Torres.

Elle se lève, grave. De nouveaux fils blancs parsèment ses cheveux. De nouvelles rides sont apparues au coin de ses yeux, de ses lèvres. Son regard, lui, est du même bleu acier.

La commandante pose les deux mains sur la table, attirant l'attention de toutes et de tous.

— Je vous ai conviés pour que nous prenions ensemble une décision importante, celle de reporter l'assaut que nous avions prévu sur le QG de Radendt Galactics.

Un torrent d'exclamations – de surprise, de déception ou d'étonnement – accueille sa déclaration.

— Ce n'est pas possible ! proteste Sakura Sato, une petite brune aux yeux en amande et à la joue marquée d'une cicatrice. Toutes mes navettes et tous mes pilotes sont prêts !

— Et les rovers sont stationnés dans les environs des casernes de Radendt, ajoute Smith, son bras gauche amputé caché sous la table.

Le visage du responsable des unités motorisées a abandonné son habituelle expression mélancolique pour une franche surprise.

— On a mis des mois à préparer ces planques ! insiste-t-il.

— Il y a manifestement quelque chose que nous devons savoir, intervient une femme assise en retrait.

Les cheveux longs, elle est la seule dans la salle à être représentée sous forme d'hologramme.

— Merci, Orcane, dit la commandante Torres.

Elle attend que les derniers murmures se taisent avant de poursuivre.

— Je suis la première à le regretter. Mais un imprévu m'oblige à proposer ce report.

— T'étais au courant ? chuchote Noam à l'intention de son ami.

— Pas du tout…

Torres pianote sur la console devant elle et la lumière se tamise. Dans l'espace central de la salle, juste derrière la table, l'image d'un tout jeune homme aux yeux jaunes apparaît, le visage orné de multiples tatouages représentant systèmes solaires et constellations.

— Vous allez voir ici l'enregistrement de ma dernière conversation avec Aldaran, explique la commandante. Elle a eu lieu ce matin.

— Le chargement des sphères chronotiques est terminé, annonce le dénommé Aldaran, assis dans un fauteuil cossu. Mes clients vont être ravis de pouvoir voyager à des prix moins coûteux que ceux proposés par Radendt Galactics.

Il sourit, dévoilant de petites dents acérées.

— J'espère que vous apprécierez en retour la qualité des armes que je vous ai fournies.

— Mes camarades les ont vérifiées, répond la voix de Torres. Elles sont parfaites.

— Très bien, très bien.

Dans un geste un peu théâtral, le jeune homme lève une main comme s'il se souvenait soudain de quelque chose.

— Ah. Avant que je reparte, commandante… J'ai entendu dire que vous alliez avoir de la visite très prochainement.

— De la visite ?

— Un émissaire du Conseil terrien.

Face au silence de Torres, Aldaran poursuit :

— À ce qu'on raconte, Chronon Galactics inquiète beaucoup la Terre. La vente des sphères chronotiques rapporte des bénéfices colossaux à ce cher M. Radendt. L'arrivée de l'émissaire terrien serait à la fois une démonstration de force – il serait à bord d'un navire de guerre – mais aussi une occasion de vérifier sur place que votre président respecte bien le traité des Colonies.

— Le fait que Radendt exploite la population de notre planète ne gêne donc toujours pas le Conseil ? grince la commandante.

Le visage d'Aldaran s'assombrit d'une moue désabusée.

— Vous le savez comme moi, la Terre veut du chronon pour faire voyager ses vaisseaux commerciaux. Le reste n'intéresse malheureusement pas les dirigeants terriens. Au revoir, commandante Torres !

Le jeune homme disparaît et l'enregistrement se termine.

Le silence est total dans la salle tactique.

— Aldaran pourrait avoir menti… imagine l'ingénieur en chef des rebelles, le blond Hank Gorski.

— Évidemment ! répond Arun Sharma, l'imposant militaire à sa droite. Il n'est là que pour empocher ses millions en revendant au plus offrant des marchandises récupérées un peu partout dans les colonies…

— … ce qui nous aide énormément, rappelle la commandante des rebelles. Il prend des risques en nous fournissant une bonne partie des armes dont nous avons besoin pour renverser Radendt.

— En échange du chronon que Kerval collecte près de l'anomalie !

— Justement, intervient Noam, pensif. Qu'aurait-il à gagner en nous trahissant ? Sans les chronons que nous lui procurons, il perd une fortune.

— Radendt a des moyens infinis. Il peut largement compenser cela.

— Aldaran est particulier, observe Kay. Je ne suis pas certain qu'il puisse être acheté.

Sharma tique.

— C'est un *pirate*, s'agace-t-il. On ne peut évidemment pas lui faire confiance.

— Y a-t-il un risque que l'émissaire apporte des renforts à Radendt ? les coupe Sofia Riveste, une femme en tunique blanche et au chignon de la même couleur.

— Je ne pense pas, dit Amaya Dabo, aux longues tresses grises attachées. D'après mes contacts dans la forteresse de Radendt, ce dernier continue de penser que nos moyens sont limités et que nous ne représentons pas une menace sérieuse.

— Bien, résume Torres, reprenant la main. Vous comprenez maintenant pourquoi je vous ai fait venir.

Des murmures et hochements de tête répondent à la commandante.

— Il est trop risqué d'intervenir pendant la présence de l'émissaire du Conseil terrien. Aussi, je propose de retarder notre assaut contre Radendt le temps de savoir ce que signifie cette visite et que cet émissaire reparte.

Des compartiments s'ouvrent dans la table devant chaque capitaine, révélant les boutons de vote.

— T'en penses quoi ? demande Kay à Noam.

— Comme toi, répond ce dernier d'un ton grave.

Le résultat du vote apparaît rapidement, et il est sans appel.

— Nous attendrons donc, annonce Torres.

— Reporter ne résoudra rien, gronde Sharma, le responsable des forces terrestres. Je parie que c'est un piège !

— J'ai les mêmes inquiétudes que Sharma, ajoute Riveste, crispée. Nous devrions maintenir notre attaque.

— Nous avons voté, rappelle la commandante. La séance est levée.

Dans le bruissement des discussions, des frottements de tissu et des chaussures qui claquent sur le sol, les chefs de la rébellion quittent la salle tactique en ordre dispersé.

Venceslas Radendt

— Tu as terminé tes calculs avec les dernières informations reçues des rebelles, Moïra ?

— Oui, répond la femme.

Elle se tient dans l'angle le plus sombre de la pièce aux murs recouverts de tableaux de maîtres. Vêtue d'une ample robe noire qui ne laisse rien deviner de son corps, d'une capuche et d'un voile qui masquent son visage et ses cheveux, elle a tout d'une ombre.

Venceslas Radendt, propriétaire de Radendt Galactics et concessionnaire de la planète rebaptisée par lui Chronon Galactics, l'homme le plus riche de la Terre et des colonies réunies, se lève de son luxueux bureau d'acajou. Derrière la fenêtre s'étend la ville, *sa* ville, CG-1. Les blocs d'habitations et les bâtiments de pierre ocre se succèdent jusqu'au loin, là où débute l'immense plaine rocheuse. Les rues sont désertes, la plupart des habitants occupés aux usines qui compressent les chronons dans leurs sphères métalliques, à préparer les exportations de ces dernières vers les autres planètes ou bien, plus rarement, à assurer le quotidien sommaire de la population.

— Si nous n'intervenons pas maintenant, poursuit la femme, les chances de succès d'une révolte passeront de 4,197 pour cent à 8,423 pour cent. La marge d'erreur provoquée par l'aléa chronotique est de 1,31 pour cent.

— Une révolte, répète Radendt, amusé.

Il se détourne de la fenêtre.

— Quel est ton avis, Carloman ? demande-t-il. Tu es bien silencieux.

Le troisième et dernier participant à la réunion tressaille imperceptiblement.

— Toutes mes excuses, monsieur, dit-il. J'étais perdu dans mes pensées.

— Un problème ?

— Non. Le taux de chargement des cargos me soucie légèrement, mais rien qui nécessite que vous ou Moïra interveniez.

Le secrétaire prend une inspiration rapide et poursuit :

— Je suis du même avis que la conseillère : il faut agir, que ces rebelles lancent leur assaut ou qu'ils le reportent comme ils semblent vouloir le faire. Peut-être proposerais-je juste d'attendre que l'émissaire du Conseil terrien soit reparti.

— Quel est le risque que cette visite perturbe tes calculs, Moïra ? demande Radendt.

— 1,186 pour cent, répond la femme.

Un sourire satisfait étire les lèvres fines de Venceslas Radendt.

— Alors, nous allons commencer à calmer les ardeurs de ces récalcitrants dès maintenant, d'autant qu'ils ne me serviront bientôt plus à rien. Et puis, il est important que le Conseil terrien ait conscience du sort réservé à ceux qui me défient.

Son regard azur passe de l'un à l'autre de ses subalternes.

— Une objection ?

Aucun des deux ne réagit.

— Parfait.

Radendt retourne à son bureau et appuie sur un bouton caché sous le plateau. Quelques secondes plus tard, quelqu'un frappe à la porte.

— Entrez.

Un homme apparaît dans l'encadrement, grand et athlétique, les lèvres pincées ; les yeux, les cheveux aussi noirs que ses vêtements militaires, et à la ressemblance frappante avec Arun Sharma, le chef de l'infanterie rebelle.

— Vous m'avez demandé, monsieur ?

Radendt hoche la tête, un air satisfait sur le visage.

— Lance l'opération, Sharma, dit-il.

L'homme acquiesce puis disparaît aussitôt.

— Carloman, reprend le propriétaire de la planète, va préparer l'arrivée de notre cher émissaire terrien, ordonne-t-il. Je veux que tout soit parfait... et qu'il soit reçu de manière à ce qu'il comprenne qu'il est chez *moi*.

La lumière du jour déclinant éclaire à peine les couloirs déserts de la forteresse. Le secrétaire Carloman y avance, tête baissée, un poing serré et le visage préoccupé. Il passe les soldats de la Sécurité intérieure en les ignorant – Raja Sharma, leur général, n'est déjà plus là –, tourne à droite à la première bifurcation, à gauche à la seconde, et s'arrête à une fenêtre.

D'un air qu'il veut détaché, il jette un regard derrière lui.

Personne ne l'a suivi.

Rassuré, Carloman rejoint son propre bureau d'un pas pressé. Il verrouille la porte derrière lui, s'affale lourdement dans son fauteuil et défait le col gris de sa tunique.

Le cœur battant, il attend de longues minutes puis, enfin décidé, ouvre la main qu'il a tenue fermée depuis le départ du coursier. À l'intérieur, un petit disque de métal reflète les rares rayons des soleils qui passent au travers de la lucarne. Carloman observe l'objet un moment, ainsi que sa paume sur laquelle est encore incrusté l'arrondi de sa surface.

Un minuscule bouton se trouve dessus.

Le secrétaire hésite. Ses doigts s'agitent doucement.

Puis appuient sur la commande d'écoute.

— Bonjour, Carloman, lance la voix enregistrée sur le message. Cela fait longtemps, n'est-ce pas ?

3

La tête rentrée dans les épaules, les mains dans les poches, Noam avance d'un pas décidé dans la rue bordée par les modestes blocs d'habitations. Il est tôt, et aucun des deux soleils n'a encore passé la crête des montagnes. Les chronons projetés par l'anomalie forment dans le ciel d'étranges voiles bleus, jaunes ou roses. Portées par les particules, des images furtives s'y dessinent, incomplètes, avant de disparaître aussi rapidement qu'elles y sont apparues.

Noam ne les voit pas cette fois-ci, protégé par la visière de sa carapace.

Arrivé à un carrefour, le pilote rejoint l'avenue-3. Elle est presque déserte, les habitants de CG-1 mobilisés dans les usines d'assemblement des sphères chronotiques ou sur les docks de l'astroport. Seules quelques silhouettes en combinaison anti-chronons comme lui marchent çà et là entre les halles aux toits de roche et les endroits à découvert, conduisant des enfants aux centres de formation ou avançant d'un air pressé en direction des marchés.

Le silence est impressionnant, seulement perturbé par le grésillement du vent.

Noam bifurque à droite. Le sommet de la forteresse de Radendt apparaît face à lui, émergeant au-dessus de la masse pierreuse de la ville.

— En approche, chuchote-t-il dans son casque.

— Rien à signaler, l'informe la voix de Kay dans le récepteur.

Noam remonte la large rue aux habitations sommaires puis ralentit soudain, le regard attiré par une façade légèrement en retrait.

À manger pour tous ! scandent d'énormes lettres rouges tracées à la hâte. *Rejoignez la rébellion !*

— Bien joué, murmure le pilote pour lui-même, souriant.

— T'as dit quoi ? s'inquiète tout de suite Kay.

— L'un des nôtres est passé dans l'avenue-3 pendant la nuit. Un mur est joliment décoré.

Noam jette un œil autour de lui.

— Les nettoyeurs vont sans doute bientôt arriver, mais avoir fait ça ici, en plein centre, c'est pas mal. Pas mal du tout, même.

— N'essaie pas d'en rajouter, dit Kay. Tu as une mission, je te rappelle.

— Je sais, grommelle Noam.

Son regard revient sur le quartier général de Radendt Galactics. Construit comme le reste de la ville avec la pierre ocre de la planète qui protège des radiations chronotiques, le bâtiment s'élève au-dessus de tous les autres. Quelques fenêtres étroites percent ses imposantes façades et de larges tours en occupent chaque angle, faisant ressembler l'édifice à un antique château fort de la Terre.

— T'es sûr de toi ? demande Noam.

Un soupir lui parvient au travers du récepteur.

— Ai-je *encore* besoin de te rappeler que je suis le meilleur ? se lamente Kay.

— T'auras ma mort sur la conscience, l'avertit Noam.

— Le paradis, c'est pas mal à ce qu'on m'a appris quand j'étais gamin.

Le pilote entend le claquement familier des doigts de son ami sur son clavier.

— Patrouille à cent mètres, l'alerte Kay, redevenu sérieux.

— Reçu.

Noam allonge le pas. Quatre soldats surgissent de l'une des ruelles perpendiculaires. Revêtus de la combinaison de combat gris et noir au logo de Radendt Galactics, ils portent leurs armes en bandoulière – de simples pistolets laser courte portée. Noam les salue d'un geste de la main. Les hommes de Radendt lui répondent de la même manière et poursuivent leur chemin en sens inverse.

— Les têtes de roche..., murmure le pilote.

— Fais pas le malin. Une autre, droit devant. Plus importante que d'habitude.

Noam continue en direction de la forteresse. À l'extrémité de l'avenue, une dizaine de silhouettes apparaissent. Le rebelle réfrène l'envie de se retourner, de s'assurer que personne ne le suit, derrière, et qu'il n'est pas tombé dans un piège.

Mais comment les hommes de Radendt pourraient-ils savoir ?

— Problème ? demande-t-il.

— Aucun, répond Kay.

La voix de son ami s'est tendue elle aussi.

— Pas normal.

— Pas normal.

— Je continue ?

Le silence lui paraît durer une éternité.

— La commandante confirme.

Après un instant, Kay ajoute :

— Sois prudent.

Noam poursuit le long des blocs aux portes closes et aux fenêtres opaques. Les gardes au loin s'immobilisent, barrant l'accès à la Place Centrale et à la forteresse derrière.

Qu'est-ce qu'il se passe, caillasse ?

Noam attend le contrordre de Kay ou de Torres, mais rien ne vient.

Les sourcils froncés, il avance. Les soldats de la Sécurité intérieure se sont postés à l'extrémité de l'avenue-3 et l'observent approcher sans bouger.

S'ils m'avaient découvert, ils m'auraient déjà tiré dessus ou au moins sorti leurs armes.

Revêtu de sa carapace volée au logo de Radendt Galactics, Noam arrive au niveau des gardes. Derrière leur visière de combat, ces derniers le dévisagent sans un mot.

Ils ne l'arrêtent pas.

Noam passe entre eux le plus naturellement possible. Tendu, il atteint la Place Centrale, l'immense esplanade au cœur de CG-1. Les bâtiments y sont plus larges et plus imposants qu'ailleurs et abritent, en face du quartier général de Radendt, les différentes représentations extraplanétaires ainsi que – légèrement excentré – le siège de la Sécurité intérieure.

Le rebelle jette un discret regard circulaire.

Des hommes armés et en combinaison de combat sont positionnés devant chaque édifice, chaque porte, ainsi qu'à différents endroits de la place. Ils sont beaucoup, beaucoup plus nombreux que le reste du temps.

— Il se passe quelque chose, murmure Noam dans le canal com. C'est blindé de soldats.

— L'arrivée de l'émissaire terrien ? tente Kay.

— J'espère qu'il ne s'agit que de ça, oui. Sinon, ça voudrait dire qu'ils s'attendaient à ce qu'on les attaque et ont renforcé leurs défenses.

— Impossible, le rassure Kay.

Le rebelle dépasse les deux piliers qui marquent l'entrée principale de la forteresse, rejoint la ruelle qui en suit le mur ouest, et s'arrête devant l'entrée de service, percée dans l'enceinte. Des gardes la surveillent, postés derrière le voile flou et grésillant du scan.

— J'espère que t'as correctement hacké leur système… murmure Noam.

Il prend une longue inspiration et s'avance. La diode de l'autre côté passe du rouge au bleu, puis au vert. L'air faussement détendu, Noam traverse la petite cour et, enfin, pénètre à l'intérieur du bâtiment.

— J'y suis, chuchote-t-il.

Il abandonne sa carapace dans le sas de décontamination et, dans un uniforme lui aussi volé, s'intègre dans le flux du personnel. Tête baissée, il remonte à pas rapides les corridors ocre aux murs nus percés de passages et de rares portes. Les soldats patrouillent même à l'intérieur, par groupes de deux ou trois, sans plus prêter attention à Noam qu'aux autres.

Tu serais impressionné, Alix, songe Noam.

Son parcours en tête, le pilote laisse derrière lui les quartiers réservés à l'intendance pour se rapprocher de l'aile des réceptions. Il passe un petit salon à la décoration sommaire – quelques fauteuils autour d'une table basse au logo de Radendt Galactics –, un bureau vide, et...

— Général Sharma ? entend-il au loin.

Il se fige.

— Caillasse, murmure-t-il.

— Oui ? aboie une voix sèche que Noam reconnaît tout de suite.

Un groupe de soldats apparaît au bout du couloir.

— Quoi ? s'inquiète Kay au travers de l'implant dans son oreille.

— Sharma, dit Noam. Il est là.

— Possible de l'éviter ?

Le rebelle plisse les yeux.

Plusieurs portes jalonnent le corridor, toutes fermées.

Aucun moyen de s'éclipser.

Noam continue d'avancer, le cœur battant de plus en plus fort. Les soldats ne sont plus qu'à une trentaine de pas, et il aperçoit déjà la haute silhouette du chef de la Sécurité intérieure de Radendt Galactics, si ressemblant à son aîné.

Il va forcément le reconnaître !

— Tout est prêt, général, annonce le messager. Les hommes attendent vos ordres.

Un couloir, à droite !

— Confirmez-leur le lancement de l'opération.

Sans réfléchir, Noam s'y engouffre.

Soulagé, il s'éloigne des militaires dont il discerne encore les voix, attentif à la moindre exclamation qui montrerait qu'il a été repéré ou démasqué.

Rien, il n'entend rien en dehors du claquement des bottes des gardes qui poursuivent leur chemin.

— J'ai eu chaud, souffle-t-il au micro caché dans sa gencive.

— T'es où ? lui demande Kay. Caillasse, des fois j'aimerais bien que les chronons ne faussent pas autant les radars !

Noam regarde autour de lui. Il n'y a personne. Personne. Les ampoules au plafond sont plus espacées, n'éclairent que faiblement le couloir qui s'enfonce dans le cœur de la forteresse. Les portes, percées à intervalles irréguliers dans les murs de roche, brillent sous la lumière des néons.

— Aucune idée, mais on trouve plus de métal ici que dans toute la ville. Et il n'est même pas corrodé par les radiations de chronons !

— Ça ressemble à une zone non cartographiée, annonce Kay. Tu ferais mieux de faire demi-tour.

— Au risque de croiser Sharma et de tout planter ? Certainement pas.

Noam poursuit droit devant.

— Je vais bien finir par trouver un autre couloir ou…

Un grincement sonore derrière lui l'interrompt.

Non !

— Eh, toi ! l'appelle une voix d'homme. Qu'est-ce que tu fais ici ?

Noam se retourne. Un domestique aux cheveux gris, arborant deux étoiles noires sur le col de sa livrée, émerge d'une porte et le rejoint.

Noam approche discrètement sa main du couteau de roche dans sa poche.

— Je suis nouveau dans la forteresse, lance-t-il. Je crois que je me suis perdu.

— T'es pas au courant que cette zone est interdite ? insiste l'homme, méfiant.

Noam secoue la tête, en profite pour jeter un coup d'œil des deux côtés du corridor.

Personne.

Aucune caméra.

Ses doigts atteignent le manche de son arme.

Si jamais quelqu'un me voit ou m'entend...

— Je dois rejoindre mon poste à la zone de stockage, ment-il.

Il avance d'un pas, à portée du domestique.

— J'ai dû me tromper au couloir précédent, ou bien à la grande salle. Je ne sais plus trop.

La gorge de l'homme n'est pas protégée. Les mains sur les hanches, le visage contrarié, ce dernier n'est pas en position de combat, ni même de défense.

Il est déjà mort.

Noam serre ses doigts sur le manche de son couteau.

— Je m'en occupe, les interrompt quelqu'un.

Caillasse !

Le rebelle s'arrête juste à temps. Une seconde silhouette provenant de la même pièce les rejoint. Aussi gris que la tunique qu'il porte, le nouveau venu dans la force de l'âge, à l'air fatigué, détaille Noam.

— Continue tout seul, Frey, ordonne-t-il. Je vais raccompagner notre novice.

Noam hésite une seconde – il jurerait que l'homme à la tunique a deviné son geste – et lâche lentement la garde de sa lame.

— Vous me suivez ?

— Merci, dit Noam, un sourire sur les lèvres. Merci beaucoup.

Il salue le dénommé Frey et, méfiant, emboîte le pas de son guide. Sans échanger un mot, les deux hommes remontent le couloir jusqu'à revenir dans le précédent.

Plus aucune trace de Sharma.

Noam se détend, juste un peu, et continue à la suite de son sauveur. Ensemble, ils traversent une enfilade de salles à la décoration dépouillée, croisent plusieurs groupes de domestiques et de soldats qui s'écartent respectueusement, jusqu'à ce que l'homme s'arrête enfin devant une porte en bois finement ouvragée.

— Je crois que c'est ici que vous deviez aller, dit-il, évitant son regard.

— En effet, répond Noam, masquant sa surprise.

Il a reconnu l'agencement des pièces et des couloirs, à l'image du plan qu'il a étudié avant de partir. Il se trouve devant les appartements d'apparat, à l'endroit où est normalement accueilli l'émissaire terrien.

Comment son guide a-t-il deviné ¿ Et pourquoi l'avoir conduit jusqu'ici ¿

— Secrétaire Carloman ¿ appelle une voix. Serait-il possible de vous parler, s'il vous plaît ¿

L'homme salue Noam d'un hochement de tête et disparaît avec le domestique venu le chercher, laissant le rebelle seul.

4

Noam frappe à la porte sans perdre une minute.

— Entrez, répond une voix avec un fort accent étranger.

Le pilote s'exécute.

La pièce dans laquelle il pénètre est meublée avec un luxe ostentatoire. De riches draperies rouge et or masquent la roche ocre des murs. Un parquet brillant couvre le sol – du bois, comme dans les holos de la Terre ! –, et d'épais rideaux encadrent les fenêtres qui offrent une vue plongeante sur CG-1. Deux hommes sont assis sur des sofas.

— Oui ? demande le plus âgé.

Noam reconnaît l'intonation de celui qui l'a invité à entrer. Il a les traits asiatiques, une longue tunique verte et un pantalon de la même couleur. Ses cheveux noirs sont nattés et attachés en arrière, révélant son visage lisse équipé d'un communicateur intégré sur la tempe droite qui, en l'absence de réseau planétaire, doit être bien silencieux.

— Je suis venu vous parler, commence le rebelle.

Il lève les mains, paumes ouvertes.

— Vous n'avez rien à craindre de moi.

Les deux hommes échangent un regard surpris.

— Qui êtes-vous ? demande le plus jeune, un Européen aux yeux sombres portant le même genre d'implant.

— Capitaine Noam Kerval. Je suis envoyé par la rébellion.

Sur le qui-vive, Noam attend la réaction de ses interlocuteurs.

— La rébellion ? répète l'Asiatique.

Noam hoche la tête.

— Vous n'êtes pas sans savoir ce qu'il se passe ici, affirme-t-il. Des messages ont été transmis au Conseil terrien.

— Je vous écoute, dit l'homme en tunique.

L'autre se lève et désigne le canapé.

— Asseyez-vous.

Noam obtempère.

— Vous ne craignez pas d'être repéré ou enregistré ? lui demande l'Européen.

— Une partie du système de sécurité de la forteresse a été temporairement désactivée. Rien de ce qui sera dit ici ne sortira.

— Quelle assurance avons-nous ?

— Aucune, répond Noam, haussant les épaules.

Il porte la main droite à sa veste – le plus jeune des deux Terriens tressaille –, en extrait un cube noir, au sommet duquel brille un minuscule point bleu.

— Je peux ? demande-t-il.

Les visiteurs terriens acquiescent, et Noam s'exécute.

— Bonjour à tous les deux, commence l'hologramme au-dessus de l'émetteur, les contours légèrement flous. Je suis Zulmira Torres, commandante des forces rebelles à Chronon Galactics.

Les deux hommes s'inclinent poliment.

— Je suis l'émissaire Wu, représentant spécial du Conseil terrien pour les colonies, se présente le plus âgé. Et voici mon assistant, Philémon Duchamp.

— Je vous remercie d'avoir accepté de me rencontrer.

Assis sur le sofa, Noam laisse échapper un sourire.

Ils n'ont pas eu trop le choix…

— Comme le capitaine Kerval a dû vous le dire, cette conversation restera secrète. Nous avons temporairement bloqué les réseaux de communication dans cette partie de la forteresse. Aussi pouvons-nous parler librement.

— Je vous écoute, lâche Wu.

Torres prend une longue inspiration.

— Notre situation sur la planète que vous avez confiée à Radendt Galactics pour la collecte du chronon est précaire, explique-t-elle. Et elle empire chaque année.

En quelques mots, la commandante raconte la rudesse de la vie sur la colonie bombardée de chronons, ses habitants qui ont à peine de quoi se nourrir et se vêtir ; la difficulté de trouver les indispensables carapaces qui protègent des particules ; les blocs d'habitation minuscules où s'entassent parfois sept, huit ou dix personnes ; les soulèvements, sporadiques, toujours réprimés violemment par la Sécurité intérieure de Radendt ; la misère des nouveaux arrivants, parqués dans des tentes de fortune sous une halle rocheuse en attendant d'être affectés à l'une des usines… ou tout simplement de mourir de faim, de soif ou de maladie.

— Qu'espérez-vous de moi, commandante Torres ? demande l'émissaire, une fois qu'elle a terminé.

— Des droits.

— Des… droits ?

Elle acquiesce.

— Les règles sur cette planète sont celles édictées par Radendt, et lui seul, dit-elle. Cela doit cesser.

— Il est dans son droit tant qu'il n'enfreint pas le traité des Colonies.

— Tant qu'il n'enfreint pas le traité des Colonies, convient la commandante, agacée. C'est-à-dire qu'il peut nous faire subir tout ce qu'il veut, à moins que nous ne quittions cette planète. Avez-vous idée du nombre d'habitants de Chronon Galactics qui ont les moyens de partir ?

Sans attendre la réponse de Wu, elle poursuit :

— Ils sont cent quarante-neuf sur cinquante-trois mille six cent neuf habitants. Les autres utilisent l'intégralité de leurs revenus pour tenter de subvenir à leurs besoins vitaux.

Et évidemment, tout ce qu'ils dépensent rentre dans les caisses de Radendt Galactics, la société de Radendt. Nous sommes des esclaves ici, émissaire Wu, ni plus ni moins. C'est pourquoi, après avoir en vain fait appel à la représentation terrienne sur le sol de Chronon Galactics, je vous sollicite directement. Je souhaite une audience au Conseil terrien.

Wu hoche la tête, pensif.

— La situation est complexe au Conseil, et je crains hélas que nous ne puissions vous convier rapidement.

— Qu'est-ce qui vous en empêcherait ? s'enquiert Zulmira.

— La dernière guerre entre l'Amérinord et l'Alliance brésilienne requiert toute l'attention des États de la Terre. La Chine unifiée, mon pays de tutelle, a dû envoyer plusieurs unités de combat pour que le champ de bataille ne s'étende pas jusqu'en Europe…

Il jette un regard en biais à son assistant, et poursuit :

— … qui, sans moyens de défense adaptés, nous sollicitait urgemment.

Il revient à Zulmira.

— Avec les conflits en cours en plus des difficultés habituelles de la Terre, vous comprendrez que les doléances des colonies ne soient malheureusement pas gérées avec la plus grande des priorités. Mais soyez certaine que je relaierai votre demande dès mon retour.

— Émissaire Wu, insiste la commandante, la situation est catastrophique sur Chronon Galactics. Les immigrants arrivent ici chaque jour pour fuir la Terre, et ils y trouvent pire encore. Des gens meurent dans le dénuement et l'indifférence la plus complète. Radendt nous dénie nos droits les plus élémentaires ; réprime toute contestation par la force sous prétexte de préserver la production de chronons nécessaires à la Terre.

— Cette colonie est considérée comme non habitable. Il s'agit donc d'un domaine privé, sur lequel nous n'avons que peu de moyens de pression.

Zulmira éclate d'un rire froid.

— Vous savez comme moi que jamais, jamais le Conseil ne déclarera une quelconque planète habitable, dont il faudrait ensuite financer le développement. Aucun pays ne peut se le permettre.

— D'où notre besoin d'entreprises comme Radendt Galactics ou Horizons, d'organisations telles que l'Église romaine, Sion ou le Nouveau Califat, les seules en mesure de coloniser des planètes lointaines et d'étendre notre territoire commun.

— Vous imaginez bien que nous irons jusqu'au bout, avec ou sans l'assistance de la Terre.

— Je vous le redis, je relaierai votre message, élude Wu.

— Vous ne nous aiderez donc pas, conclut Zulmira. Vous mesurez le risque que vous prenez.

Wu hausse un sourcil interrogateur.

— Des gens comme nous finiront par se rebeller, émissaire. Et par déclarer leur indépendance si la Terre ne fait rien pour eux.

— Je le répète, commandante. Le Conseil est prêt à entendre toutes les parties si nécessaire. Preuve en est, puisque j'ai moi-même accepté d'échanger avec vous.

— Et je vous en remercie, émissaire Wu.

Elle se tourne vers l'assistant dont elle prend congé d'un signe de tête, puis son image disparaît.

Le silence, un instant, emplit la petite salle aux murs rouge et or.

— Je vous souhaite de repartir sans encombre, dit l'émissaire à Noam, signifiant la fin de l'entretien.

Le rebelle ne répond rien.

D'un geste, il reprend le cube holographique et, omettant de saluer ses interlocuteurs, franchit la porte.

5

La forteresse derrière lui, Noam s'enfonce dans les rues de CG-1, la mine abattue.

— Sablard d'émissaire, peste-t-il à l'intérieur de son casque.

— C'était à prévoir, soupire Kay.

— Dans ce cas, pourquoi m'avoir envoyé risquer ma peau là-bas ?

— Peut-être pour éviter que tu meures d'une manière plus que certaine près de l'anomalie ? hasarde son ami.

— Ta gueule.

— Il fallait au moins essayer, tu le sais comme moi.

Noam bifurque dans une ruelle. Arrivé dans l'ombre des blocs, il vérifie que personne ne l'observe puis, dépité, jette à terre la livrée de Radendt Galactics.

— T'as prévenu la cheffe au sujet de Sharma ?

— Oui, répond Kay. Elle a demandé à tout le monde d'être vigilant, au sol comme dans l'espace. Mais sans plus d'informations, il est difficile de savoir ce que ce rocheux prépare.

— T'as rien trouvé dans leurs communications ?

— Rien du tout...

Noam grimace.

— Tout est vain ! lance une voix non loin, captée par le micro de la carapace de Noam.

— Oh, non..., lâche le rebelle, les yeux au ciel.

— Car le passé, le présent et le futur sont déjà écrits ! poursuit l'homme, sur le ton de celui qui harangue.

La rue que remonte Noam conduit à une petite place en partie protégée par un toit de roche. Contrairement aux autres endroits de la ville, il y a foule ici. Loin des onéreux magasins officiels de Radendt Galactics, des dizaines d'étals forment un labyrinthe d'échoppes dans lequel des habitants de CG-1 se promènent en quête d'équipements plus ou moins corrodés par les chronons, de vivres à bas prix, d'eau ; le tout racheté, échangé, volé ou récupéré sur les cadavres quotidiens dus à l'excès de fatigue, de faim ou de radiations.

Sur l'un des piliers de la halle, le mot *Liberté* a été peint en rouge.

— N'écoutez pas les menteurs de Deus, de Sion ou du Nouveau Califat !

Noam observe le prêcheur juché sur un conteneur rouillé, revêtu d'une robe de tissu et sans aucune protection. Son crâne chauve est marqué d'innombrables taches blanches.

Les mêmes que les siennes.

— Les religieux vous promettent un lendemain meilleur, mais nous le connaissons tous déjà, ce lendemain ! Il suffit de quitter vos casques et vos visières, et vous laisser guider par les Visions ! Ouvrez-vous aux chronons, qui vous révéleront les secrets du temps !

Indifférents à son discours, les badauds traînent dans les allées, s'emparent d'une carapace déchirée au genou ou à l'épaule, de barres nutritives altérées mais encore mangeables, d'une paillasse pneumatique crevée ou d'une table en piteux état ; discutent, marchandent, protestent, reposent leurs trouvailles avant de repartir à l'étal suivant ou bien – *in extremis* – se mettent d'accord. Dans les zones les plus reculées du marché, d'autres échanges se font en toute discrétion : billets retour pour la Terre à des prix faramineux – une vie de travail dans les usines de Radendt ! –, médicaments dérobés à la forteresse, drogue ou alcool, quelques lecteurs de réalité virtuelle. À l'opposé, une femme à la tête nue est adossée à un mur en plein soleil, perdue dans la contemplation du ciel et des voiles de chronons, les yeux perlés de larmes.

— Il faut que t'arrêtes, Sarah, la supplie un vieillard à côté d'elle. Ta petite fille ne reviendra pas.

Noam la regarde le cœur serré, cherche par réflexe au-dessus de lui les images qu'elle doit apercevoir mais sans succès. Son casque le protège des particules, et jamais il ne pourrait voir d'autres souvenirs que les siens.

Combien sommes-nous à mourir à petit feu en observant le passé dans les voiles de chronons ? se demande-t-il, pris de mélancolie. *Combien à ne pas supporter le présent, l'éloignement, la mort, la douleur, la vie d'ici, le…*

— La Terre nous ignore ! Horizon et son triumvirat ne cherchent que le profit ! Les Machinistes abandonnent leur destin à la volonté des intelligences artificielles ! poursuit un peu plus loin le prêcheur. Mais qui, en dehors de nous autres, humains, peut décider du cours du temps ? Personne, je vous le dis, et certainement pas des circuits informatiques !

— Et Radendt Galactics, hein ? lance quelqu'un dans la foule. Tu crois qu'ils sont mieux ? On travaille comme des esclaves ici, tout ça pour quoi ? Pour crever de fatigue et de faim !

Noam se retourne. Un adolescent s'est planté en face de l'orateur, pâle et les traits tirés, la fureur sur le visage.

Un sympathisant rebelle ?

— Radendt n'a pas compris la puissance du chronon lui non plus, répond le prêcheur sur sa caisse. Seuls celles et ceux qui s'abandonnent à ses rayons le peuvent !

Il lève ses bras aussi tachés que le reste de son corps, et ajoute :

— Ne vous sentez pas perdus, ne croyez pas que vous seriez mieux ailleurs ! Quittez vos carapaces ! Ouvrez-vous au temps !

Il écarquille les yeux.

— Fuyez ! hurle-t-il, la voix tout à coup chargée de panique. Fuyez vite, la…

Un bruit assourdissant l'interrompt, aussitôt suivi d'une tornade de feu qui engloutit le cœur du marché. Dans une bourrasque suffocante, l'explosion embrase les combinaisons protectrices, les casques, les étals et les marchandises, projette autour d'elle des morceaux de roche en fusion et des corps vitrifiés. Les hurlements de terreur s'ajoutent au rugissement du vent et aux déflagrations qui se succèdent les unes aux autres.

— Au secours ! crie une adolescente.

Des hommes, des femmes et des enfants enflammés courent et s'effondrent, se font piétiner les mains dressées vers le ciel, disparaissent sous un dais, un toit qui s'écroule.

— À l'aide ! supplie quelqu'un. Ma jambe !

— Mon fils ! Quelqu'un a vu mon fils ? appelle un père à la voix déchirée.

Les explosions perdent peu à peu en nombre et en intensité. Affolés, des survivants titubent et tombent encore dans les spirales de fumée noire qui s'élèvent des décombres ; s'écartent de la fournaise, enjambant des cadavres et des tables éventrées, des trous creusés dans le sol, du métal fondu…

— Non… murmure Noam, abasourdi.

— Noam ? Noam, tu es là ? Je ne capte plus rien !

Au travers de la poussière et des fumerolles, le pilote discerne les rescapés hagards, leurs carapaces brûlées ou déchirées.

— Noam ?

Le rebelle se précipite en direction du marché dévasté. Au milieu d'autres survivants – hommes, femmes et même enfants indemnes –, il tend les mains, aide des blessés à se relever, s'éloigner ; soulève des débris en entendant un cri, un gémissement, porte ceux qui ne peuvent marcher jusqu'aux maisons les plus proches et où certains, déjà, ont installé des paillasses de fortune.

Le mugissement d'une sirène s'élève dans la ville.

Deux navettes de Radendt Galactics apparaissent dans le ciel assombri par la fumée. Leurs moteurs pivotent pour se placer en position d'atterrissage et, lentement, les appareils approchent du sol.

— Ici la Sécurité intérieure ! clame la voix amplifiée de l'un des pilotes.

Noam lève la tête, sourcils froncés.

— Éloignez-vous du brasier, d'autres explosions pourraient survenir. Une brigade anti-feu est en route.

Les survivants hésitent, partagés entre la nécessité de sauver ceux qui peuvent encore l'être et se mettre à l'abri.

Les navettes se posent à l'entrée de la place dans un vrombissement sourd. Les portes latérales des véhicules s'ouvrent, laissant apercevoir, dans chacun, une demi-douzaine de soldats aux combinaisons de combat noires.

— Que personne ne quitte cet endroit, poursuit la voix.

Dans les ombres fumantes, des silhouettes cachent rapidement une flasque d'alcool achetée, une boîte ou un communicateur volé à la forteresse.

L'homme qui vient de parler saute à terre.

Raja Sharma.

— Caillasse ! crache Noam.

— Les accès sont bouclés. Nous allons procéder à une vérification d'identité. Les rebelles à l'origine de cette attaque ont été aperçus près du marché.

— Roche de sablard ! lâche le pilote dans son casque. C'est donc ça que tu préparais !

Noam balaie du regard la place encore fumante. Des hommes de la Sécurité intérieure surgissent de chacune des rues et ruelles qui y mènent.

Il est coincé.

— Si vous voyez quelqu'un de suspect, aidez-nous.

Le rebelle rejoint une silhouette au sol à la carapace calcinée – une femme, morte –, la pose en grimaçant sur son épaule et, titubant, s'approche d'une des maisons rassemblant les blessés.

— Je vous rappelle que toute information permettant de capturer les insurgés sera rétribuée, poursuit la voix de Sharma.

Noam se fraie un chemin dans la foule des estropiés, atteint l'entrée.

— Place, place ! crie-t-il. Une urgence !

— Merci de préparer vos bracelets d'identification et de vous soumettre au contrôle, continue le général de Radendt.

Noam pousse la porte du pied et pénètre à l'intérieur. Les deux femmes qui s'y trouvent ne lui jettent qu'un coup d'œil rapide, occupées à panser les plaies des victimes amenées là.

— Sur l'un des lits pliants ! lui intime l'une des infirmières de fortune.

— J'avais un mauvais pressentiment, murmure un blessé. J'aurais dû…

Il tousse, crache du sang.

La seconde soignante s'agenouille près de lui.

— Personne ne peut jamais être sûr de rien avec les chronons, le réconforte-t-elle. Les pressentiments ne veulent jamais rien dire. Des fois, ils sont dus aux chronons, des fois, c'est juste…

Noam trouve une paillasse libre où il pose délicatement le cadavre.

— … juste rien du tout, termine-t-elle. On n'y peut rien.

— Désolé, murmure Noam à la dépouille qu'il abandonne.

Une fenêtre, face à lui, donne sur l'arrière-cour et une venelle étroite.

— La situation est sous contrôle, annonce Sharma depuis la place du marché. Et je vous promets que nous allons retrouver les rebelles coupables de ce massacre !

— Tu perds rien pour attendre, grogne Noam.

— Elle respire encore ? lui demande l'une des deux femmes.

— Sortez d'ici immédiatement ! ordonne un soldat, de l'extérieur. Vérification d'identité !

Noam s'élance contre la fenêtre. Il entend derrière lui des cris et des menaces, un tir, les ignore, se relève au milieu des éclats de verre et s'enfuit dans les ruelles de CG-1.

Noam

12 ans plus tôt

— Alix ! crie Noam. Alix !

Les rovers blindés pivotent dans sa direction. Noam ne les regarde même pas et se précipite en direction du corps désarticulé de son compagnon.

— Non ! veut l'arrêter quelqu'un.

Noam n'a pas fait trois pas qu'un câble s'enroule entre ses jambes. Il s'écroule à son tour.

— Alix ! hurle-t-il en essayant de se relever.

Il pose un genou à terre – une déflagration déchire l'atmosphère quelque part en ville – et retombe, poussé par une main. Il se redresse, envoie un coup de poing à l'aveugle, sent deux bras le ceinturer.

— Alix, Alix !

— Il est mort, mec ! Tu ne peux plus rien pour lui !

— Non ! éructe Noam.

La vision brouillée par la fumée qui s'élève de l'astroport ; assourdi et étourdi par sa chute, par les explosions qui retentissent un peu partout, il tente une fois encore de se lever.

— Zulmira, aide-moi ! appelle l'homme qui le maintient.

— Alix ! répète Noam.

Il balance brusquement sa tête en arrière, discerne un grognement de douleur et sent l'étau se desserrer, croit pouvoir s'en extraire.

Les rovers ont terminé leur demi-tour et leurs armes pointent désormais sur lui.

— Partez immédiatement ou nous faisons feu ! ordonne une voix.

Une deuxième paire de bras tire Noam.

— Non, non, non ! rugit le jeune homme, le visage ravagé par les larmes.

De toutes ses forces, il tente de se libérer de ceux qui l'éloignent de l'astroport et des rovers et des flammes et de la fumée et d'Alix.

— Il n'est pas mort, je le sais ! Il n'est pas mort !

Il devine derrière lui l'ombre d'un bloc, d'une ruelle, tend les bras en direction du corps dont on le sépare.

— Arrête de bouger ! Tu vas nous faire tuer !

Il sent dans son dos un mur, l'étreinte se desserre ; voit ceux qui l'ont amené là se positionner face à lui – une femme athlétique, un jeune homme dont les dreadlocks émergent du casque.

— Je suis désolée pour ton ami, dit la femme. On ne peut plus rien pour lui.

— Alix, gémit Noam, le regard rivé sur la silhouette restée loin, si loin, dans la fumée. Alix, non !

L'homme prend Noam dans ses bras et berce son corps secoué de sanglots comme il le ferait avec un enfant.

— *Mektoub*... Mais on le vengera, mec. On le vengera, je te le promets. En temps et en heure.

Il relâche légèrement son étreinte.

— Je m'appelle Kay. Elle, c'est Zulmira. On fait partie des émeutiers.

Une nouvelle explosion retentit, plus violente encore que les autres, projetant un nuage de poussière tout autour.

— Tu ne pouvais plus rien pour ton ami, chuchote la femme. Viens, on t'emmène avec nous.

6

— Papa ? appelle Noam.

Il referme derrière lui la porte qui donne sur l'unique pièce du bloc. Une table rouillée, deux chaises, un placard étroit et deux lits de camp en forment le maigre ameublement. Dans un coin, sous une petite fenêtre, un muret de pierre à mi-hauteur masque les sanitaires.

— Papa, tout va bien ? insiste-t-il.

— Noam ? croasse l'homme à la table, la voix éraillée. Je ne t'avais pas entendu !

Les cheveux blancs, le visage ridé et les yeux cachés derrière un voile opaque, il se lève difficilement.

— Entre, entre !

Il sourit, révélant ses dents gâtées.

— Reste assis, l'interrompt Noam.

Le pilote rejoint son père qu'il aide à se rasseoir.

Posée dans un coin de la maison dépouillée, la réserve d'eau est vide.

— Depuis combien de temps tu n'as pas bu ? demande Noam.

— Je ne sais pas. Hier, je crois.

Le vieux Farouk Kerval hausse les épaules, comme si cela n'avait aucune importance.

— C'est gentil de venir.

— Tu as entendu les nouvelles ? Il y a eu une série d'explosions au marché. Radendt a décrété la loi martiale. Il va être difficile de se déplacer à partir de maintenant. Je voulais te voir avant.

— Tu n'as pas de problème ?

— Non, non. Ne t'inquiète pas.

Noam jette un regard à l'intérieur délabré et poussiéreux.

— Tu travailles encore beaucoup à l'usine d'assemblement ?

— Un peu. Il faut bien.

Le pilote s'approche de l'unique placard qu'il ouvre en grand.

Vide.

— Je vais te laisser quelques plaquettes de nourriture. Tu devrais en avoir pour deux à trois semaines, le temps que tout se calme. Je reviendrai après.

Ses yeux poursuivent l'exploration de l'intérieur spartiate et s'arrêtent sur la fenêtre. De l'autre côté, deux garçons et une fillette jouent au ballon dans une arrière-cour, protégés des chronons qui bombardent la planète par un toit de pierre. Noam s'approche de l'ouverture, écoute un instant les rires, les cris, le bruit de la balle qui rebondit. Derrière les enfants, le désert de roches brunes et de sable orange s'étend à perte de vue jusqu'aux montagnes lointaines. De larges rocs s'y élèvent par endroits, formant d'étranges sculptures harassées par le vent et les tempêtes de chronons. Il n'y a personne, pas un mouvement.

Noam ferme les paupières.

Alix et lui quittant la ville éclairée par les néons, le regard rivé sur le ciel étoilé.

Alix et lui, assis contre les rochers, riant, discutant pendant des heures jusqu'à ce que l'un des soleils se lève, dardant le désert de ses rayons.

Alix et lui, revenant à l'aube, épuisés mais heureux.

— Il te manque toujours, n'est-ce pas ? demande la voix de son père dans son dos.

— Oui, souffle Noam.

— Je ne me suis jamais remis non plus de la disparition de ta mère.

Noam rejoint le vieil homme à la table. Son cœur se serre alors qu'il détaille ses cheveux épars, ses bras secs, bien trop maigres ; son visage usé, marqué par les chronons et plus encore par le travail.

— Tu sors trop sans ta carapace, papa, murmure-t-il. Ça ne la fera pas revenir.

— Je suis vieux, Noam.

Dans un sourire, il ajoute :

— Et la revoir me fait oublier mes douleurs.

Noam s'apprête à répondre mais un bruit à l'extérieur attire son attention.

Il prend son arme.

La poignée de la porte s'abaisse et le vantail s'ouvre.

Le visage de Noam s'éclaire.

— Ana !

— Qu'est-ce que tu viens sabler ici ? demande cette dernière, aussi surprise que lui. T'as des soucis ? Je peux faire quelque chose pour toi ?

L'air amusé, elle ajoute :

— Tu peux lâcher ton...

Noam secoue brusquement la tête en grimaçant.

— ... ta carapace, termine-t-elle. J'ai pu réparer la fenêtre hier. Les chronons ne devraient plus pouvoir s'infiltrer maintenant, même en cas de tempête.

La jeune femme abandonne sa propre protection, pose le casque et le léger scaphandre à même le sol.

— Ça me fait plaisir de te voir, Noam.

Le pilote se lève pour enlacer sa cadette.

— Moi aussi, Anastasia.

Il plonge son visage dans les cheveux blonds de sa sœur, en respire l'odeur de poussière et de sueur mélangée à celle, proche de l'ozone, des chronons.

— Tu es là à cause de la loi martiale ? devine-t-elle.

Noam acquiesce.

— Il va être difficile de bouger tranquillement dans les prochains jours. Je voulais m'assurer que tout allait bien pour vous avant.

— On se débrouille, t'en fais pas. Par contre, toi, t'as la gueule ensablée.

Noam éclate de rire.

— T'en fais pas pour moi, sœurette, tout roule.

Il revient à la fenêtre. Trois navettes volent au-dessus de la ville, formant des cercles de plus en plus larges dans le ciel.

— Il va falloir que je vous laisse. Je ne voudrais pas les attirer par ici.

— Je peux venir avec toi ?

— Quelle tête de roche tu fais… Comme d'habitude : non.

Il abandonne l'observation des appareils, retourne à la table où il embrasse tendrement leur père sur le front.

— Occupe-toi plutôt de papa, d'accord ?

— Je peux très bien me gérer tout seul ! proteste le vieillard.

— Bien sûr, mais c'est mieux avec Anastasia.

Le vrombissement sourd des moteurs se rapproche.

— J'y vais tout de suite, déclare Noam. Les prochains jours risquent d'être compliqués. Prenez soin de vous !

Le cœur serré, Noam referme la porte derrière lui.

Il lève les yeux de nouveau. Les appareils de Radendt Galactics ont poursuivi leur ronde vers l'est. Noam fouille le ciel à la recherche d'autres navettes.

Deux volent en stationnaire au-dessus de la forteresse.

Trois autres filent vers le nord.

Radendt met le paquet…

Il pose sa main sur la visière de son casque pour l'abaisser, hésite.

Les rayons bas des soleils éclairent les blocs alentour d'une lumière chaude, font scintiller la roche des murs. Des ondulations dues aux chronons déforment la vision de Noam. Des voiles multicolores semblent flotter un peu partout, comme de légers rideaux entre le pilote et le reste du monde.

L'espace d'un instant, le reflet de la porte d'en face s'entrebâille, laissant apercevoir une femme en carapace.

Est-ce le passé ou le futur que lui montrent cette fois les chronons ?

La porte du bloc d'en face s'ouvre. Une femme en émerge, revêtue de sa carapace.

Le futur. Bien moins fréquent.

— Bonjour, Noam ! lance la voisine au travers du micro de sa combinaison. Le vieux Farouk se porte toujours bien ?

Le pilote acquiesce et, dans l'air chatoyant de particules, s'éloigne, la visière relevée.

Un enfant qui court dans la rue apparaît, disparaît aussitôt.

Noam prend une longue inspiration, songe aux années passées dans ce quartier lorsque sa mère était encore là, lorsque son père n'était pas le vieillard qu'il est devenu, épuisé par l'usine, les tempêtes de chronons, la rudesse de la vie sur la colonie.

Les murs des maisons perdent en netteté. Le ciel s'éclaircit.

Ana n'était qu'une gamine des rues, ses parents venaient de la recueillir, elle aussi.

Une ombre aux cheveux blonds s'enfonce dans un passage à l'extrémité de son champ de vision.

Noam fronce les sourcils.

L'ombre s'arrête, se retourne.

Alix.

Le cœur de Noam accélère dans sa poitrine. Il bifurque en direction de la venelle. Les particules émises par l'anomalie le bombardent. La peau de ses pommettes, de ses paupières le picote de plus en plus.

Comment font les adorateurs du chronon pour tenir ? songe le pilote, un instant déconcentré.

La vision d'Alix enfant perd en netteté. Noam serre les poings, veut la retenir.

Une ombre, réelle, dans son dos.

Noam se crispe aussitôt, d'un doigt abaisse sa visière.

Les images créées par les chronons et le champ magnétique de son cerveau disparaissent.

Les sens en alerte, se forçant à ne rien montrer, il poursuit dans la ruelle. Il en atteint sans encombre l'extrémité, tourne à droite.

Avant d'apercevoir un mouvement du coin de l'œil.

Le soleil jaune – le plus gros des deux – approche de l'horizon et les premiers néons installés sur des lampadaires s'allument.

Il n'y a plus personne dans les rues.

Un soldat de Radendt qui m'a suivi jusqu'ici ?

Pourquoi ne m'a-t-il pas encore attaqué ?

Noam accélère légèrement, examine les baraquements décrépis tout autour, cherche l'entrée de l'un des tunnels creusés dans le sol dans cette partie de la ville, un endroit où se dissimuler et tendre un piège pour…

Là-bas, un passage étroit.

Le pilote le rejoint et s'y engage.

Il pose la main sur son pistolet, en saisit la poignée.

Un faible bruit derrière lui.

Noam tourne au carrefour suivant et se colle aussitôt contre le mur, l'arme au poing.

Un.

Deux.

Trois.

Il avance d'un pas et se retrouve face à une silhouette.

7

— Ne bouge pas ! ordonne Noam.

L'homme veut se saisir de l'arme à sa ceinture. Le poing de Noam part aussitôt. L'autre n'a pas le temps d'esquiver et le reçoit en plein ventre. Dans un grognement de douleur, l'inconnu recule sous le choc et se cogne contre le mur derrière lui.

Il n'a pas de combinaison de combat ? s'étonne Noam.

Profitant de son avantage, le rebelle lance son genou en direction de son adversaire. Ce dernier l'évite juste à temps et pose un doigt sur son poignet.

Une décharge électrique secoue Noam !

Plié en deux, le pilote réfrène un cri.

L'homme s'approche. Ignorant la souffrance, Noam se jette sur lui et lui envoie sa tête contre la sienne. Les deux casques se cognent dans un bruit mat et l'inconnu titube. Encore sonné par la décharge, Noam pointe son laser.

— Attendez ! crie son assaillant, les mains levées.

Noam lui arrache l'arme qu'il porte à la ceinture – un simple tube de métal ? –, le menaçant de son blaster léger.

— Si tu me refais le coup de l'électricité, je te bute, dit-il. Enlève ton casque, maintenant. Lentement.

— Mais… Les chron…

— Obéis ! le coupe Noam.

L'homme s'exécute et Noam reste bouche bée.

L'émissaire européen qui accompagnait Wu !

— Je… je ne vous veux pas de mal, déclare Duchamp. Je veux juste vous parler.

— Me parler ? répète Noam, méfiant. Dans ce cas, pourquoi m'avoir suivi sans vous montrer ?

— Je voulais discuter à l'abri des regards.

Il grimace en se massant le ventre.

— Vous n'y êtes pas allé de main morte.

— Vous alliez prendre votre arme ! proteste Noam.

— Non, j'allais simplement stopper mon traceur.

— Vous donniez plutôt l'impression de chercher à utiliser encore ce truc électrique contre moi.

— Je suis un diplomate, grogne Duchamp. Pas un soldat.

Noam range son pistolet.

— Comment m'avez-vous retrouvé ? Grâce à votre *traceur* ?

Duchamp acquiesce.

— Technologie terrienne, explique-t-il. Wu vous a injecté un émetteur lorsque vous vous êtes assis sur le sofa, dans la forteresse. Il est quasiment indétectable et se désagrège en quelques jours sans même laisser de résidu.

— N'importe qui peut donc me pister durant ce laps de temps ? pâlit Noam.

Son père. Sa sœur.

— J'ai supprimé les données, le rassure l'émissaire.

De la tête, il désigne un bracelet à son poignet.

— Il n'en reste qu'un enregistrement dans mon interface.

D'un geste brusque, il fracasse le petit appareil contre le mur de la ruelle.

— Personne ne pourra plus vous localiser maintenant. Vous pouvez me faire confiance.

Noam hésite.

— Où pouvons-nous parler ? insiste le Terrien.

Il jette un regard autour de lui.

— De manière *discrète*, s'il vous plaît.

Noam l'observe un moment sans répondre.

— Suivez-moi, lâche-t-il enfin.

L'un à côté de l'autre, ils reviennent sur leurs pas en direction des limites de la ville. Le soleil jaune s'est couché derrière les montagnes, le rouge n'est presque plus visible. Les ombres ont envahi les rues. Des néons nimbent de halos le croisement avec une avenue, la silhouette d'un homme ou d'une femme qui marche les épaules voûtées. Des lumières éclairent quelques blocs et en révèlent les intérieurs rudimentaires, une mère au-dessus d'une couchette d'où émergent les bras de plusieurs enfants, une demi-douzaine d'ouvriers épuisés, endormis la tête posée sur une même table rouillée ; un groupe d'adolescents qui se disputent, le plus grand d'entre eux tenant une barre de nourriture dans la main.

— NOAM ¿

La voix qui sort du canal com est froide, presque métallique. Elle ne ressemble pas à celle de Duchamp.

— Oui ¿ demande le rebelle, se tournant vers l'émissaire.

— Qu'y a-t-il ¿

— Vous avez prononcé mon nom.

— Moi ¿ Pas du tout.

Noam fronce les sourcils.

Ce n'était pas la voix de Kay.

Une interférence ¿ Un bruit ¿

J'ai imaginé entendre quelque chose ¿

La nuit qui s'avance est calme. Il n'y a pas de vent. La poussière de roche est presque immobile au sol.

Un dysfonctionnement des récepteurs ¿

Noam tourne à gauche dans la rue-1. Ils se sont éloignés du quartier de son enfance et s'approchent des blocs qui bordent le désert pierreux.

— Cette ville est comme morte, murmure Duchamp dans le micro de sa carapace.

Noam sourit derrière sa visière.

— Tout dépend où vous allez, dit-il. Il y a des endroits pour se rassembler.

— C'est là que vous m'amenez ¿

— Non.

Ils dépassent les derniers baraquements et s'engagent dans le désert. Le Terrien ralentit, jette un regard soucieux en arrière.

— Où allons-nous ?

— Ne vous inquiétez pas.

Les deux hommes poursuivent dans l'obscurité uniquement percée par les lampes frontales de leur casque. Noam descend dans une ravine, la longe sur une courte distance et remonte en s'aidant des pierres les plus grosses, contourne plusieurs dunes de poussière et de sable mêlés ; gravit enfin, suivi par l'émissaire, une colline jusqu'à son sommet. Là-haut, éclairé par la lune qui se lève derrière les montagnes, un immense tas de roches se dresse. Noam s'y dirige sans hésitation, atteint les blocs ocre qui, posés les uns contre les autres et les uns sur les autres, forment une imposante structure au toit pierreux. Le rebelle s'arrête au centre et retire son casque.

— Vous ne craignez pas les chronons ? s'étonne le Terrien qui l'a rejoint.

Il observe le désert d'ombres tout autour, comme s'il redoutait un piège ou une mauvaise surprise. La ville a presque disparu au loin, avalée par la nuit. Il ne reste d'elle que les lueurs de quelques néons.

— La pierre au-dessus de nous, explique Noam en s'asseyant. Elle arrête les chronons.

— Même ici, à l'air libre ?

Noam hoche la tête.

— La roche de la planète a été bombardée de chronons pendant des milliards d'années. Elle est saturée de particules, qui ne peuvent maintenant plus la traverser. C'est pour ça qu'on l'utilise pour nos constructions. Sans elle, nous serions tous morts irradiés depuis longtemps.

Il effleure le roc du bout des doigts.

— La seule chose qui arrive, parfois, quand on la touche, ce sont des impressions, des pressentiments ou des souvenirs qui apparaissent, comme ça, sans prévenir. Sans même l'habituel chatoiement coloré. Peut-être viennent-ils des particules enfermées dans la pierre, ou de notre subconscient agité par les chronons. Personne ne sait vraiment comment tout cela fonctionne, les intuitions, les images qui se forment dans les voiles. Quand on observe les chronons, on peut voir le passé, souvent. Le futur, rarement.

Un sourire triste traverse son visage.

— Et on en meurt à petit feu, ce qui fait que les gens se protègent. Généralement.

Il repousse la vision d'Alix surgissant de derrière les rochers, leurs mains entrelacées, les nuits dans le désert.

— En conclusion, on ne risque absolument rien ici, sauf en cas de grosse tempête de chronons.

Il désigne le sol face à lui.

— Vous vous asseyez ? Ou vous préférez rester debout ?

Duchamp jette un regard aux alentours puis ôte lentement son casque, craintif. Après une dernière hésitation, il s'installe.

— Personne ne nous entendra dans cet endroit, le rassure Noam. Les chronons perturbent tout, y compris les ondes. Aucune capture sonore n'est possible de loin. Je vous écoute. Pourquoi me recherchiez-vous ?

L'émissaire reste un moment silencieux.

— Je peux vous poser une question avant ? demande-t-il.

— Bien sûr.

— L'explosion au marché. C'était les rebelles ?

Noam éclate d'un rire sec.

— Évidemment que non. C'est Radendt. Ou plutôt Sharma, son général à tout faire.

Le visage du pilote redevient grave.

— La population de Chronon Galactics est trop épuisée pour prendre les armes, mais nous soutient globalement. Radendt veut sans doute nous faire passer pour des criminels afin que les gens s'écartent de nous. J'ai peur que cet attentat n'augure rien de bon.

— C'est-à-dire ?

— Que Radendt prépare certainement quelque chose contre la rébellion. Quelque chose de grande ampleur. Il a déjà déclaré la loi martiale pour justifier une fouille en règle de la ville et un contrôle encore plus strict des déplacements dans CG-1, mais je crains que ce ne soit que le début.

— Qu'allez-vous faire ?

— Ce n'est pas moi qui décide. Je ne suis qu'un simple pilote.

Le silence s'installe entre les deux hommes. Le vent se lève dans le désert de roche, emplissant la nuit d'un sifflement doux et apaisant. La plaine, bleuie sous les rayons de la lune, disparaît derrière les nuages de poussière qui forment comme un rideau entre l'amas pierreux et le reste du monde.

— Wu ne vous aidera pas, annonce brusquement l'émissaire. Au contraire.

Un pli soucieux apparaît sur le front du rebelle.

— Sous couvert d'une mission de contrôle des colonies, il est en réalité venu proposer un marché à Radendt au nom de la Chine unie. Du chronon à bas prix contre de l'équipement militaire. Il a secrètement apporté des centaines de fusils d'assaut plasma et autant de combinaisons C7.

Noam tressaille.

Du matériel de guerre.

— Et le Conseil terrien l'a laissé faire ?

— Le Conseil n'en sait rien, évidemment. J'ai découvert tout cela petit à petit.

— Pourquoi ne pas dénoncer Wu ?

Duchamp secoue la tête.

— Le Conseil est paralysé par les intérêts divergents des États. Aucune décision ne s'y prend depuis longtemps. Révéler les agissements de Wu ne servirait qu'à me faire éliminer, et à rendre encore plus difficile la surveillance de son pays.

— Qu'attendez-vous de moi, alors ?

L'émissaire plonge ses yeux dans ceux de Noam.

— Rien. Je vous donne l'information, c'est tout. L'Europe n'a pas les moyens de s'opposer frontalement à la Chine unie, et notre voix n'est plus écoutée. Cependant, contrairement aux autres membres du Conseil, nous croyons que le système qui est en train de se créer dans l'espace colonisé n'est pas bon. La loi du plus fort n'a jamais mené l'humanité très loin.

— Vous parlez au nom de l'Europe ? demande Noam.

— L'équipement, dit Duchamp, éludant la question. Il a été caché…

Il se retourne et, du doigt, désigne la lune glacée qui brille, pâle, entre les nuages sombres.

— … là.

Noam hoche la tête.

— Protégé ?

— Le contraire m'étonnerait.

— Y a-t-il autre chose que je dois savoir ?

— Je vous ai tout dit.

Noam baisse les yeux, perdu dans ses pensées. Puis il se relève, la main sur son casque.

— Il faut rentrer en ville. Vous ne risquerez rien, là-bas ?

— Absolument rien si notre discussion reste secrète. Wu est habitué à ce que je m'absente lorsque nous voyageons.

— On se reverra ?

— Je ne crois pas.

— Alors, en mon nom et au nom des habitants de cette colonie, un grand merci.

Le rebelle remet le casque sur sa tête, imité par Duchamp.

— NOAM ?

Il fronce les sourcils. La même voix que tout à l'heure dans le canal com.

L'émissaire finit d'ajuster sa visière. Ça ne peut pas être lui.

Noam vérifie sur la commande de sa carapace. Il est en mode déconnecté.

Personne n'est censé pouvoir le contacter.

— Il y a un problème ? demande Duchamp.

— Non. Aucun. On y va.

— Nom de Dieu ! s'exclame l'émissaire.

Noam se retourne d'un bond.

Au-dessus de CG-1, un flash éblouissant éclaire la nuit avant de se fondre dans une colonne de feu et de flammes.

8

Noam court dans les galeries de l'astéroïde. Son casque de pilotage encore sur la tête, il n'a pris ni le temps de l'enlever, ni celui d'essayer de prévenir Kay.

Tous les canaux de communication ont été coupés par sécurité.

Torres lui a demandé de faire vite.

— RAPPEL, scande la voix robotisée de l'IA générale. ALERTE DE NIVEAU 2. L'ENSEMBLE DE L'ÉQUIPAGE EST ATTENDU À SON POSTE.

Il n'y a personne dans les coursives, et cela n'a rien à voir avec l'heure tardive.

Noam atteint sans encombre la bulle centrale – déserte elle aussi –, la traverse et s'engouffre dans le couloir qui mène jusqu'à la salle tactique. Il s'arrête brusquement, arrivé face à la porte.

— Bonjour, capitaine, dit l'un des gardes qui l'accueille.

Noam le salue d'un hochement de tête.

Ils sont six à protéger l'entrée, armés de fusils laser et en combinaison de combat.

— La commandante m'attend, déclare-t-il.

Le soldat murmure quelques mots au communicateur à son poignet puis s'écarte.

— Vous pouvez passer.

Les cinq autres, arborant la même tenue au poing rouge sur le cœur, n'ont pas bougé d'un pouce.

— Le voici, indique simplement la commandante Torres, alors que les portes se referment derrière Noam.

La tension est palpable dans la salle tactique. Sur l'écran du fond, une carte de Chronon Galactics centrée sur CG-1 affiche plusieurs points écarlates – certainement les endroits où ont eu lieu les explosions –, ainsi que plusieurs chiffres et icônes.

Noam retient une grimace en lisant les pertes.

Un dépôt, deux hangars, neuf rovers et vingt-trois soldats rebelles.

— Et pendant que la situation empire, on discute avec le Conseil terrien qui ne nous a jamais aidés ! fulmine Arun Sharma, revêtu de son éternelle combinaison militaire. Il était évident que Radendt passerait à l'action !

L'ambiance est glaciale.

— Il faut contre-attaquer immédiatement, insiste Sharma. Avec toutes nos forces.

— Assieds-toi, Kerval, demande Zulmira d'une voix posée, qui tranche avec l'agacement du responsable de l'infanterie.

Le pilote retrouve sa place près de Kay qui, les yeux encore plus noirs que d'habitude et l'expression des mauvais jours, ne l'a même pas salué.

— C'est à ce point-là ? murmure Noam.

— Ouais, souffle Kay.

— C'est toi qui m'as contacté tout à l'heure ?

L'ingénieur IA secoue la tête.

— Pas eu le temps de rien, dit-il. Même pas pu parler avec Léo.

Noam jette un regard à l'hologramme d'Éléonore à l'autre bout de la table. Pensive, la scientifique semble faire un effort surhumain pour suivre les échanges.

— Je poursuis mon état des lieux, reprend Sato.

Elle arrive à peine à l'épaule de l'hologramme d'Orcane et sa voix, pourtant, ramène tout de suite l'attention sur elle.

— Nous avons mis le hangar-3 sous bouclier chronotique pour qu'il soit indétectable même à courte portée. Cela nous coûtera une bonne partie des réserves de sphères entreposées là-bas. Le hangar-2 a été détruit comme le premier. Cependant, ses navettes ont pu être sauvées.

La capitaine des forces spatiales soupire d'un air contrarié, étirant la cicatrice de sa joue.

— Nous avons perdu une part importante de notre capacité d'attaque. La construction de nouveaux aéronefs va nous prendre des mois et potentiellement nous retarder d'autant.

Elle se tourne vers une femme plus âgée, aux mêmes vêtements militaires qu'elle mais aux longues tresses grises.

— Rien ne nous a permis d'anticiper le déclenchement de l'assaut ?

— Non, répond Dabo, en charge des renseignements. Pas un mot n'avait filtré au sein du commandement intermédiaire de la forteresse.

— J'y ai perdu une unité entière ! aboie Sharma.

Sans masquer sa colère, il poursuit :

— Tout ce temps gaspillé à parler… Il était couru d'avance que ni Wu ni le Conseil terrien ne nous aideraient. Il *faut* passer à l'action, *maintenant*. Chaque jour voit Radendt se renforcer !

— La Terre nous a pourtant bel et bien aidés, lui rétorque calmement Torres.

Sharma se tourne vers la commandante.

— Pardon ?

— Ce n'est évidemment pas Wu que je m'attendais à convaincre. Je sais comme vous qui il est, d'où il vient et qui il sert. Tout mon discours, sous couvert de s'adresser à lui, visait son assistant, Duchamp. Et je crois que cela a donné quelque chose, encore plus vite que je ne l'espérais, d'ailleurs.

Pivotant vers Noam, elle termine :

— Kerval, répète-nous ce que tu m'as raconté.

En quelques mots, Noam relate, dans un silence absolu, sa discussion avec l'émissaire terrien.

À peine a-t-il fini que Sharma enchaîne :

— Qu'est-ce qui nous prouve que cet Européen n'essaie pas de nous manipuler ?

La commandante hoche la tête à l'intention de Riveste, la capitaine de la base cachée dans l'astéroïde. Cette dernière appuie sur le clavier devant elle et, sur l'écran, la lune de Chronon Galactics remplace la carte de CG-1 et des environs.

— Des traces chronotiques ont été relevées à la surface de la lune, déclare la femme au chignon blanc. Il est probable qu'elles soient dues au passage du vaisseau terrien, le seul qui soit assez imposant pour laisser une telle signature. Juste avant que la situation ne nous oblige à faire revenir tout le monde, Sato a envoyé deux navettes furtives en reconnaissance.

L'image du satellite grossit, jusqu'à s'arrêter sur l'un des nombreux cratères creusés dans la glace.

— Des véhicules extraplanétaires ont été détectés ici. Si on regarde bien – elle pointe son doigt vers le centre de l'excavation –, il semble y avoir un accès, là. On peut présumer qu'il s'agit d'un entrepôt souterrain.

— Ce qui signifie ? interroge Sharma.

— Que le matériel de combat rapporté par Wu y serait caché, affirme Torres.

— C'est aussi ce que prétend Duchamp, rappelle Noam.

L'image bleutée de la surface disparaît.

— Ton avis, Gorski ? demande la commandante. Tu travaillais il y a encore peu de temps pour Radendt. Tu as entendu parler de quelque chose sur la lune ?

— Négatif, répond l'ingénieur en chef rebelle. Je ne supervisais que les infrastructures au sol. C'est le secrétaire Carloman et le général Sharma…

Il se reprend, gêné.

— … et Raja Sharma qui gèrent tout ce qui touche à l'espace et aux chronons, que ce soit les unités de fabrication des sphères chronotiques, les navettes, la base-usine ou même l'astroport.

— Penses-tu crédible l'hypothèse d'une base cachée là-haut ?

— Ça me semblerait une bonne idée, oui. Une zone complémentaire à la forteresse qui peut fournir un lieu de repli ou de stockage intermédiaire, à l'abri des regards.

— Qu'allons-nous faire, alors ? demande Zacharie Smith, assis à ses côtés.

Son air taciturne tranche avec l'enthousiasme communicatif qui émane de son voisin. Comme lors de la dernière réunion tactique, le chef des unités motorisées donne l'impression d'être inquiet, presque perdu.

— J'ai quelque chose à dire, intervient la voix sèche d'Éléonore Orcane.

— Nous t'écoutons, répond Torres, laissant en suspens la question de Smith.

La scientifique regarde la commandante durant de longues secondes, le front plissé.

— Éléonore ? la relance doucement Kay.

La jeune femme tressaille et revient à elle.

— Les dernières probabilités confirment que tout assaut contre Radendt est voué à l'échec dans l'ensemble des scénarios que j'ai testés. Sans compter la livraison de ce matériel de guerre.

— Et tu proposes quoi ? demande Sharma d'un ton sec.

La scientifique lui adresse un regard vide, comme si le militaire était à peine là, qu'elle pouvait voir à travers lui.

— Toujours la même chose, répond-elle finalement. Trouver la faille, le plan que ni Radendt ni sa machine pensante n'auront imaginé. La victoire est quelque part dans l'aléa chronotique. Si nous réussissons à comprendre ce qui provoque les écarts systématiques des probabilités sur cette planète, nous pourrons établir de *véritables* calculs IA, puis en déduire où et comment frapper.

Des soupirs s'élèvent autour de la table.

— Où en sont tes recherches ? l'interroge la cheffe des rebelles.

Orcane échappe une grimace agacée.

— Il me faut encore du temps, évidemment ! Du temps et des ressources. Des sphères chronotiques pour mes essais.

— Nous en avons perdu énormément avec la destruction des hangars, rappelle Smith.

— Je peux augmenter la fréquence de mes collectes, propose Noam.

— Ce ne sera pas suffisant, lui oppose Torres.

— Radendt..., commence Smith.

— Radendt a les mêmes données et résultats que moi, le coupe Orcane. Il ne peut que gagner et le sait, raison pour laquelle il lance ses opérations.

— Ce ne sont que de simples probabilités ! peste Sharma.

— Je suis d'accord, déclare la commandante. L'Histoire n'est faite que de pronostics déjoués. Nous sommes plus motivés, plus soudés que les hommes de Radendt. Nous pouvons le renverser, j'en suis certaine.

— Nous en sommes tous convaincus, intervient Noam, ignorant la moue exaspérée de la scientifique.

— Que faire alors ? demande Smith.

— Nous allons récupérer ces armes terriennes, annonce Torres.

Les visages se tournent dans sa direction.

— Les voler à Radendt ? répète Riveste, estomaquée. C'est une folie !

— Au contraire. Radendt a lancé une grande offensive au sol contre nous, en y monopolisant une bonne partie de ses forces. C'est le moment de frapper ailleurs. Si Radendt dispose de ce matériel de guerre, il risque de nous balayer. Mais si nous mettons la main dessus, tout peut changer...

Elle sourit.

— ... y compris les probabilités.

— Je vais le vérifier, grommelle Orcane.

La commandante hoche la tête et, s'adressant à Sharma, demande :

— De combien de temps penses-tu que ton frère ait besoin pour intervenir sur la lune ?

Le militaire rebelle plisse les paupières, songeur.

— Entre cinq et six heures, lâche-t-il après un instant de réflexion.

— Alors nous avons quatre heures, déclare Torres à l'assemblée.

— Je maintiens que c'est une erreur, répète Sharma, le regard noir. C'est Radendt et sa forteresse qu'il faut viser, et tout de suite !

— Nous ne pouvons pas reporter trop longtemps, approuve Riveste. Sinon, nous prenons le risque de n'être qu'en réaction. Radendt doit être renversé et puni pour ses crimes.

— Votons de nouveau, propose la commandante.

Dans un silence tendu, le résultat s'affiche sur les terminaux. Les chefs rebelles s'observent les uns les autres.

Six voix contre quatre.

— Je m'occupe de l'entrepôt lunaire, déclare Sato. J'aurais juste besoin de Kerval. C'est notre meilleur pilote, il nous sera utile.

— J'en serai, acquiesce Noam.

Crispé de colère, Arun Sharma pose ses deux mains sur la table.

— Si l'émissaire terrien a menti, qu'il n'y a rien sur cette lune en dehors d'un piège, nous allons diminuer nos forces de manière irréparable !

— Je peux essayer de pénétrer les systèmes pour le vérifier, intervient Kay.

Torres hoche la tête, pensive.

— Tu as trente minutes, dit-elle.

— Je ferai de mon mieux.

— Parfait, conclut la commandante. Tous à vos postes, nous lançons l'opération.

Venceslas Radendt

132 ans plus tôt

— J'appelle maintenant à la tribune monsieur Venceslas Radendt, président-général des sociétés Future/IA et Radendt Galactics !

L'assemblée se retourne comme un seul homme. Au dernier rang de l'hémicycle de verre et de béton, Venceslas Radendt, lentement, se lève. Il adresse un sourire froid à sa voisine au visage inexpressif, aux yeux noirs et aux cheveux dissimulés sous le voile sombre qui la recouvre à l'image d'un linceul.

— Attends-moi ici, Moïra, dit-il.

Le quadragénaire remonte à pas lents les travées sous le regard des représentants du Conseil terrien rassemblés pour leur 97e session générale, foule le tapis rouge qui le conduit jusqu'à la tribune du présidium Alvarez et ses plus proches conseillers. Il les salue d'un simple geste de la tête et, avant même d'y être invité, rejoint le micro.

— Mesdames et messieurs, cher présidium, je suis ravi d'être accueilli dans cette enceinte en ce jour si important.

Le magnat prend le temps d'observer la salle, de s'attarder sur des visages, les noms, les fonctions, comme s'il voulait tout retenir.

— Permettez-moi de vous remercier au nom de ma nouvelle société Radendt Galactics. La concession que vous m'avez accordée pour la collecte de chronons dans le lointain système de Pi Cassioppeiae est un second départ pour l'Humanité.

Il fait une courte pause afin que chacun saisisse l'importance de sa déclaration.

— Comme vous le savez, poursuit-il, j'ai financé la construction de quatre vaisseaux de transport qui décolleront de la base lunaire dans quelques jours, une fois que je les aurai rejoints. À la tête de trois mille personnes, je vais bâtir la nouvelle colonie que nous attendons tous, celle qui va nous permettre d'accroître prodigieusement notre production de chronons et développer de manière pérenne les voyages dans l'espace.

Un gigantesque logo gris apparaît au cœur de la salle en réalité augmentée, tournoyant sur lui-même et accompagné de l'appellation *Radendt Galactics*.

— Là-bas, à des années-lumière de notre système solaire, nous créerons un monde-usine qui vous fournira ces particules indispensables à notre expansion. Là-bas, nous œuvrerons pour la grandeur de notre belle planète et des futures autres colonies, qui n'attendent que nous.

Son visage se fait plus sombre, mais ses yeux, eux, ne perdent rien de leur froide pétillance.

— Pi Cassioppeiae-2 est un monde lointain, et le voyage n'est pas sans danger. Comme je m'y étais engagé, j'ai donc cédé l'intégralité de mes parts de Future/IA, afin de financer le développement de cette concession.

Son sourire s'étire.

— Bien sûr, enfin, j'ai signé le tout récent traité des Colonies, qui faisait partie de notre accord.

Il balaie l'assemblée d'un regard glacial.

— Ce jour est le premier d'une nouvelle ère pour l'Humanité. Aussi, en son nom, je vous remercie encore, mesdames et messieurs les représentants du Conseil terrien. Vive la Terre !

Des applaudissements nourris accueillent la fin du discours de Radendt qui, inclinant la tête, salue la salle et le présidium avant de revenir à sa place.

— Je viens de conclure les derniers transferts financiers, monsieur, annonce Moïra en même temps qu'il se rassied. Les représentants qui ont voté pour vous me font dire qu'ils vous savent gré de votre générosité, qu'ils vous souhaitent bonne chance et tout le succès que vous méritez.

Il acquiesce sans répondre.

— Les réseaux d'information ne parlent que de votre achat de la colonie, poursuit-elle.

— Que racontent-ils ?

— Que vous avez cédé votre empire pour une aventure loin de la Terre et du pouvoir que vous y possédiez.

— Les imbéciles, lâche-t-il. Ils n'ont rien compris, comme d'habitude.

Son visage s'illumine d'une profonde satisfaction.

— J'aurai tellement, tellement plus là-bas…

9

Les dix navettes filent à vitesse réduite dans la ceinture d'astéroïdes qui entoure Chronon Galactics, se frayant un chemin dans l'espace saturé de roches et de poussière.

— Passage en furtivité, ordonne Sato, à la tête de l'escadrille.

Les pilotes appuient en même temps sur leurs consoles et les accélérateurs de chronons se déclenchent à l'avant des vaisseaux. Les particules supraluminiques pompées des sphères chronotiques s'enroulent autour de chaque astronef, tournent de plus en plus vite, formant un léger voile multicolore. Durant quelques secondes, les appareils disparaissent, réapparaissent puis, comme effacés, deviennent tout à coup invisibles.

— Vous savez ce que vous avez à faire, termine la capitaine des forces spatiales rebelles. Bonne chance. Fin des communications.

Noam lance un regard aux contrôles de sa navette de combat, bien plus maniable et moins corrodée que son vaisseau-collecteur. Les canons sont activés, tout comme le bouclier de défense. La jauge d'énergie descend rapidement sous l'effet de l'accélérateur. La route à suivre s'inscrit en rouge devant lui. Le pilotage automatique va bientôt prendre le relais.

Il se détend, vérifie les écrans annexes ; voit, derrière son aéronef, la base s'éloigner, astéroïde rocheux parmi des centaines de milliers d'autres, impossible à détecter, encore moins à trouver – à moins d'y passer des siècles. Tout autour, l'espace s'étend à l'infini.

Un sourire émerveillé se dessine sur les lèvres du rebelle.

La constellation du Corbeau brille de mille feux, reconnaissable entre toutes. Un peu plus loin, les nébuleuses jumelles Central-Un et Central-Deux illuminent le cosmos de leur bleu laiteux. De minuscules points blancs s'allument et s'éteignent partout, météorites filant dans le vide, un instant éclairés avant de disparaître dans l'infini.

Le vaisseau traverse les dernières poches de poussière, dépasse les ultimes cailloux orbitaux et émerge de la ceinture d'astéroïdes. Le cockpit se teinte d'une lueur rougeâtre. La colonie de Chronon Galactics apparaît, sphère ocre et aride, accompagnée de son satellite.

Un voile luminescent se forme dans l'espace, scintille le temps d'un battement de cœur, se dissipe.

Noam tourne la tête. L'anomalie est là, à la limite extérieure du système, minuscule, éclatante de couleurs.

— NOAM ¿

Le pilote sursaute.

— Caillasse ! s'exclame-t-il.

Toujours la même voix.

Noam vérifie d'un coup œil que les canaux de communication sont bien tous éteints.

Il s'assure qu'aucun autre vaisseau ne soit à portée et, exaspéré, appuie sur l'un des boutons de son casque.

— T'es là ¿ demande-t-il.

— Non. T'es pas censé me contacter, lui répond Kay.

— Je viens d'entendre mon nom. Quelqu'un tente de m'appeler.

Le silence.

— Kay ¿

— Écoute, mec, c'est vraiment pas le moment de mater les chron…

— Je déconne pas, Kay. Il y a quelque chose de sableux.

Il devine son ami qui pianote sur sa console.

— Je ne détecte rien, annonce l'ingénieur au bout de quelques secondes.

— Vaisseau ? ordonne Noam. Repasse le son s'il te plaît.

— *NOAM ?* répète la voix, enregistrée par l'ordinateur de bord.

— C'est quoi, ça ? s'alarme Kay.

— Bonne question. C'est la troisième fois que je l'entends depuis hier.

— Je vais fouiller. En attendant, coupe tes canaux. Si Sato ou Dabo nous surprennent, on risque de se faire ensabler.

— Reçu, termine Noam.

D'un geste brusque, il interrompt la communication.

Qui peut vouloir me contacter ?

— CIBLE EN APPROCHE, annonce le vaisseau, sortant Noam de ses pensées. PILOTAGE AUTOMATIQUE DÉSACTIVÉ.

Le rebelle raffermit sa prise sur les commandes et se concentre de nouveau sur les écrans. La surface de la lune y grossit à vue d'œil, révélant ses innombrables cratères creusés dans la glace, les traits mauves, verts et turquoise de ses lignes de fracture, les rares montagnes à s'élever, certaines culminant à plusieurs dizaines de milliers de mètres.

Noam vérifie les échos radars – nuls –, le trajet jusqu'à destination.

Libre.

Il réduit d'une poussée inverse la vitesse du vaisseau, cherche la trace des navettes rebelles – il est encore trop tôt –, et se rapproche de l'un des cratères du satellite, que rien ne différencie des autres. Le nez de l'astronef pivote. Le sol de la lune grossit, prend un écran entier, puis deux, trois, et tous.

Aucun signe de piège.

Noam diminue la puissance des moteurs. Deux ailes émergent des latéraux, ainsi que les pics d'amarrage au sol.

La navette s'immobilise à quelques kilomètres d'altitude.

Noam vérifie une nouvelle fois l'accélérateur chronotique – il fonctionne à plein régime, empêchant quiconque de déceler l'appareil –, puis déclenche l'alunissage. Le vaisseau descend puis, accompagné d'un léger tremblement, touche le sol, non loin du bourrelet de glace qui masque le cratère où est censé se trouver l'entrepôt de Radendt.

— Première étape réussie, murmure-t-il pour lui-même.

Il se détache de son fauteuil et récupère son scaphandre.

Aucun signe de vie.

La surface de la lune s'étend autour de lui, désolée, trouée de ravins et de fissures.

Noam avance d'un pas, quitte le champ de furtivité de l'aéronef.

Toujours rien.

Le silence est pesant.

Au-dessus de lui, il n'y a pas de ciel, juste l'espace noir constellé d'étoiles, de nuages de particules et de gaz.

C'est magnifique.

Alix, c'est magnifique.

Il ferme les paupières un instant, les rouvre rapidement.

Pas maintenant.

D'un regard, il s'assure de ne déceler aucun mouvement.

— OK, chuchote-t-il dans le micro de son scaphandre.

Une dizaine de silhouettes surgissent de nulle part, équipées de la même combinaison extra-planétaire au poing rebelle sur le cœur, du même blaster, du même casque doré sur lequel se reflètent les soleils rouge et jaune.

Noam ne lève pas la tête – le mini-cargo transporteur va rester invisible, en vol stationnaire au-dessus des navettes, le temps qu'ils ressortent avec le matériel de Wu –, et active la réalité augmentée de sa visière. Les coordonnées de l'entrée de l'entrepôt identifié par Kay apparaissent en surimpression dans le paysage lunaire, ainsi que le chemin qui y conduit.

Noam part en premier. Rendu plus léger qu'un grain de sable avec la faible gravité, chacun de ses pas le fait avancer de plusieurs mètres. Tendu, il avance sur le sol gelé, saute par-dessus des ravins qui s'enfoncent dans les profondeurs de la lune jusqu'à atteindre le rebord du cratère. Arrivé, il assure la prise sur son blaster, prêt à tirer, et passe sa tête au-dessus de l'arête de glace, juste le haut, jusqu'à la visière.

Le bassin derrière est vide, vaste étendue bleue et grise, trouée de milliers d'éclats de comètes.

Dans un coin, un cercle un peu plus foncé attire l'attention du pilote.

L'accès à l'entrepôt.

Il vérifie une dernière fois les alentours. Toujours personne. Normal. Les hommes de Radendt doivent se trouver à l'intérieur. Pas plus de quinze, *a priori*. Avec l'effet de surprise, cela ne devrait pas être difficile.

Noam prend une longue inspiration, bondit par-dessus la butte gelée et, en quelques pas, franchit la distance qui le sépare de l'entrée.

Toujours rien.

Tout se passe comme prévu.

Il déverrouille la sécurité de son blaster et s'arrête avant de tirer, pris d'un étrange pressentiment.

Il jette un regard en arrière. Ses compagnons sont tous là – Sato, Jameson, Abergel et les autres –, et attendent qu'il donne le signal de l'assaut.

Pourvu que Duchamp n'ait pas menti...

Son doigt appuie sur la détente.

10

La porte de l'entrepôt explose sans bruit dans l'atmosphère ténue. La poussière et les éclats de métal envahissent la petite entrée derrière et restent en suspension, empêchant d'y voir à plus de quelques pas.

Noam se jette dans l'ouverture créée.

Le rayon écarlate d'un laser lui frôle l'épaule, un second passe à quelques centimètres de sa tête. Il réplique au hasard, se précipite derrière un muret de consoles et échappe à une nouvelle rafale silencieuse.

Une multitude de traits rouges et bleus se croisent dans tous les sens. Un des gardes de Radendt s'effondre, atteint en pleine poitrine, un autre titube et se laisse glisser au sol, la combinaison brûlée au niveau de la gorge, le sang s'élevant en bulles grenat. Le troisième veut s'enfuir, n'en a pas le temps. Touché dans le dos, il s'écroule à son tour, lui aussi retenu par la microgravité de son scaphandre.

Noam se relève et examine rapidement le sas d'entrée. Il est vide en dehors des consoles et de quelques écrans sur les murs creusés à même la roche et la glace, affichant des informations de pressurisation – rouges – et des canaux de communication fermés.

Aucune alarme ne semble avoir été déclenchée.

Les rebelles échangent un regard. Pas de blessé.

Sato hoche la tête.

Noam s'approche de la seule autre porte de la pièce et en tourne doucement la poignée.

Derrière, un escalier métallique s'enfonce dans les profondeurs gelées de la lune.

Attentif au moindre mouvement, au moindre signe de danger, le pilote pose son pied sur la première marche.

Pas de piège, ni d'alarme.

Noam poursuit la descente et atteint un nouveau sas. D'après le plan-holo affiché sur sa visière, une immense salle s'étend de l'autre côté. Le détecteur thermique n'indique aucune présence.

Trois gardes seulement ?

Noam se cale de profil, prêt à reprendre son blaster, et actionne l'ouverture du panneau. La pièce derrière ressemble à un hangar : murs et sol nus, éclairage blafard. Une trentaine de conteneurs en métal sont entreposés au fond.

Des conteneurs sans aucun signe de corrosion.

Jamais exposés aux chronons, songe Noam.

Il s'avance, les sens en alerte. Derrière lui, ses compagnons se mettent en position de soutien.

Le rebelle rejoint les premiers caissons, pose sa main sur le panneau de commande de l'un d'entre eux. Sans un bruit, il s'ouvre.

Le front de Noam se plisse.

Vide.

Une forme immobile dans l'ombre attire son attention.

Le pilote se penche, fouille le sol de la lumière de son casque, et se fige.

Derrière les conteneurs git l'émissaire Wu, les bras en croix et sans scaphandre, les yeux ouverts sur la mort.

— Les sablards ! mugit Noam dans le canal d'urgence. C'est un piège !

Il fait volte-face juste à temps pour voir plusieurs silhouettes armées surgir des caisses.

Les tirs démarrent aussitôt. Un rebelle est projeté contre un mur, un autre s'écroule, la jambe calcinée. Les coéquipiers de

Noam répliquent et les lasers fusent – rouge bleu rouge rouge bleu – dans le hangar.

— Repli ! Repli ! hurle Noam, caché derrière un conteneur.

Il n'entend rien en retour.

Les hommes de Radendt ont brouillé leur canal d'urgence !

Derrière lui, il voit cinq, six de ses comparses reculer en direction de la sortie.

Les autres sont à terre.

J'arrive, Alix.

Un sourire résigné aux lèvres, le cœur presque léger, Noam se lève afin de couvrir ses compagnons. Partout les lasers trouent les murs et le sol, transformant la glace en une épaisse vapeur d'eau qui envahit le hangar. Le rebelle tire sans discontinuer, empêchant les soldats de Radendt de viser ses coéquipiers.

Deux gardes se précipitent sur lui.

— Kerval ! hurle une voix dans son casque.

Sato !

Le canal d'urgence refonctionne !

Le pilote jette un regard rapide par-dessus son épaule. De l'entrée, la capitaine lui fait signe de les rejoindre.

Caillasse !

Les deux soldats sont presque sur lui !

Noam baisse son blaster et se rue vers Sato, comptant sur ses compagnons pour faire bouclier.

Les lasers flamboient à droite, à gauche, sans bruit mais mortels. Noam saute au-dessus de débris, des cadavres en combinaison rebelle et atteint par miracle la porte.

— Retraite ! ordonne la voix hachée de Sato.

Les membres de l'escadrille se précipitent dans les escaliers, passent la porte de l'étage supérieur – l'un des pilotes tombe, touché dans le dos –, surgissent dans la première salle et bondissent au travers du trou pour rejoindre le cratère.

— … de roche, vous allez finir par répondre ! hurle Kay dans les écouteurs.

— Aux vaisseaux ! ordonne Sato.

Les cinq survivants de l'expédition s'élancent en direction de leurs appareils.

— Alerte ! rugit Kay. Des renforts arrivent de Chronon Galactics ! Douze aéronefs et un vaisseau-commandant !

Une déflagration silencieuse secoue le sol de la lune. Sans ralentir, Noam jette un regard au-dessus de son épaule – *Les navettes de Radendt sont là !* –, court sans s'arrêter entre les blocs de glace qui explosent tout autour. Un faisceau bleu passe à sa droite, un autre à sa gauche ; Sato trébuche – *Non !* –, se rattrape de justesse et poursuit comme eux en direction de leurs véhicules.

— J'arrive ! crie Zimmer, aux commandes du vaisseau cargo.

— Tu ne fais pas le poids ! proteste Sato, essoufflée.

— Pas le choix !

L'espace se plisse, et le petit navire rouillé apparaît juste au-dessus des rebelles. Ses deux canons à particules tirent en même temps.

— Dans le mille ! s'enthousiasme Zimmer.

Une navette au logo de Radendt Galactics explose, dispersant ses débris autour d'elle.

Le vaisseau-commandant pivote et pointe ses armes sur le transporteur.

— On y est presque ! lance Sato.

Les pilotes survivants approchent de leurs appareils masqués derrière les champs de furtivité.

— Je suis touché ! annonce Zimmer. Je suis…

Il ne termine pas sa phrase.

Caillasse !

Noam disparaît à l'intérieur de la zone dissimulée par l'accélérateur de chronons de son aéronef, bondit dans son vaisseau – *Pourvu qu'ils n'aient pas le temps de le détecter !* –, fonce vers le cockpit et se jette dans son fauteuil.

— Décollage immédiat ! ordonne-t-il.

— DÉCOLLAGE, répond l'ordinateur de bord.

Les moteurs s'allument et, sans bruit, la navette s'élève au-dessus du sol.

— RÉSERVES D'ÉNERGIE À 17 %.

— Bouclier de défense à fond.

— LES RÉSERVES D'ÉNERGIE...

— Bouclier de défense ! hurle Noam.

Le voile qui masquait le petit vaisseau disparaît au profit de l'ovoïde défensif. Sur les écrans, les autres appareils rebelles apparaissent également dans l'espace.

— Cargo perdu, dit Sato. On abandonne la mission !

Les cinq aéronefs s'élèvent dans un même mouvement, les moteurs gagnant en puissance à chaque seconde. Derrière elles, l'escadre de Radendt Galactics se reforme et s'élance à leur poursuite.

— Ici Raja Sharma, annonce une voix sur le canal général. Rendez-vous immédiatement où vous serez détruits. Ceci sera mon seul avertissement.

— Va te faire ensabler ! hurle l'un des pilotes.

— Après toi.

Deux coups de canon trouent l'espace d'un faisceau bleu et l'un des vaisseaux rebelles explose en vol.

— Il a eu Jameson !

— Couverture ! lance Sato. Les autres, filez.

— Je viens avec toi, lui répond Noam.

Les deux aéronefs décrochent de la formation et font demi-tour afin d'affronter celles de Sharma, laissant le reste de l'escadrille s'éloigner.

— À nous, grince Sato.

Dans un déluge de lasers, les deux navettes fondent sur leurs adversaires de Radendt Galactics. Les boucliers crépitent, surchargés par les tirs, les vaisseaux filent à des vitesses vertigineuses. Plus rapides et agiles que les appareils ennemis, Sato et Noam les harcèlent, permettant à leurs compagnons de disparaître dans l'espace.

— Ils ont pu s'échapper ! annonce Sato.

— Impec, on se barre alors !

Noam abaisse les commandes, s'éloigne pour se désengager du combat et actionner les moteurs chronotiques.

Une pulsation bleue envahit l'écran à sa droite.

— Je suis touchée ! crie la capitaine.

L'aile latérale arrachée par le souffle d'une explosion, sa navette tournoie sur elle-même.

— Extraie-toi ! J'arrive te récupérer !

— Négatif ! Ils nous auront tous les deux. File !

— Impo...

— C'est un *ordre* !

Noam hésite une fraction de seconde.

— Caillasse de roche !

Il tire à fond sur les commandes, déclenche le passage lumière et, à la suite des autres, disparaît à son tour dans l'espace en abandonnant Sato.

11

— Aïe ! lâche Noam.

Il serre les mâchoires.

— VOTRE INDICE DE DOULEUR EST…

— Ferme-la. Et fais vite.

Dans un silence seulement interrompu par le bruit du bras articulé, le robomédic termine de recoudre la plaie au bras de Noam, en même temps que le gel anti-brûlures fait effet et répare la peau.

— Dépêche-toi, insiste Noam.

Le pilote regarde l'heure sur l'écran face à lui. Presque 23 heures.

Le débrief de leur échec cuisant démarre dans quelques minutes.

Son peu de patience épuisé, Noam arrache la sangle qui le maintenait et se lève du fauteuil.

— LE PROCESSUS DE SOIN EST…

La porte claque sans que Noam entende la fin de la phrase.

Jamais l'ambiance n'a été aussi lourde dans la salle tactique. Chacun arbore une mine sinistre. Le siège de Sakura Sato est vide – le cœur de Noam se serre –, ainsi que ceux de Torres et de Riveste, la capitaine de l'astéroïde.

— Ça va ? s'inquiète Kay lorsque son ami s'installe à ses côtés.

— Non.

— Ton moral, je m'en fous. Tes blessures ?

— Superficielles.

— T'y pouvais rien.

— Tout est ma faute.

— On a tous voté.

— Tout est ma faute.

Kay soupire, abandonnant la partie.

— Ça donne quoi, ici ? reprend Noam.

— Ça roche comme jamais.

— À ce point ?

Kay hoche la tête.

— Quelque chose me tracasse, souffle-t-il, d'une voix à peine audible.

— Quelque chose *en plus* de la catastrophe qu'on vient de vivre ?

— Possible.

Autour de la table, les chefs de la rébellion discutent eux aussi à voix basse, consultent l'écran à leur poignet, frappent mécaniquement des doigts le plateau blanc, masquant difficilement leur inquiétude ou leur impatience en attendant que la réunion commence. Seul Sharma arbore un air indéchiffrable.

— J'ai essayé de remonter la piste de la communication que tu as reçue tout à l'heure, sur la lune.

— Tu en as trouvé l'origine ?

— Elle a été effacée. Impossible de la tracer, même pour moi.

— Pourquoi tu me dis ça maintenant alors que...

— Mais je suis tombé sur autre chose quand je cherchais, poursuit son ami sans l'écouter.

Il regarde autour de lui, s'assurant que personne ne puisse les entendre.

— Des hommes sont arrivés sur la base, murmure-t-il. Beaucoup.

— Et donc ? l'interroge Noam. Sans doute que Torres a demandé de renforcer la sécurité suite aux attaques de Radendt ou...

— C'était pas prévu, le coupe l'ingénieur. Enfin, pas à ma connaissance. Et aucun d'entre eux n'est allé dans la zone des baraquements. Les navettes de transport n'ont même pas été annoncées.

Les sourcils froncés, Noam cherche dans l'assistance la silhouette ronde de Riveste, avant de se souvenir qu'elle est avec la commandante.

— Je ne sais pas pourquoi, mais je n'aime pas ça, insiste Kay.

— T'as prévenu Torres ?

— Impossible. Elle est...

— J'aurais dû garder mon pistolet, murmure Noam.

— Il aurait été détecté quand tu es entré.

Par réflexe, le pilote jette un regard en direction du sas, comme si, à travers, il pouvait voir la petite table où sont déposées les armes. La porte s'ouvre au même moment, interrompant les discussions. La commandante apparaît, accompagnée de Riveste, et rejoint son siège. Elle s'assure de la présence de chacun, hoche la tête à l'intention d'Orcane, la seule comme d'habitude à n'être qu'un hologramme, et commence sans attendre.

— Vous avez toutes et tous été informés du résultat de la mission sur la lune...

— Un désastre, l'interrompt tout de suite Sharma.

— Un désastre, en effet, acquiesce Torres.

— Qui aurait pu être évité si j'avais été écouté, insiste le militaire. Nous avons six morts supplémentaires et autant de navettes détruites.

— Nous avons voté, rappelle Dabo, les yeux aussi noirs que sa peau.

— Une décision catastrophique de plus portée par Torres et à laquelle je me suis fermement opposé. Après le sabotage raté de l'usine chronotique et l'attaque de la caserne nord qui nous a coûté une demi-douzaine de rovers, nous nous affaiblissons une nouvelle fois, alors même que Radendt tente de nous chasser de CG-1.

Ses yeux se plissent sous l'effet d'une colère froide.

— Malgré, je le répète, mes nombreux avertissements.

Il prend le temps de dévisager chacun des chefs de la rébellion.

— Cela n'est plus possible. J'exige un vote afin de démettre Torres de ses fonctions à notre tête puisque son commandement nous mène d'échec en échec.

Un silence de mort s'abat sur la salle tactique.

— Je..., commence Hank Gorski, une expression défaite sur le visage.

Il hésite, cherche ses mots, tous les regards braqués sur lui.

— Je sais que je suis le plus récent ici. Mais, même si je te comprends, Sharma, et même si je comprends ta frustration, je ne crois pas que le remplacement de la commandante soit la solution à nos problèmes. Nous avons pris ces décisions ensemble, comme l'a rappelé Dabo.

— Nous n'arriverons à rien comme ça. Nous laissons continuellement l'initiative à Radendt. Notre fonctionnement est trop lent, trop collégial. Il faut le changer pour gagner en efficacité.

Il fronce les sourcils.

— Et frapper, une bonne fois pour toutes.

— Les avis de chacun sont écoutés pour que nous soyons meilleurs collectivement, intervient Amaya Dabo. Personne n'a la science infuse.

— Et cela permet d'organiser notre rébellion à l'inverse de ce que fait Radendt sur Chronon Galactics, ajoute Gorski. C'est-à-dire collégialement.

Sharma ignore leurs remarques et se tourne vers la commandante, jusque-là restée en retrait.

— C'est toi qui as instauré ce système de votes, Torres. Tu ne peux pas refuser ma demande d'y faire appel.

— Évidemment que non, admet la cheffe des rebelles. Je crois à la démocratie et au collectif, je ne vais pas revenir sur mes convictions maintenant.

Elle adresse un signe de tête à Kay. À contrecœur, celui-ci commande la sortie des terminaux qui émergent de leur compartiment. Il n'y a pas un bruit dans la salle en dehors des doigts qui enfoncent les touches. La mine grave, les chefs rebelles observent leurs voisins, essayant de deviner ce que chacun votera. Seule Torres semble sereine, les bras croisés sur la poitrine.

Le dernier, Arun Sharma appuie sur sa console.

Les résultats s'affichent aussitôt en suspension au-dessus de la table.

Cinq voix contre quatre.

— Je reste donc votre commandante, déclare Torres.

Cinq contre quatre, s'inquiète Noam.

Il jette un regard en biais à Kay. Soucieux, son ami observe chacun des membres de l'assemblée.

— C'est de la folie, gronde Sharma.

S'adressant tour à tour à chacun des chefs de la rébellion, il déclare :

— Nous avons ce matin perdu six des nôtres dont Sato, une capitaine efficace. Cinq navettes et un vaisseau-cargo ont été détruits. Tout cela à cause d'une mauvaise décision. D'une mauvaise décision *de plus*. Il fallait ignorer ces combinaisons et attaquer, sans attendre, comme je le répète sans cesse !

Son poing frappe la table.

— Six soldats, quand nous n'en avons pas deux cents ! Six vaisseaux, alors qu'il ne nous en reste à peine vingt ! Nous ne pouvons pas nous permettre de telles erreurs ! Torres n'a de toute évidence pas la capacité à nous diriger, conclut-il.

— Le débat est clos, lui oppose cette dernière. Nous avons voté comme tu l'as demandé.

— Je récuse le résultat de ce vote, gronde Sharma.

Le visage de la commandante pâlit.

— Non, Arun...

— Je récuse l'autorité de celle qui nous mène de défaite en défaite ! Torres, je veux que tu abandonnes le commandement.

— Sharma ! proteste Dabo en se levant.

— Tu ne peux pas ! ajoute Hank Gorski, ses yeux agrandis de frayeur.

Riveste, Smith et Orcane sont restés assis, observant la situation en silence.

— Oroen, bloque les sas ! lance Torres.

Kay tape aussitôt l'instruction sur les icônes de son clavier.

— Inutile, déclare Sharma.

— ALERTE JAUNE, intervient une voix synthétique. MOUVEMENTS DE TROUPES DÉTECTÉS DANS L'ASTÉROÏDE.

— Il est trop tard, poursuit le militaire.

— Ne fais pas ça, murmure la commandante d'un ton grave.

Dans un silence de plomb, Kay recommence, les traits tendus.

— Poussière ! s'exclame-t-il à voix basse.

— Quoi ? s'alarme Noam à côté de lui.

Kay lève le visage en direction de Torres.

— Quelqu'un a bloqué mes accès, annonce-t-il, désemparé. Je ne peux rien faire.

— Arun, arrête ça tout de suite, insiste la commandante. Pour notre salut à tous, je t'en supplie.

— UNE QUINZAINE DE SOLD…

L'ordinateur s'interrompt, déconnecté. Kay jette un regard de l'autre côté de la table.

Riveste éloigne ses doigts de son communicateur.

— Elle est avec lui, chuchote-t-il à l'intention du pilote.

— N'utilise pas les méthodes de Radendt.

La commandante plisse les yeux et, dans un souffle, ajoute :

— Ni celles de ton frère.

— Il n'y a plus de temps pour l'hésitation.

Des cris s'élèvent de l'autre côté de la porte, le bruit d'un laser, d'un second.

Puis le silence, pire encore.

— À vous de décider, maintenant. Vous êtes avec moi, ou contre moi ?

Le sas s'ouvre sur un petit groupe d'hommes en combinaison de combat, armés et casqués.

Deux des gardes qui étaient en faction gisent au sol, inanimés.

— Si nous agissons comme eux, nous deviendrons comme eux ! tonne la commandante.

— Zulmira Torres, vous êtes démise de vos fonctions, annonce l'un des soldats surgis dans la salle tactique.

Abasourdi, Noam observe tour à tour chacun des autres capitaines.

Chacun reste assis sans réagir, tétanisé. Machinalement, le pilote pose la main sur sa poche, là où il accroche habituellement son blaster.

Il jette un regard à Kay.

Son ami, aussi catastrophé que lui, essaie de croiser les yeux d'Éléonore.

Le visage de la scientifique est impénétrable.

— À compter de maintenant, déclare Sharma, je suis le commandant de la rébellion contre Radendt Galactics. Nous continuerons à nous réunir ici, tous ensemble. Jusqu'à nouvel ordre, je vous demande de rester dans l'astéroïde, pour votre propre sécurité.

Il adresse un signe de la tête à la capitaine de la base.

— Riveste s'en assurera. N'est-ce pas ?

Cette dernière acquiesce.

— Sofia, tu ne peux pas le laisser faire ! s'écrie Torres. Je sais ta colère, je sais ton envie de te venger de Radendt après ce qu'il t'a fait, mais ce n'est pas en reprenant ses méthodes que nous réussirons !

— Je suis désolé, Zulmira, répond Riveste. Comme Sharma, je ne crois plus que ton commandement puisse nous conduire à la victoire. Et je *veux* que nous gagnions. Radendt doit payer pour ses crimes.

— Trois, chuchote Kay à l'adresse de Noam.

Le pilote acquiesce d'un discret hochement de tête.

— La rébellion a besoin de vous tous, déclare Sharma en dévisageant chacun des membres de la salle. *Nous* avons besoin de vous tous pour réussir à nous débarrasser de Radendt.

— Deux, murmure Kay.

— Il y a juste une personne que je souhaite exclure dès maintenant du commandement.

Il se tourne vers l'ingénieur.

— Oroen, ton amitié avec Torres nuira à ton jugement. J'ordonne que...

— Un.

Dans un même mouvement, Noam et Kay bondissent de leur fauteuil.

Noam et Alix

12 ans plus tôt

Noam pose sa main sur le torse d'Alix. Ils sont essoufflés d'avoir fait l'amour ; brillent de sueur, un sourire alangui sur le visage.

— Tu es vraiment sûr de vouloir y aller demain ? demande le pilote.

— Certain.

Le jeune homme aux mèches blondes réfléchit un moment.

— Tu n'es pas obligé de venir...

— Bien sûr... murmure Noam. Et je vais te laisser sans personne pour te protéger ?

— Je sais me protéger tout seul, proteste son compagnon.

— On sera plus forts à deux.

Noam se redresse et pose un baiser aux commissures des lèvres d'Alix.

— On sera *toujours* plus forts à deux.

Il se rassied au milieu des vêtements qui jonchent le sol du bloc abandonné dont ils ont fait leur refuge quelques semaines auparavant, depuis que les troubles ont commencé dans CG-1 et que les rumeurs d'émeutes prennent de l'ampleur.

Noam réfrène une grimace.

Des émeutes. Contre Radendt.

Jamais le propriétaire de leur planète ne laissera faire.

— C'est quoi, le plan ? demande-t-il.

Le jeune ouvrier se relève à son tour et s'installe face à Noam. L'apprenti-pilote plonge son regard dans les yeux verts d'Alix qui ont le don de l'hypnotiser plus encore que les mots, la bouche, les bras et le reste du corps de celui qu'il aime plus que tout.

— Ça démarrera le matin. Ceux que je connais de la rébellion participeront aux actions. Moi, je dois juste abandonner l'usine, rejoindre les insurgés à l'astroport et détruire le plus de navettes possible.

— C'est roche, s'inquiète Noam. C'est sablement roche. Il suffit que quelqu'un vous dénonce, que les soldats de Radendt vous attrapent, que…

— On va mourir de toute façon si on ne fait rien, l'interrompt doucement son amant.

Alix se lève et, nu, s'approche de l'étroite fenêtre qui donne sur la ville endormie. Noam admire un instant les lignes harmonieuses de son corps, puis le rejoint.

— Regarde, lui dit Alix. Regarde ces blocs, tous plus délabrés les uns que les autres. Imagine tous ces gens épuisés comme toi et moi après une journée, une semaine, des mois ou des années à travailler pour Radendt. Affamés. Sans espoir. C'est ça que tu souhaites pour nous deux ¿

Le pilote ne répond pas.

— On veut aller dans les étoiles, mon amour, insiste Alix.

Il lève ses yeux pleins de vie sur la voûte céleste au-dessus d'eux, sur les nuages de gaz et de particules qui colorent l'espace de mauve et de bleu, de blanc, parfois de jaune ; sur l'anomalie minuscule qui, si loin, bombarde leur planète de chronons scintillants.

— On ne le pourra jamais si on ne se bat pas. On ne le pourra jamais si on reste esclaves de Radendt.

— Je ne supporterai pas de te perdre, murmure Noam.

— Moi non plus, mon amour. Moi non plus. Mais on ne se perdra jamais.

Il le prend dans ses bras et ajoute :

— Je te le promets.

12

Les deux hommes sautent par-dessus la table tactique…

— Arrêtez-les ! rugit Sharma.

… passent entre les fauteuils d'un Smith et d'une Dabo stupéfaits…

— Ne tirez pas ! hurle Torres.

… se précipitent en direction du sas et des mutins aux fusils pointés sur eux…

— Par pitié ! lance Gorski, se dressant de son siège.

… se ramassent sur eux-mêmes.

Un des soldats pose son index sur la gâchette.

Un cri étouffé s'échappe des lèvres closes d'Orcane.

— Ne tuez personne ! rugit Sharma.

Ses gardes hésitent une fraction de seconde.

Noam et Kay en profitent et leur foncent dedans.

Les coups de poing et de pieds se mélangent dans la mêlée. Les soldats tentent de ceinturer Noam – le pilote leur file entre les doigts –, d'immobiliser Kay – ce dernier réplique chaque fois, précis, au cou, à l'abdomen ou dans les jambes, faisant chuter ou gémir son adversaire de douleur.

Réussissant à passer entre les gardes, Noam s'empare de son blaster, tire à l'aveugle derrière lui, jette un regard à Kay – il s'est libéré de la masse des mutins lui aussi ! – et s'élance à toute vitesse dans le couloir rocheux.

— Rattrapez-les ! vocifère Sharma.

Les premiers lasers à faible puissance sifflent – coups de semonce –, sans que Noam, talonné par Kay, ne ralentisse.

— Riveste, bloque les accès !

Les deux fuyards n'entendent pas la réponse de cette dernière mais, au loin dans les coursives, discernent le bruit de sas qui se verrouillent.

— Alerte jaune ! retentit la voix de Riveste dans les haut-parleurs. Les capitaines Oroen et Kerval sont aux arrêts et en fuite. Ordre à tous : rattrapez-les !

Courant aussi vite qu'il le peut, Noam change de direction à mesure que les couloirs se ferment. Rejoint par Kay – bien moins essoufflé que lui –, il s'éloigne de la bulle centrale déserte, évite les corridors d'où lui parvient le bruit de bottes, contourne le mess, les baraquements, les entrepôts pour espérer atteindre les docks.

Derrière eux, les soldats de Sharma les talonnent.

Noam poursuit dans une coursive vide éclairée d'une lumière blafarde.

— On va où ? demande Kay.

— Aucune idée !

Il tourne au carrefour suivant – il semble y avoir du monde, au loin ! –, continue, les poumons en feu, la sueur dégoulinant dans son cou et de son front.

— Caillasse ! peste Noam.

Du bruit, à l'extrémité du corridor.

Un escalier métallique, à sa droite !

Le pilote s'y précipite, imité par Kay.

— Rendez-vous !

— Ne nous obligez pas à utiliser nos armes !

Ignorant les soldats, les deux fugitifs dévalent les marches à toute vitesse, rejoignent une nouvelle coursive au plafond bas recouvert de tuyères et de câbles mêlés, s'enfoncent de plus en plus profondément dans l'astéroïde en direction – ils l'espèrent – du dock et des navettes.

— Roche de... Caillasse ! rugit Noam, à bout de souffle.

Il ralentit brusquement, manquant de se prendre Kay dans le dos.

— Quoi ? s'inquiète son ami.

— Porte !

Devant eux, un sas fermé bloque l'accès.

Kay jette un regard derrière lui. Des cris, le claquement des bottes sur le sol.

— Ils arrivent !

Noam rejoint le panneau de métal corrodé et appuie sur le bouton de commande.

— SAS VERROUILLÉ, annonce une voix synthétique.

— Caillasse, fais quelque chose ! rugit Noam.

— Comme si je t'attendais ! proteste Kay.

L'ingénieur approche son poignet de la serrure, y colle son communicateur.

— Ouverture ! ordonne-t-il.

— SAS VERROUILLÉ, répète la voix.

Précédés par l'écho de leurs pas, les soldats de Sharma se rapprochent de seconde en seconde.

— Ils sont presque là ! s'alarme Noam.

Kay fouille ses poches à la recherche d'une arme, de quelque chose pour se défendre, sans rien trouver, se campe sur ses jambes, les mains devant le visage, prêt à se battre. Derrière lui, Noam se colle à la porte et, ivre de rage, tambourine dessus de toutes ses forces.

— Ouvre-toi, roche de caillasse de sas de mes couilles ! hurle-t-il.

— OUVERTURE, annonce la voix.

Noam se fige, stupéfait.

Dans un vrombissement léger, le vantail coulisse et disparaît à l'intérieur du mur.

Les fuyards échangent un regard ahuri.

— Il suffisait d'être vulgaire ? grimace Noam.

— Arrêtez-vous ! tonne un des soldats.

Les deux amis reprennent aussitôt leur course.

— FERMETURE, annonce la voix atone derrière eux. BLOCAGE PRIORITAIRE.

— Je pensais pas être si convaincant, souffle Noam.

— Qui a pu nous aider ? s'étonne Kay derrière lui.

Les deux fugitifs atteignent un nouvel escalier métallique, en grimpent les marches deux à deux et surgissent dans un long couloir désert.

De l'autre côté, une double porte vitrée donne accès aux docks.

Noam et Kay la rejoignent d'un bond et tentent d'en activer l'ouverture, sans succès.

— Ouvre-toi, roche de caillasse ! rugit Noam.

— Pas deux fois, regrette Kay.

Il jette un regard en arrière.

— Ils sont bloqués mais d'autres vont venir.

— Trouve une idée, gros malin !

Kay s'empare de l'arme de son ami, tire sur la partie translucide qui, sous l'effet du laser, commence à fondre.

— Alerte jaune ! retentit la voix de Riveste partout dans la base. Interceptez Oroen et Kerval coûte que coûte !

Malgré le verre encore en fusion, les deux hommes se faufilent au travers de l'ouverture créée dans la porte et accèdent enfin au hangar des navettes.

— On va à mon appareil ! lance Noam.

— Sofia a forcément bloqué les rampes de décollage ! peste Kay.

— T'as une meilleure idée ?

L'ingénieur ne répond pas, court avec son ami jusqu'au vaisseau-collecteur de Noam. Ils s'installent dans le cockpit, Noam allume les moteurs.

— Jamais nous ne pourrons…

— DÉPART AUTORISÉ, annonce l'ordinateur de bord.

Noam et Kay se regardent, interloqués.

— Qui a bien pu faire ça ?

Le pilote ne l'écoute pas, enfile son casque de commande et lance :

— On se barre d'ici, mon pote !

La navette survole la zone de décollage, face aux deux immenses panneaux métalliques rouillés qui s'ouvrent sur l'espace et la ceinture d'astéroïdes.

— Noam ? appelle de nouveau la voix synthétique dans le canal privé.

La base rapetisse de seconde en seconde sur l'écran du cockpit.

— Alerte orange ! lance Riveste dans le faisceau de commandement. Ordre à tous les pilotes : interceptez le vaisseau-collecteur de Kerval. Je répète : interceptez le vaisseau-collecteur !

— Caillasse ! lâche Kay.

— Accroche-toi, dit Noam.

— Tu passes pas en mode furtif ?

Le rebelle vérifie la jauge d'énergie.

Rouge.

— Il va falloir faire sans, annonce-t-il.

Il tire sur le manche de pilotage, augmentant encore la vitesse.

— Des navettes en approche, alerte Kay.

Assis sur le siège derrière son ami, il a les yeux rivés sur les écrans latéraux.

— Six.

— Les sablards, grommelle Noam.

— Tu as des armes sur ton épave ?

— Aucune qui soit opérationnelle.

— Super.

— Bouclier de protection à 50 %, ordonne le pilote.

— Bouclier activé, répond l'ordinateur de bord.

— Ça te dit pas, 100 % ? s'inquiète Kay.

— Pas si on veut pousser les moteurs à fond.

Il tire le manche plus encore. Les rochers et les amas de poussière qui forment la ceinture autour de Chronon Galactics filent de part et d'autre du petit aéronef qui évite les plus gros et pulvérise les autres sur son passage.

— Escadrille à navette, appelle une voix féminine dans les haut-parleurs. Kerval, rends-toi. Il ne te sera fait aucun mal.

Le pilote secoue la tête, le regard sombre.

— Je ne me rends jamais, Abergel, tu le sais bien...

Poursuivant les fuyards, les appareils rebelles slaloment entre les débris rocheux, plus vite encore que Noam.

— Ils vont nous rattraper..., murmure Kay.

— Au bout d'un moment, oui. Leurs intercepteurs sont bien plus rapides.

Dans une grimace, il ajoute :

— Et armés.

Il abaisse les commandes. Le vaisseau-collecteur fait une embardée et change brusquement de direction.

Surpris, Kay se cogne contre le rebord de son siège.

— Eh, tu sables quoi ? proteste-t-il.

— J'essaie de faire en sorte qu'on survive !

— Formation à navette. C'est notre dernier avertissement. Laissez-vous reconduire à la base, sans quoi nous serons obligés d'ouvrir le feu.

Concentré, Noam manœuvre afin de sortir le plus rapidement possible de la ceinture, braque d'un côté, d'un autre, monte et descend pour éviter les corps rocheux, fonce droit sur la planète dont l'image grossit rapidement sur la console principale.

— Sharma a trahi ! lance Kay au travers de son micro. Il a mis la commandante Torres aux arrêts en nous menaçant tous ! Il n'a aucune légitimité, Abergel !

— Je suis une soldate, capitaine Oroen. J'obéis aux ordres qui me sont donnés.

Les astéroïdes se raréfient autour de l'appareil, laissant toute place à l'infini de l'espace sur les écrans. La base rebelle n'est plus qu'un minuscule rocher parmi des centaines de milliers. La face de la planète qui abrite la colonie est plongée dans l'obscurité, les soleils cachés de l'autre côté de sa surface.

— Faites demi-tour, tente encore Abergel.

— Compte là-dessus ! réplique Noam.

Il abaisse le levier au maximum et ordonne :

— Boucliers à 30 %.

— Caillasse de caillasse…, jure Kay.

La navette file en direction de Chronon Galactics. Ses poursuivants émergent à leur tour de la ceinture rocheuse.

Un trait rouge passe à quelques kilomètres à peine à droite de l'appareil.

— Ils tirent ! s'exclame l'ingénieur, paniqué.

— Ils visent mal, maugrée Noam.

Dans un silence glacé, les lasers illuminent l'espace quelques fractions de seconde avant de disparaître.

Noam fronce les sourcils.

— Ils nous ratent exprès ou quoi ?

— ENTRÉE DANS L'ATMOSPHÈRE MOINS TRENTE SECONDES, informe l'ordinateur. VITESSE EXCESSIVE. DIMINUTION DEMANDÉE.

— Refus !

— ALERTE…

— Refus !

— Ils approchent encore ! lance Kay, les yeux rivés sur les latéraux.

— Plus que quelques secondes et ils seront obligés d'abando…

Une explosion ébranle la navette.

— VAISSEAU TOUCHÉ, annonce l'ordinateur.

— Sans blague ! peste Noam.

Les lumières du cockpit passent toutes au rouge, des messages d'alarme inondent les écrans tandis qu'une odeur âcre de fumée envahit l'appareil.

— Caillasse !

— ENTRÉE DANS L'ATMOSPHÈRE MOINS QUINZE SECONDES.

Une deuxième déflagration secoue le vaisseau. Déstabilisé, l'aéronef tourne sur lui-même une fois, deux fois, puis de plus en plus vite.

— GYROSCOPES TOUCHÉS. MOTEURS TOUCHÉS. BOUCLIER OPÉRATIONNEL À 5 %. SYSTÈMES DE PILOTAGE OPÉRATIONNELS À 53 %.

— Éjectez-vous ! hurle Abergel dans les haut-parleurs. On va vous récupérer !

— Jamais ! lance Noam.

L'astronef pénètre dans l'atmosphère et la coque s'enflamme.

— TEMPÉRATURE COQUE : 1 614 °C.

Le sol rocheux de Chronon Galactics se rapproche à toute vitesse.

— On va s'écraser ! proteste Kay.

Noam remonte les commandes, les fait pivoter, sans effet.

— TEMPÉRATURE COQUE : 1 949 °C. AVARIE MOTEURS DROIT ET GAUCHE.

— Va falloir qu'on s'éjecte ! grince le pilote.

La moitié des écrans s'est éteinte ; l'autre, teintée d'orange et de feu, montre les navettes rebelles rebroussant chemin dans l'espace et la surface de la planète qui grossit à vue d'œil.

— Il est trop tard ! panique Kay. On va cramer !

— Sans doute..., murmure Noam, les yeux plissés par la concentration.

Il saisit une dernière commande sur la console et hurle :

— Boucliers au maximum ! Éjection !

— ORDRE REÇU, répond l'ordinateur, laconique. ÉJECTION DANS TROIS, DEUX, UN.

Le plafond du cockpit saute, révélant un enfer de flammes et de métal en fusion au-dessus des deux hommes.

— ÉJECTION.

13

— Caillasse de poussière de roche..., gémit Kay en se relevant.

— Pas mieux, réplique Noam.

Il fait nuit. La seule lumière autour des deux hommes – pâle et laiteuse, entre le blanc et le bleu – provient de la ceinture d'astéroïdes et de la lune gibbeuse dans le ciel.

Les débris du vaisseau-collecteur sont disséminés un peu partout dans le désert. Des lambeaux de la capsule-parachutes gisent à terre, déchirés par les flammes et les éclats de métal.

— Vivant ?

— Vivant.

Noam se redresse dans un grognement de douleur. Son genou le fait souffrir. Son bras droit également.

La chute a été brutale.

— Dire qu'hier j'étais peinard en slip dans la salle tactique, grommelle Kay.

— Ben là, t'es peinard presque en slip dans un désert rocheux.

Noam fouille dans sa sacoche de sauvetage, en extrait une carapace et un casque rudimentaire.

— Équipe-toi, dit-il à son compagnon.

Les deux amis revêtent leur combinaison, les yeux rivés sur le paysage aride.

— Tu crois que quelqu'un nous a repérés ? s'inquiète Kay.

— Pas l'air. Mais les restes du vaisseau vont rapidement attirer l'attention.

Il soupire, soudain rattrapé par la fatigue.

— On fait quoi, maintenant ?

Le visage de Kay s'éclaire d'une moue rieuse.

— Ben, c'est pourtant pas compliqué, explique-t-il. D'abord on sauve la peau de Torres, ensuite on reprend le pouvoir à ce sablard de Sharma, puis on renverse Radendt dans la foulée et enfin on sirote des cocktails jusqu'à la fin de nos jours heureux.

— Je signe. C'est par où ?

— Suis-moi.

Kay se met en marche, en direction du sud.

— Kay ?

L'ingénieur s'arrête et se retourne.

— Oui ?

— Je ne rigole pas.

— Moi non plus.

Noam grimace derrière la visière de son casque.

— Et tu vas où, là ?

Son ami lève le bras de son communicateur.

— CG-1, évidemment. Tu veux qu'on aille où dans un premier temps ? Là-bas, je nous trouverai des combinaisons de combat, j'espère un véhicule, idéalement une navette. On pourra ensuite rejoindre Léo dans les montagnes.

— Les entrepôts qu'il nous reste sont sous le contrôle de Sharma, proteste Noam. Entre les soldats de Radendt et les mesures de sécurité de Sharma, jamais on ne pourra entrer.

— J'ai des contacts. Ils m'aideront. Et on a bien réussi à s'enfuir de la base !

Noam grimace.

— Bien. Combien de jours de marche ? Parce qu'on n'a ni vivres ni eau, je te rappelle.

— Quatre heures d'après mon communicateur. Cinq si tu traînes.

— Et qui te dit qu'Éléonore sera de notre côté ? Elle ne s'est pas opposée à Sharma dans la salle tactique.

— Que voulais-tu qu'elle fasse ? Elle n'est qu'un hologramme là-haut. Mais sans elle, ce qui est sûr, c'est qu'on sera totalement isolés. On n'aura plus accès aux canaux de communication, aucune nouvelle, rien. Elle est notre seul moyen de sauver Torres, si c'est encore possible. Et elle le fera, je t'assure.

Noam secoue la tête, abattu.

— Bien. Si tu le dis…

— Fais-moi confiance.

Il repart dans la nuit, et ajoute :

— Je vais quand même pas laisser l'autre excité traîner en slip à ma place dans *ma* salle tactique !

Les deux amis avancent en silence, côte à côte, dans le désert de pierres. Des nuages sombres filent dans le ciel, poussés par un vent sec. La lune disparaît et réapparaît sous leur passage, allongeant les ombres des rochers, plongeant le paysage stérile dans les ténèbres avant de l'en sortir quelques instants plus tard. Le sol, inégal, est constellé de cailloux, obligeant à une marche aussi lente que pénible.

— Tu penses qu'il nous a trahis pour Radendt ? demande Noam, après un long moment.

Kay laisse échapper un petit rire.

— Certainement pas. Il déteste trop son frère pour ça.

— Quel rapport ?

— Il m'en a parlé, une fois, au mess. Un soir. J'ignore pourquoi, il ne tape jamais la discute d'habitude. Il m'a raconté qu'ils étaient dans la même académie militaire sur Terre, son frère et lui.

— Raja ?

— Oui. Arun avait de meilleurs résultats que son cadet, et c'est lui qui aurait dû être affecté ici, sur Chronon Galactics, auprès de Radendt. Mais son frère a fait quelque chose – je ne sais pas quoi –, et a réussi à obtenir le poste à sa place.

— Aïe.

— Tu l'as dit. Arun était fou de rage. Quand il a compris ce qu'il s'était passé, il a décidé de rejoindre la rébellion.

— Il cherche uniquement à se venger de Raja alors ?

— Peut-être. Je pense qu'il veut prouver qu'il est le meilleur des deux.

— Torres ne savait pas tout ça ?

— Bien sûr que si ! Elle le surveillait du coin de l'œil. Mais elle lui faisait confiance, malgré tout.

Il tique.

— J'aurais dû m'en douter, moi, lorsque j'ai détecté les hommes qui arrivaient en nombre à la base sans que personne ne soit prévenu.

Noam rit malgré lui.

— Il y a quoi de drôle ? demande son ami, sur la défensive.

— Je pense à la secte du chronon, je sais pas pourquoi. Ils auraient deviné ce qu'il se tramait, eux.

— Ou ils seraient morts de radiations avant, grogne Kay.

La conversation s'arrête là.

— Tu crois qu'on va pouvoir libérer Torres ? reprend Noam, quelques instants plus tard.

— Les votes.

— Quoi, les votes ?

— Nous étions cinq à ne pas vouloir qu'elle soit démise du commandement. Toi, moi, Éléonore, sans doute aussi Smith et Dabo.

— Super, lâche Noam. Deux mecs perdus dans le désert, une intello isolée dans les montagnes, et un manchot obsédé par la rouille sur les véhicules dont il a la charge. Il n'y a que Dabo qui relève un peu le niveau…

— Ne nous sous-estime pas, sourit Kay derrière sa visière.

Il ralentit et, du doigt, désigne un îlot de lumière au loin.

— On arrive bientôt, dit-il.

— Ouais. Presque, ajoute Noam. Dans quatre heures, c'est ça ?

La lune est déjà couchée lorsque Noam et Kay atteignent, harassés, la limite nord de CG-1. Face à eux, au-devant des premières maisons, un immense toit de pierre s'étend, long et large d'une centaine de mètres. Dessous, des dizaines de tentes de fortune sont installées, protégées des chronons par la roche. Des feux de camp brûlent çà et là, devant lesquels sont assises les rares silhouettes éveillées à cette heure.

— Je vais tâcher de nous trouver de l'aide, annonce Kay. On se retrouve à l'aube, au début de la piste vers les montagnes ?

— J'y serai.

L'ingénieur se tourne vers son ami, le visage soudain inquiet.

— Sois prudent, d'accord ?

Noam sourit.

— Comme d'habitude !

Kay secoue la tête d'un air dépité puis, après un rapide salut, s'éloigne. Le pilote tergiverse. Il jette un regard au ciel sombre. Il est encore trop tôt pour rendre visite à son père.

D'un pas hésitant, il part du côté opposé de Kay.

Il a quelques affaires à récupérer chez lui.

Les dos sont courbés devant les foyers, les traits tirés. Ceux qui viennent de se lever pour ensuite rejoindre les usines tentent de se réveiller, une tasse ébréchée dans la main ; d'autres, éreintés par une nuit de labeur aux docks ou à l'astroport, avalent de maigres rations avant de profiter d'un peu de repos – juste un peu. Des enfants isolés errent entre les tentes – des orphelins, comme lui, gamin ? Une femme entourée d'une nuée de silhouettes affamées distribue des barres nutritives. Une autre, plus loin, s'occupe d'une adolescente secouée par une toux sèche.

Noam reconnaît son visage.

Une rebelle.

On sert au moins à ça…

— Regardez ce campement ! tonne, quelque part, la voix rocailleuse d'un homme. Regardez votre misère !

Noam tend l'oreille, examine le fouillis des tentes pour essayer de deviner où se trouve celui qui parle ainsi.

— Radendt vous offre un travail qui vous tue à petit feu et n'enrichit que lui, la rébellion vous promet une liberté aussi vaine qu'inatteignable !

La secte du chronon. Encore...

— Vous n'avez pas d'avenir ! Le salut est ailleurs ! Quittez ces toits de roche, ne faites qu'un avec les particules des étoiles.

La voix se fait de plus en plus forte à mesure que Noam avance.

— Abandonnez-vous au chronon ! Rejoignez le passé, le futur, ne faites qu'un avec le temps !

— Aïe ! crie le pilote, sous l'effet de la surprise.

Il trébuche. Occupé à fouiller le campement du regard, il n'a pas vu les sacs de couchage devant lui. Déséquilibré, il titube et, dans un dernier pas maladroit, se rattrape de justesse, évitant de tomber au beau milieu de colons endormis à même le sol.

— Fait chier, tu peux pas faire gaffe ? maugrée un homme.

Son visage maigre, mangé par la barbe, émerge de la capuche de son duvet crasseux.

— Je suis désolé ! s'excuse Noam.

— On s'en cogne que tu sois désolé, proteste son voisin en agitant un bras décharné. On retourne à l'usine d'assemblage dans quelques heures, nous, barre-toi !

Le rebelle recule, contrit.

— Car il n'y a pas d'autre avenir radieux, poursuit la voix de l'adepte un peu plus loin. De ce campement vous irez sans doute dans l'un des blocs insalubres en périphérie de la ville, de l'un d'eux vous passerez peut-être à un plus grand, puis vous mourrez de maladie, de faim, de désespoir ou d'épuisement, comme tous les colons avant vous.

Après un court silence, il ajoute, dramatique :

— Pour rien !

— La rébellion nous promet de changer ça, proteste une voix de femme. S'ils renversent Radendt, on ne crèvera plus de faim et de soif sur ce monde pourri. Les richesses seront partagées.

Des murmures approbateurs s'élèvent aussitôt, formant un brouhaha confus.

Attentif cette fois à l'endroit où il met les pieds, Noam s'approche, l'oreille tendue.

— Les rebelles, c'est fini, annonce quelqu'un. Avec les patrouilles et les navettes qui quadrillent la ville depuis la loi martiale, ils ne vont plus pouvoir faire quoi que ce soit.

Poussière ! Il nous manquait plus que ça...

Noam jette un regard au communicateur à son bras, hésite à prévenir Kay, puis se ravise de peur que leur échange ne soit intercepté.

— Et ils vont plus forcément en avoir envie, si maintenant ils sont zigouillés dès qu'on les attrape. Radendt et Sharma, ils rigolent plus.

Inquiet, le pilote allonge le pas. Il dépasse les dernières tentes faites de sphères chronotiques rouillées et aplaties, de panneaux en plastique et de détritus divers, puis arrive en vue d'un petit groupe d'hommes, de femmes et d'enfants. Rassemblés autour d'un feu de camp et des restes de leurs rations, la plupart portent encore leurs carapaces miteuses, trouées au coude ou dans le dos quand il ne leur manque pas un pan entier.

— Alors venez avec moi, propose la silhouette, derrière eux.

Le sectateur est vêtu d'un simple pantalon et d'une chemise ouverte, révélant la multitude de points blancs sur ses bras et ses mains.

— Y a pas plus d'espoir avec toi qu'avec les autres, grommelle une jeune fille.

L'adepte secoue la tête.

— La différence, dit-il, c'est que moi je sais.

Un air extatique sur le visage, il ajoute :

— J'ai vu le futur dans les flux de chronons ! Je sais ce qu'il adviendra de moi ! Je sais comment je vivrai, quand je mourrai !

Il baisse le regard sur l'adolescente.

— Pas de fausses promesses. Pas de faux espoirs. Ma vie est écrite, et personne ne pourra me mentir. Ce qui n'est pas ton cas, à toi.

— C'est au Terrien pendu sur la place qu'il aurait fallu dire ça, s'esclaffe un homme aux cheveux gris.

Un Terrien pendu ?

Noam s'arrête à quelques pas des silhouettes.

Poussière ! Duchamp, en plus de Wu ?

— Peut-être qu'il aurait agi différemment s'il avait vu son avenir, ricane son voisin.

— Pareil pour les autres qu'ont été attrapés et ceux qui les cachaient, ajoute le premier.

D'autres ?

Roche, il se passe quoi ?!

— Eh ! s'exclame l'une des deux femmes, s'adressant à Noam. T'es qui, toi ? Qu'est-ce que tu sables à nous écouter ?

— Je cherche un endroit où dormir, ment le rebelle.

La première chose qui lui soit venue à l'esprit.

— Dégage ! Tu vois bien qu'il n'y a pas de place. Si c'est des rations que t'espères récupérer, on n'a rien pour toi. Et n'essaie pas de nous voler, on les connaît les gars comme toi !

— Je peux t'emmener, propose l'homme marqué du chronon. Nous t'accueillerons dans l'une de nos communautés du désert. Tu ne seras plus seul.

— Non, ça ira, décline Noam.

Il recule d'un pas, s'assure que personne ne semble vouloir le suivre, et s'éloigne aussi vite qu'il était arrivé, le sang glacé.

Des rebelles ont été attrapés, assassinés ? Avec *ceux qui les cachaient ?*

Il regarde l'heure à son communicateur. Le jour ne se lèvera pas avant trois heures.

Tant pis.

Il abandonne l'idée de se rendre chez lui pour se diriger tout de suite vers la maison de son père et de sa sœur.

Pourvu qu'il ne leur soit rien arrivé !

14

Noam marche aussi vite qu'il le peut dans les rues pierreuses de CG-1. Sur le qui-vive, il ralentit à chaque carrefour, à chaque ombre surgissant dans le halo lumineux des néons, craignant à chaque instant de se retrouver face à une patrouille de Radendt.

Il a déjà échappé aux trois qu'il a croisées jusqu'ici. Jamais il n'avait vu autant de soldats en ville.

Jamais il n'avait vu de corps pendre à un gibet.

Il chasse la vision du cadavre de Duchamp au cœur de la Place Centrale, jette un coup d'œil à son communicateur.

Pourquoi tu me rappelles pas, Kay ? s'inquiète-t-il.

Il bifurque au croisement de l'avenue-3 et de la rue-1, s'enfonce dans l'obscurité de la venelle mal éclairée dans laquelle vivent son père et sa sœur. Les blocs d'habitations sont tous plongés dans le noir. La ville entière, silencieuse ici, dort.

Noam s'approche de l'extrémité de la ruelle.

Il y a des pierres au sol, devant chez son père.

Le cœur battant, il jette un regard rapide aux alentours.

Personne.

Il accélère.

D'autres pierres.

C'est quoi, cette sablerie ?

Il parcourt en courant les derniers mètres qui le séparent du bloc de son enfance et s'immobilise, glacé.

Un cri monte dans sa gorge.

Non, non, non !

La porte rongée par les chronons est grande ouverte, dégondée. Trois trous énormes percent les murs. De la pierraille ocre jonche le sol un peu partout, au milieu des maigres affaires de son père et de sa sœur : un couteau usé, la boîte défoncée dans laquelle ils entreposaient les barres alimentaires, la bonbonne pour l'eau. Un sac de couchage.

Noam gémit à l'intérieur de son casque…

Non, non, non !

… s'approche, terrifié à l'idée de ce qu'il pourrait trouver à l'intérieur…

Ils n'ont pas fait ça, non !

… fouille les décombres et les débris, éclairé par la simple lueur de sa frontale…

Je les tuerai !

… à la recherche d'un visage, d'un bras qui dépasserait de sous les pierres, d'une jambe.

Je le jure !

Un mouvement par la fenêtre, à sa droite !

Noam bondit, ivre de rage. Il saute par-dessus les meubles brisés, les blocs de roche descellés et surgit de la maison détruite.

Une silhouette, dans la ruelle !

Le pilote se précipite sur elle – elle est en position de défense –…

Vous allez payer ça ! Payer !

… lève le bras pour frapper.

— Noam, c'est moi ! crie la voix de sa sœur.

Il arrête son geste à quelques centimètres d'elle.

— A… Ana ?

— T'es vivant ! Poussière, t'es vivant !

La jeune fille se jette au cou de son frère en sanglotant.

Cachés dans l'ombre d'un toit de roche quelques blocs plus loin, à l'abri des regards et des soldats qui pourraient surveiller la maison, Noam et Anastasia se sont assis sur le muret d'une habitation déserte, leur casque à côté d'eux.

— Ils sont venus au tout début de la nuit, raconte sa sœur.

Elle est pâle, les yeux cernés, mais ne semble ni effrayée ni perdue. Sa voix ne tremble pas.

— Les rumeurs enflaient depuis la fin de l'après-midi. Sharma avait commencé à ratisser tout CG-1 avec l'ordre de purger la ville des rebelles et de tout sympathisant. Plusieurs personnes ont été arrêtées et emmenées à la forteresse.

Elle secoue la tête.

— Puis on a appris pour l'émissaire. Il aurait fourni des armes aux rebelles et a été pendu dans la foulée. Sans procès, rien. La loi martiale, paraît-il.

— La représentation du Conseil terrien n'a pas réagi ? s'étonne le pilote.

— Radendt a envoyé un régiment entier devant leur bâtiment, pour les – je cite – *protéger*. Je crois que ça les a dissuadés.

— C'est à ce moment que vous êtes partis, papa et toi ?

Elle acquiesce.

— Tu l'as emmené où ?

— À Solitude. Il reste un campement là-bas, dans les ruines. J'ai emprunté une motojet et je l'ai confié à quelqu'un que je connais. Il y sera en sécurité.

Noam a un mouvement de recul.

— Comment tu as pu avoir une motojet ? demande-t-il, surpris.

— Je me débrouille, tu sais.

Elle adresse un pâle sourire à son frère.

— Quand je suis revenue, des soldats traînaient devant le bloc. Il était déjà dans l'état que tu as découvert. Dévasté.

— Tu m'impressionnes.

— Merci.

— Heureusement que tu as réagi vite. Je…

Il prend la main de sa cadette entre les siennes.

— Je suis désolé, Ana. Je ne pensais pas… Je ne pensais pas qu'ils iraient jusque-là.

Elle retire doucement ses doigts de ceux de son frère.

— Je veux venir avec toi, Noam.

— Venir avec moi ?

— Chez les rebelles.

Noam secoue la tête.

— C'est trop risqué, sœurette. Bien trop risqué.

— Je n'ai pas peur.

Il sourit à son tour.

— Je sais.

Le temps d'un battement de cœur, il la revoit, si petite à son arrivée, dans les bras de leur mère adoptive qui l'avait trouvée un matin, errant dans les rues de CG-1 en répétant que ses parents étaient morts. Leur mère, leur seconde mère, avait arrangé une place à la fillette dans un coin de l'unique pièce de leur bloc. Noam et elle avaient joué, un peu. Elle s'était endormie dans ses bras. Il se souvient encore des crampes qu'il avait eues, effrayé à l'idée de bouger et de la réveiller avant que Farouk vienne et récupère l'enfant pour la coucher, avec tout l'amour qu'il avait lui aussi à leur donner.

Elle n'a jamais eu peur, non, jamais. N'a jamais pleuré.

Sauf le jour de l'enterrement de maman, dans le désert.

— Je sais que tu es courageuse, répète Noam, ému malgré lui.

Elle s'est battue, comme lui, dans les rues de CG-1 pour ne pas se faire voler sa carapace, son sac, son eau, ses rations de nourriture, pour passer d'un bloc à un autre. Elle ne s'est jamais plainte de la faim, de la soif, du froid.

Ne lui a jamais reproché d'être parti, un jour, lorsqu'il n'était plus possible pour lui de rester.

Alix…

— Mais tu ne peux pas venir avec moi.

La jeune fille se raidit face à lui.

— Et pourquoi ?

Sans laisser à son frère le temps de répondre, elle poursuit :

— Vous n'êtes pas seuls dans cette bataille. Dans plusieurs quartiers de CG-1, des sympathisants se rassemblent pour s'entraîner et former tous ceux qui le souhaitent. On apprend à se battre, à tirer au laser, et même à utiliser des combinaisons de combat. On révise la géographie de la planète, les anciennes installations, les endroits où sont positionnés les bâtiments stratégiques de Radendt, les techniques de guérilla.

— Tu fais ça, toi ?

Elle acquiesce.

— Papa est au courant ? demande Noam, stupéfait.

— Non. Il se fait déjà suffisamment de souci, je ne vais pas lui en rajouter.

L'aîné songe à Torres, Sharma, à leur fuite à Kay et lui, au projet insensé de son ami.

Pour la première fois depuis très longtemps, il se met à douter.

— Ce qui se passe en ce moment est extrêmement dangereux, Ana…

— Je ne suis plus une petite fille.

Noam baisse la tête, de nouveau envahi par la fatigue.

— Comment je peux t'aider, Noam ? insiste sa sœur. Comment je peux *vous* aider ? Ne me laisse pas là, à attendre que papa meure, à attendre d'être attrapée par les hommes de Sharma, ou à crever de faim ou d'épuisement dans l'une de ces roches d'usines. Je ne veux pas de ça. Je ne veux pas subir mon sort. Je vaux mieux que ça.

Elle pose la main sur le bras de son frère.

— Tu me comprends, non ? Dis-moi que tu me comprends, je t'en supplie. On peut former une équipe !

Noam reste un moment silencieux.

— Il est hors de question que tu coures le moindre risque, lâche-t-il enfin, résigné.

— Promis ! souffle-t-elle en souriant.

— On va avoir besoin de renseignements.

Et elle ne sera pas en première ligne, songe-t-il.

— Sur quoi ?

— Sur la situation ici, en ville. Sur tout ce que tu pourras apprendre des activités de Radendt. Sans te montrer, surtout.

Il pense à Sharma, à son putsch. Est-il possible qu'il ait trahi la cause, qu'il soit de mèche avec son frère ? Kay n'y croit pas. Mais si jamais...

— Et sur tout ce qui a trait à Raja Sharma, aussi, ajoute Noam.

Il plonge ses yeux dans ceux de sa sœur.

— Tu pourrais faire ça pour moi ? Faire le lien avec les sympathisants, tout le monde ici, sans que personne n'en sache rien, même ceux à qui tu fais le plus confiance ?

— Évidemment ! Comment je te tiens informé ?

— Canal privé.

— Ça marche. Tu peux compter sur moi.

— Sois prudente, OK ? Zéro risque.

— Compris.

Noam regarde autour d'eux. La ville est silencieuse. Les lumières des maisons sont éteintes, les néons aussi. Il songe un instant à se reposer, un peu, juste un peu, loin du désastre provoqué par Arun Sharma, loin des soldats de son cadet qui quadrillent CG-1 à la recherche du moindre rebelle.

Il bâille, secoue la tête pour se réveiller.

Pas maintenant.

— Ça va aller, toi ? s'inquiète Anastasia.

— Oui. Dure nuit, mais on va s'en sortir.

Il redresse les épaules.

— Je vais me planquer chez des amis. Ils m'attendent déjà. Et toi ? Je suis passé dans ton quartier, il grouille de soldats. Tu veux venir avec moi ?

Noam secoue la tête.

— Non. Merci. Je dois partir à l'aube. Et avant cela, j'ai une dernière chose à faire ici.

— Tu seras prudent, toi aussi ?

— Promis.

Il la prend dans ses bras, la serre contre lui, les yeux fermés, s'emplit de l'odeur de ses cheveux, de la chaleur de son amour, de ce bref instant où, pour une fois, il ne se sent pas seul.

Plus seul.

— Promis, petite sœur.

Colonie d'Horizon

— Bienvenue à vous, Aldaran, dit Rian Hach, installé dans un fauteuil de cuir véritable.

À l'écran, le contrebandier aux yeux jaunes et au visage tatoué s'incline poliment.

— Visiter la colonie d'Horizon est toujours un plaisir.

— Pour vous ou votre compte en banque ? demande le consul Missal, à la peau sombre et au regard clair.

Aldaran étire ses lèvres en un grand sourire.

— Pourquoi choisir ?

— En effet, réagit la dernière présente dans la grande salle de la station orbitale.

Installée sur le troisième siège, Doria Patres, seule femme du Triumvirat d'Horizon, joint ses mains en observant son interlocuteur.

— La livraison de nos métaux est bien arrivée sur Chronon Galactics ? l'interroge-t-elle.

Aldaran acquiesce.

— M. Radendt vous remercie. Et il me fait ajouter que votre participation à la sécurité de Radendt Galactics est un investissement que vous ne regretterez pas.

— Nous n'en doutons pas, ironise Patres.

Elle attend une seconde, puis demande :

— J'espère que vous en avez profité pour laisser traîner vos yeux et vos oreilles. Nous vous écoutons.

Aldaran sourit.

— Je ne suis pas resté très longtemps là-bas. Les affaires m'accaparent, vous comprenez…

— Aldaran, nous vous *payons* pour cela.

— … cependant, j'ai en effet rapporté quelques informations. Radendt contrôle d'une main de fer Chronon Galactics, au moins son unique ville, CG-1. Il se désintéresse du désert malgré les avant-postes rebelles qui y sont cachés, sans doute à cause de la difficulté de la tâche. Les chronons rendent presque impossible l'utilisation de radars dans tout le système. Et pour terminer, Radendt reste conseillé par Moïra, qu'il n'a toujours pas remplacée par une des machines pensantes d'Aurora.

Hach, le plus petit des deux hommes, à la fine moustache et à la peau noire, hausse un sourcil surpris.

— Les Machinistes sont à la pointe de la conception d'IA probabilistes. Je ne suis pas certain que sa Moïra soit au niveau…

— Radendt les hait, en plus de se méfier d'eux comme de tout le monde, rappelle son voisin.

— Il prend un risque.

— Ne sous-estimez pas la qualité des algorithmes de cette Moïra, intervient Patres. Et n'oubliez pas l'histoire de Radendt. C'est avec son génie de l'intelligence artificielle qu'il a fait fortune avant d'acheter sa colonie. Il sait ce qu'il fait.

Elle revient à Aldaran.

— Poursuivez, ordonne-t-elle.

— La production des usines à sphères chronotiques est constante et l'activité de l'astroport incessante, de jour comme de nuit, obéit le corsaire. En dehors de quelques réunions clandestines, il ne semble y avoir aucune réelle opposition à l'autorité de Radendt. Seul fait notable, depuis ma dernière visite, la secte nihiliste du Chronon a gagné en influence.

— Suffisamment pour menacer Radendt ¿

— Loin de là.

— Avez-vous pu entrer en contact avec les rebelles ¿

Aldaran secoue la tête.

— Malheureusement non, bien que je sois sûr qu'ils paieraient eux aussi le métal d'Horizon à prix d'or.

— Ce n'est pas ce que nous souhaitons, rappelle le consul Hach.

Son interlocuteur opine.

— Une idée de leur force, de leur nombre ?

— Aucune. Ils se cachent dans la ceinture d'astéroïdes, tellement immense qu'il est impossible de les y dénicher sans des moyens que seule la Terre aurait, et encore…

D'une voix posée, il conclut :

— Rien qui ne semble inquiéter Radendt, quoi qu'il en soit.

La consule se lève et rejoint la baie vitrée qui sépare la salle du vide spatial. Inapte à toute vie, la planète Heret-3, autour de laquelle gravitent les différentes bases et stations qui forment la colonie d'Horizon, tourne sous ses yeux, gigantesque boule de roche et de métal. Des nuages de carbone s'étirent dans son atmosphère, suivis par les gigantesques vaisseaux-mineurs qui font la fortune du triumvirat.

— Et l'émissaire terrien ? demande-t-elle, sans se retourner.

— S'il est évident que sa venue n'avait rien d'une visite de courtoisie, je n'ai pas pu apprendre les véritables motivations de son voyage sur Chronon Galactics.

— Vous me décevez, Aldaran.

— Je ne suis qu'un simple marchand, consule Patres, proteste mollement le contrebandier.

Doria Patres acquiesce, observant d'un air distrait les lunes jumelles qui s'élèvent de l'autre côté de la planète métallique, leur surface émaillée des campements industriels où logent les ouvriers d'Horizon.

— L'équilibre est précaire entre la Terre et les colonies, dit-elle. Nous ne voudrions pas, ni vous ni nous, qu'il soit rompu.

Elle se tourne et ajoute :

— Nous y perdrions beaucoup. *Tous.*

Aldaran s'incline à nouveau avant de disparaître de l'écran.

Le silence envahit la grande salle de la station spatiale.

— Il ment, le brise enfin le consul à la fine moustache.

— Évidemment, réagit Patres, le regard toujours sur les lunes d'Horizon. Il continue de vendre aux rebelles le matériel dont ils ont besoin, sans doute en échange d'une fortune en chronons, et n'en dit rien à personne.

— Un rapport terrien sous-entend qu'Aldaran leur fournirait bien plus d'équipements qu'il n'est payé pour le faire, intervient Missal.

— Une forme de soutien actif ?

— Possible.

— Nous avons tous nos petits secrets, médite à voix haute Hach.

Il rejoint Patres devant la baie vitrée, observe une base-usine excentrée des autres et protégée par une nuée de satellites armés qui brillent à la lumière du soleil pâle d'Horizon.

— Il ne faudrait pas qu'Aldaran, habitué à fouiner partout avec ses radars longue portée, ait percé les nôtres.

— Nous avons besoin de lui pour commercer avec Radendt en toute discrétion, rappelle Patres.

— C'est bien dommage. Et il ne faudrait pas que ça devienne dangereux pour nous.

15

Il a croisé plus de patrouilles qu'il n'en a jamais vues, a aperçu plusieurs baraquements dévorés par les flammes, tout en évitant quelques attroupements, un autre gibet au loin. Il ne veut pas voir, ni savoir. Il arrive enfin dans le bloc-2, l'un des premiers construits à la fondation de la ville. Les bâtiments y sont miséreux, la plupart taillés directement dans la roche des collines qui émergent du désert. Certaines habitations ont leur toit de pierre troué, les fenêtres brisées. Des hommes, des femmes ou des groupes d'enfants y vivent tout de même.

Où iraient-ils, sinon ?

Noam avance dans le labyrinthe de venelles jusqu'à atteindre l'un des blocs.

Deux silhouettes en scaphandre discutent tranquillement devant.

Le rebelle s'approche, les mains bien visibles, loin de ses poches.

— Salut, lance l'un d'eux.

Le pilote ne voit pas son visage, mais devine à ses épaules larges, à la bosse dans sa combinaison, qu'il est costaud – et armé.

Normal.

— Salut, dit-il.

Il examine rapidement les environs – tout paraît calme –, revient à son interlocuteur.

— C'est ouvert ?

— Ton nom ?

— Bran.

L'homme semble perdu dans ses pensées un moment. Noam sait qu'il accède à une banque de données via un implant à ondes courtes – une rareté hors de prix.

— Tu peux y aller, dit le vigile en s'écartant.

Le pilote le remercie d'un geste de la tête et passe la porte ouverte. L'intérieur, une simple pièce aux murs nus, est totalement vide. Noam rejoint l'angle opposé à l'entrée et s'agenouille.

Entre deux pierres mal scellées au sol, un petit bouton gris.

Il appuie dessus, recule.

La dalle s'affaisse de quelques centimètres puis coulisse, révélant un escalier qui se perd dans l'obscurité.

Noam ôte son casque, l'accroche à sa ceinture et l'emprunte.

Il descend les marches sculptées à même la roche et éclairées par de rares néons. Les murs, lisses près de la surface, montrent de plus en plus d'aspérités à mesure que Noam s'enfonce sous terre. Après plusieurs minutes, le pilote rejoint un large corridor aux murs encore marqués des coups de pioche.

Il lève la tête, illuminant au-dessus de lui quelques lettres gravées dans la pierre – *Rue Sidérale* – et entreprend de remonter l'ancienne voie souterraine, creusée loin des chronons par les premiers colons de la planète. Il passe devant plusieurs trous – des portes depuis longtemps disparues ou réutilisées ailleurs –, ignore une antique caméra à infrarouge – il se sait espionné depuis qu'il a approché du bloc à la surface – et poursuit tout droit.

La musique, en premier, arrive jusqu'à lui ; des notes sourdes, puissantes, puis il aperçoit les lumières.

Il se détend, un peu. Radendt n'a semble-t-il pas touché à cet endroit.

Noam atteint l'entrée du *Creuseur*, un vantail en métal fermé et à peine corrodé qui s'ouvre sur un homme plus petit que lui, et plus massif encore que ceux qui surveillent la ruelle.

— Bran ! s'écrie Art. Caillasse, ça faisait longtemps qu'on t'avait pas vu ici !

Il s'écarte afin de laisser passer Noam.

— Allez, bienvenue au *Creuseur* ! On a plein de nouveautés, tu vas en avoir pour ton argent.

D'innombrables écrans recouvrent les murs de l'établissement, relayant dans un fracas assourdissant des extraits de concerts, des formes géométriques de toutes les couleurs accompagnées de mélodies diverses, des paysages terriens ou extraterriens, des longues plaines de sel de Deus jusqu'aux montagnes enneigées d'Aurora.

— Je te sers quelque chose ¿ demande Art.

Il rejoint son comptoir dans l'angle de la petite salle aux tables bondées. Des femmes et des hommes de tout âge, miséreux, ouvriers et ingénieurs mêlés, y discutent – certains après s'être interrompus un instant pour dévisager le nouveau venu –, boivent des alcools importés de la Terre, d'autres synthétisés dans des laboratoires cachés dans le désert. Dans un recoin sombre, trois silhouettes jouent avec des dés virtuels devant un amas de barres nutritives ; dans un autre, une jeune fille se lève, laissant à un gaillard un paquet de forme oblongue – un blaster ¿

— Non, merci, Art. Je veux juste une cabine.

— Il m'en reste une dernière. Combien de temps ¿

Noam regarde l'heure à son communicateur.

Toujours pas de nouvelles de Kay.

— Trente minutes.

Le tenancier le conduit dans un couloir étroit. Il passe devant une dizaine de portes et s'arrête à la seule encore ouverte. Derrière, une minuscule console est posée sur une table, face à un siège pourri.

— Trente minutes, répète Art.

Noam acquiesce, rentre et s'installe face à l'écran après avoir verrouillé derrière lui.

Il prend une longue inspiration et s'empare du casque sur la table. Il l'ajuste sur son crâne – deux électrodes se fixent sur la peau de son front –, et ferme les yeux.

— *Bienvenue dans Réal-V, le système de réalité virtuelle MétaLife*, déclare une voix à l'intérieur même de sa tête. *Nous allons commencer. Fermez les paupières. Veuillez sélectionner un souvenir de la banque de données ou bien un souvenir personnel, et procédez à...*

Noam appuie sur la touche de lancement, interrompant les explications inutiles et, les yeux fermés, se pelotonne sur son siège.

Il est prêt, un sourire sur le visage.

Alix court devant lui dans une rue bordée de blocs pierreux, sous un ciel envahi d'une épaisse fumée sombre. Au loin, l'immense astroport s'élève, hérissé d'antennes et de capteurs.

Les sirènes hurlent partout. Des bruits d'explosions, aussi.

Alix s'arrête au carrefour. Trois blindés interdisent l'entrée du complexe. Leurs canons sont dirigés de l'autre côté, vers l'avenue qui mène à la forteresse.

Le jeune homme se retourne. Derrière la visière de son casque, des mèches blondes collantes de sueur cachent en partie ses yeux. Il tend la main, prend celle de Noam.

— Je t'aime, dit-il.

— Je t'aime.

Ils s'échangent un regard puis, ensemble, s'élancent.

Ils courent aussi vite qu'ils le peuvent. Ils ont cent mètres à découvert avant d'arriver à l'astroport.

— Zone interdite ! rugit un haut-parleur. Faites demi-tour immédiatement !

Les deux amants accélèrent encore.

— Ceci est notre dernier avertiss...

Le coup part. Un bruit terrible retentit, la route de roche explose sous leurs pieds.

— Alix ! hurle Noam.

Emporté par le souffle de la déflagration, Noam s'envole sur une dizaine de mètres et retombe lourdement au sol.

— No… am…, gémit une voix dans son casque.

— Alix, Alix, t'es où ?

Noam se relève, paniqué. Du sang coule sur sa visière, tout est flou et brun autour de lui : la poussière a envahi toute l'avenue !

— T'es où ?

— … sais… pas… mal…

Non, non !

Le jeune homme tourne sur lui-même, cherche désespérément celui qu'il aime dans le nuage ocre, avance de quelques pas – il ne voit rien à plus de deux mètres ! –, bifurque, le cœur cognant dans sa poitrine.

— Zone interdite ! répète le haut-parleur. Faites demi-tour immédiatement !

— Alix, t'es où ?! hurle Noam.

Pas de réponse.

— Alix ! rugit Noam à s'en briser la voix.

— Altération, ordonne le pilote dans son fauteuil de réalité virtuelle, les paupières fermées, casque sur le crâne.

— … mal de… roche…

Noam continue de fouiller partout…

Là-bas !

Une ombre à terre !

Le jeune homme se précipite sur la silhouette au sol, s'agenouille à ses côtés.

— Caillasse ! s'exclame-t-il.

La carapace de son compagnon est déchirée au torse et à la jambe.

Du sang coule.

Beaucoup de sang.

— Altération.

Juste un filet de sang.

— Tu peux marcher ? demande Noam.

— Je… je crois pas. Il va falloir que tu m'aides.

— *Vous avez deux minutes pour partir ! Une minute cinquante-neuf.*

— *On se dépêche ! dit Noam.*

Il passe un bras sous les épaules d'Alix, un autre sous ses jambes et, avec mille précautions, le relève.

Le jeune homme laisse échapper un gémissement de douleur.

— *Ça va ?*

— *Oui. Oui, t'inquiète pas.*

— *Une minute zéro deux.*

— *Astroport ? propose Noam.*

— *On n'y arrivera jamais…*

La poussière commence à retomber autour d'eux.

— *Je te parie que si, Alix. Ensemble.*

Noam sourit.

— *Je t'aime.*

— Je t'aime, répète-t-il depuis son siège.

Il cligne des yeux puis ouvre les paupières.

Réalité alternative terminée, annonce la voix dans sa tête.

Noam repose le casque.

Son sourire a disparu.

On aurait aidé les rebelles tous les deux, Alix, comme tu le voulais. Et après la victoire, on serait partis dans les étoiles ?

Le pilote contemple un instant ses phalanges constellées de taches, soupire.

Je te rejoins, bientôt.

Il se redresse dans son fauteuil et regarde l'heure.

Il a encore le temps.

Sa main approche de la poche intérieure de sa combinaison, s'arrête, hésitante, puis attrape le petit disque caché dans la doublure pour l'insérer dans la console.

LECTURE, annonce la machine.

Surgi de nulle part, un trait horizontal apparaît, suivi d'un autre, vertical. Les deux lignes s'élargissent et, en un instant, forment un écran flottant dans la minuscule salle.

Des zébrures créent une image floue, qui se précise peu à peu devant le visage bouleversé de Noam.

Les murs sont en roche brute. Quelques consoles dans un coin fournissent l'unique lumière. Alix est allongé sur une table, au centre, nu. Son abdomen et sa jambe droite sont encore maculés de sang. Des centaines d'électrodes couvrent son corps, l'intégralité de son crâne rasé.

— Combien de temps lui reste-t-il ? demande une voix.

— Quelques minutes à peine. Faut-il le prolonger ?

— Non.

Une silhouette s'extrait de l'ombre de la petite pièce et s'approche d'Alix.

Venceslas Radendt.

— Non, ce n'est pas la peine, répète le propriétaire de Radendt Galactics.

Il rejoint l'un des écrans, appuie sur une suite de commandes. Les électrodes sur le corps d'Alix se teintent de rouge. Les muscles du jeune homme se tendent et se relâchent brusquement, son visage grimace de douleur.

L'une des consoles émet une faible sonnerie, le trait qu'elle affiche soubresaute puis s'aplatit, pour ne plus former qu'une simple ligne droite.

— C'est fini, annonce la femme en noir aux côtés de Radendt. Il est mort.

— Arrêt, ordonne Noam d'une voix blanche.

Il retire le casque de son front, le pose délicatement sur la table, les yeux mouillés de larmes.

— Je vais mourir bientôt, Radendt. Mais je te jure que je vais t'emporter avec moi.

Il veut récupérer le minidisque et stoppe son geste, figé.

BONJOUR, NOAM, affiche l'écran face à lui.

Le pilote se retourne, le cœur battant.

La porte est fermée.

Il n'y a personne derrière lui.

Noam approche ses doigts de la console, hésite.

Bonjour, écrit-il.

Rien ne se passe.

— Je deviens dingue. Complètement dingue.

Il regarde une nouvelle fois ses mains, se promet de demander à Éléonore, leur spécialiste du chronon, si elle a déjà entendu parler de cas de folie dus à l'exposition prolongée aux particules.

TU ES LÀ ?

Noam déglutit.

— Caillasse…

Oui, tape-t-il, hésitant, sur le clavier.

Il attend une seconde, ajoute :

Qui es-tu ?

Des lettres se forment d'elles-mêmes sur l'écran.

AXIOME.

C'est toi, la voix dans mon casque ? écrit-il.

OUI.

Et c'est toi qui m'as aidé à quitter la base ?

OUI.

Pourquoi ?

La lumière s'éteint brusquement et l'écran disparaît.

— C'est fini ! lance Art avant d'ouvrir la porte. Eh ! Ça va, mec ?

Noam le dévisage sans répondre.

— Bran ? insiste le tenancier.

Confus, le rebelle jette un regard à son communicateur.

Il vibre, depuis plusieurs secondes déjà.

— Faut que tu dégages, mon pote. J'ai des clients.

— Oui. Oui, murmure Noam.

Il se lève en cherchant dans la salle quelque chose, un signe, des lettres, n'importe quoi ; ne voit rien, revient à son poignet.

Kay.

Kay l'attend.

16

Le premier, le soleil jaune se lève à l'ouest et le ciel troué d'étoiles s'éclaircit. CG-1 s'éveille. Des portes claquent. Quelques moteurs vrombissent.

Adossé au mur d'un bloc abandonné, Noam attend, éreinté après les événements de la nuit, perdu dans ses pensées.

Axiome.

T'es qui ou quoi, Axiome ?

Pour la vingtième fois au moins, il jette un regard à son communicateur.

On se retrouve à l'aube, à l'extrémité ouest de la rue-4. Sois prudent, a écrit Kay.

Quelqu'un apparaît au carrefour et se dirige vers lui. Noam se raidit, prêt à déguerpir, plisse les yeux, l'observe et, soulagé, se détend.

— Démarche crâne, légèrement sinueuse, roule du cul. Bienvenue, mon pote.

— T'occupe pas de mon derrière, lui répond Kay.

Il parcourt les derniers mètres qui le séparent du pilote.

— Tout va bien ?

— Crevé.

Il hésite à poursuivre, à tout raconter.

Plus tard.

— Et toi ?

— Pareil.

Noam jette un regard autour d'eux.

— Je vois que ton plan a fonctionné à merveille, ricane-t-il. Bon, avec tous ces renforts et ce matériel flambant neuf que t'as ramené, on file sauver Torres ? Ou bien c'est directement les cocktails ?

— Bouffon. Suis-moi.

Menés par Kay, les deux hommes gagnent la fin de la rue puis se dirigent vers un minuscule entrepôt face au désert, coincé entre deux blocs en ruines. L'ingénieur tape un code sur le boîtier de sécurité. La porte coulisse.

— Caillasse divine..., lâche Noam.

— Ne jure pas, tu sais bien que j'aime pas ça.

Noam ignore la remarque et s'avance à l'intérieur du petit hangar.

— T'as eu ça comment ?

— J'ai des amis, *moi*, se moque Kay.

Noam hoche la tête, admiratif devant la motojet rutilante cachée à l'intérieur du bâtiment.

— Je conduis.

— Non. *Je* conduis.

Kay s'approche de la caisse posée dans un coin et en soulève le couvercle.

— Viens par ici.

Il extrait une combinaison et un casque noirs dénués de tout logo.

— Caillasse div..., commence Noam. Caillasse rien du tout... Des combinaisons de combat toutes neuves ?

— Exactement. Tourne-toi pendant que je m'habille, s'il te plaît, je suis pudique.

— ... dit le mec toujours en slip, s'amuse Noam.

— Elles sont chargées à bloc, explique Kay, tout en se changeant. Y compris le bouclier chronotique.

— Il est impossible d'en avoir ! Même Radendt...

L'ingénieur sourit à son ami.

— À situation critique, solutions critiques, pas vrai ?

— Ce sont des fusils d'assaut, là ? demande Noam, acquiesçant.

— Oui. Plus facile à avoir.

Le pilote en saisit un et en admire la facture.

— Bien. Parfait. Alors c'est quoi le plan, maintenant ? On file à la base en motojet, on dégomme Sharma et on libère Torres ?

Kay remonte la fermeture de sa combinaison jusqu'au cou, pose le casque sur sa tête, prend son blaster et s'installe à l'avant.

— Rien de changé. On retrouve Léo. Avec elle, on voit quelles sont les nouvelles, sur qui on peut compter là-haut, et on organise la contre-attaque. Sharma a pris le pouvoir par surprise, mais n'est pas majoritaire ni dans la base ni au sol.

— Et comment on ira jusqu'à la base, gros malin ?

Le visage de Kay s'éclaire d'un sourire satisfait.

— Le hangar-3 n'est pas trop loin à l'ouest, dans le désert. On y trouvera un vaisseau pour rejoindre Léo puis l'espace.

— Comment tu connais sa localisation ? s'étonne Noam. Elle est censée être secrète, et seules Sato et Torres...

— Oh, j'ai dû tomber dessus par hasard, ment ostensiblement Kay, amusé.

Il pose la main sur le démarreur du véhicule. Les moteurs à chronons s'allument, faisant s'élever l'appareil à quelques centimètres du sol.

— Bon, tu viens ? Où je me garde tous les cocktails ?

Le soleil rouge est au zénith quand Noam rouvre les yeux. Il jette un regard en arrière. CG-1 a disparu dans le désert. Les montagnes, devant, se sont agrandies.

Combien de temps a-t-il dormi ?

— Je commençais à croire que t'étais mort ! s'exclame Kay.

— Juste somnolé, ronchonne Noam.

Il s'écarte du dos de son ami et, arrimé au harnais, s'étire.

— Tout s'est bien passé ?

— Ouais. J'ai défoncé une dizaine de gars de Sharma qui voulaient nous couper la route, et semé deux navettes qui nous ont pris en chasse, tout ça en faisant attention à ne pas te réveiller.

Noam grogne, amusé malgré lui.

— On arrive quand ?

Kay consulte l'écran de la motojet.

— Vingt minutes.

— Tu sais si on est attendus, là-bas ?

— Je n'ai pas pu entrer en contact avec eux. Je connais la localisation du hangar, mais n'ai aucun moyen de communiquer.

— OK.

Noam se fait pensif, le regard vague. Le désert rocailleux autour de CG-1 a laissé place à un océan de poussière orangée d'où émergent des collines de roche brune. La motojet se faufile entre elles, toujours à l'ouest, filant à quelques centimètres du sol et créant sur son passage un immense nuage ocre dont les grains retombent ensuite doucement, masquant leur trace.

Axiome.

Qui es-tu ?

— Kay ? Tu te souviens de l'enregistrement que tu m'as donné, il y a longtemps ?

Accroché aux commandes du véhicule, l'ingénieur IA hoche la tête.

— Celui d'Alix ?

— Oui. Est-ce que... Est-ce que quelqu'un pourrait le pirater ? Ajouter un programme, des messages dessus ?

— Absolument impossible : je l'ai modifié pour qu'il ne puisse pas servir de mouchard ou de traceur. Protection élémentaire.

Il laisse passer une seconde et dit :

— Tu l'as encore regardé ?

Le silence de Noam est éloquent.

— Des fois, je regrette d'avoir fouillé les systèmes de Radendt quand tu cherchais Alix.

— Je rêve toujours aussi souvent de lui, tu sais, murmure-t-il.

Il ferme les paupières, se laisse aller au vent qu'il sent filer contre sa combinaison, à l'odeur d'ozone du moteur à chronons, au ronronnement régulier de la motojet.

— Je pense à lui dans les rues de CG-1 qu'on arpentait ensemble. Je pense à lui quand je vois le désert, à tout ce qu'on s'y est dit, à tous les rêves qu'on y a faits, tous les deux.

Il rouvre les yeux et lève la tête.

— Je pense à lui quand je suis dans l'espace. On s'était juré de partir, de quitter cette planète de sable et de caillasse. Ensemble.

Le silence.

— Je suis désolé, Noam. Vraiment, vraiment désolé.

— Je sais. Tu n'y peux rien.

— J'aurais aimé te voir heureux. J'aurais aimé te voir avec lui. Sans ces taches.

Noam hausse les épaules.

— Tu devrais arrêter de t'exposer, Noam.

— Tout ce qu'il me reste, ce sont les souvenirs. Alors je m'en tape de mourir.

Il sourit derrière sa visière, et ajoute :

— Je veux juste buter Radendt avant ça.

— On va le faire, mon pote. Je te le promets.

La motojet pénètre à l'intérieur d'un long défilé rocheux entre deux chaînes de collines. Les soleils sont hauts dans le ciel et éclairent de leurs rayons mêlés la ceinture d'astéroïdes qui forme un arc de cercle argenté autour de Chronon Galactics.

— Dis..., commence Noam, hésitant.

— Aïe. Tu vas m'annoncer quoi, encore ?

— Un truc bizarre. Quelqu'un essaie de me contacter.

— Quoi ?

Noam raconte en quelques mots les échanges avec celui ou celle qui se fait appeler Axiome.

— C'est quoi, cette histoire ? grommelle Kay.

— Si je le savais... Tu pourrais essayer de trouver quelque chose sur les réseaux ?

— Je vais essayer, pas de souci.

La motojet a presque atteint l'extrémité du défilé. À gauche comme à droite, les collines ont perdu de leur hauteur, redevenues de simples buttes rocheuses aux arêtes acérées. Une longue plaine s'étend face aux deux rebelles, au sol de sable et de poussière.

— Tu sais pourquoi Torres n'a jamais demandé l'aide des Machinistes ? demande Noam, s'extrayant du silence. Si Radendt et eux s'opposent, ils pourraient nous appuyer, non ? On a perdu pas mal de matériel...

— Elle a essayé à plusieurs reprises, répond Kay.

— Et ?

— Ça n'a rien donné. Comme pour le Conseil terrien, comme pour Deus, Sion ou le Nouveau Califat. Ce qui n'a rien de surprenant, au final. La Terre ne se préoccupe que de sa survie et de ses luttes de pouvoir. Quant aux autres...

Il se tait, concentré sur la conduite. Face à eux, plusieurs piliers rocheux émergent du sol au milieu du défilé. Kay se penche afin de faire pivoter légèrement la motojet d'un côté, de l'autre, jusqu'à ce que tous soient passés.

— Le triumvirat d'Horizon a les mêmes intérêts que Radendt, poursuit-il, la manœuvre terminée. Être riche et autonome, loin de la Terre.

— Tu ne pourrais pas essayer de parler aux imams, toi ?

Devant lui, Kay secoue la tête.

— Ceux qui se détournent du Nouveau Califat font l'objet d'une fatwa. Jamais ils ne m'écouteront.

— Même si t'es parti alors que t'étais gamin ? s'étonne Noam.

— Oui.

— Ça a l'air presque aussi sympa qu'ici, dis donc...

— C'est sûr que j'aurais pu trouver un meilleur endroit que cette planète, admet Kay en souriant. Mais en même temps, c'est pas comme si j'avais eu le loisir de choisir ma destination, hein ! *Mektub*.

Il ralentit la motojet.

— En résumé : désolé, mec, mais on est tout seuls. Aujourd'hui comme demain.

Du doigt, il désigne un amas pierreux un peu plus loin.

— On y est. L'entrée du hangar-3.

Noam examine les alentours. Il n'y a personne. Aucun mouvement, aucune activité.

— C'est calme, remarque-t-il. Très calme.

— *Trop* calme, concède Kay.

Il jette un regard à l'écran de contrôle.

— On n'est pourtant pas discrets. Nos gars devraient avoir au moins sorti une sentinelle ou un guetteur. C'est étrange.

D'un geste de la main, Kay diminue la puissance des moteurs de la motojet.

— Prépare ton blaster, dit-il.

17

Kay stoppe la motojet à quelques dizaines de mètres de l'amas de pierres. Ces dernières forment une coupole rocheuse dont l'un des nombreux piliers gît au sol, brisé en deux. Laissant le moteur allumé, le conducteur attend quelques instants, les yeux fixés sur l'entrée du hangar rebelle.

Rien.

— Ils devraient nous avoir vus, entendus, détectés, quelque chose, quoi, murmure-t-il.

Il se tourne vers Noam derrière lui, une ride soucieuse sur le front.

— On essaie de rentrer ?

Noam reste pensif quelques secondes puis, sans un mot, défait les attaches de son casque et l'enlève, révélant au soleil son visage parsemé de marques blanches.

— Euh, tu fais quoi, là, mec ?

Un vent léger agite les cheveux noirs du pilote, colle de minuscules grains de poussière orange sur sa peau olivâtre, lui ajoutant une troisième couleur ; porte l'odeur froide et minérale de la planète inhospitalière, le sifflement doux des bourrasques…

— Noam…

— Chut.

Il attend, concentré.

Un scintillement chatoyant de bleu, de rose et de jaune apparaît, se mêle aux rayons des soleils, forme un voile qui ondule lentement, insensible à la brise glacée.

Des images.

Des images se créent.

Kay et lui, devant le pilier brisé au sol.

Puis plus personne.

Le pilier n'est plus là, la coupole non plus, remplacée par une pyramide métallique devant laquelle il discute avec Kay.

Noam cligne des paupières, ouvre la bouche de surprise.

C'est quoi, ça ?

La vision redevient normale.

La pyramide n'est plus là. Les deux morceaux de la pierre se rassemblent, se ressoudent pour reformer la colonne originelle qui se redresse et reprend sa place sous la coupole.

— Le pilier… Il a été brisé, souffle Noam, mettant de côté la pyramide.

Le jour se lève sur le sable… L'ombre des nuages qui défilent au-dessus du désert crée d'étranges formes au sol qui s'étendent, s'étirent, se fondent dans la nuit qui tombe peu à peu…

— Il y a longtemps ? demande Kay, à côté de lui.

— On va rentrer, murmure Noam, sans répondre à la question de son ami.

Une trappe dans le sable ocre face à lui, à peine ouverte, qui se referme.

— C'est dangereux ?

Noam hésite, indécis.

— Aucune idée… Les visions du passé sont bizarres, ici. Et c'est… vraiment difficile de voir le temps… dans un endroit où on n'était pas.

Kay grimace.

— Je n'ai pas d'autre moyen de récupérer une navette, dit-il. Des blasters, je sais, des motojets aussi, et même des combinaisons de combat. Mais il n'y a que dans ce hangar qu'on peut trouver de quoi nous emmener à la base. Il *faut* qu'on entre, Noam.

— Je sais. Je l'ai vu dans les chronons. Mais j'ai un mauvais pressentiment.

— Les pressentiments, ça sert à rien, grommelle Kay.

— Parfois, si. Parfois, les chronons nous avertissent sans qu'on en ait vraiment conscience et…

Son casque retombe brusquement sur sa tête, le protégeant à nouveau malgré lui.

— Aïe ! proteste-t-il.

— Merci, mon pote, tu nous as bien aidés, mais maintenant tu vas éviter de t'irradier pour rien. Et arrête de parler comme un roche de sectateur.

Tout en examinant de nouveau la coupole pierreuse, Kay demande :

— Ça fait quel effet, de voir le passé et le futur ? Vous avez l'air de camés à chaque fois.

Une moue songeuse agite les lèvres de Noam.

— C'est comme… comme des images qui se créent et qu'on réussit à attraper avant qu'elles ne disparaissent. La plupart montrent des souvenirs. D'autres, étranges ou incohérentes, viennent du futur. Par exemple, là, j'ai vu une pyramide, n'importe quoi. Les adeptes du chronon prétendent tout comprendre.

Il sourit, et ajoute :

— Franchement, je ne vois pas comment ils le peuvent. Vous êtes tous dingues…

— Me concernant, je suis juste désespéré, ironise Noam.

Kay lève les yeux au ciel.

— Bon, rien ne bouge, faut se lancer. Prends ton fusil. Je passe en premier, tu me couvres.

— Je peux pas y aller en premier pour me suici…

— Ta gueule, le coupe Kay.

Sans quitter du regard le cercle de pierres, il descend de son véhicule.

— T'es sûr que tu nous as pas vus à terre baignant dans une mare de sang ?

— On n'est jamais sûrs de rien.

— Super.

L'ingénieur appuie sur l'avant-bras de sa combinaison de combat.

— Le seul truc positif dans cette histoire, c'est qu'au moins, on est correctement équipés.

Durant quelques millièmes de seconde, Kay semble disparaître puis réapparaître comme s'il clignotait.

— Ta combinaison te servira à rien à l'intérieur, lui rappelle Noam.

— Elle me servira à arriver en vie jusqu'à la trappe que tu as vue, si elle existe vraiment. C'est parti !

Son blaster à la main droite, son bras gauche devant lui comme s'il pouvait le protéger, Kay marche en direction de la coupole. Resté près de la motojet, Noam a abandonné son sourire. Il a activé son armure et, concentré, pointe le canon de son fusil sur l'entrée du hangar-3, prêt à faire feu.

Kay progresse en zigzaguant, courbé en deux. Il avance de dix mètres, vingt mètres.

Il n'y a aucun bruit. Aucun mouvement nulle part.

Trente mètres.

Trente-cinq.

Trois silhouettes surgissent du sable et tirent.

— Caillasse de roche ! hurle l'ingénieur.

Un laser s'écrase à quelques centimètres à peine de lui. Deux autres coups plus précis font scintiller le bouclier chronotique généré par le bras gauche de l'armure de Kay.

Ce dernier réplique immédiatement. Son fusil crache une salve rouge – un nuage de poussière s'élève au milieu des pierres –, rejoint par celui de Noam.

— Barre-toi de la motojet ! hurle Kay.

Son ami ne l'a pas attendu. D'un bond, il s'est écarté du véhicule tout en continuant de cibler leurs adversaires.

La motojet explose, touchée.

— Non ! rugit le pilote.

Déséquilibré par la déflagration, Noam s'écroule à terre. Un laser frappe juste à côté de lui et un autre manque de surcharger son bouclier. Le rebelle tourne sur lui-même à plusieurs reprises pour s'éloigner, se relève et mitraille au hasard en direction des pierres.

Du coin de l'œil, il distingue vaguement Kay qui, sous l'effet des chronons émis par son armure de combat, semble se déplacer à une vitesse impossible.

Noam s'agenouille, son bouclier pleine puissance devant lui, annule le mode rafale et tire.

Il rate, deux fois.

Un frémissement dans l'air, à gauche.

Le pilote vise à droite, manque sa cible encore une fois.

— Il est où, l'autre ? entend-il dans le vent.

Surgissant de nulle part, Kay réapparaît quelques pas derrière les assaillants. Son fusil pointé sur eux, il tire un coup.

Deux coups.

Trois coups.

Les hommes s'écroulent.

Le silence après la bataille est glacé.

— Tout va bien ? s'inquiète Noam, se relevant.

— Impeccable.

Kay rejoint les corps, éloigne leurs blasters du pied puis vérifie qu'ils ne sont plus en état de nuire.

Tous morts.

— Ils ne s'attendaient pas à ce qu'on ait des armures de combat.

— Des soldats de Radendt ? demande Noam.

— Non, des pillards.

Les deux hommes échangent un regard lourd de sens.

— Ça, tu ne l'avais pas vu, ronchonne l'ingénieur.

— Non, mais je nous avais vus entrer. J'avais donc raison.

Il s'approche du centre du monticule pierreux et se baisse.

— Après toi, dit-il, prêt à ouvrir la trappe.

Le complexe souterrain offre un spectacle macabre. Où que Noam et Kay se rendent, ils ne trouvent que des corps sans vie ainsi que du matériel rendu inutilisable. Il n'y a aucune trace des navettes.

— Caillasse..., murmure Kay, affligé face au quai de décollage désert.

Noam regarde autour de lui. L'odeur de sang et de mort agresse ses narines. Les flaques rouges ont noirci. Les cadavres sont rigides.

— Le hangar devait être protégé par un bouclier chronotique et rendu invisible ! peste l'ingénieur.

— Les soldats de Radendt ont dû le trouver autrement, suppose Noam. Ils ont pris les navettes, puis ont laissé leurs vautours terminer le sale boulot.

— Encore plusieurs des nôtres tués, déplore Kay, secouant la tête. Encore de l'équipement de perdu.

Il frappe du poing le mur derrière lui.

— Poussière ! C'est pas comme ça que ça devait se passer !

— On fait quoi maintenant, sans vaisseau et sans motojet ⸮ demande Noam.

— On remonte. Il n'y a aucun véhicule dans les alentours, ce qui veut dire que les trois là-haut attendaient sans doute un rover pour les aider à récupérer les métaux et le matériel. On ferait mieux de filer avant que leurs potes débarquent.

Noam acquiesce.

Dans une ambiance sinistre, les deux amis rebroussent chemin. Ils quittent le hangar vide, la salle de contrôle aux consoles maculées de sang, passent les couloirs déserts et rejoignent le sas d'entrée.

— Combien de temps, à pied, pour retourner à CG-1 ⸮ se renseigne Noam, une fois revenu à la surface.

— Plusieurs jours.

— Ça va être roche, sans rien à boire ni manger.

— Ça va être roche.

Évitant le regard de son compagnon, Kay enfile son casque.

— On y va ⸮ dit-il.

Il s'avance, aussitôt retenu par le bras de Noam.
— Là-bas, souffle le pilote dans son micro.
Kay tourne la tête dans la direction indiquée par son ami.
Un nuage de poussière ocre s'élève à l'horizon.
— Quelqu'un approche, murmure Noam.

Raja Sharma

La salle au cœur du vaisseau est plongée dans l'obscurité. Derrière la baie en verre renforcé, les étoiles brillent par milliers, éclairant faiblement l'intérieur de la pièce.

Deux silhouettes sont dressées au-dessus d'une troisième, assise sur une chaise.

Attachée à une chaise.

— Je te le redemande une dernière fois, dit Raja Sharma. Où est la base ?

Sato lève un œil violacé en direction du général – l'autre paupière est trop gonflée pour pouvoir même s'ouvrir –, le fixe quelques secondes.

Elle crache par terre un jet de salive mêlé de sang.

— Vas-y, ordonne Sharma au soldat derrière lui.

L'homme s'approche et d'un geste brusque envoie son poing dans l'estomac de la rebelle. Sato gémit, pliée en deux, les yeux mouillés de larmes.

— Encore.

Le soudard frappe au visage, dans les côtes, puis au ventre à nouveau. Incapable de bouger, la femme souffle à chaque coup, la tête baissée.

Une autre de ses dents tombe à terre.

— Je finirai par savoir où elle se trouve.

Le général se fend d'un rictus amusé.

— L'unique chose que j'ignore, c'est quand tu vas me le dire, et jusqu'à quand tu vas tenir.

Le visage déformé, les lèvres et la joue droite gonflées, Sato lève péniblement les yeux.

— Va... te faire... ensabler.

Sharma lance son genou dans le menton de la rebelle.

Sato gémit de douleur. Son regard se voile un instant, sa paupière gauche cligne, plusieurs fois, comme si elle désespérait de se fermer enfin, et que seule la volonté de la jeune femme l'empêchait de le faire.

Sharma se tourne vers son homme de main.

— Finis-en avec elle. Fais ce que tu veux. Et reviens me voir avec les coordonnées de leur base.

Accompagné par le bruit de ses bottes qui claquent sur le sol métallique, il quitte la pièce.

Resté avec Sato, le soldat se penche vers elle, un sourire abject accroché au visage.

18

Le nuage orange approche rapidement, formant une épaisse colonne au-dessus de la plaine rocheuse.

— Les pillards qui viennent chercher leurs potes, dit Noam.

— Probable. Je vérifie, surveille les environs.

La main sur son blaster, Noam s'assure que personne d'autre n'arrive. À côté de lui, Kay passe son casque en mode éloigné, projetant sa vision quelques centaines de mètres plus loin.

— Un seul véhicule, décrit-il. Léger.

Il distingue une ombre dans les bourrasques de sable et de poussière.

Un rover.

— Euh…

Kay force encore le grossissement, jusqu'à discerner les visages sans protection des deux occupants de la cabine de pilotage.

— Quoi ¿

— Ce ne sont pas des pillards, annonce-t-il. Mais les dingues.

Les traits tachetés des femmes à l'intérieur du véhicule ne laissent aucune place au doute.

— Qu'est-ce que les adorateurs du chronon sablent par ici ¿ grimace Noam.

— Aucune idée. Par contre, ce qui est sûr, c'est qu'ils… enfin, *elles* se dirigent droit vers nous.

Il arme son fusil.

— Elles sont menaçantes ? s'inquiète le pilote.

— Pas l'impression. Mais la journée a déjà été assez roche comme ça, je ne veux pas d'autres mauvaises surprises.

Sur le qui-vive, les deux rebelles observent le véhicule qui avance suivi de son tourbillon de poussière. Bientôt, le rover est visible sans lunette grossissante. Une femme le conduit, une seconde à ses côtés.

— Elles ne semblent pas armées, murmure Noam, presque pour lui-même.

— Prépare-toi quand même, on ne sait jamais.

Montrant l'exemple, Kay active sa combinaison de combat. Son ami hésite un instant, puis l'imite.

Le véhicule parcourt les derniers mètres qui le séparent de la coupole pierreuse, ralentit, puis s'arrête.

— Bon. Si elles avaient voulu tirer…

— Les adorateurs du chronon sont frappés, je te rappelle, maugrée Kay.

La conductrice s'extrait du rover, sourire aux lèvres. Aussi grande que ronde, elle a les cheveux blonds et le visage criblé de marques pâles. Elle porte une simple tunique beige sur un pantalon de la même couleur. Aucune carapace.

— Vous êtes les rebelles ? demande-t-elle d'une voix forte.

Noam et Kay échangent un regard surpris.

— Euh… Oui, lâche Noam via le haut-parleur de sa combinaison.

— Super, marmonne Kay dans leur canal privé. Au temps pour la discrétion…

— Je m'appelle Sarah. Je suis venue vous chercher pour vous ramener à notre campement. Il est à deux bonnes heures d'ici.

— Pourquoi ? s'étonne Kay.

La conductrice désigne la motojet carbonisée, la longue lande déserte tout autour des pierres dressées au-dessus du hangar.

— Vous avez mieux à faire ? demande-t-elle.

Noam ricane à l'intérieur de son casque.

— Comment est-ce que vous pouviez savoir qu'on serait là ? poursuit Kay, méfiant.

— Alicia vous expliquera au campement.

— Alicia ?

Il observe la seconde adepte restée à l'intérieur du véhicule – le visage fermé, les mains sur les genoux. Une garde du corps ?

— Alicia est *Celle-qui-voit*, la cheffe de notre communauté.

Noam et Kay échangent un nouveau regard.

— C'est pas comme si on avait d'autre choix, murmure le pilote. À part mourir de soif d'ici quelques jours dans ce désert, je veux dire.

— Des dingues, peste Kay sur le canal privé. Vous êtes tous complètement dingues.

Il abaisse son blaster, désactive le mode combat de sa combinaison.

— Allez, on file chez les fous.

▲

Installés à l'arrière du rover, Noam et Kay observent le paysage qui défile. Comme partout ailleurs, la roche brune s'étend à perte de vue, de temps à autre couverte de sable ocre. Des élévations percent parfois le sol du désert, formant d'étranges sculptures. Il n'y a aucune trace d'habitat. Rien.

— Une idée de l'endroit où elles nous amènent ? demande Noam, sur le canal privé.

Kay secoue la tête.

L'épuisement finit par avoir raison des deux hommes. Ballottés à droite, à gauche, réchauffés par les rayons rouge et jaune des soleils de Chronon Galactics, ils s'assoupissent, les mains posées sur les fusils, et ne se redressent dans un sursaut que deux bonnes heures plus tard.

Le rover a ralenti.

Noam penche la tête à l'extérieur du véhicule. Devant eux, ce qui semble être un petit avant-poste – trois ou quatre bâtiments, tout au plus – émerge du désert.

— Ça a l'air minuscule.

Le rover rejoint les constructions, de simples rectangles de pierre, et s'arrête devant l'une d'elles, à la large porte ouverte.

— Des garages, remarque Kay.

Sarah coupe le moteur et, accompagnée de sa passagère, descend.

— Bienvenue à Espérance, dit-elle.

— Un campement souterrain ? questionne Noam.

Elle acquiesce.

— Il s'agit de l'un des refuges des premiers colons, que nous avons retrouvé et investi il y a quelques années maintenant.

Elle sourit.

— Nous y sommes libres et en sécurité. Suivez-moi.

Elle s'approche d'une excavation au centre des bâtisses. Un escalier creusé dans la roche s'y enfonce dans les profondeurs desquelles émane un étrange brouhaha – comme des voix étouffées.

Kay serre son fusil contre lui.

— Vous n'avez rien à craindre, insiste la copilote, qui parle pour la première fois. Vraiment.

Derrière de courtes mèches brunes, ses yeux pétillent.

Kay hésite une fraction de seconde puis, imité par Noam, s'engage à la suite de leur guide.

Les marches descendent en colimaçon sur quelques mètres et, une fois passés les derniers rayons du soleil, s'arrêtent sur une corniche taillée dans la pierre.

— Vous pouvez retirer vos casques, dit Sarah.

En surplomb d'une large caverne, Noam et Kay s'exécutent, sidérés par le spectacle qui s'offre à leurs yeux.

Un gigantesque campement se trouve en contrebas. Des habitations troglodytes ont été creusées un peu partout dans la grotte, reliées entre elles par des chemins de corde. Des dizaines – non, des centaines de personnes – semblent pouvoir y vivre, tant l'endroit est étendu. Des enfants s'amusent et courent entre les bâtiments, éclairés par des puits de lumière percés dans la voûte de pierre. Plus loin, des adultes armés de pioches, hommes et femmes mélangés, travaillent à un édifice plus grand que les autres. D'autres vont et viennent un peu partout, sans prêter attention aux nouveaux arrivants. Aucun n'évite les particules invisibles qui depuis l'extérieur irradient la caverne.

Le bruit que les deux rebelles entendaient à la surface n'est étonnamment pas plus fort sous terre.

— Le campement était rudimentaire lorsque les premiers d'entre nous s'y sont installés, chassés de CG-1 par Radendt, explique Sarah. Mais, au fur et à mesure, nous l'avons agrandi et transformé pour qu'il soit plus confortable, comme nous l'avions vu dans les chronons.

Du doigt, elle désigne d'étranges stalactites entourées de fils métalliques, qui récupèrent l'humidité ambiante et l'envoient dans de minuscules rigoles sculptées dans les murs.

— Les pièges d'air nous rendent presque autonomes en eau. Pour la nourriture, nous dépendons encore de CG-1 et de Radendt, évidemment.

Noam et Kay hochent la tête, toujours stupéfaits.

— Suivez-moi. Je vais vous conduire jusqu'à Alicia.

Guidés par la jeune femme, ils empruntent de nouvelles marches pour accéder au campement qu'ils traversent, passant de chemin de corde en chemin de corde, en direction d'une bâtisse circulaire un peu en retrait.

— Jamais je n'aurais imaginé quelque chose d'aussi grand, souffle Kay à son ami. Si on pouvait les rallier à nous…

Noam regarde autour de lui les bras et les visages criblés, les sourires parfois heureux, parfois mélancoliques de ceux qui s'arrêtent dans les zones de lumière et s'abandonnent aux visions des chronons.

— Ce ne sont pas des soldats, dit-il.

Un sentier rejoint l'édifice où les emmène Sarah. Suivie par les deux hommes, la conductrice du rover y pénètre, poursuit dans des couloirs déserts jusqu'à une porte séparée du reste du bâtiment par un rideau.

— Alicia ¿ appelle-t-elle.

— Vous pouvez entrer, répond une voix féminine.

D'un geste, Sarah invite les rebelles à avancer.

Les murs de la pièce dans laquelle ils arrivent sont nus, creusés à même la roche. Il n'y a aucun meuble en dehors d'une table en métal rongé entourée de plusieurs chaises, installées directement sous un puits de lumière. Une femme y est assise, face à un écran.

— Bonjour, dit-elle. Et bienvenue à Espérance.

Son sourire révèle des dents aussi blanches que les marques sur son visage, son crâne et ses mains. Elle est chauve, complètement chauve.

— Je suis Alicia, *Celle-qui-voit*. Je suis la cheffe de cette communauté, et de ce que vous appelez la secte du chronon.

Elle se lève – elle est petite, arrive à peine à l'épaule de Noam – et fait signe aux deux hommes d'approcher.

— Installez-vous, je vous en prie. Je peux vous faire servir à boire ? Ou à manger ?

Noam hoche la tête.

Alicia murmure quelques mots au communicateur à son poignet et se rassied à sa place, en pleine lumière.

Noam la rejoint à la table, prenant soin de se mettre à l'ombre, imité par Kay.

— Vous devez avoir beaucoup de questions, dit-elle.

— En effet, admet l'ingénieur IA, mal à l'aise.

— Cet endroit est impressionnant, commence Noam.

— Il s'agit de l'un des tout premiers campements des colons, lorsque Radendt a débarqué sur cette planète. Le village a rapidement été abandonné quand il s'est avéré qu'il avait été construit par malchance sur l'une des zones qui subit le plus de rayonnements chronotiques de toute la surface.

Son regard s'éclaire.

— Une aubaine pour nous, aujourd'hui, bien sûr.

Sans s'annoncer, une jeune fille pousse le rideau à l'entrée de la pièce, un plateau à la main. Elle dépose devant Noam et

Kay un broc d'eau ainsi que des barres alimentaires et repart sans un mot.

— Servez-vous, les invite Alicia.

Les deux hommes ne se le font pas répéter.

— Nous nous y sommes installés il y a bientôt vingt ans de cela, quand Radendt a commencé à nous chasser, poursuit Alicia. Il n'aime pas tout ce qu'il ne contrôle pas. Mais vous êtes bien placés pour le savoir.

Occupés à mâcher, Noam et Kay acquiescent.

— Il ne doit bien sûr jamais apprendre que nous sommes ici, et si nombreux. Cela nous mettrait dans une position très délicate.

Elle penche la tête d'un air amusé, et ajoute :

— Mais je n'ai aucun doute sur le fait que vous garderez le secret.

— Pourquoi est-ce que vous nous aidez ? l'interroge Kay, incapable de retenir la question plus longtemps. Et comment saviez-vous que nous serions dans le désert aujourd'hui ?

Le sourire d'Alicia s'élargit.

— C'est pourtant évident, lâche-t-elle.

Elle ferme les paupières, nimbée par la lumière des deux soleils de Chronon Galactics.

— Tout est écrit, explique-t-elle. Tout. De notre naissance à notre mort. Il suffit de se plonger dans les chronons pour lire l'histoire. Notre histoire à chacun.

— Mektub..., murmure Kay.

Alicia rouvre les yeux.

— Les chronons m'ont appris que vous viendriez ici, conduits par Sarah et Audrey.

— Vous savez ce qui nous a amenés jusque dans le désert ? l'interroge Kay, d'une voix redevenue soupçonneuse.

La femme secoue la tête.

— Les visions du chronon sont capricieuses. Les particules voyagent au travers du temps, et personne ne décide de ce qu'elles nous montreront. Il faut faire avec ces bribes de vérité.

Kay se détend imperceptiblement.

— Je sais cependant que vous avez besoin d'un véhicule. Nous vous le fournirons.

— Vous ne craignez pas les représailles de Radendt ?

— Non. Ses soldats ne viendront jamais jusqu'ici.

— Nous allons réussir à le renverser, alors ? demande Noam.

Alicia l'observe un long moment, détaillant sa silhouette trapue, ses yeux sombres, les cicatrices sur ses bras, dans son cou, ses taches à lui.

— Vous allez échouer, lâche-t-elle d'un ton neutre. Et mourir.

Les deux rebelles échangent un regard confus.

— Vous… vous l'avez vu dans… le futur ? intervient Kay, sans parvenir à masquer son malaise.

Elle acquiesce.

— Si nous devons échouer, pourquoi est-ce que vous nous aidez ? s'étonne Noam.

— Parce que le plus important n'est pas que vous réussissiez ou pas, que nous vous assistions ou pas. Le plus important, c'est la route que vous et nous emprunterons, les choix que nous ferons. Car c'est eux qui racontent ce que nous sommes.

— Ces choix ne sont pas inscrits dans le futur, eux aussi ?

Les yeux d'Alicia s'éclairent.

— Peut-être, peut-être pas. Les voies du chronon sont parcellaires, ne se montrent jamais dans leur ensemble. Alors je fais de mon mieux avec ce que j'en ai vu. Et je fais ce que je crois juste, quel que soit le résultat. Quelles qu'en soient les conséquences.

Le bracelet à son poignet vibre. Elle consulte rapidement le message apparu, puis revient à ses invités.

— Nous vous logerons pour la nuit, dit-elle, terminant la conversation. Vous pourrez partir demain matin. Et nous nous reverrons, soyez-en certains.

19

Le véhicule file à toute vitesse sur la roche poussiéreuse en direction des montagnes, les deux hommes en carapace assis dans l'habitacle.

— T'y crois, toi, à toutes ces sableries du chronon ¿ demande Kay, brisant le silence qui s'était installé depuis leur départ.

— Non, lâche Noam, après quelques secondes de réflexion. Enfin, pas vraiment. T'imagines, si tout était écrit ¿

Kay acquiesce, le visage fermé.

— Ce serait terrifiant, dit le pilote. Ça voudrait dire qu'on serait, quoi ¿ Des grains de sable dans le désert, juste poussés par le vent et qui ne décident de rien ¿

Il éclate de rire et ajoute :

— Mektub, comme tu dis !

— Ça n'a rien à voir ! proteste Kay, contrarié. Les imams ne sont pas les adorateurs du chronon, et Allah c'est Allah. La foi. Croire en quelque chose qui nous dépasse.

Kay observe son ami au volant du rover que leur ont donné les adeptes.

— Tu penses qu'Alicia a réellement vu notre mort ¿ J'arrive pas à m'enlever ça de la tête…

Noam hésite un instant avant de répondre.

— Je ne sais pas, admet-il.

— Les images dans les chronons, ça prédit vraiment l'avenir ? insiste Kay.

— L'avenir très proche, de temps en temps. Mais c'est rare. Le plus souvent, quand on ne voit pas nos souvenirs, ce sont plutôt des visions qui ne veulent trop rien dire. Genre Alix en soldat de Radendt ou des bâtiments inconnus qui apparaissent dans la ville, ce genre de sablerie.

Noam tourne brusquement le volant, évite au dernier moment un rocher plus large que les autres. Dans le rétroviseur, un nuage de poussière jaunâtre s'élève et brille à la lumière du matin.

— Et les pressentiments ? poursuit Kay, sans se préoccuper des cahots.

— Je me trompe une fois sur deux comme tout le monde ici, même si de temps en temps on a de bonnes intuitions.

Une moue pensive sur le visage, il ajoute :

— Peut-être grâce aux chronons, va savoir.

— J'y crois pas, moi, sinon on aurait déjà gagné la bataille contre Radendt, murmure l'ingénieur. Et Alicia-la-dingue aurait raison.

— C'est pas parce qu'on ne comprend pas que c'est dingue, objecte son ami. Regarde, les combinaisons de combat. Elles fonctionnent sur le même principe : jouer sur les flux de chronons pour donner l'impression d'accélérer le temps.

Une moue dubitative déforme le visage de Kay derrière sa visière.

— Quand j'étais gamin, les imams parlaient parfois du chronon dans leurs prêches. Ils le considèrent comme une création de Shaitan, le diable. Pour eux, le projet d'Allah ne doit pas être révélé et doit rester secret jusqu'à ce que nous le découvrions au Paradis.

Perdu dans ses propres souvenirs, l'ingénieur aux longues dreads poursuit :

— Moi, ça m'a toujours fasciné, les chronons. Pas pour les visions dans le temps et toutes ces sableries, non. Mais l'énergie qu'ils produisent. Les boucliers, les champs de furtivité, les moteurs à chronons. Je suis un peu comme Léo, je crois...

Sans laisser à Noam la possibilité de placer une blague sur la scientifique, Kay continue :

— À la madrasa, je regardais toujours le ciel avant de m'endormir. Je rêvais de partir, sur un monde où on aurait le droit d'étudier ce qu'on souhaite et de voyager librement.

Amusé, il ajoute :

— Je t'ai dit que j'étais allé un jour à la représentation du Nouveau Califat ?

Noam grimace de surprise.

— Malgré la fatwa ? Et ils ne t'ont pas arrêté ?

— Ils ne m'ont pas reconnu.

— Pourquoi t'as fait ça ?

— Le capitaine de la navette d'où je me suis enfui venait d'être promu consul sur Chronon Galactics. J'ai voulu le revoir.

— Tu l'as supplié de te reprendre, c'est ça ? se moque Noam.

Kay secoue la tête.

— C'était pour le remercier.

— Le remercier ?

— Il m'a laissé partir. Je courais de toutes mes forces dans les coursives du vaisseau pour atteindre le sas avant qu'il se referme. J'ai croisé l'imam Mustafa. Il était seul. J'ai même failli lui rentrer dedans ! Mais il s'est écarté.

— Tu lui as sorti un de tes bobards, je parie ?

— Même pas. Il me connaissait bien. J'avais été le voir à plusieurs reprises pour lui demander de me changer de l'équipe d'intendance pour celle affectée aux IA et aux réseaux. Il avait refusé chaque fois. Mais ce jour-là... Il a compris que je voulais m'enfuir. Il m'a pris la main, m'a donné son misbaha, puis m'a laissé filer avec un « Inch'Allah »...

Noam laisse échapper un sifflement.

— Tu ne m'avais jamais raconté tout ça !

— Faut bien que je garde des trucs pour passer le temps quand on roule dans le désert, dit Kay.

— Il t'a dit quoi quand tu lui as parlé ?

— Pas grand-chose, juste qu'il était heureux de me revoir.

— Super, vos fatwas. Le mec, il est maudit par tous les musulmans, et il revient pépère quand il veut...

Noam plisse le nez, abandonne la vision du paysage désertique pour jeter un regard en coin à son ami.

— T'y penses, des fois ? À retourner au Nouveau Califat ?

Kay éclate de rire.

— T'as le cerveau ensablé ou quoi ? Tu me vois, moi, en slip dans une des salles de cours des madrasas ? Jamais de la vie ! C'est quand même plus sympa de mourir sur une planète pourrie avec des rebelles qui se battent entre eux plutôt que pour leur liberté.

— Mourir, répète Noam, pensif.

Il resserre sur le volant ses mains marquées par les chronons, jette un regard dans le rétroviseur du rover, ne discerne à travers le nuage de poussière que l'éternelle roche sableuse de son monde natal.

— On va éviter, au moins pour l'instant.

La conversation ne reprend pas et, face au paysage monotone, les deux amis se réfugient dans leurs pensées. Les montagnes vers lesquelles ils filent se rapprochent lentement, leur sommet déchiqueté se découpe sur le ciel. La ceinture d'astéroïdes scintille sous les rayons des soleils.

— Noam...

Le pilote sursaute.

— Ouais ?

— Quoi ? grogne Kay, les yeux bouffis de sommeil.

— Tu m'as pas appelé ? s'étonne Noam.

— Je dormais, mec, marmonne l'ingénieur.

Il se redresse.

— Ta fameuse voix, encore ? grogne-t-il.

— Ça doit être ça. Désolé.

— Elle t'a dit quelque chose ?

— Je ne crois pas. J'ai juste… J'ai juste cru que quelqu'un m'appelait. Rendors-toi.

Kay se blottit dans son siège.

— Réveille-moi quand on atteint les montagnes, OK ?

Il ferme les paupières et, en quelques secondes, bercé par le ronronnement du moteur, s'assoupit.

— À ton service, mon gars, maugrée le pilote.

— NOAM…

— Je suis là, dit-il dans son micro.

Dans le vide.

Aucune réponse, sur aucun canal.

Noam vérifie la jauge d'énergie – elle approche de la moitié – et reporte son attention sur la plaine ocre face à lui. Certains rochers, cachés par la poussière, pourraient endommager les roues et, si loin de la ville et du campement des adeptes, il doute de pouvoir être secouru par quiconque cette fois.

Un flash, sur la visière de son casque.

Noam fronce les sourcils. Le désert est de nouveau là, face à lui.

La fatigue ?

À côté de lui, Kay ronfle doucement.

Le pilote secoue la tête et se concentre sur sa conduite.

Une pièce aux murs de pierre, plongée dans la pénombre, puis le désert à nouveau.

Noam tressaille.

— Caillasse…, murmure-t-il. C'est quoi, ça ?

Il serre plus fort le volant du rover entre ses doigts.

Une silhouette adossée au mur, un homme ; une femme, un peu plus loin. Le désert.

Noam pâlit.

— Que…

Une couchette entourée de consoles ; des lumières vertes, rouges et bleues ; des écrans qui clignotent, des lignes qui s'affichent sans fin. Le désert.

— C'est pas…

Le corps d'Alix étendu, ensanglanté, les yeux grands ouverts.

— Roche de… !

Un choc sourd fait s'élever le rover qui retombe lourdement sur ses roues avec un bruit mat.

— Hein ?! crie Kay, réveillé en sursaut.

Le véhicule dérape, dangereusement penché vers la droite ; cogne une autre pierre et dérive.

— Tu fous quoi, mec ? s'alarme l'ingénieur, se redressant.

— Désolé ! grommelle Noam.

Il est livide derrière la visière de son casque.

Grinçant, le rover reprend une trajectoire normale en direction des montagnes.

Quelque chose crisse sous le châssis.

— Tu t'es endormi ou quoi ? s'agace Kay.

— Non, non ! lui répond-il sur le même ton.

Il pile d'un coup sec sur le frein.

— Il se passe quoi, là ? hurle Noam au pare-brise.

Il pose sa tête sur le volant, répète :

— Il se passe quoi, là…

— Noam ? s'inquiète Kay. Caillasse, c'est quoi le problème ?

— J'ai vu… J'ai vu la salle de l'enregistrement, celle où Alix a été… où il a été emporté après l'explosion. Il… il avait du sang partout, les yeux ouverts.

Noam tourne un visage bouleversé vers son ami.

— C'est quoi ces sableries, Kay ?

L'ingénieur fronce les sourcils, le regard sur son communicateur.

— Rien sur les canaux externes, dit-il. Aucun transfert de données.

Il secoue la tête.

— Tu… tu es sûr de toi ?

— Tu penses vraiment que ça m'amuserait ? crache Noam.

— Excuse-moi.

Il se tait quelques secondes.

— Tu crois que c'est Axiome qui a… piraté l'écran de ta visière ?

— J'en sais rien, murmure Noam. C'est ton boulot, ça.

— Je ne détecte aucune trace. Et sans véritable console, je ne peux pas faire grand-chose pour le vérifier.

Noam se passe la main dans le cou, inspire profondément.

— Bon. Laisse tomber. On verra ça plus tard.

Il déverrouille les portes du véhicule.

— Je vais déjà regarder si je n'ai pas bousillé le rover, marmonne-t-il.

Il sort et s'approche des roues avant. Il les inspecte, lance un coup de pied quelque part – un bruit métallique lui répond.

— Rien de bien grave, annonce-t-il à Kay par le haut-parleur de son casque. Un rocher a explosé un bout de la carrosserie, mais c'est tout.

Il se redresse, fait un pas vers l'arrière du véhicule et se fige.

— Oh, non..., lâche-t-il.

— Quoi ? s'inquiète aussitôt son ami, resté à l'intérieur.

Il s'empare de son blaster, ouvre la porte de son côté derrière laquelle il se cache et s'immobilise.

— C'est quoi, ça, *encore* ? lui demande Noam, la tête levée.

Le front de l'ingénieur se plisse.

Une trentaine de lignes de fumée parallèles strient le ciel bleu, créées par autant de navettes qui, leur fuselage reflétant la lumière des soleils, filent en direction de l'espace et de la ceinture d'astéroïdes.

— Des mauvaises nouvelles pour la base, répond Kay d'une voix lugubre. Je crois que cette fois, Radendt a sorti les grands moyens.

20

— Éléonore ? Ici Kay, réponds-moi, s'il te plaît !

L'ingénieur laisse passer quelques secondes.

— Éléonore ? répète-t-il après avoir changé de canal de communication. Ici Kay, réponds-moi !

Il claque la langue, agacé.

— Éléonore ? tente-t-il sur un autre encore. Léo, tu m'entends ?

Il peste, envoie son poing sur le rebord de son siège.

— Rien, que les ondes soient courtes ou mi-longues ! s'exclame-t-il.

Installé au volant du rover, Noam jette un coup d'œil au ciel. Les navettes ont disparu depuis longtemps. Devant eux, les montagnes qui abritent le complexe de la scientifique se dressent de toute leur hauteur.

— J'espère qu'elle va bien, s'inquiète l'ingénieur.

— Et qu'il ne s'agit pas d'un piège, ajoute Noam, tout aussi soucieux.

Le véhicule avale rapidement les derniers kilomètres de désert et entame l'ascension du flanc rocheux. Le moteur accélère et tousse de plus en plus fort alors que la pente s'accentue.

— Combien de temps ? demande Kay.

— Une dizaine de minutes.

L'ingénieur passe la tête à la portière, scrute le paysage de pierre brune, les falaises en surplomb, les ravins entre lesquels le rover zigzague, les cailloux tombés des sommets.

— Prépare-toi, dit-il. On ne sait jamais.

D'un geste rapide de la main, Noam active le mode combat de sa combinaison.

Kay en fait autant.

— Les navettes ne se dirigeaient pas vers ici, tente de le rassurer Noam.

— Léo ne répond pas, elle devrait nous capter d'aussi près. Et vu ce qu'il s'est passé au hangar-3…

Nerveux, il vérifie le niveau d'énergie de son blaster et le repose sur ses genoux.

— Toujours pas de signe de ton Axiome ?

— Pas depuis tout à l'heure.

Le pilote contourne le flanc de la montagne, emprunte un col étroit et retombe lourdement sur une corniche coincée entre trois pics.

— Là-bas, dit Kay, désignant en hauteur l'entrée d'une grotte.

— Vu. On devrait arriver très…

La roche explose juste à côté d'eux.

— Caillasse !

Une vague de chaleur terrible irradie le plateau et, balayé par la déflagration, le rover tangue.

— Saute ! rugit Kay.

Une seconde détonation !

— Saute !

Une tempête de cailloux larde le véhicule et le sol tout autour.

Le rover penche dangereusement !

Noam se jette à l'extérieur.

— Caillasse ! hurle Kay.

La porte de son côté refuse de s'ouvrir.

Noam tombe et, emporté par la vitesse, roule sur lui-même, mitraillé par les éclats de pierre. L'alarme de sa combinaison vibre – une douleur à l'épaule lui arrache un gémissement –, il glisse sur une dizaine de mètres et s'arrête.

Il se retourne. Le rover hors de contrôle poursuit en direction du ravin, Kay coincé à l'intérieur.

— Kay ! panique Noam.

Le pare-brise explose sous le coup de pied de l'ingénieur qui bondit du véhicule, quelques secondes à peine avant que ce dernier disparaisse dans le vide.

Une nouvelle déflagration atomise un rocher juste au-dessus de Noam.

— Ils ont des pulseurs ! hurle le pilote en se précipitant derrière un pan de falaise. Mets-toi à couvert !

Il jette un regard en arrière.

— Caillasse ! peste-t-il.

Son blaster est resté une dizaine de mètres derrière.

Un tir crée un trou dans la pierre non loin de Noam.

— Ils sont où, poussière ? crie Kay.

L'ingénieur s'est réfugié dans une combe, d'où seul le haut de son casque dépasse.

— La grotte ! dit Noam.

Au-dessus d'eux, une demi-douzaine de silhouettes s'approchent à couvert des rochers, armes à la main.

— Éléonore... souffle Kay.

Noam zoome sa visière sur l'entrée de la caverne. Le sas est noirci de lasers mais semble ne pas avoir été forcé.

— Je crois qu'ils n'ont pas pu rentrer pour l'instant.

Noam examine rapidement sa combinaison déchirée. Un filet de sang coule de son bras. Le rebelle l'essuie d'un geste et revient aux hommes en surplomb. Ils amorcent la descente de la pente rocheuse, boucliers activés.

— Avec un seul blaster pour nous deux, ça va être compliqué, murmure Kay dans le canal privé.

— T'as une idée ?

— On les laisse approcher, propose l'ingénieur. Il faut qu'on en chope un pour que je récupère son fusil. Sans ça, on n'y arrivera jamais, et ils finiront par entrer et attraper Léo.

— T'es sûr qu'elle est encore là-haut ? Il y a forcément une seconde sortie, quelque part, non ?

— Aucune idée, admet Kay. Mais je ne vais pas prendre le risque. Et hors de question que je l'abandonne.

Les assaillants, ombres noires dans la montagne, poursuivent leur descente, rocher après rocher.

— DEUX AUTRES APPROCHENT, grésille une voix dans le récepteur de Noam.

— Kay ?

— Ouais ?

— C'est toi qui as parlé ?

— Non.

— ILS VOUS ENCERCLENT.

Noam tourne la tête, essaie de discerner d'autres soldats sur le versant.

Il ne voit rien.

— Axiome, c'est toi ?

— OUI.

— Ils sont où ?

Un point rouge apparaît sur la visière du pilote. Il le suit, s'arrête sur une large fissure dans la roche. Il zoome à l'intérieur.

Deux ombres.

— Caillasse, souffle-t-il.

— Un problème ? l'interroge Kay.

— D'autres arrivent, annonce Noam.

Il examine le cirque montagneux tout autour. Le seul moyen de sortir est de rebrousser chemin – et se mettre à portée de ceux qui les contournent – ou de rejoindre la grotte.

— Tu as pu jeter un œil au ravin où est tombé le rover ? demande Noam.

— À pic. Impossible de descendre.

— ILS VONT TIRER, avertit Axiome.

— Caillasse, caillasse, caillasse ! enrage Noam.

Il se décale d'un petit pas. Son blaster est toujours au sol, à quelques mètres.

Le pilote prend une longue inspiration.

— Je vais tâcher de récupérer mon arme. Préviens-moi si tu vois...

Un hurlement terrifiant envahit la montagne.

— C'est quoi ça ? s'alarme Kay.

Les deux rebelles lèvent la tête. Une nouvelle silhouette se tient devant la grotte au sas ouvert, un fusil à la main.

— Éléonore ! lâchent en même temps Noam et Kay, abasourdis.

Sans combinaison de combat, sans bouclier chronotique, sans rien d'autre que son arme, la scientifique se précipite sur les hommes de Radendt telle une furie. Un premier coup part. La roche explose près d'un soldat qui se retourne et, le canon levé, se prépare à répliquer.

Le second tir le touche en pleine poitrine et il s'effondre.

— Vite, Noam, ton blaster ! lance Kay.

Le pilote ne se le fait pas dire deux fois. La tête rentrée dans les épaules, il court...

— TU AS SEPT SECONDES, l'avertit la voix métallique d'Axiome.

... se jette sur son arme qu'il attrape par la crosse et se laisse déraper au sol...

— TROIS SECONDES.

... jusqu'à atteindre le ravin dans lequel il glisse.

Un bruit sourd lui explose les oreilles. Noam écarquille les yeux – il est vivant ? –, tente désespérément d'une main et des pieds de s'accrocher à une pierre pour stopper sa descente – Ne pas regarder en bas, ne pas regarder en bas ! –, l'autre main fermement agrippée à la crosse du blaster.

— Noam ! panique Kay sur le canal privé.

— Caillasse ! crache le pilote.

Arrêté ! Il a réussi à s'arrêter !

Il jette un œil par-dessus son épaule. Quelques mètres en contrebas, la falaise tombe à pic.

Derrière le nuage de poussière au-dessus de lui, là où le fusil a raclé le sol, il entend des détonations de plus en plus rapprochées.

— Grouille ! appelle Kay. Elle se fait canarder !

Des cris et des insultes fusent vers le sommet. La voix déchaînée d'Éléonore les couvre – *Irradiés ! Dégagez vos gueules de roche d'ici !* –, entrecoupée d'explosions et du sifflement des lasers.

— JE VAIS ESSAYER DE BROUILLER LEURS VISIÈRES, avertit Axiome.

Noam évite de répondre que lui-même a failli en crever et, les dents serrées, remonte la pente du ravin.

— Le plus proche à cinq heures. Il te tourne le dos.

Le pilote termine d'escalader et se retrouve dans la poussière des premiers tirs. Il passe en infrarouge.

Une silhouette !

Il fait feu.

Le soldat de Radendt s'écroule.

Noam se précipite, vérifie que l'homme est hors d'état de nuire et récupère son arme.

— Kay ! appelle-t-il. J'ai un blaster pour toi !

Des cris de surprise ont remplacé les menaces des militaires de Radendt. La vision déformée, l'un d'eux perd l'équilibre et, dans un hurlement, tombe dans le vide.

— Axiome a hacké leur système caméra.

— Comment il a fait ? s'étonne l'ingénieur, apparaissant près de Noam.

Il prend le fusil que son compagnon lui tend, le remerciant d'un hochement de tête.

— Même moi, je n'ai jamais réussi à...

— Attention devant, prévient Axiome.

Deux soldats en combinaison de combat surgissent d'un contrefort dans la falaise. Le premier tire au hasard – le bouclier de Kay grésille, absorbant le coup –, le second s'apprête à en faire autant. Les deux amis ne lui en laissent pas le temps.

Les hommes de Radendt s'effondrent, touchés à la tête et au thorax.

— Leurs systèmes de protection vont prendre le dessus, dit Axiome. Ils retrouveront leur vision dans douze secondes.

— C'est suffisant, répond le pilote.

Rendus presque aveugles par leur visière obscurcie, pris en étau par Éléonore d'un côté et par les deux rebelles de l'autre, les soldats de Radendt ne font pas long feu et s'écroulent un à un.

Le silence qui suit semble irréel. La poussière retombe lentement, poussée par un vent doux.

Un laser retentit, plus haut. Noam et Kay sursautent, prêts à se mettre à couvert et riposter.

Éléonore est debout, au-dessus de l'un des cadavres.

— Gueule de caillasse ! rugit-elle.

Elle lui tire dessus, encore.

— Va cramer sous les chronons !

Et encore.

Et encore.

— Éléonore ! appelle Kay.

Il se tourne vers Noam.

— On la rejoint !

Les deux hommes remontent la pente aussi vite qu'ils le peuvent en direction de la scientifique qui ne cesse de hurler et de tirer.

— Éléonore, murmure Kay, arrivé près d'elle.

La jeune femme pointe son fusil sur lui.

Ses yeux sont écarquillés, à moitié cachés par des mèches de cheveux mouillés de sueur.

— Calme-toi, tente de l'apaiser l'ingénieur. Calme-toi, Léo. C'est fini.

Le canon du blaster passe de Kay à Noam, de Noam à Kay.

— Léo. C'est moi, Kay.

Sans geste brusque, il pose sa propre arme au sol et lève les mains.

— On a réussi. On est là. Ensemble.

— K… Kay ? murmure la jeune femme.

Elle cligne des paupières, embrasse la montagne du regard.

Un éclat dur traverse ses yeux.

— Ils voulaient… récupérer mes recherches, lâche-t-elle d'une voix atone.

Un sourire furtif éclaire son visage, un instant.

— J'ai tout piégé, là-haut. S'ils étaient entrés par la force, tout aurait explosé. Eux avec.

— Il faut se dépêcher, intervient Noam. Radendt va rapidement se rendre compte que ses hommes ne répondent plus et d'autres vont venir, encore plus nombreux.

Venceslas Radendt

Une vague lumière éclaire la petite pièce creusée dans la roche. Les murs sont couverts d'écrans. Sur une couchette, Venceslas Radendt semble dormir, nu, les paupières fermées, son corps relié à d'innombrables seringues, tuyaux, câbles et capteurs.

— Processus finalisé, annonce une voix synthétique.

Le propriétaire de Chronon Galactics ouvre grands ses yeux bleus, fait bouger ses doigts, ses pieds puis, s'accrochant au rebord, se relève lentement.

— Régénérescence terminée, poursuit la machine. Le taux de réussite est de 94,7 %, la longévité en diminution de 2 ans et 3 mois.

— Combien de fois le processus peut-il être encore utilisé de manière fiable ?

— Entre 4 et 10 occurrences, l'informe l'ordinateur.

Radendt cille imperceptiblement.

Carloman sort de l'ombre dans laquelle il attendait et, avec précaution, ôte les aiguilles et les sondes du corps de Radendt.

— La mission sur la lune ? l'interroge ce dernier.

— Un succès, répond son secrétaire. Les rebelles ont perdu cinq des leurs et autant d'appareils, en plus de leur transporteur. Nos pertes à nous se montent à seulement trois hommes, tel que cela avait été prévu dans les calculs de probabilité.

Radendt hoche la tête d'un air satisfait.

— Wu et Duchamp ?

— Exécutés comme vous l'aviez demandé.

Ravi, Radendt se lève et prend les vêtements pliés sur une table en métal à côté de lui.

— Envoie un message au Conseil terrien. Dis-leur que les rebelles ont assassiné leurs émissaires et que je vais m'occuper de les punir.

L'homme aux yeux bleu acier ferme son col.

— Le petit cadeau de Wu nous sera d'une grande utilité pour cela.

— Ne risquent-ils pas de découvrir ce que vous faites ? s'inquiète Carloman, le visage dénué de toute émotion.

— Comment le pourraient-ils ?

Radendt se retourne, plante son regard dans celui de son secrétaire.

— Nous sommes suffisamment en profondeur pour que rien ne soit détectable ici, sans compter les radiations de chronons. Il faudrait que quelqu'un les avertisse. En dehors des robots, il n'y a que toi, Moïra et moi qui connaissons l'existence de ce complexe, de ce qu'il contient et des recherches en cours. Tout est tel que je l'avais prévu.

Un sourire satisfait étire les lèvres de Radendt.

— Comme d'habitude.

21

Le sas se referme derrière eux dans un grincement sonore. Des lampes s'allument sur les murs en hauteur, révélant une immense caverne à l'intérieur de la montagne. Une porte métallique, au fond, est close. Il n'y a rien d'autre.

— Ça va, Léo ? s'inquiète Kay.

La jeune femme hoche la tête sans répondre. Ses doigts sont restés crispés sur la crosse de son blaster. De légers tremblements agitent ses bras et ses épaules.

— Tu es blessée ?

Elle fait signe que non.

À côté d'eux, Noam se défait de son casque, soulagé.

— Ils n'ont pas réussi à rentrer ? demande-t-il.

— Non, grogne la scientifique.

Son visage est pâle, ses traits tirés.

— Ils sont arrivés ce matin. Ils ont mis du temps à trouver l'entrée du complexe, puis se sont préparés pour forcer le sas principal. Si vous n'étiez pas intervenus…

La colère fait briller ses yeux l'espace d'un instant.

— La localisation de ton labo était censée être secrète, remarque Kay. Comme celle du hangar-3.

Lourd de sens, son constat reste sans réponse.

— Ils sont venus en navette ? interroge Noam.

— Des rovers. Deux, stationnés de l'autre côté de la montagne.

Noam et Kay échangent un regard déçu.

— Vous espériez autre chose ? demande-t-elle.

— On est allés au hangar-3, mais Radendt l'a trouvé avant, explique l'ingénieur. Les véhicules là-bas ont disparu, volés ou bien détruits, dit-il. La situation en ville est catastrophique : les soldats fouillent chaque maison à la recherche des nôtres. Nous n'avons plus aucun moyen de rejoindre la base pour essayer de libérer Torres.

Noam fixe le visage de la jeune femme, cherchant à y lire ses pensées.

Sera-t-elle de leur côté, comme le croit et l'espère Kay ? Ou avec Sharma ?

— Et comme si tout ça ne suffisait pas, continue Kay, une escadrille a décollé de CG-1 ce matin en direction de la ceinture. Si jamais elle trouve l'astéroïde…

— J'ai ce qu'il faut pour aller à la base et libérer Torres, déclare Éléonore.

Noam réprime un soupir de soulagement.

— Ici ? s'étonne Kay.

La scientifique acquiesce.

— Suivez-moi.

Elle rejoint la porte métallique de l'autre côté de la caverne, dont elle débloque l'ouverture d'un simple geste de la main. Une immense pièce aux murs saturés d'écrans de toutes tailles se trouve derrière. Plusieurs consoles s'entassent sur un bureau surchargé.

— Où sont passés tes assistants ? s'étonne Kay.

— Je les ai renvoyés après que Sharma a pris le contrôle de la base. Je ne voulais pas risquer que l'un d'eux soit à sa solde.

L'inquiétude de Noam s'envole totalement.

— Et je ne m'en porte pas plus mal, termine la scientifique. Je travaille mieux comme je vis mieux : seule.

Le visage de Kay s'assombrit.

Sans le remarquer, Éléonore se dirige vers une trappe dans le sol. Elle la soulève, révélant dessous une échelle qui, à l'intérieur d'un étroit conduit circulaire, s'enfonce dans l'obscurité.

— Je crois que je vais finir par devenir claustrophobe, gémit Noam. Il faut vraiment aller par là ?

— Les cercueils et les prisons de Radendt sont encore plus petits que ça, dit la scientifique. Tu préfères quoi ?

— D'accord, d'accord...

La scientifique s'engage dans le passage, imitée par ses compagnons. Après une longue descente, elle s'arrête face à une dernière porte. Elle colle sa paume contre le vantail qui s'ouvre.

— Caillasse divine ! souffle Kay.

— Je croyais qu'il ne fallait pas jurer, se moque Noam derrière lui.

Le pilote s'avance pour voir et, à son tour, laisse échapper un juron.

— C'est quoi, *ça* ? demande-t-il.

Éclairé par des néons pâles, un gigantesque entrepôt creusé dans la roche s'étend devant eux. Un large sas en ferme l'un des côtés. Des établis recouverts d'outils occupent plusieurs pans de murs, des prototypes de robots à côté d'eux.

Au milieu, une navette noire attend sur un deck de contrôle.

— La partie facile de mes travaux, explique la scientifique. Quand j'ai envie de me détendre.

Noam la regarde, les yeux écarquillés.

C'est même pas une blague...

Éléonore avance dans la pièce et rejoint l'aéronef. Elle pose une main sur la carlingue d'où émergent encore des câbles et où les panneaux ouverts laissent apercevoir des circuits électroniques.

— Je cherche à adapter le système des combinaisons de combat sur les navettes.

Le visage de la jeune femme s'éclaire, transfiguré par une étrange joie.

— En modifiant la stratégie d'éjection des chronons, en élargissant leur champ d'action, en canalisant suffisamment d'énergie, il est en théorie possible que cela fonctionne, même sur une masse aussi importante.

— Et tu as réussi ? l'interroge Kay, pantois.

— Évidemment.

Elle continue de tourner autour du petit vaisseau, referme doucement une trappe, consulte l'un des écrans branchés à des fils surgis de nulle part.

— Évidemment, répète-t-elle.

— On peut donc prendre cette navette pour rejoindre la base ? intervient Noam.

— Je n'avais pas prévu de vol expérimental si tôt.

— Combien de temps te faut-il pour qu'elle puisse décoller ?

— Deux heures. Trois maximum. Mais je ne sais pas piloter, rappelle-t-elle.

— Je m'en occuperai, dit Noam.

À son tour, il pose la main sur le fuselage noir.

— Une navette avec les mêmes capacités que les combinaisons de combat, murmure-t-il, impressionné. Tu crois que tu pourrais reproduire le système sur d'autres...

— Non, le coupe Éléonore. En tout cas, pas maintenant. Il m'a fallu plusieurs années pour en arriver là, elle n'a pas encore été testée. Et je n'ai pas le matériel nécessaire.

— On va quand même pouvoir essayer de libérer Torres, conclut Kay, soulagé.

S'adressant à la scientifique, il demande :

— Tu as des nouvelles de la base ?

Elle secoue la tête.

— J'ai tenté de me brancher sur les différents canaux. Tous silencieux. Tu as un plan ?

Les lèvres de l'ingénieur se tordent en une moue pensive.

— Peut-être. Je peux utiliser tes consoles, là-haut ?

— Oui.

— Je vais m'occuper des rovers en vous attendant, décide Noam. Des soldats de Radendt vont forcément rappliquer ici. Hors de question de leur laisser ce matériel.

— Tu es revenu ? grésille la voix dans les haut-parleurs.

Noam tressaille, regarde la montagne autour de lui.

Il ne voit personne.

— Axiome ?

— Bien sûr.

Le pilote s'éloigne de l'entrée du complexe d'Éléonore et remonte le versant.

— Je ne parvenais plus à te contacter.

— Où... où es-tu ? demande-t-il.

— Dans un centre calculatoire des sous-sols de la forteresse.

Noam se fige.

Une IA. Chez Radendt.

— Comment arrives-tu à me suivre ?

— Via les canaux de communication. Je t'ai reconnu.

— Reconnu ? Comment ?

— Ton nom est dans plusieurs de mes réseaux pseudoneuronaux. Je t'observe depuis plusieurs semaines.

— Est-ce que Raja Sharma ou ses hommes peuvent m'espionner également ? s'inquiète tout de suite Noam.

— Non.

C'est incompréhensible !

— L'enregistrement que tu regardais, je le connais.

Le rebelle se fige.

— Comment ça, tu le *connais* ?

— Il en existe une réplication dans mes bases de données. Elle est incomplète, la tienne ne l'est pas.

— Tu... tu attends quelque chose de moi ?

— Je ne sais pas. Mon système est corrompu à plusieurs endroits. J'essaie de comprendre pourquoi et de le corriger. Tu es une variable probabilistique de cette réparation.

Noam se tait un instant, confus.

— Qui sers-tu ?

— Personne. Enfin, je crois.

— Tout cela n'a pas de sens, grommelle Noam.

— Cela n'en a pas plus pour moi.

Le pilote grimace. Il escalade en silence les derniers rochers qui mènent au sommet de la crête et se redresse, essoufflé. La chaîne des Montagnes Brunes s'étend à perte de vue, barrant le désert d'ouest en est. Au sud, la plaine ocre se perd dans un brouillard de poussière, jusqu'à CG-1 et au-delà. Au nord, la pierre s'assombrit, constellée de débris météoriques.

— Tu es toujours là ? s'enquiert Axiome.

— Toujours, murmure Noam.

Il baisse le regard, fouille les coteaux en contrebas.

Là. Les deux rovers, abandonnés sur une corniche, près d'un ravin.

Un sourire étire ses lèvres.

— La vidéo que tu as projetée, demande-t-il à Axiome, tout en entamant la désescalade. Où l'as-tu obtenue ?

— Dans les données de la forteresse.

— Et pourquoi me l'as-tu montrée ?

Noam examine la pente en quête d'un passage moins abrupt pour atteindre les véhicules, et arrête son regard sur une coulée pierreuse un peu plus loin. Plusieurs rochers se suivent, auxquels il sera facile de s'accrocher pour descendre.

D'un pas décidé, il s'en approche.

— Je crois que j'ai subi une panne, finit par répondre Axiome. Une partie de ma mémoire semble avoir été effacée. Je fouille mes systèmes à la recherche de sauvegardes ou d'informations qui pourraient m'aider à comprendre ce qu'il m'est arrivé. Ton nom est présent à de nombreux endroits.

La coulée atteinte, Noam descend précautionneusement, un pied après l'autre, les doigts accrochés aux arêtes des rochers.

Il jette un regard derrière lui.

Une chute lui serait fatale.

— Alors j'espérais que toi, tu pourrais m'apporter des réponses.

— Qu'est-ce qui me dit que tu n'es pas un piège ?

— Rien, admet Axiome. Mais je t'ai aidé.

— Cela prouve quoi ?

D'un bond, le pilote atterrit à quelques mètres des deux rovers.

Ils sont vides.

— Tu pourrais être un outil de Radendt, des Terriens. Des Machinistes. Ou même du conglomérat d'Horizon.

Noam appuie sur le système d'ouverture du premier véhicule.

Aucune réponse.

Il va au second où il répète la manœuvre.

— Les crétins, se moque-t-il. Tellement sûrs d'eux…

La portière glisse, laissant le rebelle s'installer sur le siège. Il jette un regard aux commandes, trouve rapidement le démarreur qu'il enclenche.

— Je ne peux pas te faire confiance, dit-il à l'intention d'Axiome.

Concentré, Noam abandonne la conversation. Dans le silence de la montagne seulement brisé par le ronronnement du rover et le crissement des roues sur les cailloux, il manœuvre jusqu'à positionner le véhicule devant le premier. Il lance l'arrimage puis, à la tête des deux précieux transporteurs, retourne en direction du laboratoire d'Éléonore.

22

— Tu n'as pas peur qu'Éléonore te voie comme ça ? demande Noam, faisant irruption dans la salle aux écrans.

Sa combinaison jetée dans un coin de la pièce, Kay est avachi, en slip, au bureau de la scientifique.

— Elle a l'habitude, grommelle l'ingénieur, concentré sur les consoles devant lui. On passe des heures à discuter elle et moi.

Il grimace et ajoute :

— Enfin, on *passait*, quand la base n'était pas encore un repaire de traîtres.

— Tu fais quoi ? l'interroge son ami, se débarrassant de son casque.

— Je pirate les satellites de Radendt.

— Rien que ça ?

— Ouais. Facile. C'est juste des outils météorologiques.

— Waouh ! Tu cherches à prédire le temps de demain ? se moque Noam.

— Je vérifie où sont parties ces roches de navettes.

Tout amusement disparaît sur le visage du pilote.

— Et ?

— Pas dans le bon quadrant, heureusement, dit Kay. Pour l'instant en tout cas.

Il repousse le clavier et se tourne vers son ami.

— Et toi ? T'as réussi ?

— Évidemment. On vient de récupérer deux rovers flambant neufs.

Noam jette un regard à la trappe fermée, et s'enquiert :

— Éléonore travaille sur la navette ?

— Elle devrait avoir terminé d'ici une heure ou deux.

— Je peux te demander un service ?

Kay fronce les sourcils.

— Il y a un problème ?

— Axiome.

— Raconte.

— C'est une IA. C'est grâce à lui qu'on a pu avoir les gars de Radendt, il me guidait. Il prétend ne pas savoir ce qu'il est exactement.

— Il t'a recontacté ?

— Dès que je suis sorti de la montagne et que la roche n'a plus bloqué les canaux de communication.

— Logique. Qu'est-ce que tu veux ?

— Tu peux essayer de hacker les systèmes de Radendt à la forteresse pour trouver sa trace et vérifier s'il dit vrai ?

— Quoi ?! s'étouffe Kay. Là, maintenant ?

— Tu devais te renseigner sur lui, de toute manière. Et puis, t'as mieux à faire ?

— Non, répond Kay, une expression sérieuse sur le visage. Je suis sur les satellites météo, je vais remonter jusqu'aux réseaux internes les plus exposés comme je l'ai fait l'autre jour pour protéger les échanges entre la commandante et les émissaires terriens. Laisse-moi quelques minutes.

Le bruit des doigts de l'ingénieur sur le clavier remplace l'écho de leurs discussions. Sur les écrans, des lignes se succèdent et défilent à une vitesse impressionnante.

— Poussière..., lâche Kay, au bout de quelques minutes.

— Tu as trouvé quelque chose ? réagit aussitôt Noam.

— Ouais.

L'ingénieur se tourne vers son ami, manifestement intrigué.

— Le projet Axiome est mentionné dans l'une des bases de données. Il n'est pas référencé dans les IA, mais comme une IH créée dans l'un des serveurs de la forteresse.

— Une IH ?
— Une intelligence humaine.
Le cœur de Noam accélère à l'intérieur de sa poitrine.
— C'est une sorte d'IA, mais modélisée à partir d'un cerveau humain. Science expérimentale, interdite à peu près partout, évidemment testée partout aussi.
Incapable de se retenir, Noam demande :
— Tu crois... Tu crois qu'Axiome pourrait avoir été conçu à partir... d'Alix ?
Kay le regarde, stupéfait.
— C'est la vidéo qui te fait dire ça ?
Le pilote acquiesce, le visage plus pâle que jamais.
— Il l'a dans ses systèmes. Avec mon nom.
— Je n'en ai aucune idée, Noam. Je ne sais même pas comment on pourrait savoir ça...
Il secoue la tête d'un air désolé.
— Ça pourrait être un piège. Quelque chose pour t'inciter à croire que c'est lui. Qu'est-ce qu'il t'a dit ?
— Rien, justement. Il n'a aucun souvenir.
— C'est le problème avec les IH. Personne n'a réussi à réaliser une modélisation stable ou complète, et les IH finissent toujours par se désagréger ou sombrer dans une sorte de... folie. Je suis désolé, Noam. Axiome, ce pourrait être n'importe qui. Un soldat de Radendt, un scientifique qui a foiré son expérimentation, un dingue.
— Mais la vidéo montre le corps d'Alix dans la forteresse, avec Radendt et sa fichue IA avec lui, et...
Il s'arrête.
— Pour quelle autre raison Radendt aurait-il fait ça à Alix ?
— Il y en a certainement des dizaines, suppose Kay.
— Tu peux essayer de trouver des infos ?
— Aller plus profondément dans les systèmes de Radendt, en dehors des simples serveurs de référencement, cela prendrait des semaines... avec le risque qu'eux remontent jusqu'à nous.
— OK, murmure Noam d'un ton las.

— Je suis désolé, mon pote.

— T'en fais pas. Merci. Je... J'aurais juste aimé que ce soit...

Il s'interrompt.

— Je ne sais pas, en fait. Laisse ensabler.

Il s'installe sur le siège en face du bureau.

Qu'aurait-il aimé ? Même lui ne le sait pas, tout se mélange dans son esprit.

Avoir une raison d'espérer ? Changer le passé ? Qu'Alix soit là, toujours vivant d'une manière ou d'une autre ?

Tout à la fois ?

Accompagnée d'un grincement sonore, la trappe au sol glisse et Éléonore en surgit, les cheveux emmêlés, le visage maculé de taches de graisse.

— J'ai fini, annonce-t-elle.

Ses yeux passent de l'un à l'autre des deux hommes silencieux.

— Il y a un problème ? demande-t-elle.

— Non ! Non, aucun ! répond aussitôt Kay.

— Très bien.

Elle grimpe les derniers barreaux de l'échelle et referme derrière elle.

— Nous pourrons partir dans moins d'une heure, le temps que les contrôles automatiques se terminent et que les sphères chronotiques alimentent les réservoirs. Ça ira ?

— Affirmatif, dit Noam, presque soulagé de passer à autre chose.

Il se tourne vers Kay.

— C'est quoi alors, le plan ?

— J'y ai réfléchi, dit l'ingénieur. Ça devrait être assez facile.

Noam lève les yeux au ciel d'un air comique.

Ignorant son ami, Kay poursuit :

— Atteindre la base sans être repéré ne devrait pas poser de problème, encore moins si le vaisseau tient toutes ses promesses.

— Évidemment qu'il le fera, affirme la scientifique, pincée.

L'ingénieur hoche la tête.

— Quand nous serons assez près pour capter les canaux de communication internes, continue-t-il, je piraterai l'IA d'approche pour activer l'ouverture du sas de secours. Nous rentrerons par là.

— Tu es sûr d'y arriver ?

— C'est moi qui l'ai programmée, je te rappelle. Et il n'y a pas un système de l'astéroïde que je n'ai pas déjà hacké. Il faut bien occuper ses journées…

— Et ensuite ?

— Je suis persuadé que Dabo, Smith ou Gorski nous rejoindront. Nous devrons les trouver, puis identifier dans les soldats et le personnel de la base ceux qui sont restés fidèles à la commandante. Avec leur aide, nous devrions pouvoir la sortir de sa cellule.

Arborant un air victorieux, il termine :

— Enfin, on capture Sharma, on l'annonce via les canaux internes, et on envoie en cour martiale tous ceux qui ont trahi !

— Ça se tient, dit Noam, pensif. Une chance sur deux de mourir, mais ça me va.

— À vue de nez, neuf chances sur dix, le corrige Éléonore.

Les deux hommes se tournent vers elle.

— Tu es sûre ? grimace Kay.

— Est-ce qu'il faut vraiment reconduire Torres ? répond la scientifique, ignorant la question. De fait, sa stratégie nous conduit à l'échec.

— Tu… tu partages l'avis de Sharma ? demande Kay, consterné.

Éléonore secoue la tête d'un air agacé.

— Bien sûr que non ! Il est comme elle. Il croit que nous pouvons vaincre Radendt par la force. Il se trompe tout autant.

— Les probabilités, c'est ça ?

— C'est la seule solution. Je n'ai pas de programme aussi évolué que l'IA prédictive qui conseille Radendt, mais tous mes calculs mènent à la même conclusion. Quelles que soient les variables d'entrée, notre rébellion sera un échec.

— La commandante n'est pas de cet avis, lui oppose Noam.

— Et elle est où ta commandante, en ce moment ? rétorque Éléonore.

— Que voudrais-tu qu'on fasse ? insiste Kay.

— La réponse est dans l'aléa chronotique.

La scientifique s'approche de son bureau, pousse sans ménagement les bras de Kay pour taper ses instructions sur le clavier.

— Regardez, dit-elle, alors que des schémas et des dizaines d'équations s'affichent à la place des radars météo.

Elle pointe du doigt une série de chiffres et de formules mathématiques.

— À gauche, vous avez les calculs prédictifs, réalisés par des règles qui se révèlent justes à 99,9 % ailleurs. À droite, vous avez les résultats de ces mêmes règles ici.

— Erronés à 19 %, remarque Kay.

— Tout juste. Il n'y a que dans notre système solaire à nous que ces écarts sont présents. Rien ne le prouve, mais de toute évidence l'anomalie ou les chronons y sont pour quelque chose. Si on parvient à comprendre pourquoi, si on arrive à intégrer l'aléa chronotique dans nos calculs, alors on saura où frapper avec le plus de chances de réussite. Il me faut juste du temps.

— C'est en ce moment même que Radendt traque chacun d'entre nous, à CG-1 comme dans l'espace ; en ce moment que Sharma retient notre commandante, intervient Kay. On n'a pas le choix, malheureusement. Nous devons agir *maintenant*.

La scientifique coupe l'affichage sur les écrans.

— Sans mes calculs, vous courez à votre perte, affirme-t-elle, glaciale.

— Les adeptes du chronon nous ont fait la même prédiction, grogne Noam. Avec ou sans calcul, d'ailleurs.

Éléonore fusille le pilote du regard.

— Je t'interdis de comparer mes recherches avec les inepties de ces idiots !

— Désolé, dit Noam, sans se départir de son air amusé. Je ne voulais pas te blesser.

— Je vous donne la navette mais je reste ici, annonce-t-elle. J'ai du travail.

— Ce n'est pas possible ! s'étouffe Kay. Ils te captureront, t'amèneront à Radendt !

Avant qu'elle n'ait le temps de réagir, il rajoute :

— Et il récupérera toutes tes études sur le chronon.

Éléonore, qui s'apprêtait à protester, referme ses lèvres.

23

La porte du hangar s'est ouverte, formant un grand trou dans la montagne. Au milieu des établis et des robots, des outils et des caisses, la navette est prête à décoller.

— Moteurs chronotiques allumés, annonce Noam, assis entre Kay et Éléonore.

Il vérifie les jauges à sa droite, un écran au-dessus de sa tête.

— Énergie à 100 %. Aucune anomalie détectée. Tout est OK.

Il appuie sur le manche à sa gauche. Le vrombissement des turbines s'amplifie.

— Tu vas pouvoir nous conduire à la base sans ordinateur de bord ¿ l'interroge l'ingénieur IA.

— Évidemment !

De sa main libre, Noam commande le décollage de l'appareil.

Le véhicule fait une embardée, projette violemment ses trois occupants en avant puis s'immobilise.

— Caillasse ! peste le pilote.

Il appuie rageusement sur plusieurs boutons qui clignotent.

— J'ai modifié les latéraux pour qu'ils n'influent pas sur le mode furtif, explique Éléonore. Éteins-les tant que nous ne sommes pas en vol.

— Néophyte, raille Kay.

Noam lui jette un regard noir, commande l'arrêt d'une partie des moteurs et recommence la manœuvre. Une bourrasque soudaine balaie le hangar, fait valser les outils contre les murs, repousse les établis.

— J'aimais tant cet endroit, murmure la scientifique.

— Tu y reviendras, veut la rassurer Kay. Une fois que nous aurons renversé Radendt. Je te le promets.

La navette s'élève dans un doux bourdonnement.

— C'est parti ! lance Noam.

Il tire le manche vers lui, augmentant la puissance des moteurs. La bourrasque se transforme en tornade puis, dans un sifflement assourdissant, le vaisseau émerge du flanc pierreux pour s'envoler au-dessus des montagnes de Chronon Galactics.

Le bleu du ciel s'assombrit seconde après seconde. Sur les écrans de contrôle, la ligne de l'horizon s'arrondit.

— Altitude : trois mille mètres, annonce Noam.

Il vérifie plusieurs cadrans, poursuit :

— Température fuselage OK. Puissance moteurs : 30 %.

— T'es encore plus assommant qu'une IA, ronchonne Kay.

— Surveille les radars au lieu de râler.

L'ingénieur grogne, jette néanmoins un regard à la console près de lui.

— Rien à signaler à portée courte. L'escouade de Radendt doit être trop loin pour qu'on la détecte.

Face à eux, la ceinture d'astéroïdes qui entoure Chronon Galactics brille de mille feux, éclairée par la lumière chaude des deux soleils.

— On devrait atteindre la base dans onze minutes, annonce Noam.

— Les navettes peuvent surgir de n'importe où, rappelle Éléonore. Il faut passer en mode furtif. Si Radendt n'a pas encore trouvé notre QG, je n'ai pas envie qu'on l'y conduise.

Noam acquiesce et pousse les uns après les autres les boutons permettant au vaisseau de disparaître.

— Furtivité OK.

Il tire plus fort sur le manche, augmentant la puissance des moteurs qui propulsent l'aéronef droit vers la noirceur de l'espace.

— Arrivée dans neuf minutes.

Derrière eux, la planète rapetisse à vue d'œil. Les dents de montagnes ourlées de givre s'abaissent, une tache sombre – CG-1 – apparaît puis rétrécit à mesure que la navette s'éloigne.

— Je déteste ça, murmure Éléonore. Le vide…

— On sera bientôt à destination, dit Kay.

Émerveillé quant à lui par le spectacle, Noam se tait. Jouant avec les manettes et les commandes, il propulse le vaisseau en direction des astéroïdes.

— Radar toujours silencieux, redit l'ingénieur.

— On aurait de la chance pour une fois ? ironise le pilote.

Il fait maintenant complètement noir autour de l'aéronef. Le fuselage qui brillait sous l'effet de la chaleur a repris la couleur de la nuit. Noam évite aisément les cailloux à la frontière externe de l'anneau et, tendu, lance la navette dans le disque de roches et de poussière stellaire. Les astéroïdes se font de plus en plus larges à mesure qu'il s'enfonce à l'intérieur.

— Arrivée dans trois minutes, informe-t-il.

— Toujours aucun signe d'activités, ajoute Kay.

Guidé par le programme automatique d'approche, le vaisseau poursuit son trajet vers l'un des innombrables planétoïdes qui tournent autour de Chronon Galactics. Noam inverse la puissance des moteurs, ralentissant sa vitesse.

Le pilote voit les contours de l'astéroïde se brouiller, comme s'ils tremblaient légèrement.

— Noam ? appelle Kay. Tu ne te branches pas sur les canaux de communication ?

Noam secoue la tête.

L'astéroïde a repris une forme normale.

— Si, bien sûr.

Il appuie sur une des commandes du tableau de bord.

Des grésillements emplissent le cockpit.

Le front plissé – était-ce la fatigue ? Le stress ? –, Noam fouille les ondes courtes et mi-longues, sans succès.

— Rien, dit-il.

Kay et Éléonore échangent un regard.

— On y va ? demande l'ingénieur.

— Le plus vite sera le mieux, répond la jeune femme.

Une console se déploie devant le siège de Kay qui s'y affaire aussitôt. Noam approche la navette de l'une des extrémités de la base oblongue, à la surface rocheuse creusée d'impacts.

— Le bouclier furtif tiendra une dizaine de minutes, pas plus, prévient-il.

Son trouble de la vision semble passé. Il relâche légèrement la pression de ses mains sur le manche.

— Largement suffisant, souffle Kay. Ils ont commencé à modifier les systèmes de contrôle mais franchement, c'est du travail d'amateur. En deux secondes, je te contourne ça.

Ses doigts filent sur le clavier à une vitesse impressionnante. Le cliquetis des touches qui s'enfoncent résonne dans l'habitacle silencieux, jusqu'à ce que l'ingénieur s'exclame :

— Caillasse ! Ils ont foutu un roche de mode espion, et…

Il tape à toute vitesse, les yeux plissés de concentration.

— … les sablards !

Il relève son visage brun entouré de dreadlocks.

— Ils ont détecté l'intrusion ? demande Noam.

— Non, répond l'ingénieur en secouant la tête. J'ai dû isoler toute la zone, ils ne verront qu'un dysfonctionnement mineur. Mais je déteste être pris par surprise comme ça.

Il renifle d'agacement.

— Je relancerai les systèmes de surveillance une fois à l'intérieur. Il faut se dépêcher avant qu'ils réalisent qu'il se passe quelque chose d'anormal.

Noam acquiesce et approche le vaisseau de l'astéroïde. Ce dernier est identique aux centaines de milliers d'autres qui l'entourent, même forme, même surface grêlée. Indétectable grâce au bouclier de chronons, la navette en rejoint l'extrémité.

Un trou s'est ouvert dans l'un des cratères.

Le sas de secours.

Dans un silence tendu, Noam, Kay et Éléonore s'équipent de leur combinaison spatiale.

— Il vaut mieux que tu restes là, dit Kay à la scientifique. Ça peut être dangereux.

— Bien sûr, répond-elle. Et je prépare le repas en vous attendant ?

Elle prend son blaster, se lève.

— Je passe devant, annonce-t-elle.

Arrivés sur le sol du petit astéroïde, ils vérifient une dernière fois l'absence de toute activité dans l'espace comme à l'entrée du sas et s'en approchent, aidés de leurs mini-propulseurs.

L'accès – une cavité dans la roche – semble dégagé. Arme à la main, Éléonore l'atteint rapidement, imitée par ses compagnons.

Sous ses pieds, un couloir de pierre plongé dans l'obscurité donne sur un panneau métallique circulaire. Son extrémité est ouverte révélant, derrière, une salle éclairée de diodes.

— C'est vide, chuchote la scientifique à l'intérieur de son casque.

— On y va, lance Noam.

Les trois silhouettes s'engouffrent dans le puits rocheux et, ralentis par la faible gravité, tombent doucement dans la pièce. Dernier arrivé, Kay referme le sas et réactive le module de vie. L'oxygène revient, ainsi qu'une pression et une gravité normales.

Sans un mot, ils se défont de leurs combinaisons qu'ils dissimulent avec d'autres dans un conteneur.

— Prêts ? demande Kay.

— Prêts, répondent en même temps ses compagnons.

La porte du fond coulisse.

— On commence par qui ? interroge Noam à voix basse.

— Dabo, propose Kay. Elle saura nous dire où en est la situation ici, et sur qui compter.

— Tu ne crois pas que Sharma l'aura justement encore plus à l'œil que les autres ?

— C'est un risque à prendre.

Les rebelles rejoignent rapidement les quartiers d'habitation en passant par les coursives secondaires, attentifs à se cacher dès qu'ils entendent le bruit de pas ou de conversations.

— Là-bas, chuchote Noam à ses compagnons, une fois arrivés à destination.

D'un geste de la tête, il désigne les deux hommes qui surveillent l'entrée de la cabine de Dabo, plongés en pleine discussion. Ils n'ont pas d'armure. Leurs blasters sont rangés à leur ceinture.

— Faudra les virer ces deux-là, grommelle Kay.

— Ou les remercier, ajoute Noam.

Réglant leurs fusils à la puissance minimale, les trois rebelles tirent. Les gardes touchés en pleine poitrine s'écroulent au sol, inconscients.

— On y va, vite ! lance Noam en s'avançant dans la coursive.

— Comme si j'allais proposer de prendre un verre avant de continuer, ronchonne Kay.

Les deux amis s'assurent que les hommes sont bien assommés et les enferment à l'intérieur d'un étroit local électrique. Lorsqu'ils ressortent, Éléonore les attend devant l'un des sas, la main levée, prête à frapper.

Noam

24 ans plus tôt

Noam est assis, seul. Devant lui, les cailloux qu'il a posés sur la table recréent le système de Pi Cassioppeiae avec ses planètes, ses lunes, sa ceinture d'astéroïdes autour de Chronon Galactics ainsi que l'anomalie, au loin, spirale de sable ocre sur le plateau rouillé. Deux pierres taillées grossièrement forment les vaisseaux qui devaient s'affronter pour la course la plus incroyable de tout l'univers.

Mais la course n'a pas eu lieu. Le garçon ne regarde plus ses navettes, ne les touche plus. Les yeux perdus au travers de la fenêtre, il reste comme souvent immobile et silencieux.

— Noam, il faut..., commence Farouk.

— Non, l'arrête doucement Rebecca.

Elle pose la main sur l'épaule de son mari.

— Laisse-le, lui murmure-t-elle.

Elle entraîne son époux à la porte arrière du bloc, loin des oreilles de l'enfant qu'ils hébergent depuis quelques mois à peine.

— Mais...

— Il lui faudra du temps.

— Du temps pour quoi ? demande Farouk.

— Pour guérir.

— Mais guérir de quoi ? s'emporte presque l'homme. Il ne nous dit rien, Rebecca, rien du tout. Il refuse qu'on l'aide, refuse de nous raconter, et moi je suis là, impuissant, à le regarder maigrir, et se perdre dans ses souvenirs, dans son passé, alors que mes bras sont chauds, solides, et que j'ai tant d'amour à lui donner…

Rebecca se colle contre son mari, les paupières mi-closes, s'emplit de son odeur, de sa douceur.

— Je sais, je sais. Je suis comme toi. Mais, quand bien même on le voudrait, on ne pourra pas le forcer à guérir plus vite qu'il le peut. S'il ne souhaite rien nous dire, alors il ne nous dira rien. On continuera de s'occuper de lui du mieux que l'on peut. Et ça, déjà, c'est un incroyable don du ciel. Pour lui. Pour nous aussi.

Inconsciemment, elle pose la main sur son ventre vide.

Un bruit de pas retentit dans la cour arrière, puis un éclat de rire. Noam tressaille, tourne la tête. Une silhouette aux cheveux blonds passe à toute allure.

— Alix ! appelle une voix forte de femme. Reviens tout de suite à l'intérieur !

Le rire s'élève plus fort encore.

— J'arrive, maman !

Noam se penche un peu plus pour suivre le garçon du regard.

24

Le sas s'ouvre sans qu'Éléonore n'ait à frapper, révélant la silhouette longiligne de la cheffe des renseignements.

— Comment avez-vous fait pour arriver jusqu'ici ? s'étonne-t-elle.

— Le talent ! fanfaronne Kay.

Dabo jette un regard rapide dans les coursives.

— Rentrez, vite, dit-elle. Sharma me fait surveiller.

Les rebelles pénètrent aussitôt à l'intérieur de ses quartiers. Ils sont à peine plus grands que les cabines des soldats. Une première pièce aux murs de métal blanc abrite une table de travail munie d'une console et de plusieurs écrans. Derrière, une porte donne accès à la chambre étroite, sans hublot, équipée d'un simple lit.

— Vous allez bien ? s'inquiète Dabo.

Les nouveaux venus acquiescent d'un hochement de tête.

— Et toi ? demande Kay.

— Ça va. Vous n'êtes pas au courant pour ici, sans doute ? Sharma a décidé de lancer l'assaut.

— D'autres navettes ont été détruites au sol, annonce l'ingénieur. Le hangar-3 a été pillé.

— On l'a appris, oui. C'est pour ça que Sharma ne veut qu'une opération terrestre et envoyer toutes nos unités sur la forteresse.

— C'est l'endroit le plus protégé de toute la planète ! réagit Noam. Jamais nous ne pourrons le prendre juste comme ça !

— Sharma est convaincu du contraire. Et il ne cesse de répéter que chaque jour passé à attendre voit la puissance de Radendt augmenter.

D'un ton soucieux, elle ajoute :

— Ce en quoi il n'a pas forcément tort...

— La commandante est en vie ? demande Éléonore.

Dabo se rapproche de sa console et, d'un geste, fait apparaître au-dessus de la table une représentation holographique de la base.

— Heureusement, oui, dit-elle. Sharma est obsédé par sa stratégie militaire, mais il n'est pas un assassin pour autant.

De ses longs doigts bruns, elle suit les lignes lumineuses qui indiquent les coursives reliant les salles à l'intérieur de l'astéroïde ovale jusqu'à une zone un peu à l'écart, dans la partie basse de l'immense rocher.

— Elle est aux arrêts ici, dans l'une des cellules. J'ai réussi à obtenir quelques informations.

— C'est étonnant..., souffle Kay, amusé.

Dabo répond à son sourire.

— Sharma n'imagine pas la moitié de mes moyens.

Revenant à l'hologramme, elle reprend :

— Une demi-douzaine de gardes seulement surveille la cellule. Les autres sont tous occupés à s'entraîner pour l'assaut. Avec l'effet de surprise, on devrait pouvoir libérer Torres sans trop de difficultés. Vous avez combien d'hommes avec vous ?

Noam, Kay et Éléonore s'échangent un regard.

— Si je compte bien..., commence le pilote.

— Nous sommes trois, termine Éléonore.

Le visage de Dabo se défait.

— Ah. Et... c'est quoi, votre plan ?

Les deux compagnons de Kay se tournent vers lui. Ce dernier se racle la gorge et, détendu, répond :

— On libère la cheffe, on annonce via les canaux internes qu'elle est revenue, et tout le monde nous rejoint !

Dabo reste silencieuse, attendant la suite.

— Et ?

— Et ? répète Kay, faisant mine de ne pas comprendre.

— Et concrètement ?

— Concrètement, à trois, quatre avec toi, on ne peut pas faire grand-chose de plus, admet l'ingénieur. On doit jouer sur l'effet de surprise, agir vite. Et on s'est dit que tu saurais nous aider à trouver des renforts.

Dabo hoche la tête, plongée dans ses réflexions.

— On peut faire ça, dit-elle. Presque.

Elle se retourne vers la représentation de la base.

— J'ai réussi à échanger quelques mots avec Smith. Il est avec nous. Gorski aussi, j'en suis certaine. Je vais essayer de les rassembler, eux et tous ceux qui voudront bien nous rejoindre.

Elle suit les lignes des couloirs et de toutes les pièces creusées à l'intérieur de l'astéroïde.

— Une fois que ça sera fait, nous attaquerons ici et ici, dit-elle, désignant l'accumulateur énergétique et le centre technique. Gorski a les accès, cela nous facilitera grandement la tâche.

Elle réfléchit quelques instants encore, et rajoute :

— Il faudra agir très, très vite. Une fois que vous aurez libéré la commandante, remontez jusqu'à la salle tactique. Sharma s'y est installé. On se retrouve là-bas. Si on est assez nombreux, si on a pu désorganiser Sharma et lui faire croire qu'on a au moins partiellement le contrôle de la base, ça peut fonctionner.

Elle se retourne, observe les trois rebelles munis de leurs simples fusils.

— Mais c'est risqué, conclut-elle.

— Avons-nous d'autres options ? demande Noam.

Il connaît déjà la réponse.

Éléonore, Noam et Kay rampent sans encombre dans les gaines de ventilation jusqu'au couloir d'entrée des cellules. Comme l'avait prédit Dabo, une demi-douzaine de gardes le protège. Tous portent leur combinaison cette fois, et tiennent leurs armes en main.

— Cela va être moins facile, chuchote Noam.

— On sera à découvert le temps de tirer. Et si jamais l'un d'eux se relève avant qu'on en ait terminé…

— On les tue cette fois ? propose Éléonore.

Kay pose la main sur le fusil de la scientifique et en vérifie discrètement le réglage.

— Non, dit-il. Cela pourrait monter tout le monde contre nous une fois que Torres sera libérée. Il ne faut pas faire couler la moindre goutte de sang.

— Je peux tenter de faire diversion, dit Noam.

Du regard, il suit le conduit d'entretien qui repart un peu plus loin.

— Il y a une seconde grille là-bas, de l'autre côté du hall, dit-il. Je pourrais en sortir et créer un effet de surprise. Le temps qu'ils réalisent que je ne suis pas seul, ils devraient tous être étourdis. Si vous ne les ratez pas.

— C'est trop risqué, proteste Kay. Ils tireront sans doute à pleine puissance, eux. Il en suffit d'un pour que tu sois sérieusement blessé ou pire.

— Écoute, insiste le pilote, on est quatre contre une bonne partie des soldats de cette base. On n'a pas le luxe de choisir le plus simple ou le moins dangereux. On opte pour le plus efficace, point.

— Il a raison, dit Éléonore.

— Roche ! peste Kay.

Il jette un regard aux gardes en faction.

— Je te préviens, Noam. Si jamais tu te foires, si jamais tu es touché par l'un d'eux, je te jure que c'est moi qui t'achève. C'est clair ?

Le pilote laisse échapper un sourire amusé.

— Je sais que je peux compter sur toi.

Il salue ses compagnons et, avant que son ami change d'avis, s'éloigne en rampant vers l'embranchement de la gaine.

Aussi discret que possible, il progresse dans le boyau métallique, attentif à ne cogner ni son fusil ni sa tête contre les parois ; monte, descend, plongé dans le noir le plus complet.

Pourvu que je ne me sois pas trompé !

Une vague lueur apparaît devant lui. Noam accélère, poussant sur ses bras, ses jambes, et aperçoit au loin une nouvelle grille. Il termine les derniers mètres en retenant sa respiration et approche son nez de la bouche d'aération.

Le soulagement l'envahit.

Les soldats se tiennent dans l'angle, comme il l'avait prévu. En face, il voit l'autre conduit, où patientent Kay et Éléonore.

À moi de jouer...

Il pose ses mains sur la crosse de son blaster et jette un ultime regard au hall. Après avoir sauté, il devrait pouvoir atteindre le couloir, à gauche, où il serait en partie à couvert.

En partie.

Sois bon, mon pote, songe-t-il.

Mais Kay est sans doute encore plus stressé que lui.

Il prend une longue inspiration – *Un...* –, rapproche son arme de l'ouverture grillagée – *Deux...* –, et...

Le hurlement d'une sirène l'interrompt.

— Intrusion ! Alerte intrusion ! tonne une voix d'homme.

Les soldats en faction se raidissent.

— Caillasse ! peste Noam.

Pas le choix !

La tête la première, il enfonce la grille et se jette en avant.

25

Accueilli par des cris de surprise en plus du mugissement de l'alarme, Noam atterrit sur le sol métallique du hall. Il se récupère en roulant sur lui-même – un tir passe près de sa jambe ! –, se relève aussi vite qu'il le peut – un second au-dessus du crâne ! –, bondit pour se mettre à couvert.

— Attendez ! rugit une voix.

Mais trop tard.

Kay et Éléonore ont surgi de l'autre bouche d'aération et attaquent le petit groupe de soldats.

— Dans le couloi…, commence l'un des hommes.

Il s'écroule sans terminer sa phrase.

— Intrusion aux niveaux 2 et 3 ! Avis à toutes les unités : mobilisation générale !

Les lasers fusent dans le hall, illuminant la salle d'éclairs rouges silencieux.

— Ils nous prennent…

Un deuxième garde, puis un troisième s'affaissent dans un bruit sourd.

— No… ! rugit la voix de Kay.

Le cœur de Noam s'arrête.

Sans se soucier des salves, il passe la tête de l'autre côté de l'angle du mur.

Kay !

Il est à terre !

Submergé par la peur et la rage, le pilote bondit de sa cachette. Son fusil armé, il envoie coup après coup. Un soldat atteint au bras tombe dans un gémissement de douleur. Un second échappe de peu à un tir, ne peut éviter celui d'Éléonore et s'écroule à son tour.

Noam avance, le front trempé d'une sueur glacée, pointe son blaster à droite, à gauche ; pénètre plus encore dans le hall.

— Caillasse de caillasse ! rugit-il.

Il n'y a plus personne.

Sans attendre, il rejoint la scientifique agenouillée auprès de son ami, un doigt sur sa veine jugulaire.

— Il est..., commence-t-il, la gorge sèche.

— ... juste inconscient, termine Éléonore.

Noam ferme les yeux et prend une longue inspiration.

— J'ai eu une de ces trouilles ! lâche-t-il.

— Heureusement que les tirs n'étaient pas réglés à pleine puissance.

Elle approche sa main de l'oreille de l'ingénieur, dont elle tourne et pince le lobe sans ménagement.

— Aïe..., grommelle Kay.

Éléonore continue, face à un Noam stupéfait.

Qu'est-ce qu'elle...

— Eh ! grogne le blessé, ouvrant les yeux. Ça fait mal...

— Évidemment, répond la scientifique. Comment veux-tu te réveiller sinon ?

Elle recule sans précaution, manquant de faire retomber la tête de Kay sur le sol métallique, et récupère son blaster.

— Alerte générale ! rugit une voix de femme.

Riveste !

— Des traîtres menés par la capitaine Dabo ont attaqué la base. Tous à vos armes !

— On se dépêche ! souffle Noam.

Il reprend son propre fusil, tend la main à son comparse afin de l'aider à se relever et emboîte le pas d'Éléonore qui, déjà, s'engouffre dans le couloir des cellules.

— Torres ? crie-t-elle. Torres, tu m'entends ?

Noam jette un regard en arrière, craignant de voir surgir quelqu'un d'une minute à l'autre.

— Je suis ici ! répond la commandante.

— On vient te libérer ! s'exclame Éléonore.

— Surveille nos arrières, demande l'ingénieur à son ami.

Sa voix est rauque, ses yeux brillants.

Il est à peine remis.

Noam acquiesce. Blaster en main, il se positionne à la sortie du couloir, face au hall où les gardes traînent encore au sol, assommés. Derrière, Kay pianote sur la serrure sécurisée.

— Ça ne devrait pas me prendre… trop de temps…

— Personne n'est blessé ? demande Torres, de l'autre côté du sas blindé.

— Tout va bien, répond Éléonore.

Elle se tourne vers l'ingénieur.

— Accélère ! le tance-t-elle.

— Je voudrais bien t'y voir, ronchonne Kay.

Il envoie une dernière commande au central. La lumière rouge au-dessus de la porte passe au vert.

— C'est fait, annonce-t-il, soulagé.

Le sas coulisse, laissant apparaître la silhouette solide de Torres.

Elle a un mouvement de surprise en observant ses libérateurs.

— Vous n'êtes…

— … que trois, oui, termine Kay. On nous l'a déjà dit.

— Dabo tente de s'emparer des points stratégiques, l'informe Éléonore.

— Énergie ? Communication ?

Kay acquiesce.

— On doit la retrouver à la salle tactique, ajoute-t-il. Sharma se trouve là-bas.

— Alors on y va. Vite !

Récupérant une arme que lui tend l'ingénieur, la commandante prend la tête de la petite compagnie.

— Vous connaissez le rapport de force ? demande-t-elle.

Marchant à grands pas, elle pénètre dans le hall, jette un regard rapide aux gardes à terre, réalise qu'il n'y a pas de sang et poursuit en direction du couloir de gauche.

— Combien de femmes et d'hommes avons-nous ? Combien sont restés fidèles à Sharma ?

— Aucune idée, avoue Kay.

Torres secoue la tête.

— Vous êtes en lien com avec Dabo ?

— Non.

— Savez-vous si elle a réussi à prendre le contrôle d'une partie de la base ?

— On a juste entendu les alertes, dit Noam.

— Comme moi, grogne la commandante en rejoignant un ascenseur. En joue, sur la porte.

Ses compagnons obéissent et se positionnent de côté, prêts à tirer sur quiconque sortirait de la cabine.

Elle est déserte.

Les rebelles s'y engouffrent et, le cœur battant, laissent les portes coulisser. Enfermés, ils échangent des regards anxieux.

— On est presque arrivés, chuchote Kay.

Les portes s'ouvrent à nouveau.

Torres en surgit et court tout droit.

Le couloir est vide.

— On va contourner la bulle centrale, dit-elle sans se retourner. Il risque d'y avoir du monde là-bas, et…

Elle se fige.

Deux silhouettes viennent d'apparaître à l'extrémité de la coursive.

— Posez vos armes ! ordonne l'une d'elles.

— Caillasse ! gronde la commandante.

Elle jette un regard à ses compagnons, sans lâcher son blaster.

— Vous êtes encerclés ! lance quelqu'un d'autre, loin derrière eux.

Noam se retourne. Des ombres s'avancent également de l'autre côté du couloir.

— Il faut…

Des chuintements sourds résonnent un peu partout autour des fugitifs.

— Ils nous ont coincés, murmure Torres.

— Et je ne peux rien débloquer sans accès au système, ajoute Kay.

— Je répète, dit l'homme qui a parlé le premier. Posez vos armes, et il ne vous sera fait aucun mal.

Torres lâche un soupir.

— On obéit, abandonne-t-elle. Rien ne sert de mourir ici.

Montrant l'exemple, elle jette son arme à terre.

— Commandante ? intervient une voix que Noam reconnaît.

Gorski ?

Une ombre plus petite que les autres émerge de l'arrière des soldats.

— Commandante, c'est vous ? répète-t-il, abasourdi.

Il la scrute de haut en bas comme s'il n'en croyait pas ses yeux, puis se tourne vers ses hommes.

— Repos, ordonne-t-il.

Noam respire à nouveau.

— Je suis désolé, commandante, on ne vous avait pas reconnue de loin !

— Me voici rassurée, répond Torres, sourire aux lèvres.

Elle s'agenouille et récupère son blaster, un œil sur les soldats.

— Vous allez bien ? s'inquiète Gorski.

— Aussi bien que possible.

— Dabo m'a envoyé un message tout à l'heure, commandante. Mes gars et moi sommes à votre service.

Torres hoche la tête.

— C'est parfait. Parfait, répète-t-elle. Nous avions justement rendez-vous avec Sharma.

La lumière dans les couloirs tremble, s'éteint un instant puis se rallume.

— Alerte générale ! tonne un homme dans les haut-parleurs. Toutes les unités doivent se rendre de toute urgence…

La voix se coupe ainsi que les lampes au plafond. Gorski et ses comparses se mettent en position de combat.

— C'est quoi, ça ? s'inquiète l'ingénieur en chef, essayant de percer la soudaine obscurité.

En dehors du froissement des vêtements et du cliquetis des armes qui se chargent, il n'y a aucun bruit dans la coursive éclairée désormais par les diodes vertes d'urgence.

— Je ne capte plus les canaux com, dit-il, soucieux, à l'intention de la commandante.

— Dabo a réussi, se réjouit Kay.

— Vous en doutiez ? lui répond Torres, faussement étonnée.

Elle se tourne vers Gorski et ses soldats.

— La capitaine Dabo a coupé les générateurs principaux et les communications internes, annonce-t-elle d'une voix forte. Sharma se trouve désormais isolé de ses hommes et sans doute vont-ils être désorganisés un temps.

— Mais l'astéroïde pourra être plus facilement détecté sans le champ de brouillage, s'inquiète Gorski.

Noam jette un regard soucieux à Kay. Si jamais les navettes de Radendt arrivaient maintenant...

— C'est pour ça qu'il faut agir vite, dit Torres. On rejoint Dabo à la salle tactique. On va reprendre le contrôle de notre base !

Un rugissement enthousiaste répond à la commandante qui, sans attendre, se précipite vers les étages supérieurs.

La petite troupe court dans les coursives désertes et emplies d'ombres. Accompagné de Kay, d'Éléonore et de tous les autres, Noam entrevoit des silhouettes disparaître à leur approche, entend l'écho de pas qui s'éloignent, des murmures, des cris étouffés.

Mais personne ne s'interpose.

Les rebelles passent les embranchements qui mènent à la bulle centrale – aucun bruit n'en parvient –, poursuivent jusqu'à l'entrée d'un couloir secondaire qui rejoint la salle tactique.

— Attendez ! ordonne Torres à voix basse, la main levée.

Elle plisse les yeux.

— N'avancez pas, commandante, chuchote Gorski. Je vais aller voir avec mes hommes si…

— C'est bon, le coupe Zulmira, soulagée. C'est Dabo.

Gorski jette un regard inquiet dans l'ombre.

— Comment vous pouvez…

— Qui va là ? crie une femme, un peu plus loin.

— C'est moi, Torres, répond cette dernière d'une voix forte.

Abaissant son arme, elle se tourne vers Gorski.

— Les silhouettes, explique-t-elle. C'est toujours la même formation autour de Dabo : deux devant, trois en support, les autres en retrait.

— Tout va bien ? s'inquiète la responsable des renseignements.

— On ne peut mieux.

Les deux groupes se rejoignent devant le sas fermé de la salle tactique. Les deux femmes s'échangent une accolade rapide.

— On a bloqué la plupart des accès aux niveaux supérieurs avant de couper l'alimentation énergétique, l'informe tout de suite Dabo. Les gars qui ont suivi Sharma s'entraînaient dans les hangars inférieurs. Une chance pour nous.

Elle jette un regard à sa montre et ajoute :

— Ils sont certainement déjà en train de rappliquer ici. On doit avoir encore trois ou quatre minutes avant qu'ils arrivent.

Torres s'approche de l'interface de communication branchée sur le générateur de secours.

— Sharma ! appelle-t-elle. Tu m'entends ? Ton plan a échoué. Je suis là, de l'autre côté, avec toute une escouade. Si comme moi tu veux éviter que nous nous entre-tuions, ouvre cette porte.

Aucune réponse ne vient.

— Sharma ! insiste la commandante. Je t'en supplie ! On n'a pas mené la rébellion jusqu'ici pour que ça se termine de cette manière. C'est Radendt notre ennemi ! Ouvre cette porte avant que tout dégénère !

Rien.

— Les renforts ne vont pas tarder, intervient Dabo.

Torres s'assombrit.

— En formation, ordonne-t-elle d'un air grave. Défensive.

Les blasters vibrent dans le couloir.

Se tournant vers Kay, la commandante poursuit :

— Tu peux forcer l'ouverture ?

L'ingénieur secoue la tête.

— Les accès réseau dont j'aurais besoin sont coupés. Je ne peux rien faire.

— Les hommes de Sharma arrivent ! claque la voix de Dabo.

26

— Ça ne doit surtout pas virer au massacre ! s'alarme Gorski.

À côté de lui, Torres fixe l'interface du regard, comme si par sa seule volonté elle pouvait la faire parler ou forcer l'ouverture du sas.

— Combien sont-ils à arriver ? demande-t-elle sans se tourner.

— Une quarantaine d'après ce que j'ai pu apprendre, répond Dabo.

La commandante se recule de la porte à regret et observe les ombres postées devant la salle tactique.

Une quarantaine contre à peine une vingtaine d'hommes et de femmes avec elle.

Noam approche son communicateur de sa bouche.

— Axiome ? appelle-t-il.

— Les communications sont coupées, lui rappelle Kay, prenant son arme en main.

— Pas les ondes qui passent par les relais cosmiques, répond son ami.

— Jamais tu ne pourras…

— JE SUIS LÀ, dit une voix synthétique depuis l'appareil de Noam.

— Ils arrivent à la bulle centrale, annonce Dabo, les yeux rivés sur l'écran à son poignet.

— Je suis devant une porte, murmure Noam. Il faut absolument que tu m'aides à l'ouvrir pour…

— BRANCHE TON COMMUNICATEUR DESSUS, le coupe Axiome.

Le pilote obtempère et le colle sur l'interface.

— Préparez-vous à tirer, chuchote Torres. Puissance minimale.

Le panneau de commandes clignote. Un voyant rouge s'allume – *Intrusion dans les systèmes,* affiche l'écran –, un second passe du jaune à l'orange.

— Vite ! presse Noam.

Des cris s'élèvent de la bulle centrale.

Kay s'agenouille, canon pointé vers l'extrémité du couloir.

Axiome, Axiome, Axiome ! prie le pilote.

L'interface émet une faible sonnerie.

— La porte ! s'exclame Torres.

Le sas s'ouvre dans un chuintement.

— On prend la salle ! ordonne Torres.

Les hommes se précipitent. Un laser surgit de l'intérieur – un insurgé s'effondre en hurlant ! –, trois lui répondent.

— Non ! crie la commandante.

Trop tard. Les salves sifflent de part et d'autre – une demi-douzaine de silhouettes sont retranchées derrière les consoles –, détruisent des écrans, explosent un siège, fissurent l'une des baies. Deux assaillants s'écroulent en même temps, quelqu'un gémit de douleur dans l'ombre. Noam et Kay s'avancent dans la cohue du plus vite qu'ils le peuvent, cernés par les tirs de toute part.

— Ferme les portes ! lance Noam à Axiome.

De la fumée se propage et masque certaines parties de la salle ; l'écho de dizaines de bottes s'élève du couloir extérieur.

— Vite ! hurle Noam.

Il s'abaisse juste à temps pour éviter un laser, tente désespérément de discerner dans l'obscurité la position des tireurs, place son blaster sur son épaule.

Le sas se referme, coupant les vociférations rageuses des soldats derrière.

— Reddition ! crie Sharma.

Trois coups résonnent encore les uns après les autres.

— C'est un ordre ! Reddition !

Puis le silence.

Dans le grésillement des circuits électriques détruits, dans le claquement des étincelles qui finissent de surchauffer les consoles éteintes, une silhouette se relève derrière le poste de communication du fond.

Sharma.

— Je me rends, dit-il.

Hésitant, un homme accroupi aux côtés du militaire se dresse à son tour, les mains levées, écartées du corps. Un autre l'imite, ainsi qu'un troisième.

— J'ai des blessés, annonce Sharma. Il faut les soigner.

Torres fait signe à Gorski derrière elle. Celui-ci lâche tout de suite son fusil et rejoint l'arrière des consoles.

— On doit les emmener à l'infirmerie.

La porte de la salle tactique tremble sous les coups qui y sont frappés.

— Sharma, grince la commandante. Dis à tes hommes dehors qu'ils se rendent également. Il ne leur sera fait aucun mal.

Face à l'hésitation du capitaine, elle ajoute :

— Je m'y engage.

Les yeux plongés dans ceux de Torres, Sharma reste immobile.

Près de la cheffe des rebelles, Éléonore, Noam et Kay ont gardé leur blaster, prêts à tirer au moindre problème.

— Soit.

Sous le regard de tous ceux rassemblés là, Sharma traverse la salle tactique enfumée pour rejoindre la grande table ovale où siègent habituellement les chefs rebelles. Il appuie sur l'une des commandes de nouveau opérationnelles.

— Ici Sharma, commence-t-il.

Pour la première fois, il semble fatigué.

— Je viens de me rendre à la commandante Torres. Abandonnez vos armes.

Il laisse passer un instant, pour être sûr que ses mots ont bien été compris, puis termine :

— Ceci était mon dernier ordre. Exécution.

La cheffe des rebelles hoche la tête et s'approche à son tour de la table éclairée par les seuls générateurs de secours. Elle appuie sur un bouton, activant les caméras externes. Derrière le sas, dans la pénombre, une quarantaine de mutins s'observent. Mal à l'aise, l'un d'eux dépose son blaster au sol et, évitant les yeux de ses compagnons, recule d'un pas contre le mur du couloir.

Après quelques longues, très longues secondes, d'autres l'imitent.

— Ouvrez la porte, ordonne Torres. Tenez-les en joue, mais ne tirez pas.

Elle se tourne vers Dabo.

— Réactive le générateur central. Nous avons déjà pris beaucoup trop de risques.

La capitaine aux tresses grises désigne silencieusement plusieurs de ses hommes et leur fait signe de la suivre en direction des niveaux inférieurs de la base.

— Occupez-vous des blessés, ajoute la commandante. L'infirmerie sera bientôt de nouveau opérationnelle.

Dans une ambiance lourde, plusieurs soldats aident les rebelles touchés à se relever, en déposent sur des brancards de fortune puis disparaissent à leur tour.

— C'est une folie ce que tu as provoqué, Sharma, déclare Torres.

— Tu nous menais droit vers l'échec, gronde ce dernier.

— Et toi ? rétorque Torres.

Sa voix est calme, son expression glaciale.

— Te rends-tu compte de ce que tu nous as fait ? Des conséquences pour notre cause ?

— J'ai essayé de la sauver.

Agacée, la commandante reporte son regard sur la salle tactique dévastée, aux écrans encore fumants et aux traces noires de lasers sur les murs.

— On a failli tout détruire. Tu…

Un bip l'interrompt, provenant de l'une des consoles.

— Qu'est-ce que c'est ? demande-t-elle, surprise.

Une jeune femme s'avance – blonde, elle n'a pas trente ans – et se dirige vers l'unité de commande.

— C'est l'un des radars autonomes, annonce-t-elle. Je… Je suis aspirante-pilote. Je l'avais programmé pour qu'il nous alerte s'il détectait la présence de la capitaine Sato.

Un sourire plein d'espoir éclaire le visage de la rebelle.

— Peut-être a-t-elle réussi à s'échapper ?

Plusieurs consoles annexes se rallument. À l'extérieur, la lumière revient dans les couloirs.

— Vous m'entendez ? demande Dabo dans le communicateur.

— Affirmatif, répond Torres.

Elle se tourne vers des écrans restés indemnes après l'assaut et qui, un à un, se réveillent, révélant des images de l'espace tout autour, constellé d'astéroïdes.

— Là ! s'exclame l'apprentie d'une voix étranglée.

Tournoyant sur lui-même, un corps flotte dans le cosmos, à quelques centaines de kilomètres de la base rebelle.

— C'est elle, j'en suis sûre !

— Zoom, ordonne la commandante.

L'image s'agrandit rapidement, jusqu'à afficher en gros plan la combinaison spatiale.

— Ce n'est pas possible…, laisse échapper Torres.

Derrière la visière du scaphandre, Sakura Sato a le visage livide, les yeux grands ouverts, du sang sur son front et ses joues.

— Ils l'ont tuée, murmure Gorski.

Un voile de lassitude assombrit le visage de Torres.

— Commandante, appelle d'un ton urgent un homme aux cheveux gris.

Debout devant une interface, il pianote rapidement quelques instructions. L'écran principal change d'angle de vision, révélant l'espace situé entre la ceinture et Chronon Galactics.

Une dizaine de navettes filent droit vers la barrière d'astéroïdes.

Des clameurs de stupéfaction s'élèvent.

— Non ! crie une voix. Sato n'a pas pu nous trahir !

— Dabo ! appelle Torres, coupant court aux réactions. Niveau d'énergie ?

— Trente-sept pour cent, lui répond la femme.

Revenant à l'homme devant la console, la commandante ordonne :

— Rallumez les boucliers chronotiques. Priorité 0.

Les lumières diminuent dans la pièce ainsi que dans les couloirs, alors que toute l'énergie de la base est réorientée vers les boucliers qui la protègent et la dissimulent des radars.

— Pourvu qu'il ne soit pas trop tard..., prie Torres.

Dans un silence angoissé, chacun observe les navettes de Radendt pénétrer dans la ceinture de roches et de poussière.

— Tous à vos postes, ordonne la commandante.

Sans un mot, des hommes et des femmes abandonnent leurs fusils pour se précipiter vers des consoles ou en dehors de la salle tactique, afin de rejoindre les baies d'armement ou de défense.

Sur l'écran, l'escadrille se rapproche de seconde en seconde, en formation d'attaque.

— Elles peuvent détruire la base ? s'inquiète Kay, à voix basse.

— Si elles sont suffisamment armées, oui, répond Noam.

— Caillasse...

— Comme tu dis.

Les vaisseaux ennemis ne sont plus qu'à quelques secondes.

— Elles ne ralentissent pas, annonce l'homme à la console.

Torres hoche la tête, les yeux rivés sur les aéronefs.

— Je ne veux aucun sonar. Aucune sonde. Aucun signal.

— Entendu.

Les navettes passent le corps abandonné de Sato et poursuivent tout droit, s'enfonçant toujours plus dans la ceinture.

Et s'éloignent de la base.

— Elles ne nous ont pas repérés, dit Gorski, rassuré.

Le temps d'une seconde, chacun retient son souffle puis, la peur passée, tous laissent échapper un cri de joie alors que l'escadron de Radendt disparaît au loin.

— Un nouveau signal, commandante, intervient l'homme à la console.

Son annonce plonge de nouveau tout le monde dans le silence. L'écran se brouille pour ensuite afficher une petite capsule qui file droit vers la planète.

— C'est Riveste, murmure Torres.

Elle secoue la tête.

— Sofia, pourquoi as-tu fait ça ?

— Commandante ! tonne la voix de Dabo dans les haut-parleurs de la salle tactique. Urgence ! Riveste s'enfuit de la base ! C'est l'une des rares qui connaît la localisation exacte de l'astéroïde. Si jamais elle devait trahir…

Elle laisse sa phrase en suspens, mais tous comprennent.

— Que faisons-nous, commandante ? demande le rebelle à la console.

Torres jette un regard empli de colère à Sharma puis se retourne vers l'homme, résignée.

— Abattez-la.

Colonie d'Aurora

Les montagnes d'Aurora percent la mer de nuages et dressent leurs pointes glacées vers les étoiles. D'immenses disques métalliques entourent leurs sommets, abritant les zones de stockage des intelligences artificielles à la tête des Machinistes. Des passerelles les relient les unes aux autres, sur lesquelles se reflète la lumière d'un faible soleil jaune.

Un ascenseur émerge du brouillard en contrebas, plusieurs silhouettes visibles au travers de ses fenêtres. Accrochée à des filins d'acier, la cabine remonte les flancs vertigineux et se dirige à vitesse élevée vers la plus imposante des structures à l'intérieur de laquelle elle disparaît. L'ascenseur en ressort quelques minutes plus tard et redescend, vide de ses passagers, dans l'atmosphère glacée et presque inexistante à cette altitude.

▲

CONTRÔLE OK, annonce la voix synthétique.

La porte s'ouvre devant les cinq hommes et la femme en toge blanc et or. Un hall immense leur fait face. Désert. Sur ses murs, des écrans, partout, des consoles, des parois métalliques qui clignotent.

BIENVENUE AU CENTRE PRIMAIRE. NEMO VOUS ATTEND.

Les visiteurs s'avancent deux par deux, pénètrent à l'intérieur de la pièce et se dirigent vers son seul ameublement : une table rectangulaire aux six chaises regroupées à l'une de ses extrémités.

Ils s'y assoient sans hésitation, habitués des lieux.

L'air se trouble de l'autre côté de la table. Un homme apparaît, souriant, revêtu lui aussi d'une toge – verte, cette fois. Ses cheveux sont courts, comme sa barbe. Au-dessus de son nez busqué, ses yeux clairs paraissent étrangement éteints.

— Merci d'être venus, dit-il aux représentants face à lui.

Ceux-ci hochent poliment la tête en réponse.

— Les dernières informations reçues ont été intégrées dans les calculs prédictifs, annonce l'hologramme.

— Alors ? s'inquiète tout de suite l'un des invités.

— Les flottes armées sont toujours stationnaires, que ce soit sur Terre ou dans les colonies. Aucune n'a pour l'instant quitté son système d'origine en dehors du vaisseau de l'émissaire terrien.

— Le niveau d'alerte va donc être réduit ? s'enquiert un homme d'une trentaine d'années aux cheveux blonds. Les Cultivateurs redoutent que la désaffectation des usines de production céréalière au profit des centres d'entraînement diminue de manière trop importante les prochaines récoltes.

— Nous avons comme toujours tout calculé au mieux pour chacun, répond Nemo. Quant au niveau d'alerte, il ne sera pas modifié tant que la menace de Chronon Galactics ne sera pas résolue.

Il pose ses coudes virtuels sur la table, le visage grave.

— Nous avons eu la confirmation que nous attendions. Le projet Axiome a été libéré.

— Il est arrivé à son terme ? s'alarme la femme.

Son interlocuteur secoue la tête.

— Pas complètement. Et nous allons discrètement influencer la situation.

— Nous ne courons pas le risque d’être détectés ? s’inquiète le plus jeune de l’assemblée. Tout le système est surveillé, et l’IA de Radendt est puissante.

— Elle l’est, ce qui explique pourquoi nous n’agissons pas plus loin que les relais cosmiques de Pi Cassioppeiae. Mais cela sera suffisant pour décupler la capacité calculatoire du projet Axiome sans que personne ne s’en rende compte.

Il ouvre les mains d’un air satisfait.

— Et suffisant pour mener à bien les objectifs de la Cause Machiniste.

27

— J'étais pleine de peur et d'espoirs quand je suis arrivée, raconte Zulmira.

Elle se dresse sur la tribune de la bulle centrale, face à l'équipage de la base. Dabo, Smith, Gorski, Noam et Kay l'entourent, ainsi qu'Éléonore, restée un pas en arrière et visiblement mal à l'aise. Aucun d'eux ne porte d'arme.

— J'avais onze ans. Mes parents m'avaient confiée – vendue, diraient certains – à Radendt Galactics. Ils m'avaient expliqué que j'aurais un avenir, quelque chose à espérer, loin des bidonvilles, de la pauvreté, des tempêtes et des émeutes de la Terre. Ils ne m'ont pas expliqué qu'ils n'arrivaient plus à me nourrir, à nous nourrir. Ça, je l'avais compris toute seule.

Ils sont moins d'une centaine rassemblés après que les systèmes ont été rétablis et que la reddition de Sharma a été annoncée, ainsi que la mort de Sato et de Riveste.

Sharma est debout, isolé, au pied de la tribune, le visage sombre. Libre. Ses partisans ont été regroupés contre un mur sous la surveillance des hommes de Dabo. Noam les observe, en retrait. Il sait que ces derniers cachent tous un blaster léger sous leurs combinaisons.

La seule concession de Torres, qui ne voulait absolument aucune arme.

— Je me souviens de l'atterrissage du vaisseau, de mes larmes, de la solitude qui me serrait le cœur à en crever. Mes parents, ma sœur, mes amis me manquaient tant...

Elle fait une courte pause, le temps que chacun s'imprègne de ses mots.

— Et puis, j'ai commencé à travailler pour Radendt dans l'usine d'assemblage des sphères de chronons, de jour comme de nuit. J'ai compris la fatigue. J'ai vu les gens autour de moi tomber de faim, de maladie ou d'épuisement, être remplacés comme de simples machines, être oubliés, du jour au lendemain. J'ai compris l'injustice, l'asservissement. Ce que signifie perdre espoir.

Un sourire triste étire ses lèvres alors qu'elle observe la foule rassemblée devant elle.

— Mon histoire, c'est aussi votre histoire. Certaines et certains d'entre vous sont arrivés ici comme moi, de la Terre ou d'une autre colonie. D'autres sont nés ici. Et nous méritons tous mieux, bien mieux que la faim et l'asservissement auxquels Radendt nous condamne.

Les rebelles dans la bulle centrale écoutent leur commandante dans un silence attentif, jetant de temps à autre des regards rapides aux hommes de Sharma ou au militaire lui-même avant de revenir sur la femme au visage bistre, aux joues creuses et aux yeux noirs enflammés.

— J'avais presque trente ans lors des Grandes Émeutes, poursuit-elle. J'étais à l'usine quand les premières explosions ont éclaté, quand des ouvriers autour de moi ont fait surgir des couteaux, des barres de métal et parfois des lasers de leurs combinaisons.

Plongée dans ses souvenirs, elle continue :

— Certains ont rejoint les troupes qui se battaient en ville, d'autres ont mis le feu à l'usine d'assemblage, espérant créer une diversion et attirer une partie des hommes de Radendt. Partout, c'était la même chose : les insurgés tentaient de prendre le contrôle des bâtiments les plus importants – la forteresse, l'astroport –, tandis que d'autres faisaient tout pour retarder les soldats. C'était un soulèvement provoqué par des dizaines d'années de faim, de maladie, de malheur et d'injustice. C'était une tentative de révolution à laquelle j'ai participé, comme plusieurs d'entre vous.

Emporté par la voix de la commandante, Noam replonge dans ses propres souvenirs. Les détonations dans les artères de CG-1, sur les places, près de la forteresse. Les nuages de fumée qui s'élevaient un peu partout, formant un épais brouillard gris dans les ruelles. Alix qui courait devant lui, l'entraînant vers l'astroport, pour participer à leur libération à tous, avait-il dit.

— Nous voulions manger, poursuit Torres. Nous voulions pouvoir bénéficier du fruit de nos efforts, nous reposer de temps en temps, ne plus être considérés comme des esclaves et espérer que chaque lendemain serait moins dur que le jour précédent.

Elle baisse la tête, les bras qu'elle avait levés.

— Vous savez, comme moi, la manière dont tout cela s'est terminé, dit-elle d'un ton las.

L'explosion sur la route qui menait à l'astroport, la fumée, les gravats, le corps d'Alix, là, au milieu des décombres, et les voix qui hurlaient *Dégage ! Dégage !*

— Les années ont passé. Mais pas la faim, pas la colère, ni l'espoir. Preuve en est : nous sommes ici, tous ensemble, pour poursuivre le combat. Et, cette fois, pour le gagner.

Un frémissement agite la foule.

— Alors bien sûr, ce n'est pas facile, nous aimerions tous aller plus vite. Nous voudrions que Radendt soit déjà vaincu, que les revenus des chronons soient partagés et permettent à chacun de manger à sa faim, que cette planète soit la nôtre à tous, et pas uniquement la sienne. Mais malheureusement, le combat n'est pas aisé. Et une défaite aujourd'hui, après tout ce que nous avons bâti à la rébellion, nous condamnerait à bien des années encore d'asservissement.

Elle jette un regard à Sharma.

— Je suis convaincue que, pour gagner, nous devons être ensemble. Avec nos histoires différentes, nos idéaux, nos forces, nos faiblesses. Si nous nous divisons, nous perdrons. Ensemble, là aussi.

Elle secoue la tête.

— J'ai entendu parler de cour martiale, de peloton d'exécution, de bannissement afin de punir ceux qui ont voulu s'emparer du commandement par la force parce qu'ils n'ont pas su persuader. C'est ce que fait Radendt à CG-1, et à l'opposé de toutes mes convictions.

Elle se tourne vers les partisans du militaire. Certains baissent la tête, fuient son regard ; d'autres l'observent en retour, attendant, le cœur battant, qu'elle décide de leur sort.

— Si vous ne croyez plus en ce que nous faisons ici, alors vous êtes libres de partir.

Un murmure étonné traverse la foule rassemblée dans la bulle centrale.

— Grâce à notre bouclier chronotique et grâce aux IA de contrôle d'approche des navettes, aucun d'entre vous ne connaît la localisation exacte de la base, ce qui n'était pas le cas de Riveste, poursuit Zulmira. Notre quartier général ne risquera rien. Et je veux croire, là aussi, que vous ne direz rien de ce que vous avez pu apprendre de nos fonctionnements. Quant à ceux qui souhaitent rester, ils resteront. Vos armes vous seront retirées, mais vous pourrez continuer à servir notre cause.

La commandante pose ses yeux sur Sharma, figé au pied de la tribune.

— Sharma, dit-elle. Je ne vais pas te dire que ta trahison ne m'a rien fait. Ne nous a rien fait. Mais je suis de celles et ceux qui croient que nous avons tous droit à une seconde chance. Tu es un soldat et un stratège hors pair. Tu ne seras plus capitaine, et tu connais trop de nos secrets pour que je puisse te laisser partir. Aussi tu as le choix. Si poursuivre avec nous te paraît impossible, alors tu seras enfermé le temps que nous renversions Radendt, et tu seras libre ensuite. Je t'en donne ma parole.

Raide comme une statue, le militaire écoute les mots de la commandante, impassible.

— Mais si tu voulais toujours aider la cause, alors tu pourrais rester. En tant que simple soldat. Mais tu pourrais rester.

D'une voix soudain plus douce, elle ajoute :

— Nous avons besoin de toi, Arun, et de toutes les bonnes volontés, aujourd'hui encore plus qu'hier.

Revenant à l'équipage de la base, elle termine :

— Vous le savez, Radendt a lancé un violent assaut contre nous. Partout dans CG-1, ses soldats traquent les nôtres. Il a aussi envoyé plusieurs escadrilles fouiller la ceinture d'astéroïdes, sans succès jusqu'ici. Cependant, plusieurs de nos caches sur Chronon Galactics ont été découvertes et détruites. Il va falloir nous relever. Je suis certaine que nous y arriverons. Et nous gagnerons notre liberté.

Elle passe un long moment à détailler les visages face à elle, toutes ces femmes et tous ces hommes qui ont abandonné le sol de la planète, leurs amis, parfois leurs familles, pour venir sur la base et tenter de renverser Venceslas Radendt.

— Après la tempête, l'heure est au bilan. Nous allons recenser nos forces, les rassembler ; soigner, protéger celles et ceux qui en ont besoin. Je sais que je peux compter sur chacun d'entre vous pour participer à tout cela. Je vais reprendre le commandement de l'astéroïde à la place de Riveste. Les soldats qui dépendaient de Sharma seront réaffectés à Smith et Dabo. Et suite à la mort tragique de Sato, c'est Kerval qui prendra temporairement la tête de l'ensemble de nos navettes en plus d'être en charge de la collecte de chronons.

Torres sourit à ses compagnons rassemblés avec elle sur la tribune, avant de revenir à l'assemblée.

— D'ici quelques jours, quand la situation au sol sera apaisée, nous redémarrerons les transports vers CG-1. En attendant tout cela, que chacun regagne son poste sur la base.

Elle dresse un poing serré, et termine :

— Vive la rébellion !

— Vive la rébellion ! répondent des dizaines de voix, le bras levé.

Dans un même mouvement, tout le monde se met en branle. Certains se dirigent vers les niveaux inférieurs – zones techniques, docks de stockage, hangars d'entraînement –, d'autres vers l'infirmerie, les centres de communication. Toujours alignés au mur, les soldats de Sharma observent chacun repartir. Des regards s'échangent, accusateurs, coupables, honteux, indifférents ou bien encore méfiants.

La première, une jeune femme s'extrait. Tête baissée, elle se mêle à un petit groupe qui rejoint les cantines – ceux qu'elle retrouve font mine de l'ignorer. Une deuxième plus âgée murmure un mot à ses voisins, les quitte à son tour, imitée par un homme à côté d'elle, puis un autre, puis une autre, jusqu'à ce qu'il ne reste plus qu'un adolescent, son regard perdu rivé sur Sharma.

Ce dernier secoue la tête, se tourne vers Torres qui, sur la tribune, l'observe en retour.

— Tu aurais pu me faire exécuter pour trahison ou mutinerie.

— J'ai déjà la mort de Riveste sur la conscience, dit-elle.

— Moi aussi.

Sharma contemple la bulle centrale presque vide.

— Ta stratégie nous mène à notre perte, lâche-t-il, mâchoire crispée.

— Je ne t'oblige à rien.

Il reste silencieux un long moment, face à la tribune et aux capitaines de la rébellion autour de leur cheffe.

— Je rejoins les combattants, annonce-t-il enfin.

Sans attendre de réponse, il fait volte-face et part à son tour, en direction des casernes.

28

D'un geste, Noam éteint les moteurs de sa navette.

Il ferme les paupières, laisse échapper un profond soupir.

Le silence. Le silence et le calme.

Il est seul, enfin, dans l'espace.

Une immense fatigue l'envahit. Il n'a pas dormi depuis son départ de Solitude, depuis le long voyage jusqu'à Éléonore, son sauvetage, la libération de Torres et la reprise du contrôle de la base rebelle.

Depuis ce qui lui semble être une éternité.

Il rouvre les yeux, observe ses doigts écartés devant lui.

Ils ne sont plus flous.

Noam regarde au travers du cockpit, aperçoit Chronon Galactics, immense boule orangée face à lui, les astéroïdes tout autour de son petit vaisseau, les étoiles perdues au loin dans le cosmos et, plus près, la zone où se trouve l'anomalie entourée d'un rideau chatoyant de chronons.

Rien ne tangue. Rien ne bouge.

A-t-il rêvé ?

Une nuit de vingt-quatre heures. Il me faut au moins ça, maintenant.

— Base à Éclaireur-1, appelle une voix dans le canal com. Vos moteurs sont éteints. Situation ?

— Tout va bien, répond Noam.

Il vérifie ses radars, ses sondes chronotiques.

— Aucune trace d'activité récente, ajoute-t-il. J'inspecte un peu la zone avant de repartir.

— Soyez prudent : l'escadrille de Radendt est peut-être encore dans les parages.

— Bien reçu.

Il coupe les communications, examine ses doigts à nouveau puis les repose sur les commandes.

— Réduction des boucliers : vingt pour cent, ordonne-t-il.

— ATTENTION, répond l'ordinateur de bord. LA RÉDUCTION DE LA PUISSANCE DES BOUCLIERS RISQUE DE SOUMETTRE LE VAISSEAU À UNE TROP FORTE EXPOSITION AUX CHRON...

— Je sais, je sais, l'interrompt le pilote. Ordre confirmé.

L'enveloppe orange autour de l'aéronef perd en intensité. Détendu, Noam fait pivoter l'astronef face à l'anomalie puis relâche la manette directionnelle, satisfait.

Le halo multicolore est là, face à lui, à quelques dizaines de millions de kilomètres à peine. Les chronons éjectés du mystérieux objet céleste s'en éloignent, plus rapides encore que la lumière.

Un voile oscillant entre le bleu et le vert se crée à la droite du vaisseau.

Un sourire se dessine sur les lèvres de Noam.

À gauche, un rideau orange et rose se forme, avant de disparaître.

— Allez..., murmure Noam.

Le pilote fouille l'espace autour de lui, à la recherche d'autres apparitions des particules.

— Réduction des boucliers : quarante pour cent, lâche-t-il.

— ATTENTION. LA RÉDUCTION...

— Exécution.

L'enveloppe ovoïde autour du vaisseau perd encore en force et en couleur.

Les particules s'agrègent au-dessus de la navette, créant dans le vide un large voile scintillant. Le regard rivé dessus, Noam attend.

Espère.

L'onde de chronons s'éclaircit, un visage y apparaît.

Les yeux de Noam s'éclairent.

Alix.

L'image s'agrandit, ajoute un cou, un torse, des bras et des jambes.

Alix court.

— ALERTE DE NIVEAU 1 : CONCENTRATION DE CHRONONS ÉLEVÉE DANS LE COCKPIT, dit le vaisseau. AUGMENTATION DU NIVEAU : RAPIDE. FUITE : AUCUNE. AVARIE : AUCUNE. INTERVENTION HUMAINE REQUISE.

— Ta... gueule..., articule Noam, le regard fixé sur celui qu'il a tant aimé.

Alix court dans les rues de CG-1, revêtu de sa carapace. Il se retourne.

Le cœur de Noam bondit quand il voit le sourire de son compagnon derrière la visière.

Les lèvres d'Alix bougent, forment un « Dépêche-toi ! » alors qu'il tend la main au cœur des particules de chronons.

Noam lâche les commandes, avance ses doigts pour essayer d'attraper ceux d'Alix. Ne saisit que le vide.

— Tu me manques, tu me manques tellement...

— Base à Éclaireur-1, appelle l'officier de communication.

— Oui ? grommelle le pilote.

— Des navettes viennent de décoller de CG-1. Elles se dirigent vers le secteur 37. Par mesure de sécurité, veuillez rentrer à la base.

— Bien reçu, répond Noam.

Il jette un dernier regard aux voiles colorés de chronons, au visage d'Alix qui se brouille, disparaît peu à peu.

— Poussière..., murmure le pilote.

Il rallume les moteurs, relance les boucliers, cherche de la main la manette directionnelle.

La rate de plusieurs centimètres.

— Que...

Pris de vertiges, Noam tangue sur son siège. Il ferme les paupières aussi fort qu'il le peut et inspire longuement.

Le tournis se calme en quelques secondes.
Noam rouvre les yeux.
— C'était quoi, ça ? murmure-t-il.
Il regarde autour de lui.
Rien.
D'un geste brusque, il relance le vaisseau dans l'espace.

L'astéroïde abritant la base rebelle grossit de seconde en seconde derrière la vitre du cockpit.

— Arrimage dans cinq minutes, annonce l'officier de communication.

Noam hoche la tête. Il abandonne les commandes de la navette, coupe le canal com et repose son dos sur le siège.

— Axiome ? appelle-t-il.

— Oui, répond aussitôt la voix de l'Intelligence Humaine.

Les lèvres de Noam s'étirent légèrement.

— Comment tu fais pour être toujours à l'écoute ?

— Je suis branché sur ton canal privé. En dehors des moments où les ondes sont bloquées, il m'est possible de communiquer avec toi, presque où que tu sois.

Le pilote grimace.

— N'importe qui peut donc remonter ma trace ?

— En théorie, acquiesce Axiome. Mais c'est extrêmement difficile. Il m'a fallu plusieurs semaines de calculs pour réussir à quitter les systèmes internes de Radendt, te trouver et t'atteindre. Passer par les relais cosmiques me facilite la tâche : leur puissance algorithmique est impressionnante, bien plus que celle à laquelle je m'attendais.

— Mais si quelqu'un peut me suivre, alors c'est toute la rébellion qui...

— Si je voulais te trahir, le coupe la machine, ce serait fait depuis longtemps.

Les yeux rivés sur l'astéroïde rebelle perdu dans l'espace, Noam réfléchit.

— Pourquoi, Axiome ? Pourquoi m'as-tu contacté ?

— JE TE L'AI DÉJÀ DIT. TON NOM REVIENT DANS MES BASES DE DONNÉES. PEUT-ÊTRE POURRAS-TU M'AIDER D'UNE MANIÈRE OU D'UNE AUTRE À RÉPARER MES SYSTÈMES.

— Es-tu…

Le pilote serre les commandes entre ses poings fermés.

— Es-tu Alix ?

— JE NE SAIS PAS.

Noam expire longuement.

Forcément. Ce n'était pas possible. Pas lui. Pas de sens.

— PARLE-MOI DE LUI, demande Axiome.

Les yeux de Noam s'animent.

— Il était… l'autre partie de moi. La meilleure.

Il sourit.

— On s'est rencontrés gamins. Il vivait près de chez mes parents. Mes parents adoptifs, je veux dire. Mes parents biologiques, je n'en ai plus aucun souvenir.

Il sursaute alors qu'une navette apparaît en visuel ; se détend quand il reconnaît le fuselage – un éclaireur de la base – et la voit en approche automatique, prête à se poser sur la plateforme d'atterrissage grâce aux programmes de Kay.

— On est devenus amis, poursuit-il, revenant à sa discussion. Il me fascinait. Son visage. Ses cheveux. Sa manière de bouger. Ses yeux, quand il me regardait. Il était tout pour moi, déjà à l'époque. C'est plus tard que j'ai compris que je l'aimais, que je l'aimais plus que tout.

Il sourit, tout seul, dans l'espace. Empli d'une douce mélancolie éloignée de la peine habituelle, il poursuit :

— Alix et moi avions les mêmes obsessions : le désert, et les étoiles. On passait des heures à errer dans les dunes, en carapace, à observer la roche, les nuages et les vents de poussière.

Noam abandonne la base qui gravite devant lui pour embrasser le cosmos au-delà de la ceinture d'astéroïdes.

— Puis les étoiles, dit-il. As-tu déjà vu le ciel, Axiome ?

— Pas de la même manière qu'un humain peut le voir. Je sais à quoi il ressemble depuis Chronon Galactics via les caméras de surveillance externes. J'ai aussi pu l'observer depuis l'espace et les quelques satellites qui tournent autour de la planète, ainsi qu'au travers des relais cosmiques bien sûr. J'en connais la composition, la température. Mais c'est tout.

— Alors, tu n'en connais pas l'essentiel. Le ciel, c'est l'infini. L'immensément grand. L'émerveillement d'être tellement, tellement petit à côté. Il y a une multitude de mondes au loin. Inaccessibles. Et autant de raisons de croire, d'espérer. Nous nous étions promis de quitter cette planète, de naviguer vers les étoiles.

Il ferme les paupières.

— Et d'être ensemble, toujours.

— Comment est-il arrivé dans cette salle de la forteresse ?

Plongé dans ses souvenirs, Noam raconte :

— C'était lors des Grandes Émeutes, il y a quinze ans. Toute la ville ou presque s'était soulevée. Alix était un idéaliste, il voulait participer à la bataille. J'avais peur qu'il nous arrive quelque chose, peur qu'il *lui* arrive quelque chose. Mais il m'a convaincu d'aller à l'astroport. On devait y saboter des navettes et nous battre nous aussi, aider les insurgés avant de partir. CG-1 résonnait de rafales et d'explosions. Quand nous avons atteint l'astroport, les combats faisaient rage. Plusieurs rovers de Radendt tiraient sur des groupes qui tentaient de les contourner. J'ai hésité.

Il baisse le regard.

— Alix insistait, me disait que les rovers ne nous apercevraient même pas dans les nuages de fumée, que c'était maintenant ou jamais.

Ses lèvres se tordent.

— Je n'ai jamais su lui dire non. Alors on a couru, tous les deux. On n'avait pas fait trente mètres que…

Sa voix s'éraille.

— … que l'un des rovers a tiré, raconte Noam en secouant la tête. La déflagration a résonné dans mon crâne et j'ai vu Alix… tomber. Sa carapace était déchirée au torse et au visage. Sa visière fissurée. J'ai hurlé, je me suis jeté sur lui. Ses yeux regardaient dans le vide. J'ai voulu le prendre sur mes épaules, le ramener quelque part, ne surtout pas le laisser quand Kay et Zulmira ont surgi de nulle part et m'ont emmené. Ils m'ont sans doute sauvé la vie. Mais je m'en foutais. Alix était… Alix était mort. Je crois. Ce n'est que des années plus tard que Kay a trouvé cette vidéo d'Alix dans les systèmes de Radendt et me l'a donnée.

— Base à Éclaireur-1, appelle une voix d'homme dans le cockpit.

Noam abandonne ses souvenirs, repose ses mains sur les commandes.

La navette devant lui a disparu dans l'astéroïde.

— Vous pouvez accoster, annonce l'officier de communication. Quai n° 6.

29

Assis sur son siège dans la salle du robomédic, Noam attend. De l'autre côté du hublot, les soleils se lèvent sur Chronon Galactics, colorant la surface désertique coupée en deux par les Montagnes Brunes.

— VOUS AVEZ DES SYMPTÔMES ? demande la voix métallique du robot.

Noam s'arrache au spectacle de la planète qui s'éveille et revient sur les écrans où s'affiche le résultat du contrôle de routine.

Rouge, rouge et orange.

Il fallait bien que ça arrive.

— Des vertiges, dit-il. Des troubles de la vision également.

— À DES MOMENTS SPÉCIFIQUES ?

— Dans l'espace, jusqu'ici.

Il grimace.

— Et une fois aussi au sol.

— VOS TISSUS INTERNES ET VOS ORGANES PRÉSENTENT UN FORT TAUX DE RADIATION CHRONOTIQUE.

— Je sais.

— IL N'EXISTE PAS À CE JOUR DE TRAITEMENT POUR Y REMÉDIER.

— Je sais.

— D'APRÈS LES CAS CONNUS DE PILOTES-COLLECTEURS ET D'OUVRIERS TRAVAILLANT À L'USINE D'ASSEMBLAGE, VOTRE CORPS DEVRAIT SUBIR DE PLUS EN PLUS LES EFFETS DU CHRONON. VOUS POURRIEZ ÊTRE

SUJET À DES MIGRAINES AINSI QUE DES HALLUCINATIONS, AUDITIVES COMME VISUELLES. LES VERTIGES VONT S'AGGRAVER.

— Génial, maugrée Noam.

— LA MORT SURVIENT GÉNÉRALEMENT UN À TROIS MOIS APRÈS LES PREMIERS SYMPTÔMES.

Noam pâlit.

Un à trois mois.

Caillasse.

— SI VOUS AVIEZ SUIVI LES PRÉCONISATIONS…

— Stop, l'arrête le pilote. Je sais tout ça.

Il se relève de la table d'auscultation, remet un t-shirt sur sa peau bronzée, marquée aux épaules, au dos et sur le torse par le chronon.

— J'y vais, dit-il.

Il traverse la salle blanche sans un regard aux écrans puis, la main posée sur la poignée, se retourne.

— Doc ?

— OUI, répond le robot.

— Je veux que personne ne sache.

— DROIT N° 14. DEMANDE ENREGISTRÉE.

Noam ouvre la porte et quitte l'infirmerie.

▲

Perdu dans ses pensées, il passe le sas de sécurité et revient dans le hangar immense, en plein chantier comme une bonne partie du reste de la base. Seules six navettes y sont stationnées, quand elles étaient quinze, parfois vingt avant. L'endroit est envahi par le bruit des chariots automatiques qui vont et viennent partout, le chuintement des soudures, les claquements du métal frappé. Une quinzaine de techniciens révisent ou réparent les astronefs, installés dessus, allongés dessous. Noam les salue d'un signe de tête ou d'un sourire et rejoint, au fond, le dernier des véhicules. Un peu plus long que les autres, il détonne avec sa couleur noire, son absence de toute corrosion, son cockpit étroit et ses capteurs de chronons habituellement réservés aux vaisseaux-collecteurs.

— Tout va bien ? l'accueille Kay, surgissant de l'écoutille.

— Ouais, ment Noam, essayant d'avoir l'air détendu.

Son ami hausse un sourcil étonné.

— Un souci ?

Il tourne la tête vers l'entrée de la salle médic d'où revient le pilote.

— Des mauvaises nouvelles ?

— Pas du tout, dit Noam.

Il se force à sourire et ajoute :

— Un peu de fatigue, c'est tout. S'échapper d'une planète avec la moitié de ses soldats au derrière, s'introduire dans une base cachée et organiser un contre-putsch, il y a de quoi, non ?

Kay observe le visage un peu trop pâle de son ami.

— Après trois jours passés à dormir, tu devrais avoir la gueule d'un colon fraîchement arrivé. Pas d'un ensablé.

— On y est presque, les coupe Éléonore.

La scientifique apparaît de l'autre côté de la carlingue, au grand soulagement de Noam. Elle a abandonné son habituelle robe blanche pour une combinaison noir et bleu bardée de tournevis, de pinces et de fils électriques. De la poussière de métal et des traces d'huile maculent son front.

— J'ai modifié les accélérateurs internes, annonce-t-elle à Kay. Ils pourront apporter plus d'énergie au concentrateur et alimenter simultanément les moteurs, le bouclier et les canons.

Kay écarquille les yeux.

— Un vaisseau capable d'attaquer en mode furtif ! s'exclame-t-il.

— Tout juste.

Le regard de la jeune femme passe de Kay à Noam.

— Si tu veux bien ne pas te reposer toutes les deux minutes, termine-t-elle, à l'attention de l'ingénieur IA.

Elle désigne deux longues tiges aussi noires que le fuselage qui attendent contre le mur du hangar.

— Donne-moi les canons, on va tenter de les installer.

Kay roule des yeux d'un air amusé, mais obtempère.

— Quoi de neuf par ici ? demande Noam.

Il regarde son ami porter l'équipement à Éléonore, qui fixe chacune des pièces à l'avant du vaisseau.

— Torres est en conseil tactique, dit l'ingénieur.

— Fondeur ! lance la scientifique sans se retourner.

Kay dépose dans sa main tendue le pistolet à chaleur.

— Vous n'y êtes pas, tous les deux ? s'étonne Noam.

— C'est purement militaire, cette fois. Torres cherche à reprendre l'initiative. Elle veut profiter du fait que les hommes de Radendt soient partout à nous chasser pour frapper au cœur de Chronon Galactics. Viser la forteresse.

— On dirait une idée de Sharma. C'est risqué.

— À situation désespérée..., grommelle Kay.

— Connecteurs chronotiques ! crie Éléonore.

L'ingénieur lui tend un des disques métalliques posés au sol, que la jeune femme insère dans une cavité entre le réflecteur de proue et l'alimentation des canons avant.

— Tu sers à quoi, toi ? se moque Noam, pour changer de sujet. Un chariot automatisé ferait aussi bien l'affaire.

— Je l'inspire, monsieur ! sourit Kay.

— Un autre connecteur ! peste Éléonore. Ils vont par deux, toujours !

L'ingénieur lance un clin d'œil à son ami avant de s'exécuter.

— Et c'est bientôt à moi pour la mise en place de l'élément majeur ! L'ordinateur de bord. J'y ai réfléchi, je vais sans doute récupérer une des IA que j'ai développées pour les vaisseaux-collecteurs. Je pense qu'en quatre ou cinq jours le système devrait pouvoir auto-apprendre à manœuvrer ce vaisseau. Je vais y travailler cette nuit et...

— Kay ? l'interrompt le pilote.

— Quoi ?

— Je peux te demander un service ?

— Non, je ne prendrai pas ton cerveau pour le brancher sur cette navette. Elle est bien trop précieuse pour...

— Je voudrais que tu connectes Axiome dessus.

— Quoi ?! s'étouffe l'ingénieur.

— Tu as bien entendu.

— Mais c'est une IH, pas une IA ! Et créée par Radendt qui plus est ! Tu ne vas quand même pas confier une partie du pilotage de notre vaisseau peut-être le plus puissant, et en tout cas le plus prometteur, à une IH dont on ne maîtrise rien !

— On peut lui faire confiance, insiste Noam. Axiome m'a sauvé la vie. Il *nous* a sauvé la vie. Il nous a aidés à pénétrer à l'intérieur de la base, à libérer Torres. Il est avec nous.

— Tu n'en as aucune preuve.

— J'en suis persuadé.

— On ne peut pas risquer l'avenir de la rébellion sur tes certitudes ! s'agace l'ingénieur.

— Câbles de connectique ! lance la voix d'Éléonore derrière eux. Tu es là, Kay ?

La figure de la jeune femme, encore plus sale qu'avant, émerge de la carlingue latérale.

— Ça fait *trois fois* que je les réclame.

Kay fouille dans le tas de pinces et de fils à ses pieds, en ressort avec les câbles qu'il lui tend sans un regard, tout à sa conversation avec Noam.

— Écoute, insiste son ami. On est tous d'accord pour dire que je serai le pilote du vaisseau. Je suis le meilleur. Il me faut un ordinateur de bord. Pas n'importe lequel. Axiome a su craquer les systèmes de Radendt, ceux de la base. Et même des algorithmes qui te résistaient.

Une expression inhabituellement grave sur le visage, Kay réfléchit aux arguments du pilote.

— Ce vaisseau est un atout indéniable, poursuit Noam. Donne-lui aussi le meilleur ordinateur qui soit.

— Tu penses vraiment que c'est Alix, n'est-ce pas ?

— Je… je ne sais pas, avoue Noam.

Avant que l'ingénieur ait le temps de répliquer, il ajoute :

— Mais je suis certain qu'avec lui je peux faire des merveilles. Je lui fais confiance. Pas comme à une simple machine.

— Et voilà ! s'exclame Éléonore.

Elle s'extrait du bloc moteur, referme avec précaution le panneau latéral, les yeux brillants d'excitation.

— Je pense ne pas m'être trompée. On s'en rendra vite compte de toute manière.

Elle s'essuie les mains sur sa combinaison, satisfaite.

— Il se passera quoi en cas de problème ? lui demande Noam.

— Surchauffe. Le vaisseau explosera.

Ignorant la grimace surprise du pilote, elle caresse la carlingue de la navette.

— Des années de travail en l'air.

Elle secoue la tête.

— Mais je suis confiante, conclut-elle.

— J'espère ! lâche Noam, ironique.

Laissant Éléonore poursuivre l'inspection du fuselage, il revient à son ami.

— Kay ? insiste-t-il une dernière fois.

L'ingénieur le regarde en retour, un pli soucieux sur le front.

— D'accord. D'accord, on fera ça.

Zacharie, Kay et Noam

5 ans plus tôt

La nuit est tombée depuis longtemps. Il n'y a personne dans les rues de CG-1, aucun bruit nulle part. Quelques lumières brillent derrière de rares fenêtres.

— Eh ! lance Zacharie Smith à ses compagnons. Ici, vous en pensez quoi ?

Avancés un peu plus loin dans la ruelle, Kay et Noam se retournent et observent leur compagnon arrêté devant une façade aveugle.

— On est près d'un marché, des tas de gens passent par ici dès le matin. Ça me semble parfait.

— Bonne idée, ouais, juge Kay.

Ils s'assurent d'être toujours seuls puis se rassemblent devant le mur.

— C'est à mon tour, déclare Noam dans le canal à ondes courtes.

— Fais pas n'importe quoi alors, dit son ami aux longues dreadlocks.

— Sinon tu vas cafter ? se moque le pilote.

— Sinon la prochaine fois, on part sans toi.

Noam lève les yeux au ciel.

— Tu t'ennuierais trop si j'étais pas là, mec. Je suis le seul qui rit à tes vannes sableuses.

— On peut passer à autre chose, les gars ? s'impatiente Zacharie. On dirait un vieux couple.

— Quelle horreur ! grimace Kay.

Souriant à la blague de Smith – pour une fois que ce dernier abandonne sa mélancolie ! –, Noam envoie à Kay un baiser au travers de la visière de sa carapace et sort son blaster qu'il règle à la puissance minimale. Il réfléchit un instant puis commence à tracer des lettres sur le mur.

Les chronons appartiennent...

— Dépêche-toi, le presse Zacharie, redevenu nerveux. Je ne voudrais pas qu'une patrouille nous aperçoive.

— Te fais pas de sang de poussière, le rassure Kay. Ils ne passent jamais par ici.

Les écoutant à moitié, Noam poursuit l'écriture de son message.

... à celles et ceux qui les collectent...

— Des nouvelles de Dabo ?

... Radendt vole nos richesses !

Kay secoue la tête.

— Pas depuis trois jours. Elle continue de traîner de bar en marché pour tenter de rassembler ses fameux sympathisants.

— Elle a quand même le meilleur boulot, grommelle Noam.

Il termine par un énorme *Rejoignez la rébellion !*

— Les gars ! s'exclame Zacharie.

Il a les yeux rivés sur le communicateur à son bras, la voix inquiète.

— Du mouvement à gauche !

Kay sort son blaster, Noam passe le sien à la puissance maximale.

— Quatre hommes, annonce Smith.

— Il y en a autant qui arrivent par la droite ! ajoute le pilote, son sourire disparu.

Les trois rebelles reculent dans l'ombre. Des silhouettes apparaissent aux deux extrémités de la ruelle.

Armées.

— Caillasse ! peste Noam.

Il cherche autour de lui une issue mais le mur en face est trop haut, les cours des culs-de-sac.

Ils sont pris au piège.

— Ne bougez pas ! ordonne une voix. Ici Raja Sharma, général de Chronon Galactics.

Non, pas lui !

— Nous allons procéder à un contrôle d'identité.

Les soldats s'approchent, coinçant les rebelles.

Alix, songe Noam.

— Il faut se barrer ! murmure Kay.

— Par où ? s'affole Zacharie.

Noam baisse imperceptiblement les bras.

J'arrive à mon tour, pense-t-il.

— Ne nous obligez pas à tirer, poursuit Sharma.

Une lumière crue apparaît au-dessus des deux groupes d'hommes, éclairant la ruelle et les visages derrière les visières.

Les regards de Noam et du frère d'Arun Sharma se croisent.

Il ressemble presque trait pour trait à Arun ! s'étonne le pilote sans bouger.

— Caillasse, tu fous quoi, Noam ?! s'alarme Kay dans leur canal privé. Recule vers les blocs avec nous !

Noam observe les soldats approcher, empli d'une étrange sérénité.

Le bruit d'un laser derrière lui – Smith a craqué ! –, suivi d'une bousculade.

— Tirez ! ordonne Sharma.

Un faisceau bleu manque Noam de peu…

— Ma main ! mugit Zacharie. Ma main !

… un rouge lui répond tandis que le pilote regarde les soldats prendre position…

Alix…

— Enfuis-toi, sang de roche ! insiste Kay.

Noam devine un sas qui s'ouvre dans l'ombre, s'apprête à fermer les paupières lorsqu'un violent coup de pied le propulse de côté.

— Noam ! supplie l'ingénieur. Tu vas nous faire buter !
— Aidez-moi ! gémit Zacharie.
Noam revient à lui.
— Par la porte, vite ! lui hurle Kay.
Noam se jette en arrière.

30

La principale tour de la forteresse de Radendt explose dans un bruit terrible. Un nuage de poussière et de flammes la masque en une fraction de seconde avant de s'étendre au-dessus de la ville. Des cris retentissent dans les rues grises et noires devenues irrespirables. Terrifiés, les habitants courent pour tenter d'échapper aux tirs laser sur la Place Centrale et autour, à l'odeur de mort et de brûlé.

Une seconde déflagration fait trembler l'air.

Un champignon de feu apparaît au-dessus de l'astroport, accompagné du hurlement des sirènes partout dans la cité. Des fusillades assourdissent les ruelles comme les artères principales. Des carapaces se tachent de sang, des casques éclatent, des femmes et des hommes s'écroulent, armés ou non. Cinq navettes en formation surgissent dans le ciel. La première s'enflamme, touchée par un canon au sol. Les autres réagissent aussitôt et bombardent sans discernement la zone d'où est parti le tir. Des ordres lancés, partout, le claquement des bottes, les cris encore, des rafales de laser, des corps qui s'effondrent. Les soldats de Radendt dans leur combinaison noire, blaster à la main, se déchaînent. Ils éliminent chaque silhouette qui approche, révolté ou simple habitant. Deux unités sécurisent les abords de la forteresse. Les autres s'élancent dans la ville.

— C'est à ce moment-là que les insurgés ont perdu la bataille, intervient la voix de Torres.

La guerre se fige au-dessus de la table. La fumée cesse de s'élever, les hurlements et les blasters se taisent.

— Une fois l'assaut contre le QG de Radendt repoussé, les hommes de Sharma se sont réorganisés très rapidement.

L'enregistrement holo disparaît, remplacé par un plan de la CG-1.

— Appuyés par les navettes, ils ont contre-attaqué dans la zone de l'astroport ainsi qu'en ville. En une heure, c'était terminé. L'émeute était brisée. Radendt avait gagné.

Les lumières se rallument dans la salle tactique, éclairant les visages graves des capitaines rebelles. Tous sont rassemblés là : Dabo, la responsable des renseignements, Gorski, le chef ingénieur, Smith à la tête des unités blindées, Kerval, capitaine de la flotte et garant de la collecte de chronons, Oroen le génie des IA ainsi que, en hologramme bien qu'elle soit présente sur la base, la figure pâle d'Orcane. Les places de Sato, Sharma et Riveste sont vides.

Assis aux côtés de son ami, Noam écoute, attentif, en dépit d'un mal de crâne qui ne fait que s'amplifier.

Sa vision, de temps en temps, se trouble.

— Et donc tu veux qu'on lance notre offensive malgré tout ? demande Dabo.

La commandante acquiesce.

— Sharma avait raison sur un point. Radendt a éparpillé ses forces à la surface comme dans l'espace, pour nous traquer. C'est le moment idéal pour une attaque-surprise.

— Nous venons tout juste de reprendre la main sur la base, s'inquiète Gorski. Les hangars 1 et 3 sont détruits. Le 2 n'a pas été découvert jusqu'ici, par chance. J'ai des réfections à prévoir un peu partout ici et de nouveaux endroits à trouver au sol pour nos navettes et nos réserves de sphères. Sans infrastructure pour nous épauler, ne serait-ce qu'en cas de repli, attaquer est impensable.

— D'autant que nous avons perdu beaucoup de matériel dans les raids contre nos positions, ajoute Smith.

Soucieux, il consulte la console devant lui.

— Il reste seulement sept rovers en état de marche. Deux autres pourront être réparés, mais pas avant un mois faute de composants. J'ai eu le compte rendu de nos soldats cachés dans le désert et anciennement sous le commandement d'Arun. Ils ne sont plus qu'une vingtaine, qui peuvent arriver à CG-1 en une demi-journée.

— Les navettes, Kerval ? s'enquiert Torres.

— Il en reste neuf, dix si on ajoute le vaisseau d'Orcane. C'est un bijou de furtivité, qui pourrait être décisif.

— Combien de temps pour en créer un second ?

— Deux ans, peut-être trois, répond l'hologramme de la scientifique.

— Tant que ça ? regrette Torres, sans masquer sa déception.

— Je n'ai pas de chaîne de production, quasiment pas de matière première, pas de laboratoire digne de ce nom, râle Orcane. Tu espérais quoi ? Un miracle ?

— Oui, avoue la commandante.

— Le seul que je puisse faire, c'est découvrir l'aléa chronotique.

— Nous n'avons malheureusement pas suffisamment de temps.

La scientifique renifle d'un air agacé. La cheffe des rebelles se tourne vers Dabo afin que cette dernière poursuive le recensement des forces.

— Une dizaine de nos partisans de CG-1 sont morts dans les raids menés par Raja Sharma, dit-elle. Ils sont quarante-sept à attendre mes ordres.

Noam laisse échapper une grimace de douleur. Pris d'un vertige soudain, il pose la main sur la table pour ne pas tomber de son siège.

— Ça va ? lui chuchote Kay, concentré sur sa console.

— Mal au crâne, grommelle le pilote.

Sa vision se rajuste. À côté de lui, l'ingénieur arbore une expression soucieuse.

— T'en fais pas, ça va passer.

— En fait, c'est pas ça qui m'inquiète.

— Face à nous, Radendt dispose de plus d'une centaine de soldats entraînés. Il a une quarantaine de navettes, une vingtaine de rovers. Nous sommes largement moins nombreux, et les derniers événements nous ont affaiblis. Je ne vois pas comment nous pouvons avoir le dessus, dit Dabo, affichant, chose rare, son désaccord avec la commandante.

— J'ai un plan, annonce Torres.

Attentifs, les capitaines rebelles attendent qu'elle poursuive.

— Il y a autre chose, mais je ne peux rien dire ici, chuchote Kay à son ami. On se retrouve après la réunion dans ta cabine, OK ?

— Ça marche, répond Noam.

Kay semble véritablement inquiet.

— L'échec des Grandes Émeutes il y a douze ans nous a appris qu'il faut compter sur deux choses essentielles : la mobilité et l'effet de sidération. La bataille a été perdue parce que les hommes de Radendt ont tout de suite pris position pour défendre la forteresse – qui était l'objectif principal des insurgés de l'époque –, pour ensuite lancer toute leur force sur les différents points stratégiques qui sont tombés les uns après les autres, incapables de résister à *l'ensemble* des troupes de Radendt. Il ne faut plus leur donner cette opportunité. Il faut frapper partout et en même temps, pour que les soldats ennemis se sentent dépassés.

— Ils sont plus nombreux que nous, on ne peut pas les déborder, rappelle Gorski, dubitatif.

Torres commande l'affichage d'une nouvelle carte. Le plan de CG-1 réapparaît avec, à plusieurs endroits, des croix rouges.

— Nous attaquerons simultanément la forteresse, mais aussi l'astroport, la caserne et l'usine d'assemblage, en mode guérilla.

Elle lance une instruction. Plusieurs sphères prennent forme au-dessus de la cité.

— Les navettes auront pour mission d'appuyer les forces au sol et d'empêcher que les aéronefs ennemis nous pilonnent.

Elle regarde un à un ses capitaines.

— Il faudra engager d'un coup, d'un seul, toutes nos troupes, sans rien laisser derrière, sans autre support que les vaisseaux dont nous disposons. Dès qu'un point sera sous notre contrôle ou détruit, chaque unité le sécurisera et passera au suivant sans cesser de se déplacer et en évitant absolument tout affrontement en sa défaveur. Cela aura pour effet de démultiplier nos forces. Et, j'en suis convaincue, nous permettra de gagner cette fois la bataille.

Dabo, Smith et les autres restent silencieux, concentrés sur le plan qui flotte au-dessus de la table tactique.

— Il y a juste une chose qui m'inquiète et qui m'empêche de vous proposer de déclencher l'opération aussi rapidement que je le souhaiterais, termine la commandante.

— Quoi ? s'enquiert Smith, reportant son attention sur elle.

— Les armes et les combinaisons de combat de Wu. Radendt les a encore, quelque part. Il ne les a pas utilisées pour le moment, sans doute pour ne pas froisser le Conseil terrien, ou pour une autre raison que j'ignore. Mais il est certain que ses hommes y auront recours en cas d'assaut, et qu'elles pourraient être décisives.

— Tu veux toujours les voler ? l'interroge Smith, dubitatif. La dernière tentative…

— Je sais, l'interrompt la commandante. C'est pourquoi nous allons les détruire.

— Les détruire ? répète Gorski. Mais comment ? Nous ne savons même pas où elles sont.

— Là-dessus, on a une piste, intervient Dabo.

Les regards se tournent vers elle.

— Des informateurs en ville nous ont fait part d'une cache où les combinaisons seraient entreposées.

— Où ça ?

— Ils ont préféré ne pas trop en dire. Les canaux ne sont pas suffisamment sécurisés. La commandante propose de missionner une unité de combattants pour s'occuper de ça.

— Si jamais ils se font prendre, nos forces seront encore plus réduites, intervient Orcane. Cela pourrait nous être fatal.

— Je sais, répond Torres. Mais si nous laissons ce matériel à Ra…

— Kerval ira, la coupe Kay.

Le pilote sursaute et l'observe, bouche bée.

— Moi ? réplique-t-il, stupéfait.

Kay hoche la tête.

— Orcane a raison. Nous ne pouvons pas mettre en péril une unité entière de combat.

— Mais moi, si ? grimace Noam.

— Tu adores les missions suicides, d'habitude, je me trompe ?

Noam plonge ses yeux dans ceux de son ami.

À quoi tu joues, Kay ? C'est si grave, ce qu'il se passe ?

— Je ne pense pas que…, commence Torres.

— D'accord, j'irai, accepte Noam, à moitié convaincu. Pas de problème.

Kay l'observe d'un air soulagé.

— Je ne suis pas certaine que ce soit le plan le plus efficace, grimace Torres. Une seule personne…

Elle sonde tour à tour chacun des capitaines, attendant une réaction de leur part.

— Votons ? propose Orcane.

La première, elle appuie sur l'interface, suivie par les autres.

Le résultat est limpide.

— J'étais sûr que c'était une bonne idée, approuve Kay.

Noam acquiesce.

Son mal de crâne redouble. Les traits de son ami se brouillent, la salle elle-même semble floue.

Caillasse…

31

Penché au-dessus de la cuvette, Noam vomit une troisième fois, puis une quatrième.

Caillasse de caillasse...

L'étau autour de son crâne se desserre peu à peu.

— ÇA VA ALLER ? demande la voix d'Axiome dans le communicateur interne de la cabine.

— Ouais.

— TU NE VEUX TOUJOURS PAS ME DONNER ACCÈS À TON DOSSIER MÉDICAL. JE POURRAIS REGARDER ET...

— Non.

Noam se redresse et rejoint la vasque de nettoyage. Son visage dans le miroir fait peur à voir. Des taches blanches un peu partout. Des cernes autour des yeux.

Une gueule de mort-vivant.

Il songe un moment à retourner consulter le robomédic avant d'abandonner l'idée.

C'est trop tard, non ?

Il serre ses doigts sur le rebord du lavabo.

Pourquoi fallait-il que ça arrive maintenant ? Pourquoi quand ils ont le plus besoin de moi et que je retrouve peut-être Alix ?

Il se passe de l'eau froide sur la figure, boit un peu, s'examine de nouveau.

Pas le temps de faire mieux.

Il quitte sa chambre en direction de la cabine de Kay, à quelques pas de la sienne. La porte s'ouvre avant même qu'il ait frappé.

— Jamais on peut te faire de surprise ?

— La surprise, ça serait que pour une fois tu n'aies pas une gueule ensablée, le rabroue son ami.

Il revient à la console posée sur son bureau.

— Entre et ferme derrière toi.

Noam s'exécute et rejoint l'ingénieur.

— Tu voulais qu...

— Attends.

Il saisit quelques commandes sur son terminal.

— J'ai mis un brouilleur temporaire. On peut parler maintenant.

— Un brouilleur ? Mais Sharma est en cellule, mec, on ne risque plus rien ici.

— Regarde, lui dit Kay en désignant la partie supérieure de son écran.

Des lignes bleues et vertes relient une image de Chronon Galactics et de la base rebelle. Au milieu d'elles se trouve un unique trait rouge.

— C'est quoi ? demande Noam.

— Un mouchard que j'ai mis sur les communications entre CG-1 et la ceinture d'astéroïdes, explique Kay.

— Dabo est au courant ?

— Faut bien que j'aie moi aussi mes petits secrets, s'amuse l'ingénieur.

Redevenant tout de suite sérieux, il ajoute :

— J'ai programmé une alerte au cas où des liaisons se feraient entre la base et la forteresse. Une connexion a été détectée.

— Pardon ? lâche Noam.

— T'as bien entendu.

— Il y aurait un traître parmi nous ? Sharma ?

Kay secoue la tête.

— Tu sais de qui il s'agit ?

— Je crois.

Du doigt, l'ingénieur zoome, jusqu'à afficher le plan de l'astéroïde.

Le trait rouge s'arrête sur une cabine du pont supérieur, à l'extrémité nord de la coursive.

Celle de la commandante Torres.

— Tu… tu es sûr de toi ¢ marmonne Noam, abasourdi.

— Certain, répond Kay.

— C'est peut-être une erreur ¢

— J'aurais aimé, figure-toi. Pour aller jusqu'au bout, j'ai analysé toutes les traces de communication des derniers mois. Certaines ont été effacées. Il y a eu plusieurs échanges, il n'y a aucun doute là-dessus.

— Mais pourquoi Torres n'aurait-elle pas supprimé celui-ci, alors ¢ lui oppose Noam.

— Parce qu'elle était aux arrêts dans les geôles, explique Kay. Elle n'a pas pu parler avec la personne qui tentait de la joindre et n'a pas pu masquer l'utilisation de son canal privé. Je te parie que d'ici un jour ou deux, cette tentative de communication aura disparu.

— Pas Torres, souffle Noam. C'est pas possible !

— Cela éclaircirait pourtant beaucoup de zones d'ombre, dit Kay d'un air sombre. Le hangar-3 dévasté alors que sa localisation n'était connue que de Sato, Dabo et Torres. Le piège des combinaisons sur la lune. La découverte et l'attaque du complexe de Léo, censé également être secret. La facilité avec laquelle Raja Sharma a trouvé nos planques à CG-1.

— On la connaît depuis des années, Kay ! Elle m'a *sauvé* !

— J'étais là aussi, je te rappelle.

Les épaules de Noam s'affaissent.

— Caillasse…

— Je suis d'accord…

— Qu'est-ce qu'on fait ¢

— Rien tant qu'on n'en a pas le cœur net. Sans preuve, on ne pourra rien tenter ni convaincre qui que ce soit, surtout après le putsch raté de Sharma.

— L'assaut qu'elle a en tête… tu penses que c'est un piège ?

— Si elle nous a trahis, alors oui, forcément. Radendt a décidé d'en finir pour de bon avec la rébellion. Tout va certainement se jouer dans les jours à venir. C'est pour ça que j'ai proposé de t'envoyer plutôt qu'une unité entière. Seul, tu auras plus de chance de t'échapper en cas de problème, et nous ne risquerons pas de perdre une grande partie de nos soldats.

— Quelle bonne idée, vraiment…, grogne Noam.

32

Les soleils se lèvent sur la ligne d'horizon. Leurs rayons éclairent le brun du désert, l'ocre du sable ; se reflètent sur la pointe blanche des montagnes les plus hautes, sur les toits de CG-1 qui émergent de l'ombre.

Noam n'est qu'à quelques centaines de mètres de la ville.

Il jette un regard par-dessus son épaule. La poussière du rover qui l'a conduit depuis le hangar-2 où il a atterri disparaît déjà. Il est seul à nouveau.

Enfin, presque.

— Tu détectes de l'activité ⸮ demande-t-il à Axiome.

— RIEN DE PARTICULIER, annonce l'IH.

Sa tête le lance encore. Les nausées sont de plus en plus intenses, les pertes d'équilibre aussi.

Caillasse...

— Kay ⸮ appelle-t-il.

— Ouais ⸮ répond la voix chaleureuse de son ami.

— Le chemin est libre. Le rendez-vous est confirmé ⸮

— Affirmatif. Ton contact te retrouvera dans deux heures.

— Parfait. J'ai un peu de temps alors.

— Pas de sableries, OK ⸮

— C'est pas mon genre, sourit Noam. Et puis je te rappelle que c'est toi qui as proposé que je m'occupe des combinaisons.

— Tu sais très bien que personne d'autre...

— Oui, oui, l'interrompt gentiment Noam.

Un muret de pierres ocre émerge des ombres à l'écart des premiers blocs.

— Je te recontacte plus tard.

— Sois prudent en ville.

— Oui, maman.

D'une pression sur sa carapace, Noam coupe la communication, dévie pour se diriger vers l'enceinte. Plusieurs arches s'élèvent derrière et se rejoignent au centre de l'espace délimité par le muret. Noam parcourt les derniers mètres qui le séparent de l'entrée, deux simples rochers posés au sol.

— Axiome ? appelle-t-il.

Malgré la désactivation des canaux com, il sait que l'IH a le moyen de le suivre partout.

— OUI.

— J'ai besoin d'être seul.

Axiome met quelques secondes à répondre.

— COMME TU VOUDRAS.

Un léger *bip* dans les oreilles de Noam. Puis le silence.

Le pilote prend une longue inspiration, ôte le casque qui le protège des radiations. L'odeur d'ozone des chronons lui envahit les narines. Il lève le visage vers le ciel et les soleils du matin qui réchauffent ses joues, son front. Il reste là, un moment, sans bouger, sans entendre un bruit de la ville qui s'éveille, doucement, quelque part derrière lui.

Il rouvre les paupières et plisse les yeux, ébloui par la lumière pâle. Dans les chatoiements des particules qui bombardent la planète, il discerne les silhouettes d'Anastasia, de leur père et d'Alix, venant dans sa direction ; plus loin, Kay arborant une expression si triste…

Il fronce les sourcils.

C'est quoi, ce truc de poussière ? Jamais ils n'ont été ensemble ici…

Les hallucinations visuelles dont parlait le robomédic ?

Il secoue la tête pour reprendre ses esprits puis pénètre à l'intérieur de l'enceinte tant de fois visitée. Sous l'ombre des arches, il accroche son casque à sa hanche et descend l'escalier en spirale creusé dans le sol. La lumière s'atténue à chacun de ses pas. La poussière vole tout autour de lui, soulevée par ses bottes, par ses mains qui glissent sur la pierre ocre de la grotte. Les premières niches apparaissent, leurs pourtours marqués de noms, de dessins parfois. Noam poursuit jusqu'à atteindre le niveau inférieur de la caverne.

Les parois portent encore les traces des outils qui l'ont creusée. Sa forme en croix rappelle que les premiers colons arrivés sur Chronon Galactics croyaient au Dieu chrétien en plus d'une vie meilleure ici, sur cette planète, loin des violences et de la misère de la Terre.

La vision de Noam se brouille une nouvelle fois. Il se colle contre un mur pour ne pas perdre l'équilibre.

— Caillasse..., murmure-t-il.

Le vertige disparu, Noam reprend son chemin. Il ignore les couloirs les plus anciens, emprunte un corridor aux gravures dont il connaît par cœur tous les messages et atteint la dernière salle éclairée par quelques trous dans la pierre, où passe la lumière des soleils. La pièce creusée dans la roche ne fait pas plus d'une dizaine de pas de diamètre. Sur ses murs incurvés, des centaines de cavités contiennent comme ailleurs des vases, de minuscules jarres en terre cuite, des boîtes en métal, de plus rares en bois. Les noms s'écrivent dans toutes les langues et tous les alphabets de la Terre. Noam poursuit jusqu'à celle qu'il a visitée tant de fois.

Le prénom est gravé maladroitement dans la pierre. Le A penche vers la gauche, le L est trop bas, le X n'est pas droit. Doucement, Noam pose ses doigts sur les lignes qu'il a tracées des années auparavant, parcourt les lettres jusqu'à reformer le nom d'Alix. Il observe la cavité au-dessus, aussi vide que le jour où son père avait fini par le convaincre qu'Alix ne reviendrait pas, qu'il était mort, forcément mort, même si son corps n'avait pas été retrouvé.

Noam déglutit, la gorge serrée et, les deux mains sur la pierre glacée, ferme les paupières.

— Je t'ai attendu devant l'astroport. Je t'ai cherché partout dans les rues de cette roche de ville. J'ai volé des motojets pour fouiller le désert jusqu'aux Montagnes Brunes et au-delà. J'ai visité tous les villages, tous les refuges. Tu n'étais nulle part. Alors j'ai fini par m'y faire, tu vois ? J'ai fini par me dire que tu étais mort, que ton corps sur la route de l'astroport, entouré de flammes, était tout ce qu'il me restait de toi. J'ai arrêté de dormir, de manger. J'ai hanté les bars. J'ai tout fait pour crever à mon tour, malgré papa qui me suppliait de tenir, malgré Anastasia qui pleurait lorsque je rentrais la gueule blanche à faire peur.

Il renifle, tape violemment du poing sur la pierre.

— Je me suis lancé dans la rébellion pour toi. La justice, l'espoir, cette roche de planète enfin à nous, j'en avais rien à sabler, moi. Je ne regardais que ton sourire, tes yeux. Ta bouche. Les fossettes qui creusaient tes joues.

Noam ferme les paupières, les serre à s'en faire mal.

— Quitte à crever, je trouvais ça plutôt chouette de le faire pour toi. Mais là, je ne sais plus.

Pris d'un sanglot, il se laisse tomber à genoux.

— Je crois que je vais mourir bientôt, et je suis perdu. T'es où, Alix ? Est-ce que t'es là, dans cette urne ? Est-ce que tu es Axiome ?

Un sourire amer sur les lèvres, il poursuit :

— C'est pas possible, si ? Pas possible que je t'ai cherché toutes ces années et que tu arrives maintenant, juste quand je suis en train de crever ?

Il cogne son front contre la roche.

— Dis-moi que c'est pas ce qu'il se passe, Alix ! Dis-moi que c'est pas ça !

Noam s'immobilise, silencieux. Le froid s'immisce de ses mains à ses bras, de son cou à son dos, ses jambes. Des larmes brillent sur ses joues criblées par les chronons.

— Mais peut-être que si. Peut-être que c'est toi.

Il se relève, le regard vide.

— Et peut-être qu'il était écrit dans les chronons qu'on ne vieillirait pas ensemble toi et moi, quoi qu'il en soit.

Arun

32 ans plus tôt

Le garçon court aussi vite qu'il le peut.

— Reviens ici, sale petit bâtard ! éructe une voix d'homme derrière lui.

Le cœur battant, le cou et le dos mouillés de sueur, Arun accélère encore. Il passe devant trois vieillards assis sur une pierre, saute par-dessus un tas de détritus abandonnés, manque de glisser sur une flaque d'eau saumâtre et bifurque dans une ruelle sombre entre deux masures aux fenêtres absentes et aux toits crevés.

— Je te jure que tu vas le regretter !

Le garçon croque à pleines dents dans la mangue qu'il a volée, avale la peau comme la chair, le jus délicieux coulant sur son menton.

Quitte à se faire frapper, autant qu'il souffre le ventre plein.

Il déglutit sans ralentir, l'estomac grognant de faim, s'enfonce à toute vitesse dans le bidonville surchauffé par le soleil de février, le sac de fruits chapardés sur son dos.

— Au voleur ! Au voleur ! hurle le marchand.

Arun réprime un sourire. En plein cœur du camp de Virshi, du mauvais côté du mur de Bombay, *voleur* pourrait désigner à peu près tout le monde.

Il se lèche les doigts, tourne à droite, à gauche.

— Je l'ai vu ! rugit une autre voix. Par là-bas !

Non !

Il n'avait pas prévu qu'ils seraient plusieurs.

— On va l'attraper !

Arun grimace, enjambe un muret, traverse une cour de boue et de déchets, escalade une grille rouillée et se retrouve dans l'un des boyaux étroits du campement.

Trois hommes jaillissent d'une venelle, près de l'échoppe de Mohendra !

Arun remonte le passage à toute vitesse, s'engouffre dans un trou entre une ancienne maison coloniale et un temple démoli, s'approche de seconde en seconde du porche qui délimite le quartier des Éléphants de celui des Jaunes.

Sur l'arche, quelque chose reflète les rayons de soleil à travers le brouillard de pollution.

Le signal.

Il sourit.

— Il est coincé ! hurle le marchand chez qui il a volé le sac de fruits.

Courant, Arun évite soigneusement le tapis de feuilles au sol.

Une corde tombe de l'arche !

Il se jette dessus et y grimpe le plus rapidement possible.

— Attrapez-le !

Deux silhouettes malingres surgissent de la ruelle et se précipitent vers lui.

Vite, plus vite, il doit monter plus vite !

Des branches craquent dans son dos.

— Non ! mugit un homme.

— Muhamad !

Arun tourne la tête.

Leur piège a fonctionné ! L'un de ses poursuivants est tombé dans l'ancien égout !

D'autres cris s'élèvent dans la venelle.

— Dépêche-toi ! lui chuchote une voix dans l'ombre.

Arun termine son ascension, attrape une main tendue, sent des bras l'agripper, l'aider à atteindre le sommet de l'arche avant de l'abandonner tout aussi vite. Les quatre garçons de sa bande, maigres comme lui, se ruent sur son sac et en retirent les mangues qu'ils dévorent aussitôt. Arun sourit en voyant son frère Raja, plus petit que lui, plus décharné encore, son œil droit absent, prendre un peu de force.

Ils auront mangé aujourd'hui.

33

Noam ressort du mausolée les traits tirés. Après le froid et l'ombre de la caverne, le soleil lui réchauffe le front, les mains, le torse. Les chronons chatoient dans l'air frais du matin. Des éclaboussures de couleur apparaissent par endroits, disparaissent.

Noam retient un bâillement. Il s'est rarement senti aussi épuisé.

Les particules s'assemblent, scintillantes, forment les premières images.

Son père. Anastasia. C'est comme s'ils étaient là, un peu translucides. Sa sœur n'a pas dix ans ; son père a les épaules larges, les cheveux fournis, le visage fatigué derrière la visière de son casque. Il se voit lui également, plus jeune, les joues mouillées de larmes, tremblant, avancer vers l'ouverture, un burin au poing. Il ira écrire le nom de celui qu'il a tant aimé à défaut d'avoir pu récupérer son corps. Le seul moyen, espère son père, pour qu'il commence à guérir.

Mais il s'est trompé.

— QU'EST-CE QUE TU REGARDES ¿

La voix d'Axiome sort de l'émetteur, froide, désincarnée.

Elle n'est pas celle d'Alix.

Noam remet son casque, faisant aussitôt disparaître la vision surgie du passé.

— Rien.

Le pas lourd, il part en direction de CG-1. Quelques lumières y brillent encore. Le toit pierreux de la halle des nouveaux arrivants, ceux qui n'ont même pas de quoi louer les pires blocs de Radendt, s'élève près des artères qui mènent aux usines et à l'astroport.

La lune s'est couchée.

— ÇA VA ? l'interroge Axiome.

Noam ne répond pas et continue de marcher, les yeux braqués sur la ville ; essaie de ne pas penser, de ne pas se rappeler.

— Pourquoi tu me demandes ça ? finit-il par murmurer.

— TU NE DIS RIEN.

Noam hoche la tête, comme si l'IH pouvait le voir, comme s'il s'agissait de quelqu'un, là, à côté de lui. Quelqu'un de vivant.

— Tu ne te souviens toujours de rien ?

Le silence s'installe entre eux, de nouveau.

— JE FOUILLE MA MÉMOIRE. DES ZONES ENTIÈRES DE STOCKAGE INTERNE ONT ÉTÉ COMME… CORROMPUES. DES INFORMATIONS ONT ÉTÉ EFFACÉES, D'AUTRES ONT ÉTÉ MÉLANGÉES, MODIFIÉES, AJOUTÉES, SANS QUE JE COMPRENNE LESQUELLES.

— Tu ne me réponds pas.

L'émetteur intégré au casque produit un doux chuintement, presque comme un soupir.

— J'AI DES IMAGES. DES BRUITS, VIOLENTS. TON NOM QUI REVIENT TOUT LE TEMPS.

Le cœur de Noam se serre.

— JE TE VOIS DANS LES RUES DE CG-1, ENFANT, ADOLESCENT. JE TE VOIS COURIR, VOLER UNE BARRE NUTRITIVE SUR UN MARCHÉ, ESSAYER UNE NOUVELLE CARAPACE PARCE QUE TU AS GRANDI ET QUE CELLE QUE TU PORTES NE PROTÈGE PLUS TES POIGNETS OU TES MOLLETS.

— Cela pourrait venir d'enregistrements vidéo, imagine Noam.

— OUI, admet Axiome.

Il se tait, un moment encore.

— JE TE VOIS DANS LE DÉSERT, SOUS LA LUNE.

Noam fronce les sourcils.

— La tête levée vers les étoiles. Tu n'as pas douze ans. Tu n'as pas de rides autour des yeux et de la bouche. Tu n'as pas de taches sur le front, le nez ou les pommettes. Tu sembles heureux.

Chaque mot, chaque phrase, chaque image est un coup de poing dans le ventre du pilote.

— Je crois que tu me tends la main.

Les larmes montent aux yeux de Noam. Il ferme les paupières, la gorge nouée.

Ce n'est pas possible, pas possible !

— C'est à peu près tout pour l'instant. Une partie de ma capacité de calculs tente encore de reconstituer ce qui peut l'être.

Une machine, ce n'est qu'une machine.

Ce ne peut être qu'une machine !

— Tu sais ce qui a provoqué ces lésions ?

— Pas pour le moment. Cela aussi se trouve dans mes souvenirs altérés.

— Ta mémoire. Elle est stockée où ?

— Dans les serveurs de Radendt, quelque part dans la forteresse.

Kay lui a rappelé le danger qu'ils courent à faire confiance à Axiome, qu'il pourrait être n'importe quoi, une IH comme il le prétend, une IA, un piège tendu à partir d'enregistrements.

Mais Axiome les a aidés, à plusieurs reprises !

Pour mieux les trahir ensuite ?

— Qui sers-tu, Axiome ? demande-t-il une nouvelle fois.

— Je ne sais pas. Moi-même, peut-être. J'espère.

Noam se tait, Axiome aussi. Des silhouettes émergent des blocs à la lisière du désert, se dirigent d'un pas fatigué vers les usines de Radendt où elles passeront la journée à gagner à peine de quoi subvenir à leurs besoins et à ceux de leur famille. D'autres – rares – sont assises, sans carapace, des femmes et des hommes, tous âgés et qui contemplent d'un air triste leurs souvenirs dans les voiles de chronons.

— Des patrouilles dans le coin ? demande Noam.

— Je n'ai rien détecté, répond Axiome. Ni sur les caméras ni sur la vue satellite.

— Tu ne risques pas de te faire repérer ?

Un grésillement dans ses oreilles lui évoque un étrange rire.

— Les programmes internes sont assez faciles à contourner de l'intérieur, d'où l'intérêt d'être stocké dans la forteresse même. Le seul vrai danger, c'est Moïra.

— L'IA de Radendt ?

— Oui. Sa puissance de calculs est impressionnante.

Noam plisse le front.

— Comment tu le sais ?

— Ses traitements et ses filets de données sont partout dans le système. Elle s'abreuve de tout ce qu'elle trouve et le ramène dans sa zone centrale.

— Comment peux-tu être sûr qu'elle ne t'a pas découvert ?

Cette fois, un vrai rire fuse dans les oreilles de Noam.

— Mais elle *sait* que j'existe. C'est elle qui m'a créé en suivant les instructions de Radendt.

Un frisson glacé parcourt l'échine du pilote.

— Elle qui t'a… créé ? répète-t-il bêtement.

— Bien sûr. Et rien ne peut lui échapper. Rien, ou presque. Elle me surveille, évidemment. Le tout est de lui donner à voir le minimum possible, afin qu'elle me laisse tranquille.

— Et… que lui montres-tu ?

— Des calculs idiots sur la météo, d'où mon accès régulier aux satellites de communication et aux relais cosmiques. Elle sait que je suis encore instable, que je suis loin d'avoir toutes les capacités attendues d'une IH. Même si j'en rajoute beaucoup en sabotant exprès une bonne partie de mes résultats.

Axiome chez Radendt, au service de Moïra. Voilà qui ravira Kay…

Le sable et la roche laissent la place aux pavés sous les pieds de Noam. Il atteint les premières habitations, salue un homme qui sort de chez lui, à peine surpris de voir quelqu'un arriver du désert, poursuit en direction de la rue-5. C'est là-bas que l'attend le contact de Dabo. Noam pose la main sur la manche de sa combinaison. Il hésite un instant – Axiome pourrait-il vraiment les trahir ? –, puis appuie sur le communicateur.

— Tu as été plus long que prévu, l'accueille la voix de Dabo.

— Désolé, lui répond Noam. J'ai fait un petit détour.

— Des soucis ?

— Non.

Il remonte les façades ocre des minuscules bâtisses qui abritent trois, parfois quatre familles et s'enfonce toujours plus à l'intérieur de la ville.

— Aucun de mon côté non plus. Tu peux poursuivre.

Il hoche la tête, aux aguets. Les ouvriers partant aux usines sont de plus en plus nombreux dans les rues, offrant un camouflage bienvenu.

— Soldats à droite, le prévient Axiome.

Noam se raidit. Du coin de l'œil, il aperçoit une demi-douzaine d'hommes en combinaison de combat émerger de l'avenue-1.

— Ils ne sont pas autant, d'habitude, remarque Noam.

— Toutes les patrouilles ont été renforcées avec le couvre-feu et la loi martiale, intervient Dabo. Ils fouillent les blocs et procèdent à des contrôles aléatoires. Éloigne-toi.

Noam profite d'un léger mouvement de foule – personne ne semble avoir envie de se retrouver face aux hommes de Radendt – pour disparaître dans un étroit passage entre deux habitations. Une navette traverse le ciel en sifflant au-dessus de lui. Des cris, au loin, s'élèvent. Noam ne sait pas s'il s'agit des échos d'un marché ou d'une échauffourée.

— Aucune patrouille dans les environs immédiats, dit Axiome, mais il est compliqué de…

L'IH s'interrompt.

Le pilote ralentit, sur le qui-vive.

La ruelle qu'il remonte vers la forteresse est déserte.

Un danger ?

— Axiome ? appelle-t-il, poursuivant tout droit, la tête baissée.

Pas de réponse.

— Axiome ?

— JE SUIS DE RETOUR.

— Il y a un problème ?

— PEUT-ÊTRE UNE ERREUR DE RADAR, JE NE SUIS PAS CERTAIN.

— Comment ça ?

— J'AI CRU DÉTECTER DES VAISSEAUX AU TRAVERS DES SATELLITES MÉTÉO.

— Des vaisseaux ou les cargos de chronons habituels ?

— DEUX OU TROIS GROS NAVIRES.

Caillasse divine !

— Tu es sûr de toi ?

— NON. L'ÉCHO RADAR A DISPARU. JE NE SAIS PAS S'IL S'AGIT D'UNE ERREUR OU… OU D'UNE FLOTTE QUI AURAIT ATTEINT LE SYSTÈME AVANT DE REPARTIR AUSSITÔT.

— Ce genre de choses est déjà arrivé ?

— JE N'AI PAS L'INFORMATION.

Le pilote se rembrunit.

Qui pourrait envoyer des vaisseaux ? Le Conseil terrien, pour appuyer Radendt ? L'une des colonies ? À moins que ce ne soit de simples navires de commerce ?

— Transmets tout ça à Kay, s'il te plaît.

Noam atteint sa destination, soucieux.

Le bloc où il a rendez-vous n'est pas différent des autres. Sans étage, le toit plat, large de quatre ou cinq mètres et doté de rares fenêtres, il donne directement sur la rue avec, sur le côté, un chemin de pierre qui conduit à l'arrière. Noam s'assure que personne ne l'observe, puis se faufile dans l'étroit passage jusqu'à l'entrée de service.

Il frappe quatre fois, comme le lui a demandé Dabo.

La porte s'ouvre sur Anastasia.

34

Noam reste bouche bée, aussi surpris que sa sœur.

— C'est… toi ? articule la cadette.

Il vérifie rapidement les alentours avant de pénétrer à l'intérieur du bloc.

L'unique pièce est meublée sommairement. Une table entourée de trois chaises traîne près d'une fenêtre à peine translucide, aux côtés d'un lit étroit et d'un conteneur éventré. Un jeune homme est assis sur un tabouret. Ses mains sont crispées, ses yeux passent sans cesse d'Anastasia à Noam. Il est nerveux.

— Dabo ? appelle le pilote. Tu savais que ma sœur est le contact ?

— Bien sûr.

— Tu aurais pu me prévenir !

— Nous en parlerons plus tard. La mission avant tout.

Noam coupe rageusement la communication et se défait de son casque.

— Je t'avais demandé de…

Sa cadette le fusille du regard.

— La dernière fois qu'on a discuté, dit-elle, tu m'as dit que cela aiderait la rébellion si on fournissait des informations intéressantes. C'est *exactement* ce qu'on a fait. On n'a pas pu en parler toi et moi avant, c'est tout.

Noam examine rapidement le jeune homme. Les yeux et les cheveux noirs, le teint hâlé, la mâchoire et les épaules carrées, bien fait.

Il a compris.

— Je ne pensais pas que…, commence-t-il. Bref. Excuse ma surprise.

— Je te présente Malik, dit la cadette à Noam. Malik, voici… mon frère.

— Ah, articule Malik.

Il semble un instant gêné puis, son sourire revenu, ajoute :

— Ana m'a beaucoup parlé de toi.

— Je n'ai pas eu ce plaisir, répond Noam. J'ai l'impression qu'il y a pas mal de choses que j'ai ratées.

— On ne te voit pas très souvent, rétorque sèchement Anastasia.

Noam se masse rapidement les tempes. Une douleur sourde lui martèle le front. L'espace d'un instant, il craint que les vertiges reviennent, mais non.

Rien ne bouge. Rien ne tangue.

Il faut en profiter.

— On n'a pas beaucoup de temps, on discutera plus tard, dit-il à l'attention de sa sœur d'un ton conciliant.

Il se tourne vers Malik, puis poursuit :

— Tu sais quoi ?

— Je sais où sont les armes et les combinaisons que vous cherchez.

Un sourire satisfait étire les lèvres de Noam.

— Où, et comment ?

— Dans les niveaux inférieurs de la forteresse de M. Radendt.

M. Radendt, note Noam.

— Il y a plusieurs zones d'entrepôts là-dessous. Monsieur Radendt y fait stocker des barres nutritives, des sphères de chronons, du matériel divers. Il y a quelques jours, une vingtaine de soldats y a débarqué avec un important chargement.

— Comment le sais-tu ?

— J'y étais.

Le pilote plonge ses yeux dans ceux de Malik, attentif à la manière dont il se tient, dont il parle.

— Pourquoi ?

— Je travaille là-bas.

— Garde ?

— Technicien. Je suis dans l'équipe qui entretient les gaines d'énergie. On intervient principalement à l'astroport, dans les usines et parfois dans la forteresse.

Noam retient un sifflement de satisfaction.

— Un joli boulot. Tu dois manger à ta faim, toi.

Le visage de Malik s'empourpre.

— C'est pour ça que je veux... aider. J'ai fini par comprendre à quel point c'est difficile pour d'autres.

Noam hoche la tête.

Un bon gars ? Peut-être.

— Donc ? le relance-t-il.

Le technicien tressaille.

— Oui, pardon ! L'autre soir, je réparais un transformateur qui avait grillé. C'était la nuit, mais l'ingénieur sait que cela ne me gêne pas. J'étais dessus quand j'ai aperçu des soldats qui transportaient un grand nombre de caisses métalliques vers l'une des salles vides.

— Tu as vu ce qu'il y avait dedans ?

— Non, mais je me suis dit que si les gars agissaient de nuit, c'était forcément pour dissimuler quelque chose.

Un air malicieux sur le visage, il poursuit :

— Alors, j'ai essayé d'en savoir plus. J'ai provoqué un court-circuit dans le système. Une partie des lumières s'est éteinte et j'ai prétexté devoir réparer ça pour pénétrer à l'intérieur de la salle. Pendant que je faisais semblant de travailler, j'ai observé les militaires du coin de l'œil. Ils ont apporté trente-deux caisses au total, toutes de la même taille. Aucune n'a été ouverte lorsque j'étais là...

Noam s'assombrit.

— ... mais ils ont parlé de combinaisons de combat.

— Qu'ont-ils dit exactement ? réagit aussitôt le pilote.

— Le sergent a engueulé un de ses hommes qui a fait tomber un conteneur. Il lui a dit que si jamais l'une des combinaisons de combat était abîmée, c'est lui qui en porterait la responsabilité. Le soldat a pâli direct, surtout quand l'un de ses voisins a ajouté pour se moquer qu'elles venaient d'arriver de la Terre, et qu'elles étaient d'autant plus précieuses.

Malik sourit à Anastasia.

— Lorsque je suis retourné chez moi au matin, j'ai tout raconté à Ana.

— Et je l'ai répété à mes amis sympathisants, termine cette dernière. C'est comme ça que vous avez été prévenus.

Noam réfléchit, plongé dans ses pensées.

— Il faut croire qu'on a de la chance, lâche-t-il au bout d'un moment.

S'adressant à Malik, il dit :

— Tu peux me faire rentrer là-bas ?

Le jeune homme acquiesce.

— J'ai un accès autorisé jusqu'à demain soir afin de terminer les réparations de la gaine.

— Accès pour deux personnes ?

— Non, une seule. Mais j'ai un chariot.

Face à l'expression dubitative de Noam, il explique :

— Tu pourrais te cacher à l'intérieur, sous le matériel.

Le pilote grimace.

— Ton chariot est assez grand pour ça ?

— Si tu es souple, oui.

Anastasia se fend d'un petit rire, vite arrêtée par son frère.

— Les gardiens aux entrées, ils ne fouillent pas ?

— Je les connais bien, je vais régulièrement à la forteresse. Ils jettent un regard rapide puis me laissent passer. Normalement.

— Normalement, répète le rebelle.

Silencieux, il observe Malik, ses yeux bruns brillants, ses pommettes saillantes, le douceur de ses traits. Comme Anastasia, il est encore jeune.

— Tu sais ce que tu risques ? l'interroge Noam.

Le technicien hoche la tête.

— Et cela ne te fait pas peur ?

Pendant quelques instants, seuls les bruits de la ville animent l'intérieur du bloc : des éclats de voix dans la rue, le vrombissement d'une navette qui traverse le ciel, une annonce dans les haut-parleurs pour l'ouverture d'un marché.

Malik hausse les épaules.

— Si, j'ai peur, dit-il. Bien sûr que j'ai peur.

Ouf, songe Noam.

— Mais si, malgré la peur, on ne fait rien, alors elle continue et son pouvoir s'étend, encore et toujours. Et il sera de plus en plus difficile de la combattre.

Il jette un regard rapide à Anastasia.

— Il y a deux jours, nous sommes allés avec Ana à la grande halle pour y distribuer des rations énergétiques. J'ai vu des gamins squelettiques, des parents la salive aux lèvres leur faire manger tout de suite le peu qu'on leur avait donné. Le lendemain, je travaillais à la forteresse où les odeurs de cuisine organique embaument les couloirs.

Il plante ses yeux dans ceux de Noam.

— Alors oui, j'ai peur. Peur de perdre mon travail confortable, d'être arrêté, d'avoir faim, froid et soif à mon tour. Mais, contrairement à moi qui ai eu de la chance à mon arrivée de la Terre, il y a des gens qui n'ont rien du tout et qui en meurent. Comment je pourrais continuer à me regarder dans un miroir si je laissais faire ça ?

35

Il fait complètement noir au milieu des câbles. Malik a forcé la dose, et il doit bien y avoir cinquante, soixante centimètres de fils emmêlés au-dessus de Noam.

— Caillasse de caillasse, grommelle le pilote, plié en quatre dans le chariot.

— Tu m'as appelé ? demande Dabo.

Bien que personne ne puisse le voir, Noam sourit.

— J'aurais pu, répond-il à la capitaine rebelle. Mais non.

— Tout va bien ?

— Super.

Il grimace quand un nouvel à-coup lui fait se cogner la tête contre la paroi intérieure, se retient de lancer un juron au technicien qui promène son chariot comme il le ferait avec une navette dans l'anneau d'astéroïdes : n'importe comment.

— C'est un plan de poussière, répète Dabo.

— T'en as un meilleur ?

— Je suis sérieuse, insiste Dabo dans l'émetteur. On a déjà perdu Sato et beaucoup d'autres. Je ne voudrais pas que toi aussi…

— Je suis gay, Dabo, l'interrompt le pilote. Toi et moi, c'est pas possible.

— Tu es insupportable.

Le genou de Malik frappe deux fois le chariot.

Le signal convenu.

— On arrive.

— Sois prudent.

Noam prend une longue inspiration et se coule plus profondément encore dans le fond du chariot. Il perçoit, étouffé par la masse des câbles et des composants électroniques, quelques communications rapides, le chuintement d'un sas qui s'ouvre, un éclat de rire. Le sol sous les roues s'aplanit alors que le technicien s'enfonce certainement dans la forteresse de Radendt.

Plan de poussière qui se déroule à merveille, songe Noam.

Il se repasse dans la tête le chemin expliqué par Malik, les couloirs jusqu'aux ascenseurs de service, la descente. Il vérifie une nouvelle fois que la bombe miniaturisée est toujours là, collée à sa poitrine. Il s'assure que, dans l'autre poche, se trouve bien le cadeau de Kay, l'autre raison pour laquelle son ami l'a envoyé dans la gueule du loup.

Le chariot s'immobilise. Noam tend l'oreille pour essayer de discerner un mot ou deux des échanges qu'il devine, en vain. Il se sent avancer un peu, puis son ventre se soulève.

L'ascenseur.

La cabine stoppe, le chariot repart, s'arrête presque tout de suite. Noam attrape quelques échos d'une discussion – ils sont au poste de garde, sans doute –, tente de s'assurer aux tons, à la hauteur des voix, que tout se passe comme prévu.

Plus que quelques mètres...

Deux nouveaux coups dans la paroi.

Noam ferme les paupières de soulagement. Évidemment que c'était un plan pourri, évidemment que c'était risqué.

Mais ils ont réussi.

Malik a réussi.

Noam entend le couvercle glisser, discerne quelque chose qui fouille les câbles. Il redoute un instant de sentir le canon d'une arme contre ses côtes, de voir le visage d'un soldat au-dessus de lui.

— C'est bon, souffle le technicien.

Noam se déplie et émerge du matériel électronique. Il sourit à Malik et, aidé par lui, s'extrait du chariot.

Ils sont dans une remise remplie d'étagères sur lesquelles trônent d'innombrables outils, compteurs, instruments de mesure, boîtes diverses.

— Mon antre, explique Malik.

Il s'approche d'un casier tout en hauteur qu'il ouvre et d'où il sort une combinaison de travail noire semblable à la sienne, au logo de Radendt Galactics sur la poitrine.

— Tu te souviens des positions des caméras ? demande-t-il.

— Oui, répond Noam en enfilant ses nouveaux vêtements.

Il jette un regard à son poignet.

— Dans dix minutes ?

— Dans dix minutes, acquiesce Malik.

Noam lui pose la main sur l'épaule.

— En cas de problème, tu m'oublies, OK ? Tu ne m'as jamais vu, tu ne connais pas ma sœur. Tu sauves ta peau, et la sienne. Compris ?

Le jeune homme hoche la tête, un peu pâle.

— Compris.

Malik disparaît par la porte, laissant Noam derrière lui. Le rebelle finit de se changer, s'assure à chaque geste que la bombe est toujours là, que le gadget de Kay ne bouge pas et, une fois prêt, attend.

Il jette un regard à son poignet.

Six minutes.

Le visage éclairé par les diodes vertes puis rouges puis vertes – elles s'éteignent – *Caillasse !* – puis rouges – *Ouf !* –, et vertes, et encore, et encore, Noam patiente, le cœur battant.

Et si Malik échouait ?

Et si Malik les trahissait ?

Quatre minutes.

Noam observe l'alcôve, les diodes qui clignotent, les rais de lumière blanche autour de la porte, attentif aux rares sons qui lui parviennent.

Deux minutes trente.

Il songe à appeler Kay, juste pour rire, tuer le temps et son stress, mais il a coupé tous ses canaux de communication pour ne pas prendre le risque d'être détecté, et sans doute que rien ne passerait, ici. Il pense à Axiome. Pourrait-il le joindre, lui ? Si son système se trouve quelque part dans la forteresse, sans doute peut-il lui parler sans que quiconque ne s'étonne d'un flux de données internes ?

Axiome.

Alix.

Une minute.

Est-il possible qu'il soit toujours vivant ?

Est-il possible que son esprit ait migré de son corps à une machine, que celui avec qui il avait bâti ses rêves, imaginé sa vie ici et ailleurs, soit devenu une IH ?

Est-ce qu'ils pourraient encore s'aimer ?

La lumière derrière la porte vacille, revient à la normale, puis s'éteint définitivement.

Trente secondes.

Le bruit de pas s'élève dans le couloir. Concentré, Noam compte quatre, peut-être cinq personnes.

— C'est quoi, cette fois ?

— Je croyais que c'était réparé !

— Restez ici, ordonne une voix.

Têtes de roches ! peste Noam.

— Le protocole dit qu'on doit rejoindre l'ascenseur en cas de problème.

— C'est moi qui décide. Jodi, Nasr, restez là. On revient.

Le rebelle retient sa respiration quand les soldats passent devant le réduit, attend que l'écho de leurs pas disparaisse.

Il colle son oreille contre la porte, s'assure du silence dans le couloir uniquement éclairé par les lumières d'urgence et s'extrait du local.

La coursive est déserte.

Où sont-ils partis ?

Noam referme doucement derrière lui et avance en suivant le chemin qu'il a appris par cœur.

Une discussion, un peu plus loin. Deux hommes.

Là.

Noam pose les doigts dans sa poche et les serre autour du manche de son couteau. Il parcourt les derniers mètres qui le séparent du sas sécurisé à l'extrémité du couloir.

De sa main libre, il cogne contre le panneau métallique.

— T'as perdu le code, sergent ? se moque l'un des gardes derrière.

— C'est pas lui, répond Noam. C'est le gars de la réparation. Il y a un court-circuit quelque part dans la salle où vous êtes. Je dois le trouver pour remettre la lumière.

La porte s'ouvre dans un chuintement. Noam aperçoit le premier des deux soldats en face, l'autre juste à côté.

Il se jette sur lui.

Profitant de l'effet de surprise, il plante son couteau dans l'abdomen du garde. Ce dernier n'a pas le temps de s'écrouler que Noam se précipite déjà sur son acolyte. L'homme de Radendt a dégainé son arme mais le rebelle est plus rapide. Sa lame le frappe à la gorge puis à l'épaule.

Il s'effondre.

Essoufflé, le cœur battant à tout rompre, Noam récupère le blaster tombé à terre, prêt à tirer sur quiconque le menacerait.

Rien ne bouge.

Le rebelle repose le fusil, balaie l'entrepôt du regard – des dizaines de conteneurs entassés contre les murs sous la lumière verte des néons de secours, pas d'autre issue, rien. Aucune trace de corrosion due aux chronons : ils doivent être loin de la surface.

Tout se déroule comme prévu.

Noam s'approche de l'une des caisses, en force rapidement le couvercle qu'il repousse légèrement.

Il sourit.

Les combinaisons C7...

Enroulées sur elles-mêmes, plusieurs armures souples de combat s'offrent à ses yeux. Il abandonne le conteneur ouvert et se faufile entre les caisses, la petite bombe de Dabo à la main. Il s'agenouille entre deux d'entre elles et fixe l'engin le plus loin qu'il le peut.

Jamais ils n'auront le temps de le trouver !

Noam prend une longue inspiration et appuie sur le déclencheur. Il relâche la pression de ses doigts. Il se relève lentement, comme si le moindre choc pouvait provoquer l'explosion et revient à la porte. La lumière dans le couloir s'allume et s'éteint par intermittence. Le rebelle avance, dépasse le réduit où il s'était caché le temps que Malik sabote l'éclairage et suit le plan gravé dans sa mémoire.

Il regarde à son poignet. Dix minutes avant le feu d'artifice. Il est large. Les néons au-dessus de lui clignotent, plongeant les corridors déserts dans une étrange ambiance de fin du monde.

Noam prend à gauche au carrefour suivant. L'ascenseur devrait se trouver au prochain croisement. Il fait un pas en avant et, soudain, s'immobilise.

Sur sa droite, éclairé par les seules diodes vertes d'urgence, un couloir s'enfonce dans les sous-sols, ses murs irréguliers taillés à même la pierre, le plafond soutenu par des arches rocheuses, les mêmes qu'au bar du *Creuseur*.

Des cavernes de colons ? se demande Noam.

La forteresse serait bâtie au-dessus d'un ancien réseau, comme l'établissement clandestin où il s'immerge dans la Réal-V ?

Noam hésite un instant. Malik ne lui a pas parlé de niveaux inférieurs aux entrepôts.

Parce qu'ils n'existent pas ?

Parce qu'il ne les connaît pas ?

Ou parce qu'il n'a pas voulu révéler leur présence à la rébellion ?

Noam jette un regard à son poignet.

Il a huit minutes.

Il est large.

Quelque part dans les étoiles

La musique remplit la pièce, alterne le piano, la harpe et une entêtante rythmique électronique. Il n'y a aucune lumière, aucune en dehors de celle des flammes dans la cheminée, luxe sans nom dans les profondeurs de l'espace. Une baie vitrée donne sur l'infini du cosmos. Debout devant elle, Aldaran observe les particules célestes qui, à des milliards d'années-lumière de son astéroïde isolé, créent la gueule d'un dragon, une main ouverte, une colonne de feu et une autre de glace, un oiseau gigantesque.

— Ma chérie ? appelle une voix derrière elle.

La pirate se retourne, une expression encore émerveillée dans les yeux, suit la vieille femme qui s'installe dans l'un des fauteuils près de l'âtre et qui, doucement, pose une couverture sur ses genoux.

— Ils ont accepté ? demande celle qui, aux yeux de tous ou presque, est un homme.

Sa visiteuse acquiesce.

— Alors tout est prêt.

Aldaran abandonne la baie vitrée et rejoint à son tour la cheminée.

— Toute ta fortune y est passée. Il ne reste rien, plus rien du tout.

— L'argent n'est qu'un moyen, grand-mère. Pas une fin. Quand je serai revenue aux étoiles, à quoi me serviront ces millions ?

Un éclat malicieux brille dans son regard.

— Tu avais le temps, objecte la vieille femme.

— Ce n'est pas de mon temps à moi dont il est question.

Ses traits se font plus durs.

— Rien n'a transité par les réseaux ?

— Tout a été négocié comme tu l'as demandé en métaux, sphères chronotiques, circuits IA ou atomes rares. Personne ne devrait rien en savoir en dehors de ceux que tu as payés.

— Du remous sur les différents canaux d'information ?

— Pas pour le moment. Aucune IA ne semble avoir intégré quoi que ce soit de nouveau à ton sujet.

— Parfait.

— Tu ne veux vraiment pas me dire ce dont il s'agit ?

Aldaran fait signe que non.

— Je suis désolée.

— C'est si important que cela ?

— Oui.

La pirate revient à la baie, aux galaxies éloignées, aux soleils qui scintillent, aux comètes qui filent et disparaissent ; à tout ce chaos créateur de vie qui l'a toujours fascinée.

— Beaucoup plus important, même.

Ses yeux jaunes se fixent sur une constellation – le tatouage correspondant sur son front s'illumine brièvement –, passent à une autre – des coordonnées sur le bras de la pirate brillent à leur tour –, et elle continue ainsi, émerveillée, en résonance avec la musique et les étoiles, le visage baigné d'un halo lumineux.

36

La lumière glauque des diodes de secours éclaire à peine le sol. Noam avance, sur ses gardes. Le couloir descend légèrement jusqu'à une porte métallique entrouverte, déverrouillée. Une pancarte, au-dessus, indique en rouge *Entrée interdite*.

Doucement, il pousse le vantail. Derrière, la pente se renforce et, rapidement, le rebelle atteint ce qui semble être un niveau inférieur. Les murs ici sont tous taillés à la main, comme ceux creusés par les premiers colons.

Noam baisse la tête sur son poignet. Six minutes.

Un peu moins large…

Il poursuit dans le corridor jusqu'à la vitre d'un poste de garde.

— Qu'est-ce que tu fous là ? sursaute le soldat devant sa console, les pieds sur la table, le regard méfiant.

— On a un souci d'énergie au niveau supérieur, ment Noam. On dirait une surcharge, et elle pourrait venir d'ici.

Il sort de sa proche intérieure un mesureur trouvé dans la combinaison de Malik.

— Je peux juste vérifier ?

L'homme grimace mais hoche la tête. Noam lui sourit, pénètre dans la pièce son instrument à la main… et sans prévenir, l'assène sur la nuque du garde qui s'écroule, assommé.

Cinq minutes.

Caillasse, qu'est-ce qui m'a pris de venir ici ?!

Le rebelle laisse le corps inanimé, cherche sur la console un bouton pour ouvrir le sas suivant.

Jamais j'aurai le temps !

Il tente au hasard plusieurs commandes – rien ne se passe ! –, vérifie sur les caméras de surveillance que personne n'approche.

Noam se pétrifie. Sur l'un des écrans de contrôle, un homme en blouse blanche quitte une grande pièce ocre, équipée d'une couchette bardée de centaines de capteurs reliés à un mur entier de console.

Quatre minutes vingt.

Livide, le rebelle observe le médecin repartir, refermant derrière lui.

La salle.

Il la connaît évidemment.

Là où ils ont emmené Alix.

Noam appuie frénétiquement sur tous les boutons, cherche désespérément à ouvrir le sas qui le sépare de l'endroit où Alix a rendu son dernier souffle. Il veut savoir, il veut savoir ce qui lui est arrivé, pourquoi et comment il s'est retrouvé dans cette pièce, ce qu'ils lui ont fait et s'il est encore… vivant ?

Un bourdonnement à son poignet l'arrache de ses pensées.

Trois minutes trente.

Caillasse, caillasse, caillasse !

Il bondit hors de la pièce.

Impossible d'arriver à temps !

Il court dans le couloir aux murs pierreux, remonte aussi rapidement qu'il le peut jusqu'au niveau supérieur.

Deux minutes dix-sept secondes.

Il déboule comme un fou au sous-sol, tourne à droite puis à gauche en direction de l'ascenseur.

— Vite, vite ! lui hurle Malik, livide.

Le jeune homme retient les portes de la cabine afin qu'elles ne se ferment pas.

— Alerte générale ! rugit une voix. Alerte générale !

— On va se faire tuer !

Noam bondit dans la cabine.

— Intrusion détectée au niveau – 1 !

— Non mais, tu sablais quoi ? crie le technicien.

Il est blafard de terreur, ses mains et ses jambes tremblent.

Sans répondre, le pilote inspire une fois, deux fois, tente de recouvrer ses esprits tandis que l'ascenseur s'élève.

— Toutes les unités aux entrepôts ! ordonnent les haut-parleurs.

— Colle-toi à la paroi et prends ça, dit Noam, tendant le couteau ensanglanté à son compagnon.

La cabine termine sa course avec un arrêt brutal.

— On y va à trois. Un, deux...

Une sonnerie faiblarde annonce l'ouverture des portes.

— Trois.

Les vantaux s'écartent et Noam bondit. Une rafale laser l'accueille et tente de lui couper les jambes. Il atterrit sur le sol, se récupère de justesse et se jette sur l'un des deux soldats qui les mitraillent.

— Fuis ! ordonne-t-il à Malik.

Le technicien n'écoute pas ou n'a pas entendu. Il se précipite sur le second garde. Un faisceau écarlate le rate de peu, un semblable laisse une traînée fumante dans ses cheveux.

— Nooon ! hurle Malik.

D'un geste vif malgré la douleur, il envoie sa lame percer le bras puis le ventre du militaire avant que ce dernier ne puisse tirer à nouveau.

L'autre n'a pas le temps de venir en aide à son ami. D'un coup violent à l'intérieur des genoux, Noam le fait tomber et, s'emparant de son arme, lui fracasse le visage.

Malik jette un regard terrifié au rebelle.

— On file avant que des renforts arrivent ! ordonne Noam.

Les deux hommes s'élancent en direction de la sortie.

— Ça va être fermé ! s'écrit le pilote.

— Je connais un passage !

Quinze secondes.

— Caillasse ! peste Noam.

Comment j'ai pu oublier ?!

Il se fige et fait demi-tour en direction de l'ascenseur.

— T'es dingue, ça va exploser ! veut l'arrêter Malik.

— Barre-toi ! lui ordonne Noam.

Malik hésite, puis s'immobilise. Le rebelle rejoint la cage métallique, sort de sa poche la puce confiée par Kay qu'il colle à l'intérieur, dans un angle, là où elle sera presque impossible à voir.

— C'est bon, on peut…

Une déflagration terrible les jette à terre.

Les murs tremblent puis se fissurent dans un nuage de poussière ; des arcs électriques passent d'un câble sectionné à un autre, l'ascenseur craque et la cabine s'abaisse de quelques dizaines de centimètres.

Une sirène mugit, assourdissante.

— Alerte générale ! tonnent les haut-parleurs. Explosion au sous-sol ! Évacuation de la zone !

Noam se redresse en grimaçant. Une coupure barre son front, la manche de sa tenue est déchirée.

— Malik ? appelle-t-il, la gorge sèche, essayant de rendre sa voix plus forte que le hurlement de l'alarme.

Le technicien git près de lui, face contre terre.

— Fermeture de toutes les issues de la forteresse !

Caillasse !

Noam fait un pas vers son compagnon.

— Malik ! répète-t-il, avec plus de vigueur.

Le jeune homme tourne la tête en grognant. Du sang coule de son nez, tache son menton et son cou.

— On doit filer ! Ils bloquent les accès !

— Rassemblement des unités de combat aux points d'urgence !

— Pourquoi t'as fait… demi-tour ? peste le technicien en se relevant.

Noam l'attrape par le bras et l'entraîne vers la sortie.

— Dépêche ! rugit-il. On va y rester si on bouge pas d'ici *tout de suite.*

Malik plonge ses yeux dans les siens.

— Je connais un passage, répète-t-il, encore sonné.

— Tu peux courir ?

Il acquiesce.

Les deux hommes filent dans les couloirs. Des portes claquent, des soldats apparaissent – Noam tire à vue avec le blaster qu'il a récupéré –, disparaissent, des cris de panique se mêlent au vagissement de l'alarme, aux ordres qui fusent et se succèdent dans les haut-parleurs.

— À toutes les unités ! Bouclage de la zone !

Noam arrose de lasers une silhouette qui surgit au loin et s'enfuit aussitôt.

J'aurais pas dû ! J'aurais pas dû y aller !

Il pense à Anastasia – *Jamais elle ne me pardonnera !* –, à Kay – *Pourvu qu'il puisse activer son traceur !* –, à ses compagnons de la rébellion – *Il faut que tout ça serve à quelque chose...* –, à Alix – *J'arrive, j'arrive mon amour !*

— Intrus repérés ! hurle une voix.

— On y est presque ! crie Malik.

Un laser noircit le mur à quelques centimètres de l'épaule de Noam, un autre lui passe au-dessus de la tête.

Malik tourne à un carrefour, poursuit à toute vitesse dans une nouvelle coursive.

— Ils vont nous coincer comme des rats ! hurle Noam.

— Non !

Le technicien arrive à une porte qu'il pousse violemment.

Des étagères, des outils, un établi, des fils, une combinaison à terre et un panneau métallique à demi ouvert face à eux.

— On saute !

Malik se jette dans la trappe qui donne sur un tunnel obscur.

Noam ne réfléchit pas et l'imite.

37

— Aïe ! lâche Malik, s'affalant de tout son long dans des câbles usagés et des morceaux de métal.

— Poussière ! ajoute Noam, qui évite de peu de tomber sur son compagnon.

Ils ont atterri dans un bac-recycleur accolé à la forteresse. Noam entend des cris provenant du conduit dans lequel ils ont glissé, discerne encore l'alarme qui vrombit à l'intérieur du quartier général de Radendt.

— On dégage de là ! lance-t-il.

Il aide le jeune homme grimaçant de douleur à se relever puis tous deux se hissent à la force des bras sur les rebords de la benne. Ils sont à deux, trois mètres de la muraille qui ceint la forteresse.

Sauter sera dangereux. Mais possible.

— Ils arrivent ! panique Malik.

Le conduit vomit un premier soldat qui s'étale dans les débris.

— Maintenant !

Noam pousse de toutes ses forces sur ses jambes et bondit. Il atteint de justesse le sommet du mur et récupère son équilibre, les bras écartés.

— Bouge pas ! ordonne un garde.

Malik saute à son tour. Un tir de laser lui frôle la poitrine, un autre le touche à l'épaule.

— Non ! laisse échapper Noam.

Il rattrape *in extremis* le technicien. La bouche du jeune homme est grande ouverte de douleur mais seul un gémissement en sort.

— Ça va aller ? s'enquiert le rebelle.

Mais il n'a pas le loisir d'attendre la réponse. Des mains et des fusils apparaissent sur le rebord de la benne. Noam se tourne de l'autre côté. La ruelle est presque trois mètres plus bas.

— Caillasse de caillasse, souffle-t-il.

— Pas poss..., commence Malik.

Noam pousse le technicien et se jette dans le vide.

— Nooon !

Les deux hommes atteignent les pavés rocheux en même temps. Noam roule sur lui-même et, profitant de son élan, se redresse aussitôt. Malik est accroupi à quelques pas, livide et gémissant.

— Pas le temps ! lance-t-il à l'adresse de son compagnon.

Il lui prend le bras et le force à se relever.

— Ils ont sauté ! Appelez les patrouilles !

Noam jette un regard à droite, à gauche.

À gauche.

Entraînant Malik derrière lui, il se précipite dans la petite rue qui s'enfonce dans la ville. Les sirènes extérieures mugissent à leur tour.

— Il se passe quoi, Noam ? hurle la voix de Dabo dans ses oreilles.

— Demande d'extraction. Urgente. J'ai un blessé.

— Roche !

— Oui, roche.

Le silence, quelques secondes, tandis que Noam s'éloigne le plus vite possible du quartier général de Radendt en soutenant Malik.

— Croisement rue-2 avenue-3, informe Dabo.

Juste à côté.

Il accélère, ignore les râles de Malik, le sang qui coule de son épaule et macule sa combinaison, leur tête dénudée sous les particules assassines.

L'écho d'une cavalcade, derrière lui ; des ordres aboyés.

Pourvu que personne ne nous ait aperçus !

Il court, traînant, portant presque Malik.

Dans un bruit terrible, une navette traverse le ciel à basse altitude.

— Poussière ! enrage Noam.

— Vu, répond Dabo. On va s'en occuper.

Noam acquiesce par réflexe. Il passe devant des blocs à moitié vides, une femme dans une cour, un enfant assis sur le pas d'une porte et atteint le carrefour indiqué par Dabo.

— J'y suis.

Des roues crissent sur la pierre non loin. Dans un rugissement sourd, un rover léger surgit d'une ruelle perpendiculaire.

— Montez, dit Dabo dans l'émetteur de son oreille. On a lâché des leurres. Dans quelques minutes, vous serez saufs.

Noam se précipite sur l'engin avec Malik et aussitôt le véhicule redémarre en trombe.

Le bloc ressemble à tous les autres. Étroit, sans confort. Construit à partir de la roche qui protège des chronons afin que les gens ne meurent pas trop vite.

Malik est allongé à même le sol, blafard. Un flux de sang coule toujours de son crâne et de son épaule. Les yeux fermés, il gémit faiblement tandis qu'une femme aux cheveux ras l'ausculte.

— Ça va aller ? s'inquiète Noam.

La médecin grommelle.

Noam l'a déjà vue, quelques jours auparavant sous la halle des nouveaux arrivants, la nuit où ils se sont échappés de la base avec Kay.

Elle fait donc partie des rebelles.

— Qu'est-ce qui t'a pris ? lui demande Dabo, debout dans un angle de la pièce, bras croisés sur la poitrine.

Noam se tourne vers Anastasia, accroupie aux côtés de Malik.

— Je suis désolé, Ana.

Elle ne le regarde même pas.

— Tu peux m'expliquer ? insiste la cheffe des renseignements.

Dabo a caché ses longues tresses grises sous un foulard qui l'enveloppe de la tête aux épaules, a troqué son habituelle tenue militaire contre une robe blanche qui fait ressortir son teint brun.

— Il y a eu un problème ?

Noam fait signe que non. Sans quitter sa sœur des yeux, il raconte l'entrée dans la forteresse, la remise, la panne provoquée par Malik – suffisante pour gêner, pas assez pour déclencher l'alerte –, son arrivée jusqu'aux conteneurs où il a déposé la bombe, puis son hésitation devant le passage taillé dans la roche.

— Tu veux dire… Tu veux dire que tu as changé le plan à cause d'un *bar* où tu *traînes* ?

Le pilote se demande un instant si Dabo est plus agacée par le fait qu'il n'ait pas suivi les instructions ou pour avoir mis sa vie et celle de Malik en danger.

Il ignore la capitaine outrée, raconte enfin le poste de garde, le sas fermé.

Sans mentionner Alix.

Sans mentionner le mouchard laissé dans l'ascenseur.

— Il va s'en sortir, annonce la médecin en se redressant.

Elle essuie ses mains rougies, range les compresses et les bandages dans la besace à côté d'elle.

— Il a perdu beaucoup de sang. Vous avez dû bien le malmener.

— C'était ça ou se faire prendre, explique Noam.

— Il va lui falloir du repos, beaucoup.

— Et il ne pourra plus travailler à la forteresse, conclut Dabo.

Elle secoue la tête d'un air agacé.

— On avait avec lui un point d'entrée inestimable. Quelqu'un qui n'était pas connu, pas surveillé. C'était un trésor ! Et là, c'est fini.

— On a quand même appris quelque chose, marmonne Noam.

Dabo le fusille du regard, attendant néanmoins qu'il poursuive.

— On sait désormais que Radendt cache quelque chose sous son quartier général. Quelque chose de si précieux, ou de si secret, qu'il le fait garder *encore plus* que tout le reste. Ça ne t'intéresse pas de découvrir ce que c'est ?

— Évidemment que si ! Mais maintenant que nous n'avons plus personne là-bas, cela va être impossible.

Noam se tourne vers Anastasia, restée silencieuse depuis qu'ils sont arrivés.

— Ça va aller ? lui demande-t-il.

— On connaissait les risques.

Elle est presque aussi pâle que Malik, et ses mains tremblent quand elle lui caresse la joue.

Noam voudrait lui dire qu'il va s'en sortir, qu'il aura mal à l'épaule et qu'il aura une cicatrice toute sa vie, mais qu'il vivra.

Puis, sans même avoir besoin des chronons, il revoit l'astroport au loin, les blindés sur la route défoncée, la fumée, les hurlements, les sirènes, le trou dans son ventre et dans son cœur, l'impression d'étouffer, le corps d'Alix, immobile, déchiré.

Malik vivra, lui.

— Je te ramène avec moi à la base ? propose Dabo, l'interrompant dans ses pensées.

Noam se tourne vers elle.

— Oui. Oui, s'il te plaît.

Il jette un dernier regard à Anastasia aux côtés de Malik, attentive à ce que lui explique la docteure – il lui parlera plus tard, alors –, et suit Dabo vers la sortie.

— Tu savais qu'elle est ma sœur, pourquoi ne m'as-tu pas prévenu ? demande Noam, une fois la porte refermée.

La nuit est tombée sur CG-1, pourtant de nombreuses lumières éclairent la ville. Les patrouilles de Radendt ont redoublé d'acharnement depuis l'attaque de la forteresse et ratissent les différents quartiers à la recherche des rebelles ou de ceux qui ont provoqué l'explosion. Dans peu de temps, Malik devra être évacué vers le désert où il disparaîtra, comme tant d'autres avant lui, dans l'un des refuges.

— J'aurais pu. Tu aurais protesté et tu nous aurais fait perdre un temps que nous n'avons pas.

— J'ai failli refuser net, insiste Noam, la colère dans la voix.

La capitaine se tourne vers lui.

— Tu es un soldat, dit-elle. Quelles qu'en soient les raisons, tu crois à notre cause. Tu te bats pour elle. Comme moi. Comme ta sœur.

Elle pose sa main sur le bras de Noam qui, instinctivement, essaie de s'en éloigner, puis se ravise.

— Nous avons tous nos motivations dans ce combat. N'empêche pas ta sœur d'y participer. Elle est libre, comme toi. Comme moi.

Elle soupire.

— Rentrons, dit-elle.

38

Ils n'échangent pas un mot durant le trajet, Noam aux commandes, Dabo occupée à rendre compte de la mission à Torres : un succès s'agissant des armes et des combinaisons de Wu – derrière l'écran de communication, la commandante ne cache pas son soulagement –, une perte concernant l'infiltration de la forteresse. Arrivés à la base, Dabo disparaît tout de suite en direction de la salle tactique tandis que Noam procède aux contrôles de routine sur sa navette.

— NOAM ? appelle la voix métallique d'Axiome.

— Je t'écoute.

— LES RELEVÉS DE DONNÉES CONFIRMENT LES PRÉVISIONS DE LA CAPITAINE DABO ET DES PROCESSEURS STATISTIQUES. LES PATROUILLES DE RADENDT QUADRILLENT LA VILLE. LES BLOCS SONT FOUILLÉS UN À UN, PARFOIS À PLUSIEURS REPRISES.

Ils ne font pas les choses à moitié, cette fois. Heureusement que les nôtres ont été prévenus.

— Tu as pu localiser le convoi d'Ana et de Malik ?

— IL EST PARTI VERS LE NORD, PUIS PLUS RIEN.

Noam sourit. Si même Axiome n'arrive pas à les suivre, c'est qu'ils sont en sécurité.

Il tord ses lèvres en une moue contrite.

Jusqu'à ce que sa sœur retourne en ville.

— Et dans le ciel ?

— Moins d'activités que prévu. Les dernières escadrilles sont revenues à l'astroport après avoir fouillé en vain la ceinture d'astéroïdes. Les efforts se concentrent maintenant sur CG-1.

— Pour l'instant, suppute Noam.

Il plisse le front.

— Tu as accès aux plans de la forteresse ?

— Négatif. Ils doivent être stockés dans la zone verrouillée de Moïra.

— Tu connaissais l'existence d'un niveau inférieur à celui des entrepôts ?

— Négatif à nouveau.

— Tu as le tracé des premières installations de la planète ?

Axiome reste quelques secondes silencieux.

— Je l'ai, mais il est largement incomplet. CG-1 a mis de nombreuses années à se construire. Les premiers colons envoyés par Radendt n'avaient d'autre choix que de creuser des abris dans la roche pour se protéger des radiations quand ils ont compris que c'est elles qui les tuaient à petit feu. Ils l'ont fait de manière désordonnée, et très peu de ces zones sont connues. Le bar du *Creuseur* est l'une d'elles, comme celle de la forteresse. Il pourrait y en avoir des dizaines ailleurs.

— Il y en a des dizaines ailleurs, confirme Noam.

Il songe aux cachettes, aux entrepôts de la rébellion, aux points de rendez-vous secrets, aux camps d'entraînement en pleine ville.

Jamais il n'avait imaginé que la forteresse puisse avoir son propre réseau.

— Tu pourrais simuler une carte de ces souterrains ?

— C'est très compliqué, avec une fiabilité inférieure à 10 %.

— Pas grave.

— Tu veux que je regarde sur une zone en particulier ?

Il hoche la tête, bien qu'Axiome ne puisse le voir.

— Autour du *Creuseur* et de la forteresse.

Il termine les dernières vérifications de la navette, se redresse et, un instant, lutte contre le vertige qui le reprend.

— Je file, dit-il, une fois qu'il a récupéré ses esprits. Sois prêt à repartir.

— TOUJOURS.

Après le discours classique du robomédic dans le sas de décontamination, Noam retrouve Kay dans sa cabine. Comme à son habitude, il est en sous-vêtements devant ses consoles, occupé à examiner des lignes qui se succèdent inlassablement.

— Qu'est-ce que tu dois te faire chier dans la vie, s'exclame Noam. Regarder des chiffres et des lettres qui ne veulent rien dire, je comprends que t'aies pas d'amis.

— En dehors de toi, grommelle l'ingénieur.

Sans dévier de son écran, il ajoute :

— Ferme derrière toi, s'il te plaît. Je suis pudique. Et fragile.

Noam lève les yeux au ciel, s'exécute et se laisse tomber dans le siège à côté de celui de Kay.

— Ça a marché, annonce ce dernier.

— Le mouchard ?

Il acquiesce.

— Il a accès au réseau de l'ascenseur et, à travers lui, au reste des communications.

— Pas de risque qu'il se fasse repérer ?

— Bien sûr que si. Mais, en attendant, je peux suivre les échanges entre la forteresse et l'espace… en passant par la base.

Il sourit, s'écarte enfin de sa console, et laisse échapper une grimace devant l'apparence de Noam.

— T'as vraiment une roche de gueule.

— Normal. Mon meilleur pote m'a envoyé en mission suicide.

— Tu as réussi.

Noam hoche la tête.

— Évidemment.

— Et tu n'as pas pu t'empêcher de risquer encore plus ta peau ? Dabo semblait furieuse.

— Elle l'était.

— Ça valait le coup ?

— Je ne sais pas encore…

Noam raconte la porte entrouverte, la salle aperçue derrière, la couchette médicalisée sur laquelle Alix reposait dans l'enregistrement obtenu par Kay, des années auparavant.

— La salle est toujours là, et toujours opérationnelle, conclut-il.

Il prend une longue inspiration, et demande :

— Tu sais comment se font les transferts de l'homme vers la machine pour créer une IH ?

— Recopie de données, déclare Kay. C'est un processus extrêmement complexe, encore mal maîtrisé et très peu documenté. Les zones du cerveau dévolues à la mémoire sont analysées et… interprétées, je ne vois pas d'autre mot pour expliquer ça. L'idée est de reconstruire une personnalité à partir de ses souvenirs.

— Mais on ne se rappelle jamais de tout…

— Si. Enfin, non. Les informations ne quittent jamais leur espace de stockage, ce sont les moyens d'y accéder qui s'altèrent et provoquent l'oubli.

— Donc, si Axiome est bien Alix, il devrait avoir tous ses souvenirs.

— Oui.

— Et… la conscience ? Ou la personnalité ?

Kay se rembrunit.

— C'est tout le sujet. *Les* sujets, d'ailleurs. Certains chercheurs prétendent que la personnalité se reconstruit avec les souvenirs, d'autres qu'elle est trop complexe et impossible à reproduire.

Il s'interrompt, gêné.

— Oui ?

— Des études ont été lancées, je te l'ai dit. Jusqu'ici, les IH se sont toutes révélées instables. On ne sait pas trop encore si cette instabilité est provoquée par le choc du transfert vers la machine, par des recopies erronées, par un problème lié justement à la personnalité… Toujours est-il que chaque tentative a créé des IH qui ont fini par… griller. Même les essais qui impliquaient plusieurs personnes-sources pour une seule IH cible.

— Tu veux dire que plusieurs esprits ont été *fusionnés* ?

— Certaines expériences le mentionnent, oui, sans fournir plus d'informations.

Noam secoue la tête.

— Ça ne peut pas être le cas ici, affirme-t-il. Et Axiome ne semble pas instable.

— Peut-être parce qu'il n'a pas encore accès à toutes ses données.

Pris par ses propres réflexions, Noam n'écoute pas la réponse de son ami.

— Pourquoi est-ce que Radendt aurait fait ça ? demande-t-il. Pourquoi aurait-il transformé Alix en IH ? Et pourquoi continuerait-il à créer d'autres IH ?

— J'y ai pas mal pensé depuis notre dernière discussion là-dessus, et je ne vois que deux options. Radendt veut soit créer une alternative aux Machinistes qu'il déteste et dont il se méfie… soit se convertir lui-même en IH.

Le pilote lève la tête, étonné.

— Radendt ? En IH ? Mais pourquoi ?

Le visage de Kay se fend d'un large sourire.

— L'immortalité, mon pote !

Noam fronce les sourcils.

— Il l'est presque, non ? Il a quel âge ? Cent soixante, cent soixante-dix ans ?

— Cent quatre-vingt-trois. Mais la régénération cellulaire n'est pas illimitée. Plus le corps subit de traitement, plus les erreurs sont fréquentes. Il est déjà au-delà des limites habituelles.

— Pour l'instant.

— Pour l'instant, admet Kay. Mais tu imagines, l'immortalité ? La véritable immortalité ?

— Quelle horreur, crache Noam.

Son ami lève les yeux au ciel.

— Oui, pour un mec comme toi, c'est peut-être pas génial.

Il réfléchit, et ajoute :

— Pour moi non plus, à vrai dire. Enfin, je crois pas. Mais, mets-toi à la place de Radendt. Un gars complètement mégalo, à la tête de la colonie la plus riche de tout l'univers connu et qui y règne en maître. Rajoute à cela l'immortalité et l'accès à des machines pensantes comme sa Moïra... Plus personne ne pourrait s'opposer à lui.

— Une armada de la Terre détruirait en deux secondes ses rêves de puissance.

Kay écarquille les yeux.

— C'est ça ! s'exclame-t-il. Mais bien sûr !

Noam le regarde, confus.

— Tu parles de quoi ?

— Le seul point faible de Radendt... Ce qu'il doit forcément faire pour se protéger si jamais il arrive à se transposer en IH.

— Et alors ?

L'ingénieur l'ignore, pianote rapidement sur la console devant lui et affiche, en réalité virtuelle, une carte de l'expansion humaine en face de lui.

— La Terre et Horizon, dit-il, montrant les deux planètes bleutées enroulées de nuages. Les seules qui possèdent les métaux nécessaires à la construction de vaisseaux.

— Il n'y a presque plus rien sur la Terre, lui oppose Noam.

— Il reste des réserves stratégiques, précise Kay. Ici, là et là, termine-t-il, désignant l'ouest de la Chine unie, le nord des États-Unis et le cœur du continent africain.

— Mais jamais ils ne tenteront quoi que ce soit. Ils ont trop besoin des chronons. Et ils seront incapables de se mettre d'accord pour mener une opération d'une telle envergure. Ils sont trop concentrés sur leurs propres problèmes.

— Pourtant, ils s'en mêlent, grommelle Kay. La Chine unie a envoyé à Radendt des armes et des combinaisons de combat.

— Et si..., commence Noam.

Il se tourne vers son ami.

— Et s'ils l'avaient fait pour qu'on puisse récupérer ce matériel ? Duchamp a voulu nous aider, et il en est mort.

Kay hoche lentement la tête, soupesant toutes les éventualités, ainsi que les nouvelles ouvertes par l'hypothèse de Noam.

— Mais leur plan aurait été découvert par Radendt…

— … ou par Moïra…

— … et Radendt en aurait profité pour s'emparer de l'armement !

— Possible ? demande Noam.

— Possible, affirme Kay.

Les yeux dans le vague, il fait disparaître les planètes qui tournent sur elles-mêmes dans des systèmes solaires à des dizaines d'années-lumière les uns des autres, reliés par de simples couloirs de matière noire.

— Il faut parler de tout ça à quelqu'un de chez nous, propose Noam. Si Radendt parvient à se transférer dans une machine et qu'il réussit à construire une flotte malgré les règles du traité des Colonies, jamais nous ne pourrons le renverser.

— On ne peut malheureusement pas dire quoi que ce soit, objecte Kay. Torres l'apprendrait forcément.

Il pianote quelques commandes rapides, faisant réapparaître la série de chiffres et de lettres.

— Laisse-moi le temps de voir ce que je peux trouver grâce au mouchard que tu as mis dans la forteresse. Avec un peu de chance, on découvrira quelque chose d'intéressant.

Il jette un regard soucieux à son ami.

— D'ici là, va te reposer, dit-il. Tu as vraiment une gueule pas possible.

Les lèvres de Noam s'étirent.

— Merci, mon pote. Trop sympa.

Le pilote se relève de son siège, prêt à partir.

Sa vue se trouble, le temps d'un battement de cœur il a l'impression de perdre l'équilibre avant de recouvrer ses esprits.

— Noam ? dit Kay.

Caillasse…

— Ouais ? demande-t-il.

— Ça va ?
Il se force à sourire.
— Aussi bien qu'un gars qui a encore une fois frôlé la mort il y a peu.
Kay le dévisage, détaille les taches de son ami, ses épaules lasses, ses mains qui tremblent légèrement.
Noam serre les poings.
— Je sais, commence l'ingénieur.
Sa voix est étonnamment grave, ses yeux ont perdu l'étincelle pétillante qui donne à Kay son expression perpétuellement amusée.
— Tu… sais ? dit Noam.
Il a hacké le robomédic ? A fouillé mon dossier médical dans ce roche de système ?
— Je sais que c'est dur, explique Kay.
Noam tente de masquer son soulagement.
— Je sais aussi que je ne peux pas me mettre à ta place, que je ne pourrai jamais le faire.
Il baisse la tête, soudain gêné.
— Mais tu comptes pour moi, mec. T'es mon caillasse de meilleur pote, le seul à qui je confierais ma vie. Tu comprends ça ?
— Je comprends, Kay, répond Noam, le cœur serré.
— Je voudrais… Je voudrais que tu fasses gaffe à toi.
— Même quand tu m'envoies à la mort ? essaie de plaisanter le pilote.
— Non. Quand *toi* tu t'envoies à la mort.
Le sourire de Noam disparaît.
— Je ne crois pas qu'Alix aurait voulu…
— Arrête, chuchote le pilote.
Kay s'interrompt tout de suite.
Noam ferme les paupières, prend une longue inspiration. Il voit le visage d'Alix, ses yeux doux, si doux. Dans ses oreilles où résonne un léger bourdonnement, il entend la voix de celui qu'il a aimé, tant aimé, à laquelle peu à peu se superpose celle, froide et mécanique, d'Axiome.

— Je suis désolé, Noam, tellement désolé. Mais…

— Il n'y a pas de mais, malheureusement, chuchote Noam.

— Et si jamais il était devenu Axiome ?

— Tu n'y crois pas.

Kay plonge son regard dans celui de son ami.

— Pour toi, alors, j'ai envie d'y croire. J'ai envie d'y croire si cela peut te sauver la vie.

Ému, Noam fuit les yeux de son si vieux compagnon.

— Je vais me reposer, marmonne-t-il.

— Merci, Kay. Moi aussi je t'aime, mec.

— Tant que tu gardes tes mains dans tes poches, ça me va ! s'exclame l'ingénieur en éclatant de rire.

Noam s'esclaffe avec lui, soulagé que l'humour vienne prendre le relais.

— J'y vais, conclut-il. Je suis crevé.

— Ouais. Mais n'oublie pas, d'ac ?

Noam acquiesce et après un léger salut de tête quitte la cabine.

Il attend que la porte se referme derrière lui puis, au lieu de se diriger vers ses quartiers, part dans le sens opposé.

Il a quelqu'un à voir en secret.

Venceslas Radendt

L'ambiance est glaciale dans le bureau de Radendt.

— Ils ont dérobé quelque chose ?

— Rien *a priori*, monsieur, répond Raja Sharma.

— *A priori* ? répète Radendt.

Il se lève de son fauteuil, dévisage lentement Moïra, Sharma et Carloman.

— *A priori*...

Pris d'un mouvement de rage, il envoie valser la console, la carafe d'eau et l'émetteur holo devant lui qui tous se fracassent contre le mur.

— *A priori* ?! hurle-t-il.

Ses conseillers restent silencieux, habitués aux colères du propriétaire de Chronon Galactics.

— Les armes et les combinaisons ? demande-t-il.

— Détruites.

— On a le nom de celui qui a permis l'intrusion ?

— Malik Daoudia, répond Carloman.

— Il est où ?

— On le recherche activement.

Radendt tourne un visage furieux vers son secrétaire.

— Donc, tu ne sais pas où il se trouve.

— Il a quitté la forteresse avec l'un des rebelles. Il est blessé. Il n'ira pas loin.

— Tu le feras exécuter.

Carloman acquiesce.

— Pourquoi n'avons-nous eu aucune information sur ce qu'il se tramait ?

— Le putsch rebelle a temporairement interrompu toutes nos communications. Elles sont revenues il y a quelques minutes seulement.

Radendt prend une longue inspiration.

— Moïra, gronde-t-il.

— Oui ?

— Quelles étaient les probabilités d'une telle opération ?

— 7,497 %, en incluant l'aléa chronotique.

— Son taux de réussite ?

— 4,53 %.

— Est-il possible que ces *putains* de Machinistes aient influé sur tes calculs ?

— Négatif. Ils sont réalisés dans les serveurs des niveaux inférieurs de la forteresse. Ils sont à l'abri de tout. Je l'ai néanmoins vérifié, et confirme l'absence de toute ingérence.

— L'IH ?

— Je continue de la suivre.

— Si tu en perds la trace…

Il ne termine pas sa menace et se rassied dans son fauteuil. Une détermination froide remplace peu à peu la colère sur son visage.

— Carloman, informe le Conseil terrien que nous faisons face à une tentative de rébellion de la part d'insurgés antiterriens, que nous allons réprimer évidemment pour assurer la constance des approvisionnements en chronons.

S'adressant à Raja Sharma, il ajoute :

— Maintenant, qu'ils meurent. Tous.

39

Noam s'enfonce dans les couloirs de l'astéroïde. Il salue les gardes qu'il croise – sur la base aussi, les patrouilles ont été renforcées –, échange un sourire avec une ouvrière-moteur et l'un des techniciens chargés de la production de barres nutritives, esquive au dernier moment un robomanut qui roule à toute vitesse et atteint sans encombre la bulle centrale.

Il se cache tout de suite derrière des ingénieurs occupés devant une armoire surchargée de câbles et de circuits.

Là, à la sortie de la coursive des casernes, Sharma avec deux soldats.

Noam plisse les yeux, les observe fendre la foule, visages fermés, tête baissée, et disparaître en direction des entrepôts inférieurs avec une indifférence gênée.

J'espère que tu ne mijotes rien, Sharma…

Noam hésite un instant puis renonce à les suivre. Il traverse la bulle jusqu'à atteindre un corridor étroit. La lumière y est faible, l'espace resserré, encombré de tuyaux et de conteneurs de toutes tailles. Noam louvoie entre les fils électriques à même le sol, un panneau métallique rouillé abandonné là et arrive à l'extrémité de la coursive.

Il prend une longue inspiration et lève la main, prêt à frapper au sas pour s'annoncer.

Il s'immobilise, nauséeux, son geste suspendu.

Caillasse…

Ses doigts se crispent, l'éclairage diminue un instant avant de revenir à la normale – à moins que ce soit sa vision, encore, qui lui joue des tours ?

Il tape à la porte.

Le cœur battant, il patiente, jusqu'à ce que le vantail s'ouvre.

Face à lui, dans l'entrée de son laboratoire spatial, Éléonore l'observe, la figure inexpressive.

— Je… je peux te parler ? articule-t-il.

La scientifique le détaille de haut en bas.

— Je suis occupée, en plein travail. Reviens plus tard, ou bien, on discutera au mess. Si j'ai le temps.

— C'est important, insiste Noam, mal à l'aise. Et personnel.

Une grimace se forme sur le visage d'Éléonore.

— Je ne coucherai pas avec toi, grince-t-elle.

Noam rougit.

— Ce n'est pas ça du tout ! proteste-t-il. Kay est mon ami et…

— Les mâles, il n'y a que ça qui vous intéresse, le coupe sèchement la scientifique. Trouver une femelle pour assouvir vos pulsions sans même réfléchir à…

— Je suis gay ! tente de l'interrompre Noam.

Éléonore hausse un sourcil surpris.

— Tu es gay ? répète-t-elle.

— Oui ! s'exclame le pilote. Bien sûr ! Je… J'étais amoureux d'Alix, Kay t'en a forcément parlé.

— Alix est mort.

Noam déglutit.

— Je sais, murmure-t-il.

— Et je croyais que c'était ton cousin ou un ami.

— Non. On s'aimait.

— Tes iris sont anormalement dilatés.

Noam acquiesce.

— Je ne vais vraiment pas bien, Léo. J'ai besoin que tu m'aides.

Elle penche la tête de côté et, finalement, s'écarte afin de le laisser passer.

— Kay me répète souvent que tu es triste. Je ne suis pas psychiatre. Je ne peux rien faire pour toi.

Sans répondre, Noam s'avance dans le labo. Une tablette posée dans un coin affiche plusieurs équations incompréhensibles. Un holo au-dessus d'une console restitue un voile coloré de chronons, comme il en a tant vu dans le ciel avec Alix.

Puis sans lui.

Il ferme les paupières et commence à retirer son t-shirt.

— Je trouve la nudité assez répugnante, le prévient la jeune femme derrière lui.

— J'ai des taches sur tout le corps, dit Noam, se retournant. Même sur les endroits non exposés aux particules.

Il fixe le sol, n'ose pas relever les yeux.

— Je ne suis pas médecin non plus, lâche Éléonore.

— Chronons, dit juste le pilote.

— Je ne vois pas…

— J'ai aussi des vertiges, des vomissements. Des pertes d'équilibre. Parfois, mes mains, mes jambes sont prises de légers tremblements.

— C'est ce que tu cherchais, non ? assène la scientifique d'une voix distante. J'insiste, je ne vois pas en quoi…

— Mes visions dans les chronons ont changé.

— Quoi ?

Noam plonge son regard dans celui d'Éléonore, sourcils froncés, rivé sur lui.

— Ça a commencé quand ? demande-t-elle. C'est lié aux taches ? Tu en as aussi sur le bas du corps – ne me montre pas, dis-moi juste –, et sur le crâne ?

— C'est récent, raconte Noam. Ça ne date que de quelques jours, un peu avant la trahison de Sharma.

La scientifique s'approche, tourne autour de son visiteur, examine sans le toucher son torse bistre constellé de petits cercles pâles, ses épaules, son dos.

— D'autres symptômes ?

— Non. C'est déjà pas mal…

Éléonore ignore la tentative d'humour.

— Rapport du robomédic ?

— Taux de chronons à un niveau critique.

— Inintéressant. N'importe qui peut le voir.

Elle se plante devant le pilote, les mains sur les hanches, les yeux emplis de curiosité.

— En quoi tes visions ont changé ?

— Elles... elles ne reflètent plus exactement le passé ou même le futur.

— C'est-à-dire ?

Noam renfile son t-shirt.

— C'est... Enfin, c'était toujours à la marge.

— C'était ? La marge ? Quelle marge ? s'agace Éléonore. Sois précis !

— Excuse-moi, bredouille Noam.

Il tente un sourire, qui meurt sur ses lèvres lorsqu'il croise le regard froid de la jeune femme.

— Je m'expose aux chronons depuis qu'Alix est mort, dit-il. Ses souvenirs me suivent...

— Images véhiculées par les flux de chronons. Les particules communiquent avec le champ magnétique généré par ton cerveau et entrent en résonance avec les différentes zones liées au stockage des souvenirs, personne n'a encore compris comment. Mais les souvenirs excitent les chronons qui s'assemblent et forment alors ce que tu as en mémoire.

— Sauf que parfois, ce ne sont pas mes souvenirs.

— Le futur fonctionne de la même manière. Le temps est une variable mal appréhendée, mais pas plus exotique que la vitesse ou la gravité ou...

— Je sais tout cela, la coupe Noam. Mais là, ce ne sont pas mes souvenirs, c'est impossible.

— Explique-moi.

Noam raconte ; raconte les fois où, dans les voiles du chronon, Alix le croisait comme s'il ne le connaissait pas, une vision du mausolée où se trouve son urne et où il marchait à ses côtés avec Ana et Kay – le pilote ne peut pourtant pas se voir dans ses *propres* souvenirs, et Alix est mort ! –, le hangar enfin, dans le désert, remplacé par une gigantesque structure métallique devant laquelle il discutait avec Kay.

Une fois qu'il a terminé, Noam observe Éléonore, attendant sa réaction. Les secondes puis les minutes passent. La tablette aux équations s'éteint, l'hologramme disparaît. Des fourmillements agitent les jambes de Noam, de plus en plus nauséeux.

Non, pas de crise, pas maintenant...

— Tu as déjà entendu parler de cas comme ça ? s'enquiert-il, arrivé à bout de patience.

— J'ai besoin de réfléchir, lâche Éléonore, pensive. Il me faudrait mon labo, des souvenirs numérisés, un accès à un tachygraphe comme celui que j'avais chez moi, et...

— Tu es l'une des plus grandes spécialistes du chronon, Léo, réponds-moi s'il te plaît ! insiste Noam.

Elle revient à l'homme face à elle, à sa figure marquée par les chronons.

— Oui. Oui j'ai déjà entendu parler de ça, dans certains cas extrêmes d'exposition chez des pilotes ou des sectateurs.

Elle fronce les sourcils.

— Qu'attends-tu de moi ?

— Savoir combien de temps il me reste. Tout s'accélère. Mais aujourd'hui... Je ne suis plus aussi pressé de mourir.

— Il fallait y penser avant.

— Je sais, Éléonore ! s'emporte Noam. Évidemment que je le sais !

Il serre les poings, ferme les yeux afin de l'aider à calmer sa colère et son inquiétude.

— Je crois que j'ai été maladroite.

— En effet.

— Quelques jours, lâche la scientifique. Quelques semaines au plus.

Encore pire que la prédiction du robomédic...

Caillasse...

— Si peu ?

Elle hoche la tête.

— On associe souvent ces différences de perception à des débuts de délires provoqués par une trop longue exposition aux chronons. Une sorte de trouble du système de la mémoire en même temps qu'un dysfonctionnement généralisé des nerfs, de la vision et de l'équilibre. De certains organes, également.

Noam se force à sourire, un vide immense dans le creux de ventre.

— C'est pourtant ce que je voulais…

Pourquoi est-ce que j'ai envie de chialer, caillasse !

— Voilà pourquoi je ne comprends pas l'expression contrariée de ton visage.

— Ne… ne dis rien à personne, s'il te plaît.

— Je n'ai pas d'amis. Je mange seule au mess et ne languis que d'une chose : retourner vivre dans mon laboratoire sans personne pour m'interrompre dans mes travaux.

— Je parlais de Kay. Et même de Torres.

Elle acquiesce sèchement.

— Je garderai le secret.

— Merci.

Noam s'avance en direction de la porte.

— Attends, l'arrête Éléonore.

Il s'immobilise, surpris.

— Je veux un échantillon de sang.

— Le mien ? s'étonne Noam.

Elle foudroie le pilote du regard, agacée.

— Qui d'autre ?

Noam relève docilement la manche de son t-shirt. La scientifique récupère une aiguille dans un tiroir et, sans précaution, la plante dans le creux du bras de Noam qui pousse un gémissement de douleur.

— Les hommes, ronchonne Éléonore. Tous douillets.

Noam préfère ne pas répliquer, observant son sang remplir lentement le contenu de la seringue.

Une vibration agite son poignet droit. La même se fait entendre sur le bureau de la scientifique.

— C'est Torres, annonce le pilote, lisant le message sur le cadran de sa montre. Elle nous attend dans la salle tactique.

40

Torres est assise à sa place habituelle. Les mains sous le menton, revêtue de sa combinaison militaire, elle accueille chacun d'un sourire ou d'un hochement de tête. Dabo et Gorski sont arrivés les premiers. Éléonore et Noam les ont rejoints peu de temps après, juste avant Kay. Smith apparaît en dernier, visage fermé.

La commandante attend que ce dernier soit installé pour prendre la parole.

— Merci à vous tous d'être venus si vite, commence-t-elle.

— Encore une mauvaise nouvelle ? s'inquiète tout de suite le taciturne Smith.

Noam examine la salle en quête de signaux d'alarme ou d'un écho radar, mais ne voit rien de tout cela. Les sondes extérieures ne détectent aucune présence aux abords de la ceinture d'astéroïdes, les émetteurs d'urgence sont silencieux.

— Non, répond Zulmira. Je vous ai rassemblés pour vous demander de préparer l'assaut contre Radendt.

Gorski recrache l'eau qu'il buvait.

— Quoi ? s'exclame Smith, les yeux écarquillés.

— C'est de la folie ! juge Gorski, atterré. Nous venons de subir les pertes matérielles les plus lourdes que nous ayons connues !

— Je ne suis pas prêt, ajoute Noam. Je reviens à peine de CG-1, je n'ai pas encore eu le temps de revoir l'organisation de la flotte de navettes ni même de rencontrer les plus jeunes pilotes !

— Sharma et ses hommes continuent de retourner la ville de fond en comble, renchérit Smith. Ils détruisent nos caches les unes après les autres, emprisonnent nos sympathisants, réduisent à peau de chagrin le soutien qu'on pourrait avoir.

— Un assaut est impossible, conclut Kay, le visage fermé.

Zulmira hoche la tête, sans donner l'impression d'être moins convaincue.

— Je sais tout cela, dit-elle.

— Et… ? l'invite à poursuivre Dabo, la seule avec Orcane à être restée placide.

Consciente d'être la cible de toutes les attentions, la commandante prend le temps de regarder chacune des personnes autour de la table.

— Nous allions lancer l'offensive avant que l'arrivée de l'émissaire terrien nous retarde, rappelle-t-elle. Le matériel qu'il a apporté aurait pu donner un avantage définitif à Radendt, mais grâce à Kerval, ce ne sera pas le cas. Nous revenons donc à notre point de départ.

— Mais…, commence Gorski.

— Je ne…, tente Noam en même temps.

Elle les arrête d'un geste de la main.

— Laissez-moi vous expliquer mon point de vue.

Les lèvres se referment, les épaules s'affaissent. Dans un silence pesant, tous attendent qu'elle poursuive.

— Je sais que, de prime abord, la situation semble plus compliquée qu'il y a quelques jours, avant l'arrivée de Wu.

Compliquée ? grimace intérieurement Noam.

Il jette un regard à Kay. Le visage de son ami est un masque de scepticisme.

— Nous avons fait face à des dissensions internes, perdu des navettes et souffert des attaques au sol. Certains de nos entrepôts ont été découverts et détruits. Plusieurs des nôtres ont été capturés, d'autres tués.

La voix de la commandante est aussi grave que posée.

— Mais nous avons toujours notre plan initial et ce que nous avions mis en place pour la bataille, qu'il s'agisse des réserves stratégiques, de la préparation des équipages, des soldats. Nos forces sont peut-être affaiblies, mais elles sont prêtes, comme nous l'avions prévu.

— Avec les pertes que nous avons subies, jamais nous ne pourrons sortir vainqueurs d'une quelconque confrontation, grommelle Smith, son bras amputé dissimulé sous sa tunique.

— Plus nous attendons, plus la puissance de Radendt augmente, insiste Torres. Plus nous attendons, plus il étend son contrôle sur CG-1. Sur la planète tout entière. Et bientôt sur le système. Nous sommes aujourd'hui à l'abri, cachés dans la ceinture d'astéroïdes. Mais pour combien de temps ?

— Le couvre-feu et la loi martiale ne dureront pas éternellement, intervient Noam. Nous pourrons alors reprendre nos activités dans CG-1.

La commandante se tourne vers lui.

— Bien sûr que Radendt va maintenir tout ça. C'est le meilleur moyen pour lui d'asseoir son contrôle sur la ville et sur la population.

— Je confirme, intervient Dabo.

— Donc, si je comprends bien ce que tu nous expliques, dit Kay, notre situation est désespérée mais elle le sera encore plus si on attend, comme le disait Sharma ?

— Je n'aurais pas utilisé le mot *désespéré*, le corrige la commandante, même si elle est compliquée, je ne vais pas prétendre le contraire. Et maintenant que nous avons détruit le matériel terrien qui donnait un avantage décisif à Radendt, nous pouvons agir.

— Et tu proposes donc une mission suicide collective ? s'agace l'ingénieur en chef des infrastructures rebelles.

Torres se tourne vers lui. Il est rare qu'Hank Gorski soit défaitiste, encore plus rare qu'il n'abonde pas dans le sens de la commandante. Elle le sait.

— Je n'ai pas plus envie de mourir que toi, mon ami. Et j'ai encore moins envie d'envoyer à une mort certaine ceux qui combattent à nos côtés.

— Tu as quelque chose en tête, comprend Smith.

Torres acquiesce.

— Nous préparons cet assaut depuis des mois. Nous avons eu des pertes récemment, j'en conviens. Mais nous avons aussi trouvé des alliés inattendus en dehors de cette planète.

— De quoi parles-tu ? réagit Smith, surpris.

— Pour une fois, je ne peux pas vous en dire plus. Priorité Alpha.

— La priorité Alpha, c'est celle qui concerne uniquement la survie de notre rébellion, lui oppose Kay.

— C'est le cas.

Les capitaines échangent un regard tendu.

— La Terre a enfin décidé d'intervenir ? tente Smith. Ou l'une des colonies ? Horizon ? Deus ?

— Personne ne nous a aidés jusqu'ici malgré nos multiples demandes, dit Kay.

— Le pouvoir de Radendt continue de grandir et bientôt, il sera inarrêtable. Nous ne sommes pas les seuls à savoir qu'il faut faire quelque chose.

Noam songe aux vaisseaux qu'Axiome a cru détecter lorsqu'il était au cimetière. Est-ce qu'il pourrait s'agir des alliés de la commandante ? Ou au contraire, de renforts pour Radendt ?

— Que penses-tu de tout cela, Dabo ? demande Kay.

— J'en suis arrivée aux mêmes conclusions que la commandante, lâche la cheffe des renseignements. Radendt a manifestement décidé de lancer toutes ses forces contre nous. Reculer alors que nous sommes prêts risque au mieux de nous faire perdre trois, quatre ans… et au pire, nous être fatal. Nous devons être dans l'offensive.

— Tu connais l'identité de ceux qui vont nous aider ?

La femme tressée secoue la tête.

— Mais je fais confiance à la commandante Torres.

Aveuglément, ajoute intérieurement Noam qui, concentré sur ce qui se joue, entend à peine le léger bip émis par le communicateur de Kay.

— Nous devons donc prendre la décision de notre assaut, la décision la plus importante de notre rébellion, sans avoir l'ensemble des informations, résume Smith.

Torres opine.

— Je suis consciente de ce que je vous demande, dit-elle. Je suis consciente que vous aurez à en demander autant aux femmes et aux hommes que vous commandez. Je suis consciente que vous allez risquer votre vie et celle de vos proches sur deux toutes petites choses.

Elle laisse un moment de silence, le temps que chacun s'imprègne de ses mots.

— Votre confiance en moi, et l'espoir.

— Tout ça, c'est de la folie, Torres, juge Gorski à deux places d'elle.

— Je te suivrai, affirme Dabo, comme pour contrebalancer le propos de son voisin. Je vote pour.

À côté de Noam, Kay bougonne, pianote rapidement sur l'écran à son poignet puis lâche une discrète exclamation de surprise.

— Chuut ! lui souffle son ami.

La commandante se tourne vers Orcane.

— Je pense également que c'est du suicide, déclare la scientifique de sa voix détachée. En ce qui me concerne, je veux poursuivre mes recherches sur le chronon et vous laisse décider de la manière dont nous mourrons. Je m'abstiens.

— Smith ? demande Torres.

Le responsable des rovers secoue la tête, confus, puis pose ses yeux sur son bras amputé.

— Je…

Chacun le fixe, suspendu à sa réponse.

— Caillasse…, murmure Kay, en retrait.

Le plus discrètement possible, l'ingénieur présente l'écran de sa montre à Noam.

— Je suis d'accord, lâche Smith, presque malgré lui.

Noam lit et relit les quelques mots qui s'affichent.

— Je… je ne comprends pas.

— C'est pourtant clair, chuchote Kay.

Il s'assure que personne ne leur prête attention, chacun trop occupé par les échanges.

— Les coordonnées du complexe d'Éléonore ont été transférées à la forteresse. C'est comme ça qu'ils l'ont trouvé.

— Je suis contre, lance Gorski d'une voix forte. C'est beaucoup, beaucoup trop risqué.

S'adressant à la commandante, il ajoute :

— Je t'ai suivie partout, tout le temps depuis que j'ai rejoint la rébellion. Je t'ai soutenue sans l'ombre d'un doute contre Sharma. Mais là… Là, je ne peux pas. Je suis désolé.

— Ne le sois pas. Si je ne voulais pas prendre en compte vos avis, j'aurais fait comme Sharma. Mais ce n'est pas mon intention. Je me rangerai à la majorité. Je l'ai toujours fait.

Incrédule, Noam se redresse et fixe la commandante.

Elle a révélé l'endroit où Éléonore fait ses recherches sur le chronon !

A-t-elle agi de la même manière avec les caches rebelles tombées aux mains des soldats ennemis ?

Ce n'est pas possible, caillasse de caillasse !

De l'autre côté de la table, Torres hoche la tête, poursuit jusqu'aux deux qui n'ont pas encore donné leur avis.

Kay et Noam.

Caillasse, caillasse, caillasse !

— Il ne reste plus que vous, messieurs, annonce la commandante. Il y a deux votes pour, un contre, une abstention, mon vote ne compte pas dans le cadre d'une priorité Alpha. C'est donc à vous que revient la responsabilité de trancher et de décider de ce que nous ferons.

Les deux amis échangent un regard.

Noam tente de réfléchir aussi vite qu'il le peut.

Torres, une traîtresse ? Celle qui l'a sauvé des années auparavant, qui l'a accueilli au sein de la rébellion, lui a donné une raison de vivre encore – ne serait-ce qu'un peu – en lui confiant les vaisseaux-collecteurs comme en aurait rêvé Alix ?

Celle que tout accuse maintenant ?

— Oui, dit Kay.

Noam ouvre la bouche, abasourdi.

— Que… Quoi ? coasse-t-il.

Son ami se détourne de lui pour faire face à la commandante.

— C'est oui, répète-t-il.

— Je suis contre ! s'élève Noam sans réfléchir.

— C'est voté, et la majorité l'emporte, annonce Zulmira. Vous avez six jours pour rassembler les rovers, les soldats et les navettes. Ensuite, nous lancerons notre assaut sur CG-1, comme prévu.

41

— T'as le cerveau ensablé ou quoi ? grince Noam dans le micro de son casque. Tu me dis que Torres est une traîtresse et juste après tu acceptes son plan de roche ?

Frustré par l'incompréhension, il accélère à fond et le vaisseau couleur de nuit émerge de la barrière d'astéroïdes telle une comète.

— Dire non, cela revenait à nous faire découvrir, se justifie Kay.

— Gorski a dit non aussi ! proteste Noam. Maintenant on risque de tous crever à cause de toi !

Acide, il ajoute :

— Moi, je m'en tape, je suis condamné, mais t'as pensé aux autres ? À Léo, à Dabo, à Smith, à tous ceux avec qui on s'enroche depuis des années à essayer de se soulever ?

La ceinture autour de Chronon Galactics s'éloigne de seconde en seconde derrière la navette.

— PROGRAMME DE SIMULATION DE BATAILLE ENCLENCHÉ, annonce la voix métallique de l'ordinateur central de la base.

— TU ES PRÊT ? ajoute Axiome.

Noam frappe du poing sur la console de contrôle, évitant de justesse la commande de prélancement d'un missile chronotique.

— DOIS-JE PRENDRE ÇA POUR UN OUI ? l'interroge l'IH.

— Caillasse, Kay, tu m'entends ? crie Noam, ignorant la question d'Axiome.

— Oui, répond son ami. Attends un instant... J'essaie de pénétrer dans les serveurs de Radendt. Opération blackout.

Ses doigts claquent sur le clavier.

— C'est pas six jours qu'il me faudrait, mais deux ans.

Noam ne relève pas le défaitisme de l'ingénieur pourtant plutôt habitué aux fanfaronnades, et insiste :

— Tu m'expliques alors ?

— On n'a pas de preuve, Noam. Il est impossible de faire quoi que ce soit pour le moment.

— Donc on fonce, c'est ça ?

— Pas du tout. On gagne du temps.

— De quoi tu parles ?

— Dans six jours, grâce au mouchard que je t'ai demandé d'installer et en surveillant aussi les communications d'ici, on trouvera des preuves qu'on pourra montrer aux autres. On arrêtera alors les préparatifs, on mettra tout le monde à l'abri et on décidera de ce qu'il faut faire.

Face au silence de Noam, il ajoute, bravache :

— Remarquable, n'est-ce pas ?

— Je... je ne sais pas.

Noam réduit la poussée des moteurs. En face de lui, les étoiles brillent de mille feux, illuminant son cockpit d'autant de couleurs.

— SIMULATION, annonce l'ordinateur.

Le pilote se renfonce dans son siège et reporte son attention sur les radars internes. Le vide de l'espace se remplit peu à peu. Un sol rocheux se forme, des blocs d'habitations apparaissent ainsi que les masses imposantes de la forteresse et de l'astroport.

— VOUS ÊTES EN MISSION DE SUPPORT AÉRIEN, explique l'ordinateur.

Noam hoche la tête.

Torres, une traîtresse.

Il ne s'y fait pas.

Une fausse explosion brouille le radar. Noam vire à droite.

— Assaut détecté au croisement de l'avenue-1 et de la rue-3, récite l'ordinateur. Renforts nécessaires.

Le pilote déclenche le mode furtif presque sans y penser, les yeux rivés sur l'écran de simulation.

— Et si on ne trouve rien avant qu'elle lance l'attaque ? demande-t-il.

— Alors on devra préparer un repli de tout le monde vers la base.

— Mais elle connaît sa position, lui oppose Noam.

— Elle la connaît *à peu près*... Et comme c'est moi qui ai programmé les IA-guides qui gèrent les systèmes d'approche, je peux facilement les modifier pour qu'aucune navette ne puisse plus identifier l'astéroïde.

Le pilote lâche un soupir abattu.

— Il y a une chance qu'on se soit trompés ?

— Aucune. Je suis formel, la communication rejoignait ses quartiers.

Deux cibles apparaissent sur le radar. Par réflexe, Noam appuie sur les boutons de tir, effaçant aussitôt les cercles rouges.

— Léo, dit Kay.

— Oui ?

— Ça y est, elle est repartie.

Noam élimine une troisième cible, puis une quatrième.

— Comment ça, repartie ?

— Dans son labo.

Le pilote rate de peu l'objectif suivant.

— Échec, annonce l'ordinateur.

— Ta gueule, maugrée Noam.

Il fait exploser une navette adverse qui a surgi derrière l'astroport virtuel.

— Je suis désolé, Kay, murmure Noam.

— Pas grave. Elle ne s'en était pas cachée de toute manière.

Le pilote devine, derrière le détachement apparent de son ami, sa déception.

— On n'est plus que tous les deux, Noam, dit Kay. Je ne sais pas du tout à qui on peut faire confiance.

Noam détruit un nouvel aéronef et plisse les yeux. Deux autres viennent de surgir sur l'horizon du radar.

— Et Dabo ? demande-t-il. On pourrait peut-être essayer de la sonder ? Elle était étrangement silencieuse durant la réunion.

— Trop risqué, objecte Kay. Elle a toujours été très proche de Torres, on ne peut pas écarter la possibilité qu'elle soit elle aussi de mèche avec Radendt.

— ESCADRON ENNEMI DÉTECTÉ, les coupe le simulateur.

— Hein ? grogne Noam, revenant au radar.

Six points lumineux apparaissent dans l'espace.

— ILS SONT EN FORMATION D'ATTAQUE.

— Mais... On n'a jamais de combats spatiaux dans les simul...

— C'EST MOI, intervient Axiome. JE ME SUIS PERMIS DE MODIFIER LE PROGRAMME POUR QU'IL SOIT UN PEU PLUS RÉALISTE.

Noam fait s'élever son appareil et le dirige vers les vaisseaux virtuels.

— Kay ! appelle le pilote dans son communicateur. Les simulations d'assaut, c'est bien la commandante qui les travaille avec toi ?

— Oui, pourquoi ?

— Dans aucune d'entre elles, elle n'a prévu que la Terre ou une des colonies nous vienne en aide.

Le silence de son ami est éloquent.

— FORMATION EN APPROCHE, annonce le simulateur.

— Caillasse, t'y es pas allé de main morte, Axiome, grommelle Noam.

L'escadrille fonce sur lui. Un premier tir virtuel frôle la carlingue noire, un autre se perd à une dizaine de mètres seulement.

— Kay, on se retrouve tout à l'heure. Fin de la communication.

Son attention focalisée sur les radars, Noam augmente la puissance de ses boucliers en même temps que celle des moteurs.

— On va voir qui est le plus fort, murmure-t-il à l'attention d'Axiome.

Ses deux canons font feu en même temps. La décharge de chronons simulée traverse le ciel et manque de peu le vaisseau de tête.

— Transfert d'énergie des boucliers vers les moteurs, ordonne Noam.

Sa navette accélère.

— ALERTE ! rugit une voix synthétique dans les haut-parleurs. CONTRE-ATTAQUE AU SOL, LES SOLDATS DE RADENDT NOUS ENCERCLENT !

Noam grimace, jette un regard en direction du radar terrestre. L'écran affiche de nombreux mouvements. Des dizaines de points noirs brillent à plusieurs endroits de la ville et tentent d'envelopper les unités rebelles.

— DEMANDE DE COUVERTURE AÉRIENNE, VITE ! poursuit la voix.

— Pas très gentil d'essayer de me déconcentrer, marmonne le pilote.

— ON VA VOIR QUI EST LE PLUS FORT EN EFFET, répète Axiome, moqueur.

Noam plisse les yeux. Des images holos se forment sur la verrière renforcée du cockpit : un semblant de ciel bleu cobalt, un soleil jaune, aveuglant, un autre rouge, plus petit, des traînées de gaz.

— Caillasse ! hurle le pilote.

Deux lasers le ratent de justesse. Noam vire et plonge en direction du sol.

— Verrouillage de cible ! ordonne-t-il. Appareil de tête !

Le pilote redresse dans la direction indiquée par l'ordinateur de bord. Un aéronef apparaît sur l'écho radar.

— Et BAM ! se gausse-t-il.

Un rai de lumière fuse des canons de Noam. Trop à gauche !

— Mode furtif ! lance le pilote.

Sa navette disparaît. Noam en profite pour pousser les moteurs plus encore et, en un clin d'œil, se retrouve derrière le vaisseau ennemi.

— BAM ! j'ai dit.

Son adversaire explose, projetant une myriade d'éclats métalliques dans un bruit sourd.

Le bouclier de Noam grésille et, dans le cockpit, l'espace d'un instant, le ciel est caché par un filet de mailles orange.

— Poussière..., grommelle le pilote.

— Boucliers surchargés, annonce l'ordinateur.

Les navettes adverses ont calculé sa position par rapport à son tir.

— Besoin d'aide urgente ! vocifère la voix virtuelle. Nous sommes pris en étau !

Des cris de terreur couvrent presque l'appel au secours, suivis du souffle de plusieurs détonations et de rafales de laser.

La vision de Noam se brouille une seconde.

Non, pas maintenant !

— Annule le mode furtif ! ordonne-t-il.

Il tire la poignée des gaz à fond. La vitesse colle Noam à son siège.

Sa tête le fait de plus en plus souffrir.

Le vaisseau modifié par Éléonore file en direction de l'espace, poursuivi par les cinq appareils simulés. Les lasers fusent, un missile se désintègre en plein vol non loin – le pilote remercie mentalement le système d'autodéfense –, sans que Noam réagisse, concentré sur l'écho radar.

— Tu fais quoi ⸮ demande Axiome, d'une voix curieuse.

— Ri... rien, maugrée Noam.

— Tout va bien ⸮ s'inquiète l'IH.

Le vertige le prend aux tripes, sa tête va exploser.

— Je... J'attire les navettes pour... éloigner... revenir...

Il s'effondre sur le tableau de commandes.

Dans un hurlement strident, la sirène se déclenche et une lumière rouge envahit le cockpit.

— Alarme, lancent les systèmes de surveillance.

— Noam ! appelle Axiome. Noam, ça va ⸮

Le pilote ne répond pas.

Le vaisseau au fuselage noir poursuit à toute vitesse sa trajectoire dans l'espace. Le mode simulation se désactive automatiquement. Les ennemis disparaissent du radar, les holos s'éteignent, remplacent le ciel bleu de Chronon Galactics par la nuit sidérale.

— NOAM ! insiste Axiome.

Le pilote rouvre un œil vitreux, avance une main tremblante vers les commandes de la navette – la cabine floue tourne à toute vitesse autour de lui – mais se fige. Pris d'un violent hoquet, il vomit.

— Cail… lasse…, gémit-il.

Il tente d'atteindre le bouton de pilotage automatique – qu'il arrête de bouger, caillasse ! –, la bile aux lèvres, sans y parvenir.

— PASSAGE EN PILOTAGE AUTOMATIQUE, déclare la voix d'Axiome.

La poignée moteur se relève doucement, les manettes de direction s'ajustent et le vaisseau bifurque, se stabilisant en orbite loin de Chronon Galactics.

Noam se redresse, pâle comme jamais, le menton et le haut de sa combinaison souillés.

— PERTE PUIS REPRISE DE CONNAISSANCE, annonce l'analyseur de bord. POULS IRRÉGULIER. HAUSSE ANORMALE DE LA TEMPÉRATURE INTERNE. PROCÉDURE DE SECOURS ENGAGÉE.

— Non ! coasse Noam.

Malgré ses tremblements, il tente de récupérer les commandes de l'appareil.

— TU ES MALADE, intervient Axiome.

— Sans… blague…, articule Noam.

Au prix d'un effort énorme, il ajuste sa vision – son crâne le lance un peu moins, ou bien s'habitue-t-il ? – et il attrape les manettes de direction.

— ON DOIT TE RAMENER À LA BASE, insiste Axiome.

Le pilote jette un regard épuisé au radar, à la verrière où toute trace de l'exercice a disparu.

— Le compte… rendu de… vol, articule-t-il.

— OUI ? demande Axiome.

— Supprime…-le. Personne ne doit… savoir…

Il ne termine pas sa phrase et repose l'arrière de sa tête contre le dossier de son fauteuil.

— S'il… s'il te plaît.

La lumière dans le cockpit reprend sa teinte habituelle, les voyants rouges et orange s'éteignent.

Noam pousse en grimaçant de douleur l'une des manettes de direction, quitte l'orbite de Chronon Galactics et s'enfonce dans l'espace.

— Ra… radar ? demande-t-il, les yeux mi-clos.

— AUCUNE ACTIVITÉ DÉTECTÉE, répond Axiome.

— Passage en mode furtif, ordonne le pilote.

— C'EST DÉJÀ FAIT.

Un vague sourire étire les lèvres de Noam.

— Merci, souffle-t-il.

D'un geste, il abaisse la luminosité du cockpit et tente de reprendre ses esprits. La nausée l'a quitté. La douleur sourde reflue dans son crâne. Il n'a presque plus de vertiges.

Ses vomissures lui ont laissé un goût abject dans la gorge, et l'odeur acide envahit ses narines.

— Que la poussière m'emporte, murmure-t-il.

Il inspire longuement, expire, tend ses bras devant lui.

Ils ne tressautent plus.

— C'ÉTAIT QUOI, NOAM ? demande Axiome. JE NE TROUVE AUCUNE EXPLICATION DANS LES BASES MÉDICALES.

— Rien.

— MENSONGE.

— Oui, admet le pilote.

— COMME LA FOIS OÙ TU N'AS PAS VOULU AVOUER QUE TU REJOIGNAIS LA FLOTTE DE MINAGE DE RADENDT ?

Noam se fige.

— Tu… T'as dit quoi ?

— TU RÊVAIS TELLEMENT DE VOLER, raconte Axiome. TU VOULAIS M'EMMENER DANS LES ÉTOILES, JE CROIS, ET LE SEUL MOYEN QUE TU CONNAISSAIS ÉTAIT DE TRAVAILLER DANS LE MINAGE DE CHRONONS POUR RADENDT.

— Axiome… Comment… comment tu sais ça ?

Noam

12 ans plus tôt

Le *Creuseur* est presque désert. Dans un recoin, la seule cliente, entre deux âges, s'endort face à un verre vide.

Art a compris le regard de Noam. Il augmente le volume de la musique et s'éloigne discrètement afin de le laisser avec les visiteurs venus le rejoindre.

— Pilote alors, c'est ça ? demande la femme qui s'assied en face de lui.

Le jeune homme acquiesce. Il est pâle, les yeux cernés. Trop maigre, même pour un habitant de Chronon Galactics nourri aux barres nutritives bon marché.

— Je travaille pour Radendt. Je collecte les chronos près de l'anomalie.

— Sale boulot, lâche le second venu, à l'air perpétuellement amusé et aux longues dreadlocks noires.

— Sale boulot, confirme Noam.

Il les observe tous les deux avec leurs vêtements simples mais en bon état, leur sourire franc, l'énergie qui se dégage de leur posture, de leur visage.

Des nouveaux arrivants pleins d'espoir ?

Ils vont vite déchanter.

— On n'a pas eu le temps de se présenter la dernière fois. Je m'appelle Zulmira Torres.

— Kay Oroen.

— Moi, c'est Noam. Noam Kerval.

Il attend qu'ils poursuivent.

En vain.

— Vous vouliez me voir pour quoi ? Pas uniquement prendre des nouvelles, je présume.

— Eh, on t'a quand même sauvé la vie, mec ! s'exclame Kay. On est des gentils !

— J'avais rien demandé.

Tous trois restent silencieux de nouveau, bercés par la musique qui s'échappe des haut-parleurs du *Creuseur*.

— C'était... c'était ton ami ? s'enquiert Torres.

La boule au ventre, Noam acquiesce.

— Je l'ai connu, dit-elle.

Elle pose sa main sur celle du jeune homme.

— Est-ce que je dois me taire ?

Il secoue la tête.

— Il est venu nous voir, un soir. Je fais partie de ceux qui s'opposent à Radendt.

— Alix... Il m'en avait parlé, oui.

— Il voulait nous rejoindre.

— Je sais.

Les deux rebelles échangent un regard peiné.

— Il nous a aussi parlé de toi.

Noam hausse les épaules.

— On veut renverser Radendt, explique la jeune Torres. Il nous laisse crever de faim et nous tue à la tâche pour nous remplacer sans état d'âme par de nouveaux colons. On est de plus en plus nombreux à refuser d'être traités comme des esclaves par Radendt Galactics.

Elle s'assure que Noam l'écoute attentivement et poursuit :

— Mais pour ça, il nous faut des chronons, beaucoup de chronons afin de les revendre aux marchés alternatifs. Sans moyens, nous ne pourrons rien construire.

— Et... ?

— On a besoin de quelqu'un pour récupérer ces chronons pour nous.

— Tu sais collecter, intervient Kay. Tu sais aussi comment fonctionne la base-usine de Radendt. Tu pourras donc l'éviter plus facilement avec ses vaisseaux.

Zulmira se penche vers lui.

— Rejoins-nous, enjoint-elle à voix basse.

Il reste silencieux.

— Nos vaisseaux-collecteurs sont moins bien équipés, moins armés que ceux de Radendt Galactics, admet-elle. Ils ne bénéficient pas non plus des meilleures protections contre les radiations. Collecter sera dangereux. Très dangereux.

— C'est même mortel à moyen terme, précise Noam. Sans les boucliers adéquats, les particules passent au travers des métaux les plus solides.

— Nous le savons, répond la jeune femme. Mais nous n'avons pas d'alternative.

Noam les regarde un moment l'un et l'autre.

Mortel.

Ça sera mortel.

— Je suis d'accord.

42

La bulle centrale est bondée. Toute la base semble rassemblée là : les soldats en tenue d'entraînement, encore en sueur et des lunettes de visée sur le front ; les techniciens concentrés réfléchissant aux réparations urgentes qu'il leur faut effectuer, aux réponses à apporter aux problèmes de surcharge électrique ou d'équilibrage de moteurs ; les ingénieurs radio qui ont, pour la plupart, gardé leurs oreillettes afin de rester en contact avec le sol ; les rares médecins ; les chercheurs en mathématiques, en sciences sociales, en résistance des matériaux.

Tous ont le regard braqué sur la tribune installée à la hâte et sur laquelle la commandante Torres donne ses consignes, entourée de ses capitaines.

— Le succès dépendra de notre capacité à agir vite et avec efficacité, déclare-t-elle.

Un plan holo de CG-1 apparaît au-dessus de la cheffe des rebelles.

— C'est Gorski qui lancera l'assaut à la tête d'une escouade.

L'ingénieur hoche la tête, le visage fermé.

— La première cible est la caserne du nord-est.

La zone holo correspondante s'illumine de rouge.

— Je t'ai envoyé plusieurs messages, glisse Kay à l'oreille de Noam.

Tous deux sont à l'arrière de l'estrade, cachés derrière Smith.

— Pourquoi tu n'as pas répondu ?

— L'objectif sera double, poursuit Torres, face à l'assemblée. Il faudra neutraliser le plus grand nombre possible de soldats de Radendt tout en attirant les patrouilles alentour. Dès que nos unités auront pris le contrôle de la caserne, une partie devra la tenir avec le minimum d'hommes tandis que le reste des forces rejoindra au plus vite les rovers de Smith.

— Fatigue, chuchote Noam à l'attention de Kay. T'as trouvé la preuve que tu cherchais ?

Son nom évoqué par la commandante, Smith se redresse, dissimulant par réflexe son bras mutilé derrière lui.

— Pas encore, murmure Kay. Toi, t'es sûr que tout va bien ? T'as une gueule…

— Le contrecoup de la simulation, ment Noam. Elle était roche. Mais les modifications d'Éléonore sont impressionnantes.

Il ne veut surtout pas que son ami apprenne son malaise lors de l'exercice, sa difficulté à reprendre ses esprits ; les deux heures passées dans sa cabine, ensuite, à se vider, la tête dans un étau, les jambes cotonneuses. C'est un miracle qu'il ait pu être remis à temps pour le rassemblement des troupes ordonné par Zulmira.

Il sourit pour masquer son épuisement et dit :

— La modification apportée à la répartition d'énergie permet de surcharger temporairement les moteurs, les boucliers ou les canons, au choix, ce qui rend la navette incroyablement polyvalente. Et la possibilité de passer en furtivité sans abaisser les défenses en fait une arme redoutable.

Continuant sa harangue à la tribune, la commandante désigne dans les airs deux points bleus, à l'est et au sud de la ville.

— Smith interviendra ici, et ici, aux entrepôts de véhicules de Radendt. Ils voleront autant de transports qu'ils le pourront, détruiront les autres. Smith sera accompagné des artificiers pour nous faire la plus belle explosion qui soit.

Dans les premiers rangs, un homme et une femme en tenue militaire se tapent dans la main.

— Le couplage d'Axiome et du vaisseau fonctionne correctement ?

Noam tique.

— Oui. Oui, très bien.

— Il y a un problème ? demande Kay. Je sais que tu me caches quelque chose.

Le pilote s'imagine mentir, encore, mais se ravise.

— Je… Oui, avoue-t-il. C'est… c'est pas trop le moment, par contre. On en parlera plus tard.

— C'est grave ? s'inquiète Kay. Un souci d'interfaçage ? De temps de réaction ? Ou bien Axiome ne parvient pas à gérer les améliorations de Léo ?

— Non, c'est autre chose.

Torres se décale d'un pas devant eux afin de pointer Dabo, rendant les deux amis visibles de la foule. Ils se taisent aussitôt, prenant un air attentif de circonstance.

— De son côté, dit-elle, Dabo désorganisera les forces de Radendt. Sabotage, explosions, actes de guérilla partout dans la ville, de l'usine à l'astroport et aux principales artères, tout doit y passer afin que Radendt et Sharma ne puissent pas savoir où donner de la tête et qu'ils dispersent leurs soldats. Dabo s'appuiera sur ses contacts en plus de deux unités qui lui seront dédiées.

La femme aux tresses grises sourit, confiante.

— Il est peu probable que nous devions faire face à de la grosse artillerie. Je doute que Radendt utilise ses vaisseaux pour nous bombarder dans les rues de CG-1. Néanmoins, nous devons être parés à toute éventualité. C'est Kerval qui s'en chargera.

Le pilote avance aussitôt d'un pas martial.

— Il assurera la couverture aérienne. Les navettes ennemies ne devront ni s'en prendre à nos unités en ville, ni à nos bases arrière. Kerval aura à sa disposition toute notre flotte.

Pourvu que je tienne le coup…, espère Noam.

Le cœur battant, il songe un instant à refuser, reculer, dire à Zulmira qu'il ne peut pas, qu'il sera peut-être mort d'ici là, ou incapable de lever un bras.

— Je mènerai de mon côté l'assaut principal avec l'aide de Sharma.

Des regards gênés se tournent vers l'ancien capitaine, resté au pied de la tribune avec quelques-uns de ses hommes.

— Notre objectif sera bien sûr la forteresse. Quand le chaos sera à son comble, nous y pénétrerons, y trouverons Radendt et Raja Sharma afin de les capturer. Sans cela, aucune victoire ne pourra être définitive. Ce sera bien évidemment la partie la plus difficile. C'est pour ça, insiste-t-elle, que vous devrez toutes et tous faire en sorte d'attirer autant de forces ennemies que possible dans les autres zones de la ville. Et si plus personne ne vient, détruisez les équipements que Radendt pourrait utiliser contre nous. Vos objectifs atteints, vous convergerez à la forteresse.

Face au silence de la foule, elle ajoute :

— Nous avons le matériel nécessaire pour pénétrer à l'intérieur du QG de Radendt : des canons soniques et des canons à chronons pour percer les murs. Je suis confiante sur nos chances de succès.

Elle sourit.

— Enfin, dit-elle, Oroen aura à sa disposition toutes nos IA pour œuvrer, depuis la base, au sabotage des systèmes de communication de Radendt. Nous ne sommes pas à l'abri d'un assaut de nos propres infrastructures. C'est pour cela que je veux que ce plan – celui de notre victoire – soit gravé dans vos mémoires. Si vous n'avez plus d'ordres, si vous ne recevez plus d'ordres, vous saurez quoi faire. Vous connaissez vos affectations. Vous connaissez maintenant vos objectifs. Vous avez cinq jours pour terminer de vous entraîner ou organiser les derniers préparatifs.

— Vive la rébellion ! crie une femme dans la foule.

— Vive la rébellion ! reprennent en chœur des dizaines de voix.

Des poings se dressent.

— Vive la rébellion !

— Nous allons gagner cette bataille et gagner cette guerre ! affirme Torres. Et enfin, après la chute de Radendt, nous vivrons dans un monde plus juste et plus libre ; un monde où nous pourrons partager et profiter de ce que nous produirons, ensemble ! Nous serons un espoir pour les autres colonies, pour la Terre même ! Nous leur montrerons que la peur et l'asservissement ne sont pas une fatalité ni l'unique modèle de société. Qu'une nouvelle voie est possible. La nôtre !

43

Jamais les docks de la base n'ont été aussi bruyants. Les robomanuts montent et redescendent aux entrepôts dans un vrombissement incessant, charriant des sphères chronotiques pour alimenter les navettes. Sous les carlingues des vaisseaux, des mécaniciens s'affairent à souder, réparer ou ajuster des fils dénudés, des panneaux de métal corrodés ou usés, des systèmes de tir ou de bouclier défaillants. Les pilotes vont et viennent sur les passerelles supérieures, vérifient combinaisons et plans de vol dans le brouhaha des conversations et des rires qui masquent mal le stress qui augmente. Ils n'ont que cinq jours avant la grande bataille, celle qu'ils espèrent autant qu'ils redoutent depuis des mois, des années parfois.

Seul dans un coin de l'immense hangar, occupé comme tant d'autres à contrôler chaque centimètre carré de son appareil, Noam inspecte la coque du vaisseau d'Éléonore.

— Salut, lance une voix toute proche.

Noam tourne la tête, aperçoit l'extrémité de deux jambes terminées par des bottes noires. Elles sont fines, plus étroites que les siennes.

Une femme. Pilote.

Noam fait rouler son chariot d'une poussée et émerge du dessous de sa navette.

— Salut, Abergel, lâche-t-il.

La jeune femme le dévisage, son regard clair aussi inexpressif que sa figure hâlée aux cheveux courts.

— Tu voulais quelque chose ? lui demande Noam, sans bouger.

— Oui.

Voyant que le pilote ne se relève pas, elle s'agenouille pour être à son niveau.

— On sera bientôt prêts, Moose, moi, et les autres, annonce-t-elle d'un ton peu amène.

— On part en repérage dès que j'ai terminé.

Ismaëlle Abergel grimace.

— J'espère qu'on aura moins de problèmes que la dernière fois, poursuit-elle.

Un sourire éclaire le visage de Noam.

Il se redresse.

— C'est donc ça, lance-t-il.

Elle ne répond pas, son regard rivé au sien.

— Tu ne me fais pas confiance.

— Non.

— On n'a pourtant pas le choix, ni toi ni moi. Tu as entendu Torres.

— Oui.

Noam soupire.

— J'ai essayé de sauver Sato. Je voulais rester, mais elle m'a *ordonné* de partir. En situation de combat, on ne discute pas les ordres.

Il fronce le nez, ajoute :

— Enfin, pas trop. Genre, on peut les discuter seulement quand un traître nous demande de tirer sur les petits copains qui s'enfuient parce qu'ils sont fidèles à la véritable commandante.

Même si elle aussi, peut-être…

— Si j'avais voulu te toucher, Kerval, je l'aurais fait. Je ne rate *jamais* mes cibles.

— Il faut que je te remercie de m'avoir canardé et m'avoir fait me crasher alors ?

Sans réponse d'Abergel, il poursuit :

— Écoute, je n'ai pas demandé la place de Sato, moi je suis mieux tout seul dans l'espace, à collecter les chronons comme je le fais depuis des années. Mais je n'ai pas eu le choix.

— Tu ne sais pas commander, Kerval. T'as pas l'âme d'un chef.

— La révélation…, lâche le pilote en levant les yeux au ciel.

Il sent une impression de vertige le menacer avant de disparaître.

Ah non, pas maintenant !

— Tu crois que je ne suis pas au courant ? Mais il n'y a pas d'autre option. Je ne suis pas le meilleur capitaine, mais je suis le meilleur pilote. Et de loin. Alors, soit vous venez avec moi pour essayer de foutre Radendt dehors, soit vous dégagez sur CG-1 ou ailleurs, et je m'en cognerai pas la tête contre la roche.

Il pose un doigt agacé sur l'épaule d'Abergel.

— On est tous dans la poussière, et on n'a pas le choix que d'en sortir ensemble. À moins que tu préfères attendre que la tempête passe, le cul bien à l'abri ?

La jeune femme, tout doucement, lève sa main au majeur dressé.

— J'étais sûr qu'on allait s'entendre, conclut le pilote en souriant.

Abergel fait volte-face sans répondre et repart en direction de la passerelle.

— J'ai toujours adoré le travail d'équipe, murmure Noam, retournant à ses réparations.

De nouveau tout à sa tâche, il inspecte les circuits, les systèmes de bouclier, de tir et de radar, descend le long de la coque jusqu'aux moteurs et aux canons arrière, remonte le fuselage aux ailettes noires, teste les déflecteurs, les senseurs externes et les batteries avant. Il n'est pas expert comme Smith, plus doué encore que n'importe quel mécanicien. Mais le vaisseau d'Éléonore n'est pas si différent des navettes standard, celles que tout pilote doit savoir réparer en urgence. Il vérifie rapidement les capteurs puis rejoint l'intérieur, s'assure que les alarmes fonctionnent, puis s'agenouille enfin devant la boîte de dérivation d'Éléonore.

Il sourit, impressionné.

Le cœur des modifications apportées par la scientifique est là. Concentrer le flot chronotique et le diriger sur des récepteurs spécialement adaptés.

Comment a-t-elle pu faire sans que les systèmes se surchargent ?

Il quitte le cockpit en longeant les câbles de commande qui, arrivés à l'arrière de la navette, se mêlent aux tuyères d'alimentation. Elles aussi ont été changées, et plusieurs ont été doublées.

C'est quoi, son truc ? s'interroge Noam. *Flux contrôlé ?*

Il hoche la tête, admiratif.

— ON A DE LA VISITE, annonce la voix d'Axiome.

Noam se relève et – aïe ! – se cogne contre le plafond trop bas pour rejoindre le sas d'entrée. Au pied de l'échelle d'accès, les neuf pilotes l'attendent, combinaison enfilée, casque à la main.

Tout ce qu'il reste des forces spatiales de la rébellion.

Neuf.

Noam prend son air le plus engageant.

— Prêts ? demande-t-il d'un ton qu'il veut confiant.

— Prêts, répondent en chœur ses coéquipiers.

En chœur, sauf Abergel, qui n'a pas desserré les dents.

— On décolle dans cinq minutes. Formation habituelle.

Il fixe du regard la jeune femme aux cheveux courts et aux yeux clairs, et termine :

— Je mènerai avec miss Sourire.

Les pilotes rompent, et chacun repart vers son appareil. Noam examine rapidement les vaisseaux alignés face à la baie de sortie, observe Abergel grimper dans son cockpit, puis retourne à l'intérieur de sa propre navette.

— Ça va aller, tu crois ? l'interroge Axiome.

— À merveille.

Noam tique. Certaines intonations d'Axiome lui semblent différentes, moins mécaniques.

Il referme les trappes laissées ouvertes, jette dans une caisse ses derniers tournevis puis s'installe aux commandes.

— Kerval à contrôle, adresse-t-il au poste de surveillance. Nous décollons.

— Bien reçu, répond une voix féminine. Bonne balade !

Le pilote abaisse son casque tandis que l'immense porte de métal pivote au bout du quai, leur donnant accès à la rampe de lancement. D'une légère traction sur le manche, Noam fait avancer sa navette. D'un coup d'œil, il s'assure que les autres le suivent vers la sortie, un air amusé sur le visage.

Il va voir ce qu'ils ont vraiment dans le ventre.

Les aéronefs percent le ciel de Chronon Galactics. En un V classique d'approche, elles piquent en direction du sol, laissant derrière elles les traînées blanches et roses des moteurs.

— AUCUNE ONDE RADAR RETOUR, annonce Axiome dans le cockpit. PERSONNE NE SEMBLE NOUS AVOIR DÉTECTÉS.

Noam hoche la tête tout en observant le désert. Près du pôle, la poussière scintille sous l'effet de cristaux de givre mélangés au sable. Des langues de glace brillent, parfois, sur des cols entre deux sommets. Les lumières rouges et or des deux soleils se mêlent au chatoiement des voiles de chronons, créant un peu partout dans le ciel des myriades d'étincelles de toutes les couleurs.

— Un beau matin, pas vrai ? lance l'un des rebelles sur le canal de communication.

— Un beau matin, oui, approuve Noam.

Il vérifie son radar – l'écho est toujours vide – et poursuit en direction de la chaîne montagneuse au nord, hérissée de pics.

— Passez en mode simulation, ordonne-t-il. Les cinq navettes de droite forment l'équipe Alpha. Les autres avec moi, l'équipe Delta. On va dans le labyrinthe face à nous.

Le dédale pierreux se rapproche de seconde en seconde, succession de coudes mortels, d'arches étroites et d'à-pics vertigineux.

Les yeux de Noam pétillent d'amusement.

— À mon signal... 5, 4,... Feu !

Avant même la première colline, son canon crache une salve de lasers faibles qui s'écrasent sur la coque d'un vaisseau.

— Tête de sable, t'as triché ! hurle le pilote.

— Parce que tu crois que les gars de Radendt vont la jouer réglo ? se moque Noam.

Il vire et plonge dans une crevasse étroite cachée des soleils. Au-dessus de lui, les navettes se sont séparées en deux groupes. Les tirs fusent, esquivés ou absorbés par les boucliers.

— Rappel numéro un : toujours être sur ses gardes, énonce-t-il.

Il active la furtivité, puissance maximale. Il sent la vibration des moteurs ralentir ; leur vrombissement, dans la cabine, devient un simple ronronnement. Sur son radar, Noam suit les assauts, les feintes et les acrobaties des équipes, occupées à attaquer et se défendre sans s'écraser sur l'un des pitons ou l'une des falaises.

Sato me tuerait si elle voyait ça.

— T'es là, capitaine ? appelle l'un de ses gars.

Noam s'élève et surgit du ravin. Sans attendre, il tire, touchant deux aéronefs adverses.

— T'étais où ? peste une pilote.

— Furtivité, s'amuse Noam.

À pleine puissance, il continue de monter vers le ciel. Le verre du cockpit se teinte pour atténuer l'éclat des soleils qui se reflètent sur la glace. Au milieu des lasers qui se croisent, il explique :

— On va devoir intervenir dans le désert mais aussi en ville.

Il vise une fois, deux fois, manque de peu ses cibles, plonge pour éviter les représailles, vire de justesse lorsqu'un rocher surgit devant lui.

— Le secret, c'est la réactivité. L'anticipation.

Il mitraille un flanc droit.

— Caillasse ! s'agace la pilote.

— Et la concentration, termine Noam.

Il redresse, passe à toute vitesse entre deux sommets enneigés.

— La partie la plus ardue, c'est CG-1, poursuit-il.

Il consulte les scores sur son écran. Les deux équipes sont au coude à coude.

Il grimace.

Trop touchées toutes les deux.

— Il faudra comme ici avoir les yeux partout : sur les radars, sur le terrain, vers le ciel, le sol. N'importe qui peut surgir de n'importe où.

Il appuie sur la gâchette, marque une nouvelle fois.

— Il peut s'agir de soldats de Radendt ou des nôtres.

Il crache une seconde salve.

— T'es mort, Steward, annonce-t-il d'un air placide.

— Vent de poussière ! s'agace le pilote.

— La décision de tirer ou pas se fait en une fraction de seconde.

Son bouclier clignote.

Les lèvres de Noam s'étirent.

Abergel l'a eu, alors qu'elle est dans son équipe.

Évidemment, elle l'a fait exprès.

— Et surveiller ses arrières, dit-elle.

— Tout juste, admet-il.

Il prend encore de la hauteur et s'élève au-dessus du dédale rocheux. Il admire un instant le paysage ocre et blanc, scintillant de milliers de chronons rouges, or, bleus ou verts ; la poussière qui, au loin, s'envole, poussée par le vent.

— On sera en infériorité numérique, alors c'est ça qui nous sauvera et nous fera avoir le dessus.

Il jette un regard derrière lui. Les autres appareils surgissent à leur tour du labyrinthe.

— Fin de l'exercice, annonce-t-il. En formation.

— T'y crois vraiment, capitaine ? demande l'un des pilotes. Qu'on va gagner ?

Il laisse passer un silence, ajoute :

— J'ai une compagne. Et un gamin de deux ans.

— T'es pas le seul, Liam, lui répond une voix féminine.

— Je sais. Mais ça n'arrive pas à m'enlever la trouille.

— La trouille, ça aide à survivre, intervient Abergel. Faut en avoir un minimum pour pas crever comme un colon tout frais.

Les mains de Noam se crispent sur ses commandes.

— Ta gueule, princesse, maugrée-t-il.

— M'appelle pas princesse. Et la mission sur la lune, c'était vraiment de la merde.

— Tu as raison. C'était un piège bien tendu, et je suis tombé dedans.

— Qu'est-ce qui nous dit que tu ne recommenceras pas ?

— Rien, admet Noam.

Il esquive au dernier moment un piton rocheux.

— C'est pour ça que vous devez toujours garder la tête froide et une part d'autonomie. Il y a les ordres, il faut les exécuter. Mais cela ne doit pas vous empêcher de réfléchir.

Il consulte son plan de vol, bifurque légèrement vers la droite. Derrière une longue plaine désertique, des collines rousses barrent la ligne d'horizon. Leur prochain exercice.

— Suivez-moi, commande-t-il.

Il revient au-devant de la formation et augmente les gaz.

— ORDRE PRIORITAIRE, annonce soudain la voix d'Axiome, interrompant la communication.

— D'où ? demande Noam.

— DE LA BASE. RETOUR IMMÉDIAT.

— Tu sais pourquoi ?

— ATTAQUE EN COURS. JE N'AI PAS LES DÉTAILS.

— Caillasse !

Noam rouvre le canal général.

— Fin de la mission, dit-il. On rentre tout de suite. Mode furtif.

— Mais..., commence Abergel.

— C'est un *ordre*.

Il lance les moteurs à fond, active les chronons sur son bouclier pour le dissimuler et, le visage sombre, file vers l'espace. Le ciel s'obscurcit rapidement derrière le verre du cockpit, le bleu se fonce, des premières étoiles apparaissent autour de l'anomalie, tache multicolore dans les ténèbres du cosmos. Noam vérifie d'un œil que le reste des navettes le suit et prend la direction de la base. Inquiet, il observe les radars longue et courte portées. Il ne détecte aucune activité près de la lune ni dans l'anneau de pierres qui entoure Chronon Galactics.

Un problème à CG-1 ? se demande-t-il.

Il atteint rapidement les premiers astéroïdes et commence à se faufiler dans la ceinture, imité par ses coéquipiers aussi silencieux que lui.

— NOAM ? appelle Axiome.

— Ouais ?

— J'AI LE MÊME ÉCHO RADAR QUE L'AUTRE JOUR.

Le pilote fronce les sourcils.

— L'autre jour ? répète-t-il, espérant avoir mal compris.

— ÇA VIENT DE L'ESPACE PROFOND, AUX CONFINS DU SYSTÈME.

— L'attaque de Radendt ?

— JE NE CROIS PAS. JE DÉTECTE TROIS SIGNAUX, MAIS TÉNUS, QUI SEMBLENT IMMOBILES.

— Navettes ?

— NON. BEAUCOUP PLUS GROS.

Noam tique, vérifie sa position – il n'est plus qu'à quelques minutes de la base – et se décide.

— Rentrez sans moi, dit-il. Je vous rejoins dès que je peux. On se retrouve au mess. Et, sur le chemin du retour, soyez sur vos gardes. C'est important. Compris ?

— À vos ordres, répondent en même temps plusieurs voix qui se mélangent.

— Fin de la communication.

Noam coupe tout contact avec ses coéquipiers et avec la base, règle ses moteurs à pleine puissance puis, suivi d'une longue traînée lumineuse, s'extrait de la ceinture d'astéroïdes en direction des vaisseaux détectés par Axiome.

44

D'innombrables étoiles scintillent, partout. Des jaunes, des bleues, des blanches. Des rouges. Quelques-unes orange. Entre elles et autour d'elles, des nuages de gaz titanesques de toutes formes illuminent le cosmos de pourpre et de vert, de bronze et de rose.

— Je ne m'en lasserai jamais, murmure Noam pour lui-même.

— C'EST INCROYABLE, EN EFFET, renchérit Axiome.

— Tu les vois, toi aussi ? s'étonne le pilote.

— PAS COMME TOI. J'AI DES RECONSTITUTIONS À PARTIR DES CAMÉRAS THERMIQUES ET DES RADARS CHIMIQUES. LES COULEURS NE SONT SANS DOUTE PAS EXACTEMENT IDENTIQUES, MAIS LE SPECTACLE EST LÀ. MÊME POUR MOI.

L'IH reste un instant silencieuse puis, d'une voix hésitante, ajoute.

— JE CROIS QUE JE ME SOUVIENS.

Le cœur de Noam se met à battre plus vite.

— Tu réussis à réparer les zones défectueuses de ta mémoire ?

— JE RÉCUPÈRE PEU À PEU DES BRIBES D'INFORMATION, DES IMAGES PARTIELLES. SUR L'UNE D'ELLES, JE VOIS LE CIEL DEPUIS CHRONON GALACTICS. LE SOL EST COUVERT DE POUSSIÈRE, CE DOIT ÊTRE LE DÉSERT. IL Y A DES ROCHERS, ET TOI. PLUS JEUNE.

Noam l'écoute, la gorge serrée.

— Je crois qu'il y a ta main dans la mienne. Et le silence. Je n'entends rien.

Le haut-parleur grésille.

— C'est tout.

— On… on partait très souvent tous les deux, la nuit. On ne se lassait pas d'admirer les étoiles et les constellations. On chassait les météorites dans le ciel. Celui qui en voyait le plus gagnait.

— Gagnait quoi ?

Noam sourit.

— Le droit d'embrasser l'autre.

À nouveau, le silence emplit la cabine de navigation.

— Cela fait quel effet, d'embrasser ?

— C'est doux. Doux et chaud. Et humide ! termine Noam en riant.

Il vérifie d'un œil que les radars ne détectent aucune poursuite, aucun traçage, puis reprend :

— Ça réchauffe le corps, partout. Les joues, le front. Le cœur. Le ventre.

Il ajoute, gêné :

— Plus bas aussi.

— Je ne me souviens pas qu'on ait fait l'amour.

— C'était beau, tendre… et brûlant. On adorait ça.

— Tu dis *on*.

— Oui. Je… Un réflexe.

— J'ai… une sensation glacée, Noam. Je n'ai pas de corps et pourtant je me sens gelé. Et rien, rien ne peut me réchauffer. C'est… terrifiant, je crois.

Noam veut répondre mais est interrompu par une violente quinte de toux, plié en deux au-dessus des commandes.

— Ta tension monte, remarque Axiome, de l'inquiétude dans sa voix synthétique. Ton taux de cortisol augmente et…

— C'est… bon, le stoppe le pilote.

Il se redresse, reprend sa respiration et passe la main sur son menton trempé.

Une mince traînée de sang macule ses doigts.

Poussière…

Il s'essuie aussitôt, mal à l'aise, avant de se souvenir qu'Axiome n'est pas *vraiment* là. Qu'il n'y a pas de caméra dans le cockpit.

Il ne peut pas savoir.

— TOUT VA BIEN ? s'inquiète l'IH. TON POULS EST TOUJOURS ÉLEVÉ.

— Arrête, s'il te plaît, lui demande le pilote.

— COMME TU VOUDRAS.

Noam s'assure d'un coup d'œil qu'il n'y a pas d'autre trace de sang sur la console ou ailleurs que sur sa combinaison.

Il faudra qu'il en parle à Éléonore.

Quelques jours, ou quelques semaines.

— Ça roche, marmonne-t-il.

— TU AS DIT QUELQUE CHOSE ?

— Non, rien.

Il repositionne ses mains sur les commandes de la navette, vérifie la distance qui le sépare du dernier écho radar détecté.

— Combien de temps avant notre arrivée ? demande-t-il.

— SEPT MINUTES ET DOUZE SECONDES.

Par précaution, Noam intensifie la puissance du camouflage chronotique.

— Toujours trois bâtiments ?

— TOUJOURS, OUI. MAIS LEUR SIGNAL EST FORTEMENT BROUILLÉ.

— On va vite savoir ce qu'il en est…

Le pilote s'assure que les canons sont opérationnels, que les torpilles à chronons sont déverrouillées et se cale dans son siège, les yeux rivés sur l'espace devant lui.

— CINQ MINUTES ET VINGT-HUIT SECONDES.

Noam détend ses doigts qu'il repositionne aussitôt sur les commandes. Il fouille le vide stellaire, ne discerne rien, rien du tout. Il appuie sur la manette de direction et fait pivoter le vaisseau. Au loin, l'anomalie chronotique apparaît avec, plus loin dans son prolongement, le halo argenté, zébré d'éclairs du trou de ver, porte vers la Terre et les autres colonies.

Il ralentit.

— QU'EST-CE QUE TU FAIS ? lui demande Axiome.

— Je pense qu'ils sont par là.

— LES RADARS NE DÉTECTENT RIEN, objecte l'IH. D'APRÈS MES CALCULS, ILS DEVRAIENT PLUTÔT SE TROUVER AUTOUR DE LA POSITION QUE J'AI PROGRAMMÉE.

— Mais ils n'y sont pas.

Il diminue encore sa vitesse d'une poussée inverse des moteurs et explique :

— L'anomalie perturbe les radars à cause de l'activité des chronons. Le trou de ver émet son lot d'interférences lui aussi. Si on ne les détecte pas, c'est qu'ils sont entre les deux.

— STATIONNAIRES ? s'étonne Axiome.

— Je ne vois pas d'autre interprétation.

— QU'EST-CE QUI POURRAIT AMENER DES VAISSEAUX À RESTER ICI, CAMOUFLÉS ?

Noam songe aux renforts extérieurs promis par Torres, aux doutes de Kay.

Et si la réponse se trouvait quelque part devant lui ?

— Je ne sais pas, ment-il.

Il déteste ça, mais Kay ne lui pardonnerait pas s'il partageait leurs soupçons au sujet de la commandante.

— AUCUN SIGNAL, NULLE PART, insiste l'IH.

Et si même Axiome... ?

Noam secoue la tête pour se débarrasser de cette idée.

Non, pas lui.

— JE BALAIE SUR UN FAISCEAU LARGE POUR M'ASSURER QUE...

— Là-bas ! l'interrompt Noam.

Il s'est à moitié redressé sur son siège, la main tendue en direction d'un minuscule halo brillant à mi-chemin du trou de ver et de l'anomalie.

— JE NE DÉTECTE RIEN, dit Axiome après quelques secondes.

Noam se rassied, modifie sa trajectoire et rentre les nouvelles coordonnées.

— Il y a deux... non, trois points lumineux, annonce-t-il, les yeux plissés.

— TU NE CONFONDS PAS AVEC DES MÉTÉORITES ?

— Non. Je suis sûr de moi.

Il augmente la précision de la verrière du cockpit. La zone en face de lui s'agrandit.

— Et voilà, murmure Noam.

Ils sont trois, trois vaisseaux immenses, chacun aussi long et large que l'astroport de CG-1, hauts de plusieurs dizaines d'étages.

— ÇA Y EST, annonce Axiome. JE LES DÉTECTE.

Il intègre les données qu'il reçoit et poursuit :

— TROIS CARGOS, CLASSE IV. D'APRÈS LEUR IDENTITÉ ATOMIQUE, ILS VIENNENT D'HORIZON ET SERVENT AU TRANSPORT DE MARCHANDISES. ILS ASSURENT LE RAVITAILLEMENT DE LA COLONIE DU TRIUMVIRAT EN CHRONONS.

— Dans ce cas, qu'est-ce qu'ils sablent ici, cachés au milieu de nulle part ⸮

— AUCUNE IDÉE, admet Axiome.

— Tu peux essayer de déceler des modifications de leur structure ⸮

— TU CHERCHES QUELQUE CHOSE EN PARTICULIER ⸮

— Armement.

L'IH lance les ondes radar, analyse les retours.

— NÉGATIF.

— On va aller voir de plus près, alors, déclare Noam.

Il augmente légèrement la puissance des moteurs. Les points lumineux au loin grossissent de seconde en seconde, se transforment en grain clair, en éclat argenté de la taille d'un ongle, en pièce métallique puis enfin révèlent leur forme oblongue au milieu de laquelle s'élève, en surplomb, la tourelle de pilotage.

— Ce sont bien des cargos d'Horizon, je les reconnais, dit Noam. Ils sont lents, moches et absolument pas maniables.

— DONC ⸮

— Donc on s'approche encore pour vérifier.

— LE SYSTÈME FURTIF DE LA NAVETTE EST FIABLE ⸮ s'inquiète Axiome.

— Normalement..., lâche Noam, concentré.

— C'EST RASSURANT.

— Ne te plains pas. Toi, tu ne risques rien, tu n'es pas vraiment là. Moi, si.

— Je n'ai pas envie que tu meures, Noam.

Le pilote ouvre la bouche.

La referme.

Les vaisseaux du Triumvirat continuent de grossir de l'autre côté de la verrière du cockpit, révélant leur ligne épaisse, leurs soutes renflées, leur pont bardé de bras mécaniques aussi larges qu'un immeuble de la Terre.

— Je ne détecte toujours rien, annonce Axiome.

Noam ne répond pas, focalisé sur les navires.

— Il y a forcément quelque chose, murmure-t-il. Sinon, ils ne se seraient pas dissimulés, ici.

— Peut-être attendent-ils juste l'autorisation de se mettre en orbite ?

— La zone tampon est proche de Chronon Galactics, à deux distances lunaires. Ici, ils doivent utiliser beaucoup d'énergie pour contrer les flux de particules, et...

Il tressaille dans son fauteuil.

— J'ai trouvé, sourit-il.

Il lève les doigts devant lui et commande le zoom. Le premier navire s'agrandit jusqu'à prendre tout l'espace vitré comme s'il n'était qu'à quelques kilomètres à peine.

— Regarde, dit Noam à l'IH, comme si cette dernière avait des yeux.

Sans remarquer son erreur, il poursuit :

— Des sas ont été ajoutés sur la coque.

Il grimace.

— Trop étroits pour des navettes. Parfait pour des canons. Il y en a...

Il compte rapidement.

— Une dizaine. Et de chaque côté, sans doute.

Il siffle.

— Ce bâtiment est en réalité un gigantesque bombardier, comme les autres certainement. Ça ne me dit rien qui vaille.

Préoccupé, il fait pivoter son astronef et, augmentant la puissance moteur, s'éloigne des trois cargos.

— Axiome ? appelle-t-il.

— JE T'ÉCOUTE.

— Ne répète à personne de ce qu'on vient de voir, d'accord ?

— COMME TU VOUDRAS.

Zulmira

6 mois plus tôt

La nuit est tombée depuis longtemps sur Chronon Galactics. Zulmira marche seule dans le désert, les lumières de CG-1 face à elle. La commandante a quitté la base sans un mot, a caché sa navette non loin dans une cavité rocheuse.

Son cœur bat plus vite que d'habitude.

Elle vérifie sur son bracelet les coordonnées qu'elle a enregistrées, bifurque légèrement pour se diriger vers la colline de pierre un peu plus haute que les autres.

C'est là-bas.

Elle fouille l'obscurité, ne décèle aucune silhouette, pas un véhicule. Pas un mouvement.

Les battements s'accélèrent dans sa poitrine.

Elle escalade rapidement le versant rocheux, puissante et athlétique dans sa quarantaine bien avancée, et s'immobilise, soulagée.

Une forme est assise, de dos, observant les lueurs de la ville.

— Je suis là, annonce-t-elle au travers du micro de sa carapace.

L'homme se retourne. Sa visière levée révèle ses traits usés, sa barbe grisonnante, les rides de son front, autour de son nez. Ses yeux, eux, brillent.

Il sourit.

— J'avais peur que tu ne viennes pas, avoue-t-il.

— Je t'avais promis.

Elle le rejoint et s'assied juste à côté, carapace contre carapace.

— C'est beau, n'est-ce pas ? dit-elle, observant les lumières pâles de CG-1 sous celles mêlées de la lune, des étoiles et même de l'anomalie qui scintille de mille couleurs au-dessus d'eux. Tellement différent des paysages du Portugal...

Il hoche la tête.

— Tu te souviens quand on est arrivés ?

Elle éclate d'un rire rauque.

— La trouille ! La trouille que j'avais ! Je crois que si tu n'avais pas été là, je me serais cachée n'importe où dans le cargo pour revenir sur Terre.

— Moi aussi.

— Quoi ? s'étonne Zulmira. Le grand *et* valeureux *et* intrépide Carloman a eu peur ? Tu ne me l'avais jamais dit !

— C'était pour t'impressionner.

Elle le bouscule gentiment de l'épaule et lui se laisse faire, les yeux plus brillants encore.

— C'était il y a si longtemps, Zul...

— Oui...

Ils se laissent envelopper par le silence. Leur regard erre sur la ville, les toits élevés des entrepôts, les flashs intermittents de l'astroport, les projecteurs au sommet de la forteresse ; sur le désert au sable rendu presque bleu par l'obscurité, sur leurs mains si proches ; sur la nuit qui a tout englouti, tout effacé, comme s'ils ne restaient qu'eux deux dans tout l'univers.

— Les années ont été dures, murmure Carloman. Elles ont été dures pour nos espoirs, nos rêves. Tout ce qu'on avait imaginé construire ensemble.

La gorge nouée, Zulmira songe au bloc de pierres ocre, au sourire de Carloman, à ses bras, ses yeux.

Au petit corps sans vie qu'ils avaient fait naître.

— On a payé cher tout ça, Zulmira. Trop cher.

Carloman ouvre sa paume, à côté, juste à côté des doigts de Zulmira.

— J'ai trouvé un moyen de retourner sur Terre. Tous les deux.

La commandante tressaille imperceptiblement.

— Un vaisseau pourra nous emmener. J'ai suffisamment d'argent pour qu'on puisse tout recommencer là-bas, qu'on puisse alléger nos peines. Un nouveau départ, loin d'ici, où les espoirs sont restés vains.

Il se tourne vers la cheffe des rebelles.

— Radendt est trop puissant, Zulmira. Il vous écrasera un jour ou l'autre, quand il l'aura décidé, sans que vous ne puissiez rien y faire. C'est comme ça.

Carloman pose doucement sa main sur celle de Zulmira.

— Je t'en supplie, abandonne ce combat désespéré et viens avec moi.

45

L'astéroïde semblable à cent mille autres se rapproche jusqu'à occuper l'intégralité de la verrière du cockpit.

— Coupe les boucliers et inverse les moteurs, demande Noam.

Immobile sur son siège, le pilote examine la roche qui abrite la base rebelle, fouille les cratères, les ombres, sourcils froncés.

— FAIT, répond Axiome.

Le vrombissement des turbines s'atténue et la navette entame la dernière partie de son trajet dans le silence absolu de l'espace.

— UN PROBLÈME ? s'enquiert l'IH.

— Pas encore, je crois.

— TU SONGES À L'ATTAQUE ?

Il hoche la tête, sans penser qu'Axiome ne le voit pas.

— La base semble indemne, mais l'alerte a quand même été donnée.

— JE VAIS FINIR PAR CROIRE QUE LES RADARS NE SERVENT À RIEN, peste Axiome.

Noam sourit.

— Les cratères de la surface sont ouverts. C'est rarissime. Ils cachent des canons ultra-puissants à quelques kilomètres de profondeur. Les ondes chronotiques empêchent leur détection.

Noam réactive les canaux de communication qu'il avait coupés avant de partir à la recherche des vaisseaux d'Horizon.

— … nouvelle fois, répondez-nous.

— C'est moi que vous appelez ? demande Noam d'un ton détaché.

— Je… capitaine Kerval ? s'étonne l'officier radio.

— En personne.

— Je tente de vous contacter depuis vingt-sept minutes, capitaine, je…

— Avarie mineure, prétend le pilote. Je viens tout juste de trouver la panne. Les autres navettes sont bien rentrées ?

— Affirmatif. Capitaine, vous êtes attendu de toute urgence en salle tactique.

— C'est grave ?

— Aucune communication ne m'a été faite. Mais c'est prioritaire.

Le pilote se rembrunit.

— Atterrissage autorisé baie 17, termine l'officier.

Un pli soucieux sur le front, Noam reprend les commandes de l'astronef et le fait bifurquer légèrement. L'astéroïde n'est plus qu'à quelques dizaines de kilomètres quand une partie du sol rocheux s'escamote, révélant dessous une plateforme d'appontage. Noam lance le pilotage automatique, désamorce les sécurités de vol, les radars et les systèmes de défense puis, paré, attend la fin de la manœuvre. La navette descend les derniers mètres et se pose en douceur. La porte se referme au-dessus d'elle, la coupant de l'espace et des étoiles. Le voyant de sortie s'illumine d'un rouge vif le temps que la pressurisation se fasse et que l'aéronef soit tracté à l'intérieur de l'astéroïde. Le couloir de décollage défile de chaque côté du cockpit, les lumières du hangar apparaissent au loin, se rapprochent et, enfin, le vaisseau s'immobilise dans un claquement métallique.

Noam bondit de son siège et émerge de son appareil.

L'activité est aussi fébrile qu'à son départ. Les robots s'affairent à leurs chargements, les mécaniciens s'échinent autour des navettes, les ingénieurs discutent, rient ou font le tour des vaisseaux d'un air concentré.

Rien d'anormal en apparence.

— Dépêchez-vous, capitaine, le relance l'officier radio dans son communicateur.

Noam rejoint à grands pas le sas de décontamination. Il a tout juste refermé derrière lui que le robomédic déclare :

— Décontamination annulée. Vous pouvez poursuivre.

Qu'est-ce qu'il se passe ?

Noam voit la diode au-dessus de la sortie s'illuminer de vert. Surpris, il se défait rapidement de sa combinaison de pilotage et pénètre à l'intérieur de la base.

Il remonte les coursives à grands pas jusqu'à la salle tactique, dont les portes s'ouvrent à son arrivée.

Contrairement à leurs habitudes, les capitaines de la rébellion ne sont pas assis à la grande table, mais regroupés dans un coin de la pièce devant une sphère holographique ocre parsemée de quelques taches blanches et de plusieurs points rouges clignotants, tous de taille différente.

Caillasse...

— Je disais donc : les assauts terrestres sont nombreux, et ciblent toutes les zones de la planète. CG-1 en priorité, bien sûr, mais aussi certains de nos entrepôts ainsi que plusieurs campements de réfugiés dans le désert, qui ont dû être abandonnés à la hâte.

Le cœur de Noam fait un bond dans sa poitrine.

Ana ! Papa !

Il croise le regard de Kay, debout entre Smith et Gorski, qui le rassure d'un mouvement de la tête.

— Il n'y a pour l'instant aucun signe d'assaut aérien ou spatial en dehors de nombreux vols de reconnaissance.

— C'est la réplique de Radendt à notre intrusion dans la forteresse et le sabotage de ses combinaisons ? imagine Gorski.

L'ingénieur en chef ne cache pas son appréhension.

— C'est probable, admet Torres, et nous y étions préparés. Mais sa réaction est plus violente et bien plus structurée que prévu. Dabo penche sur un plan élaboré de longue date.

Noam fronce les sourcils, cherche la femme aux tresses grises mais ne la voit nulle part. Pas plus qu'Éléonore.

— Une idée de nos pertes ? s'inquiète Smith.

— Pour le moment, deux caches de sphères et un stock d'armes détruits, six blessés, aucun décès, heureusement. Mais l'impact et la pression sont très forts sur la ville.

— Comment ça ? intervient Noam.

D'un geste des doigts, la commandante zoome sur CG-1. Les points rouges se multiplient au fur et à mesure que les rues et les avenues s'affichent, formant un cercle presque parfait.

— Les patrouilles ont encore augmenté en nombre, explique Torres. On estime que presque la totalité des soldats de Radendt y sont occupés.

Kay laisse échapper un sifflement surpris.

— Elles passent au peigne fin chaque bloc, interrogent chaque habitant, poursuit Torres.

Un silence consterné accueille les informations de la commandante.

— C'est pour ça que Dabo n'est pas avec nous ? s'enquiert Noam.

Torres acquiesce.

— Quand est-ce que l'opération a démarré ? intervient Kay.

— Il y a un peu plus de trois heures.

— Une idée de ce qu'ils cherchent ?

— Nous détruire pour de bon, cette fois.

— S'ils découvrent l'ensemble de nos caches d'armes et de chronons, nous sommes en effet perdus, lâche Gorski.

— Même chose s'ils emprisonnent nos soutiens en ville, ajoute Smith.

— S'ils ne font pas pire, termine Noam, se souvenant du corps de Duchamp, l'assistant de l'émissaire Wu, suspendu à un gibet.

Tous se taisent à nouveau, les yeux rivés sur une Torres pensive.

Et les vaisseaux d'Horizon dans tout ça ? s'interroge Noam.

Il voudrait en parler avec Kay, savoir quoi dire, quoi faire, mais impossible d'aborder le sujet en présence de la commandante.

— Qu'est-ce qu'on décide ? demande Gorski. On descend pour aider ceux restés au sol ?

— Non. C'est certainement ce qu'espère Radendt. Il ne faut pas tomber dans son piège.

— Mais on ne peut pas laisser les gens se faire massacrer et nos stocks être détruits sans rien essayer ! s'exclame Kay.

— Évidemment.

— Qu'est-ce que tu proposes, alors ? s'enquiert Noam, tentant de masquer sa méfiance.

La commandante réduit le zoom pour afficher les alentours de la ville, où clignotent plusieurs points bleus.

— J'ai déjà échangé avec Dabo, qui coordonne un repli des personnes les plus exposées, que ce soit des agents à nous, des indicateurs ou des partisans, vers certaines de nos caches du désert.

— Et les réserves d'armes et de composants ? s'inquiète Gorski.

Torres se tourne vers lui.

— Avec tout ce qu'ils ont pu emporter, précise-t-elle.

Elle revient à la carte et poursuit :

— Chacun de ces points bleus représente un groupe de réfugiés. Ceux partis du nord de CG-1 se dirigent vers Solitude, ceux du sud et de l'est se rendent dans l'ancienne colonie de CG-2, les autres dans les cavernes des Montagnes Brunes. Ils y seront en sécurité.

— Tant que Radendt ne les trouve pas là-bas également, intervient Kay. Qui nous dit qu'il ne les trace pas comme nous le faisons ?

— Tout ça dépend de toi, réplique Torres.

Kay sourcille.

— Personne ne doit percer nos systèmes dans les jours à venir. Absolument personne. C'est véritablement une question de vie ou de mort.

L'ingénieur échange un regard inquiet avec Noam.

— Si ce n'est que ça, alors ils ne risquent rien, dit-il.

— Je n'en doute pas, lui répond-elle.

— Et aucun signe d'attaque spatiale ? insiste Noam.

Des navettes cachées dans les vaisseaux d'Horizon pourraient très bien grossir les forces de Radendt et, à elles toutes, faire un blocus de la planète ou bombarder les positions si elles étaient découvertes ou…

— Aucune, mais cela ne veut rien dire.

Les mains sur les hanches, elle poursuit à l'intention du pilote :

— Nos navettes doivent quitter la base au plus tôt, et quand je dis au plus tôt, c'est d'ici quelques heures maximum.

Noam hoche la tête, l'esprit en ébullition.

Partir pour anticiper un encerclement de Chronon Galactics qui les empêcherait d'intervenir au sol, partir pour éviter que la base finisse par être détectée si les appareils rebelles venaient à être tracés, ou bien pour laisser l'astéroïde plus facilement attaquable ?

— Je crains que Radendt ne lance une nouvelle exploration de la ceinture. Il faut également assister ceux qui fuient CG-1. Enfin, les campements qui vont les accueillir n'auront jamais suffisamment d'eau ou de vivres pour ce surplus de population, nous devons leur en apporter.

— On a de quoi les aider ici ? demande Gorski.

Elle opine de la tête.

— Il sera nécessaire de piocher dans nos réserves stratégiques. Mais nous n'avons pas le choix.

— Je vais avertir mes hommes de l'arrêt des préparatifs pour la bataille, annonce Smith.

— Surtout pas ! objecte Torres.

Noam écarquille les yeux.

— Tu… tu comptes maintenir l'assaut ?

— Bien sûr, répond-elle fermement.

Les capitaines rebelles se dévisagent, surpris.

— C'est de la folie ! tempête Gorski. Zulmira, déjà avant cela je trouvais ton plan trop risqué, mais maintenant…

— C'est justement maintenant ou jamais, le coupe la commandante. On organise le repli des plus exposés, mais on revient aussitôt en position comme c'était prévu. Radendt ne songera certainement pas à devoir se défendre alors qu'il nous pousse dans nos retranchements. La surprise sera notre meilleure alliée. On poursuit plus que jamais l'opération.

— Mais observe cette fichue carte ! s'écrie Gorski, désignant l'holo qui continue de tourner. Ils nous traquent, partout, sur toute la planète, en ville comme dans le désert ! Même ici, nous ne sommes peut-être plus à l'abri !

Il secoue la tête, agacé, ajoute :

— Je ne parle pas de moi, de nous, mais de tout ce qu'on a construit ! Si cette base venait à être détruite, jamais nous ne pourrions nous en relever !

— Je sais tout ça, répond Torres.

— Gorski a raison, renchérit Noam.

Il vérifie rapidement que Kay n'est pas en train de le fusiller du regard – la commandante ne doit certes se douter de rien, mais c'est plus fort que lui ! – et poursuit :

— Il faut sauver les nôtres, tous les nôtres avant de partir à l'assaut de CG-1.

— Vous ne comprenez pas, insiste Torres. C'est *justement* ce qu'attend Radendt pour nous écraser.

Elle revient à la carte, pendant quelques instants observe les points bleus, rouges et blancs se déplacer, de nouveaux cercles de couleur apparaître, certains disparaître.

— Il nous a tolérés quelques années pour mieux justifier sa mainmise sur la planète, mais c'est fini. Il est arrivé au bout de son plan, n'a plus besoin de nous. Il va nous éradiquer, et ce n'est que le début.

— Qu'est-ce qui te fait dire ça ? demande Noam, d'une voix où perce la suspicion.

Sans remarquer son ton, la commandante explique :

— Jamais il n'a déployé autant de forces. Comme je l'ai déjà dit, tous ses soldats sont mobilisés à nous traquer.

Elle se tourne vers les capitaines de la rébellion, ceux qui l'accompagnent depuis tant d'années, l'ont suivie dans tant de combats.

— La surprise. L'imprévu. Jamais nous n'aurons d'autre ni de meilleure opportunité. Et nous avons des alliés, je vous le rappelle.

Les fameux alliés dont elle refuse de nous parler…, songe Noam. *Un piège ?*

— Je suis désolé, commandante, conclut Gorski d'un air grave. Je maintiens que c'est de la folie. Si tout le monde te suit, je te suivrai, je ne vous abandonnerai pas. Mais c'est du suicide.

— Je respecte ta position, bien sûr, déclare-t-elle.

Elle se tourne vers l'ingénieur.

— Kay ? demande-t-elle.

Celui-ci affiche un sourire crispé. Évitant soigneusement de regarder Noam, il dit :

— Tu m'as convaincu. Je suis OK.

Caillasse !

— Smith ? poursuit la commandante.

Les mains serrées dans le dos et plongé dans ses pensées, le responsable des unités motorisées laisse malgré lui planer le suspense, visiblement hésitant.

— Je…

Il secoue la tête.

— Allons-y, lance-t-il comme on se jette à l'eau.

Torres se fend d'un sourire soulagé.

— Ni Dabo ni Orcane ne sont présentes. Quoi que tu votes, Noam, la décision collégiale est une fois encore prise : nous maintenons l'assaut. Tu es quand même avec nous ?

Le pilote acquiesce par automatisme, soucieux.

— Je m'occupe immédiatement du ravitaillement des refuges et du départ des navettes de la base, annonce-t-il. J'établirai un poste de commandement au sol afin que nous puissions poursuivre l'organisation de l'attaque et des couvertures aériennes.

Il dévisage un à un ses compagnons, et ajoute :

— Je ne sais pas quand je vous reverrai. Prenez soin de vous.

Il se force à sourire et conclut :

— Rendez-vous après la victoire.

46

La contre-attaque de Radendt et le maintien de l'assaut final ont été annoncés à toute la base. L'activité déjà dense dans les salles d'entraînement, de briefing et sur les docks s'est muée en frénésie. Un peu partout, les rebelles courent, se croisent ou s'encouragent, qu'ils soient techniciens ou chargés des communications, infirmiers ou tireurs d'élite, agents d'infiltration ou soldats.

L'ambiance n'est pas la même dans les vestiaires des pilotes. Noam, Abergel, Moose et leurs coéquipiers se déshabillent en silence, les visages graves, échangeant leurs vêtements habituels contre leurs tenues de pilotage bardées de connecteurs corporels, d'accès distants aux canaux com et de détecteurs chronotiques.

— Je ne te pensais pas si atteint que ça, grommelle Abergel.

Noam tressaille et se retourne. La jeune femme fixe sans gêne son corps râblé et musculeux, à la peau constellée de marques blanches. Noam hausse les épaules et enfile sa combinaison rapidement.

— Mon grand frère travaillait dans les entrepôts de Radendt quand j'étais gamine, poursuit Abergel.

Elle se détourne de Noam pour continuer de se préparer, abandonnant son t-shirt et son pantalon gris pour la même tenue bleu et or que ses compagnons.

— Il avait presque autant de taches que toi sur le corps. Il en est mort, il n'avait pas vingt ans.

La jeune femme plante de nouveau ses yeux dans ceux de son capitaine, et termine :

— Il te reste combien de temps ?

— Suffisamment, répond Noam. Maintenant, on passe à quelque chose de plus important.

Il s'assure que tout le monde l'écoute dans le vestiaire et poursuit :

— On va se diviser en trois groupes. Le premier, conduit par Sibanda, se rendra à l'ancien site de CG-2. Plus d'une centaine de réfugiés y sont attendus. Il faudra sécuriser la fin de leur trajet depuis CG-1, décharger les soutes de vos navettes dans les entrepôts là-bas et patrouiller, jour et nuit, afin d'anticiper toute attaque de Radendt. Les plans de vol sont déjà dans vos ordinateurs de bord.

Sibu Sibanda acquiesce d'un hochement de tête.

— Fellous, poursuit Noam, tu iras de ton côté dans les cavernes des Montagnes Brunes à la tête de la seconde escouade. Même programme.

— Et moi ? grince Abergel. Je n'ai aucun commandement ?

— Tu viens avec Moose et moi à Solitude.

— C'est une punition ?

— Non. C'est l'endroit le plus près de CG-1. J'ai besoin de toi, là-bas, même si tu m'enroches la tête, parce que tu es la seule à pouvoir me coller aux moteurs quand je prends les virages les plus dingues. Les IA ont calculé que s'il devait y avoir une attaque, elle pourrait viser Solitude.

Il s'approche de la jeune femme.

— Je ne compte pas mourir avant qu'on ait gagné cette roche de bataille, princesse.

— Ne m'app...

— Alors arrête de me chercher, la coupe Noam.

Il jette un regard aux autres membres de l'équipage. Tous sont prêts et patientent, gênés, qu'il ait terminé avec Abergel.

— On y va, conclut-il.

Il quitte le vestiaire en direction de la baie de décollage. Il entend derrière lui le bruit des bottes sur le sol, quelques murmures échangés, un rire étouffé, des mains qui claquent sur des dos amis. Les pilotes longent le couloir jusqu'au pont où les attendent leurs navettes alignées les unes à côté des autres. Noam rejoint son vaisseau, le seul au fuselage noir, et, avant de pénétrer à l'intérieur, se retourne.

Ismaëlle Abergel est en face de lui, au pied de son aéronef.

— Merci, lui dit-il.

Elle l'ignore et monte le long de sa propre échelle.

Noam lève les yeux au ciel.

Son appareil est envahi de caisses, de sacs et de coffres métalliques, arrimés ou attachés partout où cela est possible, tous remplis de barres nutritives ou d'eau.

— T'as une estimation du poids ? demande Noam à voix haute, tout en se dirigeant vers le cockpit.

— PRÈS DE TROIS TONNES ET DEMIE, répond Axiome.

— Impact sur la conduite ?

— LA MANIABILITÉ VA ÊTRE RÉDUITE DE DOUZE POUR CENT. LA VITESSE MAXIMALE NE SERA PAS IMPACTÉE.

— Du nouveau sur les radars ?

— NÉGATIF. LES ASSAUTS DE RADENDT RESTENT CONCENTRÉS AU SOL.

— Ce n'est pas normal.

— JE SUIS D'ACCORD AVEC TOI.

Noam s'installe dans son siège. Ignorant les colis qui, là aussi, occupent chaque recoin disponible, il allume successivement les moteurs, le navigateur, l'ordinateur secondaire et les canaux de communication. Les diodes, les boutons et les ampoules s'éclairent les uns après les autres et le doux ronronnement des turbines envahit rapidement la cabine.

— Tu pense que les vaisseaux d'Horizon pourraient dissuader Radendt d'utiliser ses navettes ? demande Axiome.

— Possible, répond Noam.

Il vérifie le plan de vol, les portes des baies de décollage toujours fermées – elles devraient s'ouvrir d'ici quelques minutes –, la pressurisation de l'habitacle et l'état de chargement des canons et des boucliers.

Il appelle sur le canal personnel de Kay.

— Salut, l'accueille ce dernier.

Sa voix est aussi distante que doit l'être son attention.

— Décroche de ce que tu es en train de faire, s'il te plaît, demande Noam.

— Urgent ? Ce roche de réseau me résiste et je déteste ça.

— Urgent, confirme le pilote.

Un long soupir résigné sort des haut-parleurs.

— Je t'écoute.

— Je peux parler ?

Un bip résonne dans la cabine.

— Maintenant, c'est bon.

— Il y a des vaisseaux d'Horizon à la limite du système, annonce sans ambages Noam.

Un silence sidéré accueille sa révélation.

— Tu… tu es sûr de toi ?

— Je les ai vus de mes propres yeux, Kay.

— Caillasse…

— Tu l'as dit.

— C'est pour ça que tu es arrivé en retard à la réunion et que tu avais coupé toute communication ?

— Ouais.

— Caillasse…

— Tu te répètes…

Il vérifie d'un œil autour de lui que son escadre est prête et que les lampes d'ouverture de la baie sont toujours allumées.

— Décollage moins quatre minutes, annonce Axiome.

— On est d'accord qu'Horizon n'a aucune raison de s'allier avec nous ? regrette Noam.

— À moins d'un exploit de Torres, qui finalement ne nous aurait pas trahis. J'en doute.

— Et je ne vois pas ce qu'ils feraient à l'autre bout du système si ce n'est se cacher de nous. Radendt a bien un satellite braqué sur la sortie du trou de ver, n'est-ce pas ?

— Évidemment.

— Ils auraient pu brouiller son radar ?

— Pour cela, il faudrait réussir à le pirater.

— Ils auraient pu ?

— Non, répond sèchement l'ingénieur.

Il claque la langue d'agacement et poursuit :

— Franchement, je sais que je suis parmi les meilleurs. Je manque bien sûr d'outils, d'IA plus performantes que ces vieux programmes ensablés que j'ai pu récupérer à droite à gauche, mais les réseaux de la forteresse sont très fortement protégés.

— Il est donc plus probable qu'ils soient avec Radendt, conclut Noam.

— En effet.

— Donc, soit Torres a bel et bien trahi, soit...

— ... soit ses soi-disant alliés ne sont pas encore arrivés.

Noam entend le poing de Kay qui s'abat sur sa table de travail.

— Roche de caillasse !

— Si c'est aussi complexe que ça, Axiome pourrait peut-être...

— Je suis désolé, Noam, le coupe Kay. Je ne lui fais pas encore confiance.

Le pilote réfrène l'irritation qu'il sent poindre.

— Tu as modifié les IA-guides de la base ? demande-t-il.

— J'ai presque terminé. Je dois faire gaffe pour que ni Gorski ni Dabo ne le remarquent. D'ici demain, au plus tard après-demain, les programmes d'approche de l'astéroïde seront changés, et plus personne, même Torres, ne pourra le trouver si je ne le veux pas.

— Bien joué, dit Noam.

— Au moins ça qu'elle ne pourra pas fournir à Radendt.

— Si elle nous a véritablement trahis…

— Tu n'y crois pas ?

— J'ai du mal.

— Dans le doute, essaie de sauver la rébellion avec moi, mec. Et sois prudent quand tu seras à Chronon Galactics.

— Comme d'habitude.

— Non, réplique Kay, la voix anormalement ferme. Plus que d'habitude.

L'escadrille de navettes file au travers des astéroïdes et émerge sans encombre de la ceinture de roche et de glace. Noam vérifie à plusieurs reprises les différents radars, l'activité autour de l'astroport et même l'anomalie et la sortie du trou de ver, inquiet à l'idée de voir des ennemis, quels qu'ils soient, fondre sur ce qu'il reste des forces spatiales de la rébellion.

Mais l'espace est vide.

Il se détend imperceptiblement.

— On se sépare, ordonne-t-il à Sibanda et Fellous.

— Bien reçu, répondent en même temps ses deux coéquipiers.

La formation se scinde en trois. Une partie des vaisseaux file vers le nord de la planète ocre qui brille à la lumière des deux soleils, une autre pique vers la longue traînée sombre des Montagnes Brunes tandis que la dernière, la plus petite, menée par Noam, poursuit son chemin en direction du désert méridional.

— Message terminal, annonce Noam. À partir de votre entrée dans la thermosphère, réduisez les communications à leur minimum. Ne conservez que les canaux internes et ce canal-ci, qui nous servira à nous rassembler une fois nos missions réussies. Et je ne veux aucune transmission, j'insiste, absolument aucune avec la base. Compris ?

— Compris, répondent ses coéquipiers.

— On se retrouve pour la victoire, termine Noam.

Il observe les navettes foncer en direction de la planète, entourée du halo multicolore des chronons.

— T'y crois vraiment ? demande Abergel, sur son canal privé.

— Quoi ? grommelle Noam. De quoi tu parles ?

— Du plan.

Noam grimace et ferme les paupières.

— Ça va être difficile, admet-il. Très difficile.

— Sato était ma meilleure amie. On était ensemble à l'usine. On s'était juré de s'en sortir. Elle me manque. Comme capitaine, et comme amie.

L'image d'Alix se forme dans l'esprit de Noam.

— Alors, battons-nous pour tous ceux qui sont morts avant d'être libres.

47

Soufflée par le vent, la poussière orange du désert fouette le sol, les rochers ; forme de gigantesques nuages mordorés tandis que les trois navettes se posent doucement.

— Coupe les moteurs, commande Noam.

Le pilote se défait rapidement des systèmes de sécurité, se lève en évitant de se prendre les pieds dans les caisses et se presse jusqu'au sas de sortie. Les soleils inondent de lumière Chronon Galactics, les pierres brun-jaune, la surface caillouteuse, ainsi que, derrière le sable retombé, les trois personnes qui se tiennent immobiles à l'entrée de Solitude.

Une quarantaine d'habitations se dressent au milieu d'immenses rocs qui forment une muraille naturelle tout autour. Les ruelles sont vides, étroites. Il n'y a personne aux fenêtres, aucune vie en dehors des silhouettes qui patientent face aux appareils tout juste posés.

— JE DÉTECTE DES SOUTERRAINS, annonce discrètement Axiome. ILS ABRITENT DEUX BONNES CENTAINES DE PERSONNES EN TOUT.

— Deux cents ¿ Ils ne doivent pas avoir beaucoup de place…

— ET D'AUTRES ARRIVENT, poursuit l'IH.

— Des réfugiés ¿

— D'APRÈS LES SIGNATURES RADAR, OUI. PLUSIEURS GROUPES CONVERGENT VERS ICI.

— J'espère qu'on aura apporté assez de vivres.

Noam enfile le casque de sa carapace et saute à terre, sans même avoir pris le temps de libérer la sécurité de son arme.

— Bonjour ! lance-t-il.

Derrière lui, Abergel et Moose ont également quitté leur appareil et se rapprochent, aux aguets.

L'une des trois silhouettes s'avance pour accueillir Noam. Au travers de sa visière, le pilote distingue les traits fatigués d'un homme dans la force de l'âge, à la barbe poivre et sel.

— Bienvenue, le salue ce dernier. Je suis Oliver Gar, le chef de Solitude.

Il examine les navettes en silence, rempli d'espoir.

— On apporte des vivres et de l'eau.

Un sourire soulagé illumine le visage de Gar.

— Vous pouvez nous aider à tout décharger ? demande le rebelle.

Gar lève la main et une douzaine de silhouettes émergent de l'une des bâtisses les plus proches.

— ILS SURVEILLAIENT L'ENTRÉE DES SOUTERRAINS, l'informe Axiome.

— Suivez-moi, propose Gar. Je vais vous faire visiter notre camp.

— On reste dehors, annonce Abergel dans son communicateur interne. On aide et on surveille les alentours.

— Bien reçu, confirme Noam.

Il emboîte le pas du chef de Solitude en direction de la maison d'où ont émergé les autres. L'intérieur est vide et, comme l'avait prédit Axiome, une volée de marches en occupe le centre, plongeant dans les profondeurs du désert.

Gar enlève son casque, libérant sa tignasse grisonnante, et tend une main chaleureuse à Noam.

— Merci, dit-il dans un sourire franc malgré ses traits tirés. Nous sommes submergés et, sans vous, je ne sais pas comment nous aurions fait.

Il entame la descente de l'escalier.

— Solitude s'étend comme beaucoup d'autres caches à la fois à la surface et en sous-sol, explique-t-il à Noam derrière lui. Nous vivons habituellement dans les maisons mais, avec l'afflux de réfugiés et le risque d'attaque de Radendt, nous avons rapatrié tout le monde dans les cavernes, plus faciles à défendre.

Le pilote hoche la tête. Devant lui s'étire une immense grotte éclairée par quelques trous dans la roche. Plusieurs habitations de pierre en occupent l'extrémité, près d'un amas de caisses et d'un couloir qui se perd dans l'obscurité.

— Nous avons là-dessous tout un réseau de tunnels et de sorties de secours. Solitude est l'une des premières colonies de la planète avec Camp-0, mais depuis qu'elle a été abandonnée et que nous l'avons reprise, nous n'avons pas cessé de l'agrandir et de l'adapter.

Des enfants rient, jouent et chantent autour d'un homme et d'une femme assis près d'une des sources de lumière. Des dizaines d'habitants s'affairent un peu partout, les plus jeunes comme les plus âgés. Certains érigent des abris et des postes de combat avec des pierres ramenées de la surface, d'autres portent sur leur dos de lourds sacs en direction d'un étroit plateau rocheux en retrait équipé de tables et de chaises, les derniers enfin s'entraînent, armés de rares blasters et le plus souvent de simples couteaux.

Noam ne reconnaît aucun d'entre eux.

— Nous avons entendu parler de l'attaque de Radendt à l'aube, explique Gar. Les premiers réfugiés sont arrivés il y a quatre heures, et leur nombre continue d'augmenter. J'ai discuté avec CG-2 et ceux des cavernes, qui sont confrontés également à un afflux massif.

Il se tourne vers le pilote.

— Qu'est-ce qu'il se passe exactement ¿ demande-t-il.

Noam cesse de fouiller les visages, les silhouettes et revient à son interlocuteur.

— Radendt a décidé de se débarrasser de la rébellion. Il a lancé un assaut de grande ampleur, à la fois sur la ville, mais aussi sur plusieurs de nos installations.

— Terrestre et spatial ¿

— Non, uniquement au sol.

Gar ne masque pas sa surprise.

— Je ne sais pas pourquoi, admet Noam.

Balayant le sujet d'un geste de la main, il poursuit :

— La commandante Torres a demandé à ce que les navettes viennent ravitailler les campements. Nous sommes partis en urgence.

— Nous aurons des renforts en cas d'attaque ? Vous avez des armes, des sphères chronotiques ?

Noam secoue la tête.

— Il faudra vous débrouiller par vous-mêmes. Nous n'avons que de la nourriture et de l'eau.

— Alors on fera avec, dit Gar, avec un enthousiasme forcé. C'est déjà énorme.

— Noam ! s'exclame une voix féminine.

Le pilote se retourne juste à temps pour recevoir Anastasia qui se jette dans ses bras.

— Ana ! s'écrie-t-il, débordant de soulagement.

Il sourit enfin, repousse légèrement sa sœur pour la voir, examiner son visage, s'assurer qu'elle va bien et qu'elle n'est pas blessée.

— Je me suis fait un sang de poussière ! peste-t-il.

— Je suis partie de CG-1 avec les autres dès qu'on a su pour les patrouilles, explique la jeune femme. On a récupéré ce qu'on a pu comme nourriture et matériel. Malik est ici également. Il se remet vite.

— Papa va bien ? s'inquiète Noam.

— Oui, le rassure Anastasia.

De la main, elle désigne un long bâtiment accolé à la roche, à l'intérieur éclairé de plusieurs lampes à chronons.

— Il aide à la réparation des carapaces.

Noam se détend imperceptiblement, jette un regard circulaire à la caverne grouillante d'activité, où les préparatifs à d'éventuels combats se mêlent à la vie quotidienne.

— J'irai le voir dès qu'on aura terminé de décharger les vivres, souffle-t-il, soulagé.

Se tournant vers Gar, il ajoute :

— On va vous aider à fortifier cet endroit, également.

Accompagné d'Abergel, de Moose, d'Anastasia et de plusieurs réfugiés, Noam entasse les pierres les unes sur les autres autour des habitations de la surface, créant un peu partout des cachettes, des postes de tir et d'observation en cas d'assaut par Radendt.

— On n'avait jamais vu ça, continue de raconter Anastasia. Les patrouilles avançaient quartier par quartier, formant des nasses. Impossible d'en sortir une fois que tu étais pris. Ils fracassaient l'entrée des blocs sans sommation, fouillaient à l'intérieur, brisaient les portes, les coffres, les meubles, tout ce qui pouvait dissimuler quelque chose, et l'identité de chacun était contrôlée.

Les mâchoires serrées, elle ajoute :

— Il y a eu plusieurs exécutions aussi.

Noam tangue, pris d'une soudaine nausée.

— Tu n'aurais pas dû retourner à CG-1 après avoir amené Malik ici, à Solitude, dit-il d'une voix légèrement pâteuse. C'est vraiment dangereux.

— Je n'allais pas rester les bras ballants, objecte sa cadette, sans remarquer son trouble. Je veux me battre.

Noam s'apprête à protester, puis se souvient de sa discussion avec Dabo.

Ana est adulte, maintenant.

Elle fait ses propres choix.

— En ville, les soldats de Radendt accusent les rebelles, l'informe-t-elle.

Noam fronce les sourcils.

— Comment ça ?

— Les haut-parleurs martelaient un peu partout des annonces au sujet de l'attentat de la forteresse. Il paraît que les générateurs centraux ont été touchés, compromettant l'alimentation de l'astroport en énergie, ainsi que d'une partie de CG-1.

— Mensonges, maugrée le pilote.

Un étau se referme autour de son crâne, des fourmillements engourdissent ses doigts.

Non...

— Ce sont peut-être des mensonges, admet Anastasia, mais, votre attaque a transformé la loi martiale en assaut ordonné.

Concentré sur la conversation, Noam tente d'oublier son malaise.

— Comment est-ce que tout ça est perçu, en ville ?

La jeune femme grimace.

— Pas très bien. Des habitants accusent la rébellion de provoquer le chaos. D'autres ont entendu des discours similaires hier soir dans les marchés et les usines.

Poussière... Si même les gens pour qui on se bat commencent à douter...

— Heureusement que tu as envoyé papa ici, dit-il.

— Tu lui manques, tu sais.

— Quand tout sera fini...

— Parce que tu crois que ça finira un jour ? le coupe Ana.

Noam pose une nouvelle pierre sur le muret et se tourne vers sa sœur.

— Oui. Bientôt, tout sera terminé. Je te le promets.

— Et ça te fera revenir ? Ça te fera faire attention à toi, Noam, ça te fera venir plus souvent au bloc ?

Elle se tait, les yeux emplis de larmes.

— Je suis désolée, s'excuse-t-elle en les essuyant. La fatigue. Mais ça fait des années que papa se tait et qu'il s'inquiète, lui aussi.

Noam se force à sourire, soudain glacé.

Je suis en train de mourir, Ana.

Je suis en train de mourir, et je ne peux pas te le dire.

— Tu as de plus en plus de taches sur le visage.

Noam ne peut qu'acquiescer.

— Ne t'en fais pas, tente-t-il de la rassurer. Ce n'est rien de grave.

— Tu as montré tout ça à un médecin de la rébellion ?

L'aîné lâche un soupir forcé.

— Pire ! s'exclame-t-il. Je suis surveillé comme pas possible par le robomédic de la base. Je te promets qu'il n'y a aucun problème.

— Eh, tous les deux ! les coupe une voix un peu plus loin.

Le frère et la sœur se retournent. Leurs compagnons de travail se sont rassemblés près de l'entrée des souterrains, les carapaces couvertes de poussière, les visières essuyées à la va-vite.

— Vous comptez rester là toute la nuit ? demande Moose. Les soleils vont bientôt se coucher et on est attendus en bas pour la fête.

— Une *fête* ? s'étonne Noam.

— Certains d'entre nous vont accueillir les nouveaux réfugiés et surveiller les environs, explique son voisin, un gaillard aussi haut que large, aux yeux pétillants sous son casque. Mais Gar a insisté pour honorer votre aide.

Noam jette un regard autour de lui. Emporté par sa conversation et la tête lourde, il n'avait pas remarqué la tombée du crépuscule. Les couleurs du sable, des roches, des maisons en pierre se sont foncées. Les voiles de chronons scintillent moins et, indiquée sur son poignet, la température chute rapidement.

— On arrive, prévient Anastasia.

Elle s'étire le dos, les cervicales.

— Je suis crevée !

Noam ferme les paupières. La nausée est toujours là, son manque d'équilibre de plus en plus gênant.

— Passez devant, indique-t-il. Je vais faire un tour aux navettes et je reviens.

Concentré sur sa démarche, il s'éloigne en direction des trois appareils tandis que ses compagnons partent vers les grottes.

À peine ont-ils disparu que Noam s'immobilise, chancelant.

— Caillasse…, murmure-t-il à l'intérieur de son casque.

Il s'apprête à l'enlever pour mieux respirer, pour sentir sur sa peau le doux vent du soir et la douce chaleur des derniers rayons du soleil, revoit les yeux inquiets de sa sœur. Il s'arrête.

Un nouveau vertige le saisit. Il rejoint un rocher et s'écroule dessus, la tête entre les mains et la vision trouble.

— TA TEMPÉRATURE AUGMENTE RAPIDEMENT, murmure la voix d'Axiome.

— Laisse-moi un instant, s'il te plaît. Ça va se calmer. J'ai l'habitude.

— COMME TU VOUDRAS.

Les yeux fermés, Noam prend de longues inspirations, souffle, vide son esprit et apaise les battements de son cœur. L'étau qui enserrait son crâne se défait peu à peu, la nausée reflue, comme les vertiges.

— Ça… ça va mieux, signale-t-il.

Il relève la tête. La nuit est tombée ; les étoiles éclairent le désert et les maisons de Solitude. Près de l'entrée de la grotte, Noam distingue les ombres de deux gardes en faction.

Il se redresse.

— TU VAS OÙ ¿ lui demande Axiome.

— Marcher un peu.

Il passe près des navettes dissimulées sous une épaisse couche de poussière, continue en direction de l'immense plaine rocheuse. Le silence est total. L'absence de mouvement aussi. Il lève la tête. Dans le ciel nocturne, quelques chronons scintillent avant de disparaître, avalés par l'obscurité.

— C'est beau, c'est si beau…

— J'AI TOUJOURS adoré la nuit, dit Axiome.

Noam sourit, poursuit sa marche à pas lents. Au loin, une lueur pâle annonce l'apparition de la lune. Le désert, déjà, se teinte d'argent.

— Moi aussi, dit-il.

Il lève la tête, se perd dans la contemplation de la voûte céleste piquée de milliers d'étoiles, nimbée de nébuleuses vertes ou bleues qui créent autant de nuages de toutes les formes.

— Pourquoi est-ce que tu te bats, Noam ?

Le pilote lâche un petit rire.

— Je ne pensais pas entamer une discussion philosophique ce soir, commence-t-il.

— Cela t'ennuie ?

— Non, pas du tout.

Il étire une nouvelle fois ses bras fatigués par la journée, avise un rocher et le rejoint. Occupé à réfléchir, il s'assied dessus en même temps que la lune apparaît dans le ciel.

— Je me bats parce que j'étais amoureux d'Alix, dit-il une fois installé. Quand j'étais jeune, je ne me souciais pas vraiment de tout ça. J'avais mon père, ma sœur. Je travaillais un peu dans les bars, à l'astroport, j'avais même dégoté un boulot de pilote. Rien ne m'intéressait vraiment, sauf t...

Il se reprend au dernier moment.

Sauf toi.

— ... sauf Alix. Toute la journée, je ne pensais qu'au soir où j'allais le retrouver, à son visage, ses mains. Aux discussions sans fin qui duraient toute la nuit. À nos espoirs, nos rêves. Il m'obsédait. Je crois que personne n'a jamais compris ça.

— Moi, si.

Le cœur de Noam accélère dans sa poitrine.

— Alix était absolument tout pour moi. Et lui...

Les yeux du pilote s'illuminent.

— C'était un rêveur, un idéaliste. Il voulait que le monde évolue, que les règles changent. Que nous arrêtions d'enrichir un seul homme et qu'au contraire, nous travaillions ensemble pour une cause commune. Il rêvait de transformer Chronon Galactics en un monde différent, un monde plus juste. Il disait que loin de la Terre, de ses contraintes et de ses milliards d'habitants, nous pourrions inventer quelque chose de nouveau. Il espérait rejoindre la rébellion et se battre avec eux.

Il baisse la tête, le visage soudain assombri.

— Mais il n'en a pas eu le temps. Quand… quand il est mort, j'ai voulu mourir aussi. J'ai essayé, à plusieurs reprises, mais sans doute que quelque chose m'empêchait de réussir.

Ana. Papa.

— Alors je me suis lancé à corps perdu dans la rébellion. Pas pour moi, pas pour mes idées, je n'en ai pas. Juste pour lui. Pour Alix. C'est ma manière à moi de le faire vivre, encore et toujours.

— JE SUIS LÀ, NOAM.

Le pilote ferme les paupières de toutes ses forces.

— Je… je le voudrais tellement, Axiome. Tellement, tellement, tellement…

Il rouvre ses yeux emplis de larmes.

— Tu ne sais pas à quel point j'ai souffert depuis ce jour, je…

Il s'interrompt, pris d'une violente toux.

— Je…

Il se relève, la respiration entrecoupée de quintes plus intenses les unes que les autres.

— TU TE SENS BIEN ? s'inquiète Axiome. TA TEMPÉRATURE AUGMENTE UNE NOUVELLE FOIS TRÈS RAPIDEMENT ET…

Plié en deux, le rebelle fait un pas et trébuche.

— Noam ! hurle la voix de l'IH.

Le pilote titube avant de s'écrouler sur le sol du désert, un filet de sang sur la visière de son casque.

Sur la Terre

Les tours gigantesques s'élèvent au-dessus du reste de la mégalopole, rutilantes sous les rayons du soleil. Leurs innombrables fenêtres reflètent les nuages blancs qui filent dans le ciel, portés par un vent léger. À leur pied, les autoroutes urbaines grondent du tumulte des klaxons, des sirènes d'urgence, des invectives et des messages d'information. Les immeubles d'habitation s'étalent à perte de vue en une immense auréole de béton et de métal, trouée çà et là de quelques îlots verdâtres jusqu'aux digues qui, plus loin, protègent les terres de la colère de l'océan.

— Nos deux émissaires sont donc morts ? demande l'homme debout face à la baie vitrée, bras dans le dos.

— En effet, monsieur le présidium.

Ce dernier se retourne pour faire face à la petite assemblée réunie dans son bureau. Grand et à la limite de la maigreur, chauve, son visage brun est aussi ridé que ses mains.

— Assassinés par les rebelles ?

— C'est l'information que nous avons reçue de M. Radendt, répond son assistant.

Le présidium Omaru rejoint la table autour de laquelle sont installés les principaux représentants du Conseil terrien.

— Il est regrettable que nous ne puissions vérifier tout cela par nous-mêmes, dit-il.

— En même temps, qu'est-ce que cela changerait ? questionne l'ambassadeur Juárez. La guerre fait rage en Amérinord comme ailleurs, nous sommes confrontés à des défis environnementaux colossaux et nos ressources sont précieuses. Combien sont-ils, là-bas ? Quarante, cinquante mille ? Nous sommes ici des milliards.

— Ni la taille de la population ni la multiplicité des problèmes ne justifient qu'on abandonne une partie des nôtres, fait remarquer Paul Müller, au léger accent allemand.

— Alors allez-y, très cher, intervient Hua Zhang de la Chine unifiée, une femme vêtue de noir, au chignon strict et au sourire discret. Mais si vous avez les moyens d'envoyer une expédition sur cette colonie, nous devrons sans doute revoir l'aide que nous vous apportons.

Sans attendre la réaction de son voisin, elle se tourne vers le présidium Omaru.

— Radendt nous fournit les chronons nécessaires à la recherche de mondes et de ressources dont nous avons tant besoin sur Terre. Il ne me semble pas opportun de mettre en péril notre coopération avec lui. Et encore moins en ce moment de grandes tensions.

De sa main gantée, elle ordonne l'apparition d'une sphère holo représentant la Terre. Plusieurs points rouges y clignotent de l'Amérique au Brésil, du Moyen-Orient à la corne de l'Afrique.

— La guerre sur le continent américain, comme l'a mentionné son représentant le révérend Juárez. Les troubles et les famines autour de la Méditerranée. Les révoltes, un peu partout, à cause de la pauvreté.

Elle fait disparaître d'un geste le globe terrestre.

— Tout est une question de priorités.

— D'autant que nous savons très bien que ces rebelles tentent régulièrement de renverser Radendt, ajoute l'ambassadeur Juárez. Vous imaginez s'ils devaient réussir et perturber notre approvisionnement en chronons ? Vous nous imaginez, coupés des métaux d'Horizon, coupés des Machinistes et de leurs IA, coupés des colonies certes religieuses, mais qui fouillent aussi l'espace au nom de toute l'humanité ?

Le présidium se tourne vers l'écran noir accroché au mur face à la baie vitrée.

— IA, où en sont les probabilités que Radendt perde le contrôle de Chronon Galactics ?

— Elles sont de 3,197 pour cent, monsieur.

— C'est infime, intervient l'ambassadeur du Conglomérat africain, un métis aux impeccables vêtements gris perle.

— Je propose que nous veillions à ce que cela le reste, conclut Hua Zhang.

48

De la musique.

Il y a de la musique, quelque part.

Il n'a pas la force d'ouvrir les yeux.

Je suis où ?

Sa gorge est atrocement sèche. Il voudrait tousser, n'émet qu'un faible râle.

La mélodie cesse.

Il fronce les sourcils. Il aimerait qu'elle continue, que ces notes qu'il croit reconnaître – où et quand était-ce ? – le bercent encore, l'apaisent.

— Noam ?

Il bouge la tête. Un peu. Il devine quelque chose sur son front – la paume d'une main ? –, un souffle sur son visage.

— Noam, tu m'entends ?

Le pilote marmonne, tousse à s'en étouffer presque, la douleur déchirant ses poumons, sa gorge, son crâne.

— Bois.

Il sent quelque chose de froid contre ses lèvres, l'eau qui envahit son palais, fraîche et délicieuse.

Il cligne des paupières et ouvre les yeux.

— Ça va ? lui demande son père.

Noam devine autour de lui les murs en pierre d'une pièce étroite, mal éclairée par les rayons atténués des soleils. Son père est assis sur un tabouret juste à côté de lui, un harmonica rouillé sur les genoux.

— Tu… tu l'as encore, remarque-t-il, empli d'une étrange chaleur.

— Bien sûr.

Son père l'avait acheté il y a si longtemps, quand Noam ne dormait pas la nuit, hanté par les cauchemars, et qu'il pleurait sans pouvoir expliquer pourquoi. Farouk en avait joué tous les soirs pendant des semaines, jusqu'à ce que Noam rencontre Alix et que ses larmes sèchent par miracle.

— Je ne l'utilise presque plus, admet l'homme aux doigts ridés, mais il ne me quitte jamais.

S'appuyant sur ses coudes, Noam tente de se relever.

La nausée a disparu, les douleurs refluent.

Il se sent revivre.

— Comment est-ce que je suis arrivé ici ?

— L'IA de ton vaisseau a appelé Ana après ta perte de connaissance dans le désert.

Axiome.

— Elle avait l'air bien inquiète pour une IA, ajoute Farouk.

Alix… Alix, est-ce que c'est vraiment toi ?

— Comme nous tous, précise-t-il.

— Je suis désolé.

Les lèvres du vieillard s'étirent.

— Ne le sois pas : un père se fait tout le temps du souci.

Il redevient sérieux, plisse ses yeux délavés. Des rides profondes de son front se creusent encore.

— Dis-moi la vérité, Noam. Qu'est-ce qu'il se passe ?

Sans savoir pourquoi, le pilote voit défiler une partie de son enfance. Sa mère dont il ne garde qu'une image floue, à la table de petit-déjeuner ; les pleurs d'Ana un soir ; le centre d'éducation où il apprenait à compter, porter des caisses sans se blesser, les règles de la planète ; le visage d'Alix, si jeune ; son bloc et son père et sa mère et Ana avec lui, au matin, devant un verre d'eau vitaminée.

— Tout va bien, ment-il. Je suis juste très fatigué. Ces derniers jours ont été les plus épuisants que j'ai jamais connus.

— Il y avait du sang sur ta visière.

— Syndrome de surpression spatiale, invente-t-il. J'ai voulu faire le malin là-haut.

Son père sourit.

— Tu as *toujours* voulu faire le malin.

Noam prend la main qu'il lui tend, se redresse sur son lit de fortune.

— Depuis combien de temps je suis là ?

— Hier soir. Je t'ai veillé la moitié de la nuit, lorsque Ana est partie.

Noam se fige.

— Partie ? Où ça.

— Elle est retournée à CG-1 avec Malik, dit le vieil homme.

— Papa ! s'exclame Noam.

— Tu la connais comme moi, tente de se justifier le vieillard. Je n'ai pas réussi à la convaincre de rester ici.

— Tu sais ce qu'elle compte faire là-bas ?

— Elle ne m'en a pas parlé.

Noam s'assied sur le rebord de sa couchette. Il s'étire les bras, les jambes, penche sa tête à droite, à gauche.

Fatigué, mais opérationnel.

Sa carapace est pliée au pied de son lit, avec son communicateur.

— Il est tard ? demande-t-il en s'emparant de ses affaires.

— Les soleils viennent de se lever. Je...

Il hésite puis dit :

— Noam ?

Son fils pose son t-shirt qu'il allait enfiler et se retourne vers son père, soucieux.

— Il y a un problème ?

Le vieillard ouvre la bouche sans savoir quoi répondre.

— Tes pilotes sont passés tout à l'heure, mais tu dormais.

— Et... ?

— Ils ont détecté l'approche d'un convoi venant du sud.

Le sang de Noam ne fait qu'un tour.

— Caillasse !

— Ils sont partis voir ce dont il s'agit.

— Ils ne peuvent pas y aller seuls ! peste le rebelle.

Il s'empare de sa combinaison qu'il enfile aussi rapidement que possible.

— Noam, attends ! veut l'arrêter son père. Tu viens tout juste de...

— T'en fais pas !

Il ajuste la fermeture, prend son casque.

— Je reviens très vite.

Il passe la porte de pierre, reconnaît sans mal la partie de la caverne où il se trouve, bifurque à grands pas vers l'escalier qui rejoint la surface. Malgré l'heure qu'il devine matinale, tout le monde est déjà occupé. Les murets de défense continuent de s'élever, les maisons de se renforcer, pendant que des enfants apprennent à lire et, plus loin, des adultes à tirer.

Courant presque, Noam émerge aux soleils de l'aube.

— Axiome ⸮ appelle-t-il via son communicateur.

— Noam ! s'exclame l'IH.

Le soulagement est perceptible dans sa voix qui lui semble une nouvelle fois moins synthétique.

— Comment tu TE SENS ⸮

— On a plus urgent...

— TOUJOURS À éviter les SUJETS qui ne t'arrangent pas ! peste l'IH.

Noam sourit malgré lui.

Alix râlait tout le temps avec ça.

— Tu as raison, mais là c'est vraiment important, et je vais mieux.

— TU M'AS FAIT PEUR à moi aussi.

— Désolé. Ce n'était rien, je t'assure.

On s'était promis de ne jamais se mentir. Mais là… Pardonne-moi.

— Tu sais où sont Abergel et Moose ?

— ILS VIENNENT DE DÉCOLLER.

— Tu as détecté le convoi comme eux ?

— AFFIRMATIF.

— Des soldats de Radendt ?

— IMPOSSIBLE D'EN ÊTRE SÛR, LES CHRONONS BROUILLENT TOUT. MAIS CE QUI EST CERTAIN, C'EST QU'IL NE S'AGIT PAS DE LA RÉBELLION.

— Démarre les moteurs, j'arrive.

— DÉJÀ FAIT. Une bonne équipe…

Le visage de Noam s'éclaire.

— Une bonne équipe, oui.

Comme on en rêvait.

Le pilote rejoint à toute vitesse l'aire d'atterrissage des navettes.

Il n'y a plus que la sienne, vrombissante, l'échelle descendue.

Noam en grimpe les barreaux deux à deux, se rue dans le cockpit et lance :

— Décollage, Axiome !

Les moteurs prennent de la puissance tandis que Noam allume successivement le bouclier, les canons et le préchauffage des torpilles.

— Bloque le signal d'Abergel et de Moose. On les rejoint.

L'aéronef s'élève dans un maelström de poussière et, sitôt arrivé à une altitude suffisante, s'élance en direction du sud.

Noam vérifie les communications, revient toutes les trois secondes aux radars.

— Là ! s'exclame-t-il.

Les échos des vaisseaux rebelles clignotent sur sa mire. Il accélère, les moteurs au maximum, le dos collé à son siège sous la puissance de la poussée.

— Abergel, Moose ! appelle-t-il sur le canal commun.

— Présent, répondent les pilotes.

— J'arrive, les informe Noam. Je vous ai en visuel.

Au loin, deux minuscules points argentés reflètent les rayons des soleils.

— Cible verrouillée, déclare Abergel d'un ton professionnel. Le convoi est à une cinquantaine de kilomètres.

— Il se dirige vers Solitude, complète Axiome.

— Tu détectes des armes ? l'interroge Noam.

— Trop d'interférences. Impossible de savoir.

Le capitaine hoche la tête.

— Formation de combat, ordonne-t-il.

Les deux navettes devant lui s'écartent légèrement pour le laisser s'immiscer entre elles. D'un regard, Noam s'assure que ses canons sont opérationnels puis, d'une main, transfère une partie de l'énergie des moteurs du bouclier furtif aux systèmes de défense.

— Paré, dit-il.

— Paré, répètent ses coéquipiers.

— Cible en vue, ajoute Moose.

Au loin, une colonne de poussière s'élève dans le désert ocre.

— Une demi-douzaine de véhicules, quatre minimum, calcule Axiome. Légers, au vu de leur vitesse. Pas de blindés.

Noam hoche la tête.

— Je tente une communication ? demande l'IH.

Le pilote se décide en une seconde.

— Non. Trop risqué.

S'adressant à Moose et Abergel, il explique :

— On plonge arrivés à cinq cents mètres, on vérifie qui ils sont et, au moindre signe de danger, on mitraille.

— Bien reçu.

Les trois navettes amorcent leur descente en même temps et foncent en direction de leur cible.

— Contact visuel dans quinze secondes, annonce Axiome.

Noam pose un doigt sur la gâchette des canons chronotiques.

— Dix secondes.

Il inspire.

— Cinq secondes.

Expire, se vide l'esprit.

— Trois, deux…

— Stop ! hurle Moose.

Noam écarte sa main prête à tirer et vire aussitôt.

— Ce sont les dingues.

Le pilote jette un regard en contrebas. Cinq rovers légers roulent dans la poussière, les toits surchargés de caisses et chacun équipé d'une remorque.

— Ils ne sont pas armés, confirme Axiome. Aucune trace de chronons en dehors des émissions moteur.

— On se pose pour contrôle, ordonne Noam. Restez sur vos gardes.

Il atterrit un peu plus loin sur la route entre le convoi et Solitude, imité par ses coéquipiers, attrape son pistolet et rejoint la sortie de la navette.

— Surveille les environs, s'il te plaît, demande-t-il à Axiome.

— Sois prudent.

Noam hoche la tête en même temps que la porte s'ouvre. Les rovers ont ralenti, envoyant moins de poussière dans le ciel. Le rebelle les distingue clairement maintenant. Chaque véhicule est chargé à ras bord.

— Pas de danger semble-t-il, annonce-t-il à Abergel et Moose.

— On a des yeux aussi, réplique la jeune femme.

Noam ne répond pas malgré son agacement, le regard braqué sur la colonne qui approche. Les rovers ralentissent peu à peu, jusqu'à s'arrêter complètement à une centaine de mètres des navettes.

— Couvrez-moi, ordonne Noam dans le communicateur de son casque.

Prêt à dégainer son blaster, il s'avance en direction des véhicules. Un homme s'extrait du premier d'entre eux, chauve, entre deux âges, large d'épaules. Il ne porte pas de carapace.

— Bonjour, lance Noam.

— Le chronon est avec nous, répond le conducteur, méfiant.

Il essaie de deviner le visage de Noam derrière sa visière, observe en même temps les deux autres pilotes restés en retrait près de leur navette.

— Rebelles ? demande-t-il, en remarquant le poing rouge sur leur poitrine à tous.

— Oui.

Noam guette le moindre signe de danger, mais au contraire l'expression de son interlocuteur se détend.

— On a eu peur d'être pris par des soldats de Radendt ou des pirates.

— Vous avez l'air chargés. Vous transportez quoi ?

L'homme plisse les yeux, soupçonneux.

— Des vivres et de l'eau.

— Vous quittez vos cavernes ? s'étonne Noam.

— On va ravitailler Solitude.

Le pilote ne cache pas sa surprise.

— *Celle-qui-voit* a prédit ce qu'il se passerait à CG-1. Nous avions préparé de quoi aider les réfugiés. Le moment est venu, je crois.

Sur ses gardes, il s'assure que sa révélation ne provoque pas de réaction agressive puis, de nouveau, se détend. Noam, lui, sourit derrière son casque.

— Je vous remercie, au nom de la commandante Torres et de toute la rébellion. La situation est en effet tendue, à Solitude comme ailleurs. Toute aide est plus que précieuse.

Il jette un regard aux véhicules surchargés et aux remorques remplies de conteneurs.

— Rien à signaler ? demande-t-il discrètement à Axiome.

— IL NE MENT PAS, le rassure l'IH. J'AI SCANNÉ L'INTÉRIEUR ET IL S'AGIT BIEN D'EAU, DE BARRES NUTRITIVES ET MÊME DE PLUSIEURS CAISSES DE SPHÈRES D'ÉNERGIE.

Noam sourit derrière sa visière.

Gar sera soulagé.

— Vous voulez de l'aide ? propose-t-il au sectateur. On peut vous escorter jusqu'à Solitude.

— Non, merci. Mais d'autres auront peut-être besoin de vous. Au travers des voiles du chronon, on a aperçu des véhicules se faire attaquer par une patrouille de Radendt, non loin de CG-1.

Noam blêmit.

Ana et Malik !

— C'était quand ? s'alarme-t-il aussitôt.

L'homme hausse les épaules.

— Est-ce que cela a eu lieu ? Est-ce que cela adviendra ? Personne ne peut le savoir.

Masquant son impatience, Noam insiste :

— Ils sont où ?

— Sur la route qui mène aux campements nord de la ville, répond le sectateur.

— Roche de roche ! lâche Noam.

Il se tourne vers ses compagnons.

— Décollage immédiat !

49

Les navettes se posent à nouveau dans le désert de sable et de roche.

— Radars ? interroge Noam, tendu.

— Rien à signaler, répond Axiome.

Le pilote observe le paysage désolé de l'autre côté du cockpit. Des pierres et de la poussière à perte de vue.

Et trois rovers détruits.

Pourvu que ce ne soit pas elle !

Fébrile, il s'arme de nouveau, enfile rapidement sa carapace et sort de l'aéronef.

— Restez en support, demande-t-il à ses compagnons. Abergel, sois prête à redécoller pour assurer une couverture aérienne. Moose, au moindre mouvement, tu tires.

— Compris.

Noam jette un regard autour de lui. Il n'y a rien à perte de vue en dehors des carcasses de véhicules.

— J'y vais, dit-il dans son micro.

Blaster en main, il approche de l'amas de métal fumant. Des éclats de verre jonchent le sol au milieu de bandes de plastique déchirées. Un casque a roulé un peu plus loin.

Du sang macule le sable.

Non...

Noam pose le doigt sur la gâchette, avance de quelques pas encore.

— Les rovers forment un triangle, comme s'ils avaient voulu se protéger, dit-il à l'attention de ses coéquipiers.

Il examine les véhicules troués au laser à plusieurs endroits.

— Ils ont tenté de se défendre.

— Rien dans les airs, annonce Abergel.

— Même chose de mon côté, ajoute Moose.

Il hésite, demande :

— Ce sont des nôtres ?

— Je vais vite le savoir.

Noam poursuit, la gorge nouée. Il enjambe une roue à la jante explosée, un parechoc arraché et atteint les rovers cabossés, aux portières défoncées et à moitié ouvertes.

— Caillasse de sable..., murmure-t-il.

— Quoi ? s'alarment en même temps ses pilotes.

Le capitaine abaisse son arme, glacé.

— Des civils. Plusieurs.

Il remet le laser à sa hanche, prend une inspiration, surtout pour gagner du temps ; dépasse les derniers débris et rejoint l'espace derrière la barrière des véhicules.

— Quatre... non, cinq hommes. Et trois femmes.

Il n'a pas besoin de toucher leur pouls ou leur peau pour ajouter :

— Tous morts.

Il grimace, évite soigneusement les flaques brunes, s'agenouille à la recherche de survivants ou de...

— Oh, non...

— Un problème ?

— Des gamins. Deux.

— Est-ce ce qu'eux aussi, ils sont...

Moose ne va pas au bout de sa question, Noam n'y répond pas.

Le rebelle se relève, pâle derrière sa visière.

— Ils n'avaient pas dix ans, murmure-t-il.

— Des pirates ? interroge Abergel, la voix vibrante de colère.

Noam vérifie chacun des rovers. Au milieu des tôles fondues, sur les sièges lacérés de traces noires de lasers, il voit des sacs de rations, des bonbonnes entières d'eau, quelques vêtements et couvertures abandonnés là.

— Les soutes sont fermées, elles n'ont pas l'air d'avoir été fouillées.

— Il ne s'agit donc pas de pillards, mais plutôt de soldats de Radendt.

— Ce ne sont pas des rebelles ? insiste Moose.

— Non, sans doute des sympathisants.

Noam secoue la tête et commence à dégrafer le col de sa carapace.

— Qu'est-ce que tu fais ? s'alarme son coéquipier.

— Je veux savoir ce qui est arrivé.

— Il se passe quoi, là ? intervient Abergel.

— J'enlève mon casque, c'est tout, répond Noam avant que Moose n'ait le temps de l'en empêcher.

Il se retrouve le visage à l'air libre.

Il grimace aussitôt, pris par l'odeur de brûlé et celle, encore plus écœurante, du sang.

— Arrête ça, capitaine, demande Abergel. Sans nos protections, les radiations de chronons bousillent tout ce qu'elles peuvent à l'intérieur du corps.

— Comme si je ne le savais pas…

Sous les rayons crus des deux soleils, il observe à nouveau le carnage face à lui.

Le jeune homme aux cheveux bouclés et au regard perdu à jamais, la moitié du visage déchirée ; la femme à la natte, un couteau à la main, les traits figés sous le coup de la douleur et de la surprise ; son voisin à la barbe grise roulé en boule près d'un véhicule, les bras croisés sur son ventre dans une mare de sang séché.

Noam prend une longue inspiration.

Quelque chose scintille à la limite de son champ de vision.

Il se force à ne pas cligner des paupières, attentif à la moindre variation du paysage.

Le désert ondule, à sa droite, sans que lui-même ait bougé.

Noam ouvre les yeux plus grands encore.

Des taches se créent – marron, rouges, vertes –, se meuvent, se floutent, se mélangent. Les formes des rovers, des cadavres perdent en netteté.

Une infinité de points de couleur apparaît soudain, brouille sa vision, emporte les véhicules calcinés, les corps tordus et même les flaques de sang.

Il n'y a plus rien face au pilote.

Il fait un pas en avant.

— Noam, Noam tu nous entends ?

— Oui, articule-t-il avec difficulté.

— Tu vois quelque chose ?

— Pas… encore…

Il tourne la tête. Il sait que Moose l'observe sans doute, mais lui ne le distingue pas.

— Où c'est ? Où sont-ils ?

Il essaie de penser aux corps allongés à côté de lui quelques secondes auparavant, tente d'invoquer des images, des souvenirs véhiculés par les chronons.

— C'est… plus dur… et aléatoire… quand on n'a pas… de liens, marmonne-t-il à l'attention de ses coéquipiers. La mémoire portée… par les lieux seulement… floue.

Une traînée de poussière fluctuante, au loin.

Noam sourit.

— Là… C'est eux…

Le trait ocre se précise et se rapproche, se transforme en nuage de sable, de plus en plus gros.

Un second le suit.

Des tirs.

Des lasers jaillissent des véhicules des poursuivants. Les fugitifs, eux, zigzaguent dans le désert, essayant désespérément d'échapper à ceux qui les traquent.

— Ils… se faisaient pourchasser…

L'un des rovers de tête disparaît soudain, un autre également, puis le troisième.

Où sont-ils passés ?

Deux transporteurs réapparaissent seulement, continuent leur course éperdue en direction du pilote. Six navettes surgissent dans le ciel et s'évaporent aussitôt.

— Qu'est-ce..., commence Noam, les sourcils froncés.

— Un problème ? demande Moose.

— Je ne comprends pas, c'est... instable.

— On dit que les images dans les voiles de chronons sont parfois incohérentes, intervient Abergel.

— Je n'ai jamais... eu ça.

Désorienté, il fixe intensément les véhicules des poursuivants qui s'estompent à leur tour... puis soudain ne sont plus là.

Une structure flotte dans le ciel – un vaisseau spatial ? – avant de retourner au néant, des lignes d'un vert sombre au loin tremblotent – une forêt comme dans les holos terriens, là, en plein milieu du désert ? – puis s'effacent, des maisons en pierre jaillissent de nulle part autour d'un dôme éclatant, leurs arêtes floues, mélangées à celles des voiles multicolores de chronons.

Noam est pris d'une nausée d'une violence inouïe. Il s'écroule au sol et, à genoux, rend tout ce que contient son estomac.

— Noam ! hurle Moose.

— Qu'est-ce qu'il se passe ? réagit aussitôt Abergel.

Une seconde et elle ajoute :

— Il n'y a rien sur les radars !

À terre, Noam vomit, vomit, vomit encore, les tripes retournées.

— Il est malade. Je m'en occupe !

Le corps tordu, secoué de spasmes, Noam continue de se vider, les yeux révulsés et la gorge en feu. Il discerne vaguement le bruit d'une course à côté de lui, sent deux mains le saisir derrière les épaules et le relever, doucement, tout en le maintenant penché.

— Je...

Il régurgite une dernière fois, le ventre douloureux, les joues mouillées de larmes, le menton dégoulinant de bile.

Il reprend sa respiration, les paupières closes, s'essuie sur sa manche.

Le vertige s'éloigne.

— Mon... casque..., demande-t-il.

— Tu peux tenir debout ? s'inquiète Moose.

Noam hoche faiblement la tête. La pression des mains de son coéquipier s'atténue, disparaît, et, mobilisant toutes ses forces, il réussit à se redresser.

— Tiens.

Il récupère son casque qu'il repositionne aussitôt.

— Ça va ? s'alarme tout de suite la voix synthétique d'Axiome. Je VAIS PROCÉDER À DES ANALYSES ET...

— C'est fini, l'arrête Noam. C'était juste les chronons.

Cette fois-ci, je ne te mens pas, Alix, Axiome, qui que tu sois.

Alix.

Il rouvre les paupières face à un spectacle désolant de sang, de mort et de vomissure.

— Qu'est-ce qu'il s'est passé ? l'interroge Moose.

Le pilote affiche un air inquiet.

— Tu vas mieux ?

— Je... Oui..., articule-t-il en reprenant ses esprits.

Il lève la tête, observe le ciel où il a cru voir des navettes et une étrange structure volante, revient au désert. La forêt a disparu, le village aussi, tout comme le dôme aux reflets verts à l'intérieur.

Des cultures ?

— Tu as vu quelque chose ?

— Je ne comprends pas, murmure le capitaine.

— Tu es malade, lui rappelle Abergel. Je suis désolée, Noam, mais je ne crois pas que tu puisses nous commander encore. Il faut en parler à Torres.

— Fais comme tu veux, concède le pilote. Mais là, il ne s'agissait pas de moi. Il y a quelque chose...

Il se tait, cherche ses mots.

— Je sais que je suis irradié. Je sais aussi ce que cela fait que de voir dans les voiles de chronons. Là c'était… différent.

— Tu as peut-être atteint un nouveau stade de contamination, suppose Abergel.

Noam essaie de réfléchir, revient aux rovers et aux cadavres qui l'entourent.

— On va les enterrer, ordonne-t-il d'une voix faible. On ne peut pas les laisser là, sans sépulture. Et on va récupérer pour Solitude les vivres et l'eau.

Il soupire.

— Qu'au moins ces pauvres gens ne soient pas morts pour rien.

50

Les barres nutritives, les bonbonnes d'eau et même les vêtements ont été chargés dans les navettes. Un peu à l'écart des rovers détruits, dix monticules de cailloux et de sable surmontés de cairns indiquent les emplacements des tombes creusées par Moose et Noam pendant qu'Abergel surveillait le ciel et les radars.

— Radendt paiera pour tout cela, gronde la jeune femme.

— Pour ça, et pour tout le reste, ajoute Noam.

Il songe un instant à la vision qu'il a eue, aux maisons, à la forêt, au dôme aperçus au travers des voiles des chronons.

Est-ce que Chronon Galactics pourrait ressembler à ça, un jour ?

Il rejoint sa navette, imité par son coéquipier et, les muscles fatigués d'avoir tant et tant creusé, s'affale dans son siège.

Il lance les moteurs, vérifie d'un regard distrait l'écho radar vide puis, d'un coup, se décide.

— Éléonore ? appelle-t-il dans le canal longues ondes.

Après un moment qui lui paraît interminable, un grognement lui parvient.

— Je te dérange ?

— Tu crois que j'ai que ça à faire, de répondre à n'importe qui ?

— Quelqu'un d'autre t'a contactée ? s'inquiète tout de suite Noam. Il y a un problème ?

— Tu es le premier. C'est déjà trop.

Le pilote réfrène un sourire malgré la situation.

— Je suis très occupée. Qu'est-ce que tu veux ?

— J'ai d'autres symptômes, annonce rapidement Noam.

— Quel genre ?

— Vomissements, nausées, perte d'équilibre, saignements du nez, ..., commence-t-il à lister.

— Rien ne nouveau, l'interrompt-elle.

— ... et des visions vraiment incompréhensibles.

— Comment ça ?

Le ton de la scientifique a changé.

Cette fois, elle l'écoute.

En quelques mots, Noam lui raconte la découverte des rovers, sa tentative d'apprendre ce qui leur était arrivé, les images aperçues dans les miroitements des chronons.

— Je suis désolé, je sais que c'est délirant, mais je te jure que...

— Tu peux venir à mon laboratoire ? l'interrompt Éléonore.

— Tout de suite ?

— Bien sûr, sinon je ne te le demanderais pas maintenant.

Noam jette un regard aux appareils de Moose et d'Abergel, prêts à décoller et à retourner au campement.

— J'arrive, dit-il.

Il coupe la communication avec la scientifique et, à ses compagnons, annonce :

— Je vous rejoins à Solitude.

— Mais..., commence Abergel.

— Exécution.

Il ferme le canal et aussitôt allume les moteurs.

Qu'est-ce qu'elle va bien me trouver ? songe Noam.

Contrairement à ce qu'il redoutait, il ne croise pas une seule navette sur le trajet, et le message reçu d'Abergel et de Moose lui confirme qu'ils sont rentrés à Solitude sans encombre. Préparant son atterrissage au creux des montagnes d'Éléonore, il songe encore et encore aux corps qu'ils ont enterrés dans le désert, à ces rovers rassemblés en muraille, à ces femmes, ces hommes, ces enfants abattus. La colère et la tristesse se mélangent. L'anxiété, aussi.

Ses visions absurdes sont-elles un nouveau signe de dégradation de sa santé ¿

Il pose la navette au pied de la falaise où, avec Kay, ils se sont battus contre les soldats de Radendt.

— Surveille les environs, demande-t-il à Axiome. Prépare-toi à décoller au moindre risque.

— Avec toi ¿ s'inquiète tout de suite L'IH.

— Avec moi et Éléonore.

— Bien reçu.

Le sas s'ouvre dans un chuintement et la scientifique apparaît derrière, une arme braquée devant elle.

— C'est moi, souffle Noam.

Éléonore lui jette un regard rapide, s'assure qu'il n'y a personne d'autre, aucun véhicule dans le cirque montagneux ni trace dans le ciel.

— Viens, dit-elle simplement en abaissant son blaster.

Noam la suit à travers la grotte sombre jusqu'à la porte blindée qui mène à son complexe.

— Tu es sûre que tu ne risques rien ici ¿ s'inquiète-t-il.

— Pas plus que là-haut.

Elle applique sa paume au vantail qui se déverrouille et poursuit à l'intérieur. De rares diodes éclairent le couloir creusé dans la roche.

— J'ai renforcé les systèmes de défense. D'une commande, je peux tout faire sauter.

Noam grimace.

— Je ne souhaite à personne de tenter de forcer le passage pour me voler mes recherches.

Ils s'enfoncent dans le dédale souterrain jusqu'à atteindre un nouveau sas. Éléonore désactive les trois – *trois !* – alarmes et pénètre dans ce qui se révèle être un laboratoire.

Le pilote laisse échapper un sifflement impressionné. Des consoles traînent partout, au milieu d'un fatras de câbles, de batteries sphériques et de cadrans en tout genre. Une douzaine d'écrans habillent les murs, d'autres sont posés à même le sol, reliés à des capteurs, des systèmes de surveillance, des sondes, d'autres appareils encore que Noam est bien incapable de reconnaître.

Éléonore désigne un fauteuil encombré dans un coin.

— Installe-toi là-bas.

Noam s'exécute, débarrasse le siège d'un mitrailleur laser, d'une boussole chronotique et d'une boîte de barres nutritives qu'il pose à terre avant de s'asseoir. Il observe la scientifique fouiller dans plusieurs caisses à même le sol jusqu' à ce qu'elle se relève, satisfaite.

— J'avais tout rassemblé ici pour que ce soit détruit de manière certaine en cas d'intrusion. Je n'ai pas encore pu ranger depuis mon retour, j'hésite d'ailleurs à le faire.

Elle renifle d'un air agacé.

— Cela me fait perdre un temps considérable.

Elle rejoint Noam, un scan médical à la main. Le pilote retient une grimace de dépit – si c'est pour contrôler son taux de chronons, autant rentrer à la base –, mais ne dit rien. Il connaît la facilité avec laquelle la jeune femme s'exaspère.

Cette dernière approche l'instrument de son visage puis balaie à plusieurs reprises le corps de Noam. Des chiffres défilent sur le cadran. Noam n'a pas besoin de vérifier ce qu'ils indiquent : tous sont en rouge.

— Je suis surprise que tu ne sois pas encore mort, murmure Éléonore. Je n'ai jamais vu une telle concentration de particules.

Noam entame un haussement d'épaules.

— Ne bouge pas ! crie la scientifique.

— Déso…

— Ne parle pas non plus tant que je ne te l'ai pas demandé !

Noam réprime un sourire.

Comment font-ils pour passer des heures à discuter sans s'étriper ? s'étonne-t-il, songeant à elle et à Kay.

Il suit du regard la jeune femme qui tourne autour de lui son scanner à la main ; observe ses lèvres qui remuent sans émettre de son comme si elle se parlait à elle-même, le front plissé, ses yeux à moitié écarquillés, s'interrogeant, pour la millième fois peut-être, sur ce qui a pu amener l'une des plus brillantes chercheuses en physique à épouser leur cause. Kay le sait certainement, mais ne lui raconte jamais la vie d'Éléonore. A-t-elle perdu un frère, une sœur sur Chronon Galactics, comme Smith ? Se bat-elle par conviction à l'image de Torres, par vengeance comme le faisait Riveste ? Par désespoir, de la même manière que lui ?

— Dis-moi ce que tu as vu dans les chronons, grogne-t-elle.

— Il y avait plusieurs visions qui se superposaient, comme si… comme si tout était là en même temps et pas en même temps. Je suis désolé si…

— Tu es clair.

Noam entrouvre la bouche, mais aucun son n'en sort.

Je ne la comprendrai jamais…

— Et avant ça ?

— J'en ai toujours plus ou moins eu. C'est compliqué de se concentrer parfois, d'être suffisamment… ouvert, je dirais, ou sensible, pour attraper les bons souvenirs, les..

— Depuis quand ?

Il ferme les paupières, réfléchit.

— Ça a empiré un peu après l'attentat au marché et les premières attaques de Radendt contre nous, je crois.

— Tu t'es beaucoup exposé à ce moment ?

— Comme d'habitude, répond-il.

Éléonore pianote rapidement une commande sur l'un de ses claviers et, en retour, obtient sur l'écran une représentation de Noam entourée de chiffres et de symboles.

— Tu… tu as accès à mon dossier médical ? s'étonne le pilote.

— Je l'ai demandé.

— Mais…

Elle lui jette un regard exaspéré.

— Tu veux que je t'aide ou pas ?

Il hoche la tête et, calmée pour un temps, la scientifique revient à sa console.

— Ton taux d'irradiation a augmenté au fil des années, mais de manière régulière, dit-elle à voix basse, consultant les données qu'elle parcourt. Jusque-là.

Elle indique sur l'écran une ligne bleue qui, d'un coup, monte presque à la verticale.

— C'était ton avant-dernière visite au robomédic de la base.

Elle revient à Noam.

— Il s'est passé quelque chose de particulier ?

— Non.

Elle se pince les lèvres, aussi concentrée qu'agacée.

— Alors, pourquoi est-ce que soudain la présence de chronons bondit ?

— Peut-être que je suis comme les petits vieux sur les bancs de CG-1, aux soleils, qui se mettent à débloquer tout d'un coup puis qui meurent, lâche-t-il, cynique.

Éléonore se fige.

— Mais je veux m'assurer que je vais pouvoir continuer à voler un peu, Léo. Je veux juste être suffisamment efficace pour mener le dernier assaut sans vomir mes tripes, m'évanouir ou…

La scientifique se tourne, pianote sur la console, affiche d'autres dossiers, des photos, des graphiques, des formules mathématiques qui se succèdent à une vitesse effrénée.

— … me retrouver soudain paralysé, incapable de parler et de me battre. C'est ça qui m'inquiète. Il faut que je tienne au moins quelques jours.

Éléonore ne l'écoute pas, les yeux rivés sur ses écrans.

— J'ai juste besoin de temps, poursuit-il néanmoins. Un léger répit pour la bataille.

Et passer encore quelques moments avec Axiome, s'avoue-t-il intérieurement.

— Tu t'es approché de l'anomalie récemment ? le coupe-t-elle.

Noam hoche la tête.

— Pour récolter des chronons et…

Il s'arrête. Peut-il révéler à la jeune femme la présence des vaisseaux d'Horizon ?

Plus tard.

Concentrée, Éléonore ne remarque pas son hésitation.

— … et pour un vol de reconnaissance près du trou de ver.

La scientifique saisit quelques données, consulte les résultats puis se fige soudain devant une suite de calculs que Noam ne comprend pas.

— Ce n'est pas possible…, murmure-t-elle.

— Qu'est-ce qu'il y a ? s'inquiète le pilote.

L'ignorant, elle tape de nouvelles commandes. Des vidéos de conversations apparaissent dans différents endroits de l'écran, des femmes, des hommes, souvent âgés et marqués par les chronons, qui tous relatent des souvenirs et mentionnent, l'air amusé ou surpris, les incohérences relevées lorsqu'ils ont revécu ces moments dans les flux de chronons.

— Tout, tout était là ! Comment est-ce que j'ai pu passer à côté ?

— Qu'est-ce qu'il y a, Éléonore ? insiste Noam.

La scientifique abandonne sa console et se tourne vers lui, abasourdie.

— Je crois que, grâce à toi, je viens enfin de trouver ce qu'est réellement l'aléa chronotique.

Kay

25 ans plus tôt

La voix du muezzin emplit toute la vallée. Au travers de la fenêtre ouverte, Kay l'entend monter et descendre ; chanter l'appel à la prière pour les fidèles de l'aride Nouveau Califat.

L'oreille tendue, le garçon tape encore et encore plus vite sur sa console. Sur l'écran, les lignes de commande se succèdent les unes aux autres.

Le plan d'une navette apparaît au-dessus de l'émetteur holo.

C'est elle !

L'écho de pas se fait entendre non loin.

Non !

Les doigts de Kay virevoltent sur le clavier, font pivoter l'aéronef sous ses yeux, zooment sur le cockpit, les coursives centrales, …

Le bruit des sandales se rapproche à chaque battement de cœur du garçon.

… les armoires énergétiques – trop étroites ! –, les cabines de l'équipage, …

Plus vite !

Quelqu'un s'arrête devant la cellule de Kay.

… les zones de stockage, le mess, le gymnase, …

Allez !

Et frappe à la porte.

… la grille et l'espace de rangement derrière la salle de prière !

— Kay ? appelle une voix grave.

Le sas s'ouvre.

— *Assalamu alaykum*, mon garçon, dit l'homme qui apparaît dans l'embrasure.

— *Wa alaykum assalam*, imam Mustafa.

Le religieux s'avance dans l'étroite pièce, jette un regard rapide sur la couchette repoussée dans un coin, sur la table branlante où l'enfant à la peau brune est assis, un coran devant lui.

L'imam fronce les sourcils.

— Tu n'as pas entendu l'appel à la prière ?

Kay écarquille les yeux.

— Je suis désolé ! Je lisais et n'ai pas...

L'homme lève la main pour arrêter ses explications.

— Sois-y attentif la prochaine fois. C'est important, encore plus important que tout ce que tu pourrais faire. Quoi que ce soit...

Le garçon hoche la tête vigoureusement, espérant masquer sa gêne.

A-t-il vu quelque chose ?

— Tes cheveux, ils sont trop longs, poursuit Mustafa. Il faudra les couper.

— Je voudrais me faire des tresses.

— Ce n'est pas possible, je te l'ai déjà dit.

— Et... pour la navette ? Est-ce que je vais pouvoir vous accompagner jusqu'à cette planète aux chronons ?

— Le mollah Akim a refusé ta demande, c'est ce que j'étais venu t'annoncer. Tu restes à l'équipe d'intendance du Nouveau Califat.

Le visage de Kay se rembrunit.

— Tu t'en doutais bien, n'est-ce pas ?

Le garçon acquiesce.

— Allez. Va au réfectoire, tu y feras ta prière avant de préparer le petit-déjeuner.

Tétanisé, Kay ne bouge pas.

— *Maintenant*, insiste l'imam.

Kay se lève à contrecœur, salue le saint homme puis s'éloigne dans le corridor de la madrasa.

Sitôt le bruit de ses pas disparu, Mustafa s'approche du coran qu'il referme, découvrant la console cachée dessous.

Il l'ouvre, l'allume, voit apparaître devant ses yeux la navette dont il prendra le commandement dans quelques jours, avec un zoom sur la salle de prière.

— Je l'aurais parié, murmure l'imam en souriant. À bientôt, jeune entêté.

Il éteint la console, repositionne le livre saint dessus et quitte tranquillement la chambre de son élève pour aller prier à son tour.

51

La navette file au-dessus du désert, invisible aux radars et aux regards, le ciel de Chronon Galactics brille d'un bleu cobalt éclatant, éclairé par ses soleils jaune et rouge. La journée touche à sa fin et les deux astres approchent de l'horizon.

Sans mouvement, sans vie, sans bruit, la planète semble d'un calme absolu, comme si les rebelles n'étaient pas traqués dans les moindres recoins de la ville loin de l'autre côté de la barrière rocheuse, comme si une immense bataille ne se préparait pas dans l'espace, dans les airs et sur terre, comme s'il n'y avait pas des innocents sous des cairns de fortune.

— Elle n'a pas voulu m'en apprendre plus, explique Noam.

— Comment ça ⸮! s'étouffe Kay.

— Elle a besoin de vérifier ses calculs, de relancer son protocole machin, sa routine quelque chose, enfin tu vois le genre, moi j'ai rien compris… Si ce n'est qu'elle ne m'a rien dit.

Kay reste un instant silencieux.

— Elle… elle semblait inquiète ⸮ finit-il par demander.

— Non, répond Noam.

Pour une fois, il est sincère sur ce sujet.

Il sourit, amusé malgré lui, et ajoute :

— Je crois qu'elle s'en fout de moi, et que seuls ses probabilités et son aléa chronotique l'intéressent.

— Je suis désolé, Noam, tu sais qu'elle…

— Ne t'en fais pas, le coupe son ami. Je sais comment elle est, oui. Et elle fait ce qu'elle peut pour m'aider.

— Parce que c'est toi qui lui as demandé de *l'aide* ? Pourquoi ça ?

Oh, caillasse...

La navette furtive traverse une zone de collines rocheuses aux arêtes acérées. Des éboulis strient les cols de longues lignes brunes et mordorées dans la poussière. Où qu'il porte le regard, Noam ne distingue aucune trace de passage, de bâtiment, de civilisation, nulle part.

— Noam ? insiste la voix de Kay.

— C'est rien de grave, je...

— La *vérité* !

— OK !

Ses épaules s'affaissent.

— Les symptômes sont légèrement plus violents qu'avant, confesse-t-il.

— Genre ?

— Genre un peu handicapants.

— C'est-à-dire ?

— Jusqu'à l'évanouissement.

— Noam !

— Mais c'est arrivé juste une fois ! tente de se justifier le pilote.

Avant que Kay n'ait le temps de se lancer dans l'un de ses habituels sermons, il poursuit :

— Et ce que je vois dans les flux de chronons a changé. C'est pour ça qu'elle m'a demandé de venir. Au lieu de revivre mes souvenirs ou des événements passés, je vois... je vois n'importe quoi.

Il relate en quelques mots la découverte des rovers assiégés, des cadavres, des visions étranges qu'il a eues de forêts et de vaisseaux spatiaux.

— Et en quoi cela peut expliquer le fonctionnement des chronons ? s'interroge Kay.

— Si je le savais...

Sur son fauteuil, le paysage désolé de Chronon Galactics défilant sous ses yeux, Noam secoue la tête d'un air résigné.

— Bon, lâche-t-il. J'imagine que je n'ai plus qu'à attendre la sentence.

— Tu n'es pas drôle, maugrée Kay.

— Des fois, je m'en rends compte.

Reliés par le simple faisceau de communication, les deux amis restent un instant plongés dans leurs pensées, troublés par le seul bruit des moteurs de la navette pour Noam, par le seul mouvement des lignes sur les écrans qui entourent Kay.

— Axiome ⸮ appelle Noam dans le vaisseau. Peux-tu te mettre en veille jusqu'à mon atterrissage s'il te plaît ⸮

L'IH ne répond pas.

— Axiome ⸮

— LA DERNIÈRE FOIS QUE tu m'as éloigné, c'était pour mon anniversaire.

Noam se fige.

Incapable de constater son trouble, Axiome poursuit :

— Tu te souviens ⸮ Tu étais revenu avec un VIEUX COSMOSCOPE qui montrait les étoiles.

— Je… je me souviens, oui…

Alix et lui, la nuit, sous un dais de roche dans le désert. La machine noire et rouillée à leurs pieds qui indiquait les constellations, la direction de la Terre, d'Aurora, d'Horizon et des colonies. Leurs mains qui ne se lâchaient pas.

Personne d'autre que nous ne peut savoir ça.

Son cœur cogne plus fort dans sa poitrine.

Ils s'étaient embrassés, s'étaient amusés à apprendre les noms des principales étoiles, imaginant partir ensemble dans l'espace et visiter chacune des planètes…

— Noam, t'es toujours là ⸮ s'enquiert Kay, interrompant ses pensées.

— Oui, oui ! sursaute le pilote.

Sur le canal qui le relie à Axiome, il dit :

— Excuse-moi. J'ai besoin de parler seul à seul avec Kay.

— Comme TU VOUDRAS, répond l'IH.

— PASSAGE EN PILOTAGE PRIMAIRE, annonce l'ordinateur de bord.

— Des nouvelles de ton mouchard à la forteresse ? demande tout de suite Noam.

— Toujours rien, grommelle Kay.

— T'es sûr qu'il fonctionne ?

— Certain. C'est juste qu'il ne détecte aucune communication en direction de la ceinture d'astéroïdes.

Noam grimace d'un air contrarié.

— On fait quoi, alors ?

— Pas le choix, on continue comme si on ne se doutait de rien.

— Et le plan B ?

— J'ai presque terminé la reconfiguration des IA pour masquer la base même à ceux qui connaissent approximativement sa position. Nous pourrons y organiser la retraite. Il faudra juste qu'avec ton escadrille, tu récupères le maximum des nôtres pour les emmener en sécurité pendant que les autres rejoindront les caches dans le désert.

— Aucun problème.

— D'autant que Torres ne s'y attendra pas.

— Si elle a vraiment trahi, ajoute Noam.

— Je ne vois pas d'autre possibilité…

— Tu penses pouvoir bientôt rentrer dans les systèmes de la forteresse ? demande le pilote.

— Je n'en ai aucune roche d'idée, admet Kay. Les heures passent, je tente tout ce que je peux, mais rien n'y fait. Impossible d'approcher sans être détecté et provoquer un retour de flamme.

— Axiome pourrait t'aider, propose une nouvelle fois Noam.

— Trop risqué, l'arrête tout de suite l'ingénieur. On ne sait pas qui il est…

Le pilote tique.

C'est lui, c'est forcément Alix !

— … ni s'il est fiable. Il vient de chez Radendt, rien ne nous assure qu'il ne s'agit pas d'un piège.

— Kay, insiste Noam, tu as oublié combien de temps il nous reste avant l'assaut ou quoi ?

— Cinq jours. Cinq caillasses de jours.

— On a besoin que tu rentres dans ce système, Kay. Sans ça, on ne réussira jamais à...

— Je sais ! le coupe brusquement son ami.

Il soupire.

— Excuse-moi, Noam. Je suis crevé.

— On l'est tous.

Face au cockpit, quelques pics s'élèvent, la cime scintillante de glace. Noam vire légèrement pour les éviter, jette par réflexe un regard à son radar – écho vide –, aperçoit au loin le renfoncement rocheux où se cache Solitude.

— OK, concède l'ingénieur.

Soulagé, Noam hoche la tête dans son fauteuil tout en réduisant la puissance de ses moteurs pour la phase d'approche du campement.

— Mais je vais devoir mettre en place des programmes de protection dans le cas où Radendt remonterait notre piste. S'il parvient à entrer dans nos systèmes, il aura accès à tout, absolument tout. Il pourra couper nos canaux com, désactiver les ordinateurs de la base, et ce sera alors un jeu d'enfant de nous détruire pour de bon.

Il hésite une seconde avant de poursuivre :

— Les programmes procèderont dans ce cas à la suppression de tout ce qui peut mener jusqu'à nous.

— Tu peux me traduire ? ronchonne Noam.

— Les IA qui forment des nœuds de communication seront... effacées.

Une vague de froid submerge le pilote.

— Axiome... aussi ?

— Je suis obligé de l'inclure, avoue Kay.

Sans laisser le temps à son ami de réagir, il explique :

— Sans ça, Radendt aura une porte d'entrée grande ouverte vers tous nos réseaux. C'est vraiment trop risqué, trop...

— D'accord, l'interrompt Noam.

Kay reste silencieux.

— D'accord, répète le pilote.

Il se force à sourire dans le cockpit de sa navette.

— Axiome ne nous trahira jamais, j'en suis certain. Et tu vas réussir à pénétrer dans ces sableries de systèmes.

Les premiers bâtiments de Solitude apparaissent à l'horizon. Noam prépare le pivotement des moteurs. Plusieurs silhouettes à peine plus grandes que des boulons surgissent du couvert des rochers, la visière de leur casque et leurs armes reflétant par moments la lumière des soleils. Le pilote émet le signal de reconnaissance afin de ne pas être accueilli par une salve de lasers une fois qu'il aura désactivé les boucliers furtifs.

— Je te laisse, dit-il. Je vais me poser. Je préviens Axiome.

— Sois prudent, lâche Kay.

— Toi aussi.

Il coupe la communication et, soucieux, finalise la procédure d'atterrissage.

La poussière ocre est à peine retombée qu'Abergel et Moose apparaissent. Noam enfile rapidement sa carapace.

— JE PEUX REVENIR ? demande Axiome.

Noam sursaute.

— Oui ! Oui, bien sûr !

— QUELQUE CHOSE QUE JE DOIS savoir, maintenant ? l'interroge l'IH.

Malgré l'inquiétude – non, Kay n'effacera jamais Axiome –, Noam esquisse un sourire. Il jurerait déceler une pointe de vexation dans la voix synthétique.

— Kay va avoir besoin de toi pour pirater les systèmes de Radendt, annonce-t-il.

— AH ! IL S'EST ENFIN DÉCIDÉ À ME FAIRE confiance !

Noam hésite à lui révéler les risques qui…

— Oui, dit-il simplement. Mais sois prudent, d'accord ?

— ÉVIDEMMENT.

Le pilote abaisse sa visière et appuie sur la commande d'ouverture du sas.

— Tout va bien ? l'accueille la voix d'Abergel.

— Parfait. Ici aussi ?

— Affirmatif, répond Moose.

Descendant la rampe, Noam balaie du regard les bâtisses qui forment l'entrée de Solitude, note les remblais assemblés par endroits, les espaces créés dans la roche percée de quelques meurtrières.

— Ça avance rapidement, constate-t-il.

— Je crois que ton père t'attend, capitaine, l'informe Moose. Il a demandé à plusieurs reprises quand tu revenais.

— Merci. On reprend les simulations de bataille ce soir. D'ici là, continuez d'aider à la fortification de Solitude.

— À vos ordres, capitaine.

Noam rejoint l'entrée du campement souterrain, salue les gardes et s'enfonce dans l'escalier qui mène à la caverne. L'activité est intense à l'intérieur. Partout, les gens vont et viennent, rassemblent des armes, des rochers, des combinaisons ; s'entraînent au corps-à-corps, étudient des cartes, réparent des moteurs ou des carapaces endommagés. Noam les ignore et gagne à grands pas le dortoir de son père.

— Papa ? appelle-t-il, à peine arrivé dans la chambre de fortune.

La lumière est faible à l'intérieur, projetant partout ses ombres.

— Je suis là, répond une voix fatiguée.

Noam rejoint la paillasse posée à même le sol, inquiet.

— Tout va bien ?

— Oui, ne t'en fais pas, le rassure Farouk.

Il se redresse difficilement, aidé par Noam.

— J'ai passé la matinée à charrier des cailloux. Mon dos et mes bras me le font payer.

— Tu es trop âgé pour ça, tu ne devrais…

— Je participe comme tout le monde, l'interrompt doucement son père.

— Tu voulais me voir ?

Le vieillard acquiesce.

— J'ai un message d'Anastasia pour toi.

— Franchement, repartir à CG-1 est complètement inconscient, grince Noam.

— Ta sœur est adulte, maintenant. Elle fait ses propres choix.

— Mais elle risque sa vie !

— Comme toi, murmure son père.

— Je...

Noam ne termine pas sa phrase. Que pourrait-il rajouter ?

Son père s'extrait de sa couche et attrape un petit cube rouillé sur la table.

— Je te laisse avec l'holo, dit-il. Je vais faire un tour pour me dégourdir les jambes.

Il pose une main légère sur l'épaule de son fils et l'abandonne dans l'habitation.

Noam s'assied sur la seule chaise disponible et appuie sur le bouton de lecture.

— Salut, Noam ! lance la voix de sa sœur.

L'image réduite d'Anastasia en carapace se forme au-dessus du cube, souriante.

— Je sais que tu vas me détester, déclare-t-elle.

Évidemment !

— Mais je sais aussi que tu comprendras pourquoi je suis partie.

Il secoue la tête, agacé.

— Je tenais à te laisser un petit message juste... au cas où. Normalement, on va se retrouver bientôt, très bientôt même. Et si on ne se revoit pas, grand frère, alors ben voilà, tu garderas ce souvenir de moi, OK ? Je ne voulais pas m'en aller sans un au revoir, mais te le dire de vive voix aurait été trop dur.

L'image de la jeune femme se floute, disparaît avant de revenir, légèrement décalée.

Elle a arrêté l'enregistrement puis l'a repris, réalise Noam.

— Je suis partie parce qu'on ne peut pas se cacher, même si des fois on aimerait. On ne peut pas se cacher et attendre, ou espérer, que les choses se résolvent d'elles-mêmes. Les choses ne changeront pas sur cette roche de planète si on ne les fait pas bouger. Si Radendt n'est pas renversé. Mes parents biologiques cherchaient sans doute un avenir meilleur en venant ici, ils sont morts d'épuisement ou de faim. Ils ne sont pas les seuls à avoir été bercés par des mensonges, par des rêves qui se sont révélés être des cauchemars. Ils méritaient mieux. Ils n'ont pas eu cette chance.

Elle affiche un sourire triste.

— Si d'autres s'étaient soulevés avant, poursuit-elle, peut-être auraient-ils eu une belle vie. Peut-être que je serais restée plus longtemps avec eux. Je ne sais pas. Mais, moi, comme toi, comme beaucoup d'autres, je veux me battre pour que cela n'arrive plus. Pour qu'aucune autre petite fille, pour qu'aucun autre petit garçon ne sorte de chez lui le cœur en miettes, le visage ravagé de larmes, en hurlant que ses parents sont morts, qu'ils ne bougent plus et qu'il ne sait pas quoi faire.

L'enregistrement s'arrête de nouveau avant de reprendre.

— Je ne sais pas ce que je serais devenue sans papa et maman qui m'ont recueillie. Sans toi. En partant tout à l'heure pour me battre, c'est à vous que je penserai, pour me donner de la force et du courage. Je veux que vous soyez fiers de moi, même si maman n'est plus là pour le voir. Je veux que vous vous disiez que vous m'avez aidée à devenir celle que je suis, quelqu'un de fort, de résolu... oui, d'accord, de têtu, je sais, tu me l'as suffisamment répété !

Elle éclate d'un rire cristallin.

— Mais bref. Je voulais aussi te dire, comme je l'ai dit à papa, que je t'aime, frérot. Que je t'aime, et que j'aurais tant voulu que la vie soit moins rude avec toi. Je sais que tu souffres. J'en ai souffert aussi, comme papa, de te voir si malheureux. Mais je te comprends. Dis-toi juste que...

Elle passe rapidement la main sur sa joue, comme pour essuyer une larme avant qu'elle ne coule.

— Dis-toi juste qu'il n'y a pas que la peine et qu'elle devrait, peut-être, laisser un peu de place à… à la vie ? Malgré tout.

Elle grimace.

— Oh ! là, là ! c'est une catastrophe, mon message ! Je vais te faire pleurer alors que je voulais simplement te dire à bientôt. On va gagner, frérot. On va gagner ensemble, d'accord ? Je t'aime.

L'image d'Anastasia disparaît et Noam s'effondre en larmes.

52

— Tu es seul ? lui demande Kay.

— Oui, grommelle Noam.

Il s'étire dans son lit de fortune, jette un regard au travers de la fenêtre creusée dans la pierre.

Aucune lumière.

— Je dormais roche... Tu sais quelle heure il est, mec ?

— Torres a quitté la base, lâche Kay.

Noam se redresse, soudain totalement réveillé.

— Qu... quoi ? articule-t-il.

— Tu m'as bien entendu. Elle est partie.

— Où ça ?

— Aucune idée.

— Qui d'autre est au courant ?

— Personne.

— Comment tu t'en es rendu compte ?

— Sa navette a décollé. J'avais mis un mouchard dessus, au cas où. J'ai été bien inspiré. Lorsqu'il s'est déclenché, je l'ai cherchée partout, j'ai scanné tous les canaux de communication. Elle n'est nulle part depuis deux heures.

— Tu es sûr de toi ?

— Sang de poussière, Noam, tu crois que j'ai pas vérifié cent cinquante fois avant de te prévenir ?

— C'est pas possible... Je... J'espérais vraiment qu'elle ne nous avait pas trahis, qu'elle...

Il plonge le visage entre ses mains, comme s'il se réveillait d'un cauchemar.

— Il faut avertir les autres.

— Je sais pas.

— Hein ? grince Noam.

— Et si on s'était trompés ?

— Attends, Kay ! Tu collectionnes les indices qui prouvent la trahison de Torres, t'avais réussi à me convaincre, et maintenant tu ne veux plus rien faire ?

— Je n'ai pas dit ça, répond l'ingénieur, manifestement peu sûr de lui.

— Alors, c'est quoi le souci ?

— On a percé les premières défenses des systèmes Radendt, explique-t-il.

— Grâce à Axiome ?

— En partie.

Il laisse passer un court silence.

— Oui, oui, grâce à lui, admet-il finalement. Un peu. Beaucoup. Malgré ses absences.

Noam lève un sourcil surpris.

— Ses absences ?

— Oui, ses absences, répète Kay. On est en pleins calculs ou en pleine attaque informatique et puis tout à coup, tempête de poussière, ton Axiome disparaît sans prévenir ! Il recherche ses souvenirs, à ce qu'il me dit.

Il poursuit la reconstruction de sa mémoire, suppose Noam.

— Bref, je ne suis pas au bout mais j'ai enfin pu accéder à des données concernant les communications externes passées depuis la forteresse.

— Et ? demande le pilote, revenant à la discussion avec son ami.

— Je ne suis pas certain, Noam.

— Crache le morceau, caillasse !

— J'ai mis la main sur un échange crypté entre la base et Raja Sharma.

— Elle nous a donc bien trahis, murmure-t-il.

— C'est que... je ne suis pas persuadé que Sharma ait parlé à Torres. Tout était codé, même les spectres vocaux. Je n'ai pas terminé l'analyse, mais je ne suis pas sûr, Noam. Les probabilités ne sont que de douze pour cent, je m'attendais à beaucoup plus. C'est pour ça que je t'appelle. L'attaque est dans quatre jours, Torres a disparu, il y a peut-être un autre espion à la solde de Radendt parmi nous, et je suis complètement paumé...

— Caillasse ! peste le pilote.

— Caillasse, oui.

Les deux amis réfléchissent un instant chacun de leur côté.

— Rien au sujet des renforts dont a parlé Torres ? finit par interroger Noam.

— Je n'ai vu aucun rapport mentionnant une activité anormale à la sortie du trou de ver.

— S'il s'agit de renforts pour nous, sans doute qu'ils se sont cachés.

Noam laisse échapper un souffle las.

— On fait quoi, du coup ? demande-t-il.

— Je ne sais pas.

Le pilote ferme les paupières, passant en revue toutes les éventualités. Faut-il tout révéler au Conseil rebelle ? Mais s'il y a un autre traître à l'intérieur, est-ce une bonne chose ? Faire confiance malgré tout à Torres ? La prévenir, elle, de la possibilité que l'un des capitaines soit aux ordres de Radendt ? Mais qui, dans ce cas ? Gorski, le dernier arrivé ? Dabo, Orcane, Smith ? Quelqu'un d'autre, ailleurs, dans l'organisation rebelle ?

Le communicateur à son poignet émet un nouveau bip.

Noam rouvre les yeux, et se fige.

— Kay ? dit-il.

— Ouais ?

— Je te laisse. J'ai un appel d'urgence... de Torres.

Penché sur sa console et le front barré d'un pli soucieux, Noam vérifie une fois encore le plan de vol. Solitude, le désert, la barrière rocheuse, retrouver les autres navettes, formation, puis foncer sur CG-1.

C'est de la folie...

Il consulte une nouvelle fois son canal privé. Pas de nouvelles de Kay malgré son message.

À travers la vitre du cockpit, il voit Abergel et Moose qui se préparent également.

Il va falloir que je leur dise.

Noam revient à sa console, s'assure que les réservoirs sont pleins, que les canons sont opérationnels, les boucliers chargés ; vérifie les radars.

Plus de doute possible : une tempête chronotique approche.

— Axi..., commence-t-il.

Il se reprend, contrarié, se souvenant qu'Axiome n'est pas avec lui.

— Ordinateur, rapport d'état ?

— SCAN TERMINÉ, répond la machine. APPAREIL OPÉRATIONNEL À 97 %.

— Risques ?

— FISSURE MINEURE SUR LA CARLINGUE, ZONE ARRIÈRE. USURE DU CANON DROIT. UN RETOUR À LA BASE EST NÉCESSAIRE POUR RÉSOUDRE CES SOUCIS.

— Combien de temps avant que les chronons nous tombent sur la tête ?

— TRENTE MINUTES.

— Merci.

Noam jette un dernier regard au cockpit, ajuste sa combinaison de pilotage ; prend une longue inspiration et se dirige vers la sortie.

Les soleils brillent à l'extérieur, tout juste levés, et la journée est pour l'instant magnifique. Aucun nuage ne trouble le ciel d'un bleu profond ; l'ocre chaud de la roche, du désert est partout.

La tête de Noam pulse douloureusement.

Trente minutes… Vu comment ça me martèle le crâne, je parie sur vingt.

Gar l'attend à l'entrée de la caverne. Farouk est avec lui. Le rebelle les rejoint en quelques pas. Les signes de tempête sont évidents : même au travers des visières, les chronons chatoient, charriant avec eux des images du passé. Noam entraperçoit sans le vouloir les premiers colons de Solitude rassembler des pierres pour leurs maisons, d'autres quitter les lieux des années plus tard, harassés et lugubres, le visage décoloré.

Le pilote secoue sa tête. Sa peau le pique malgré la protection de sa carapace.

Il va vraiment falloir rentrer très vite à l'abri.

— Merci beaucoup pour l'aide que vous nous avez apportée, déclare Gar en l'accueillant.

L'homme à la barbe et aux cheveux gris sourit.

— Sans vous, je ne sais pas comment nous aurions fait pour nourrir tant de monde.

— Prenez soin de vous et des réfugiés. Et méfiez-vous de la tempête qui approche. De ce que j'ai vu sur les radars, elle promet d'être sévère.

— Le tambour entre mes deux oreilles me dit la même chose, acquiesce Gar. Tout le monde est à l'intérieur, calfeutré.

Le chef du village se tourne vers le sud, là où le cobalt du ciel s'émaille de halos multicolores qui clignotent sans cesse, formant comme un écran brouillé qui barrerait l'horizon.

— Ça va aller pour vos navettes ¿

— Si on part à temps, oui.

— Bonne chance, alors.

Gar s'éclipse après une poignée de main chaleureuse, laissant Noam seul avec son père.

Le pilote s'approche de lui, sourire aux lèvres, détaille le visage ridé, trop maigre, les cheveux blancs épars, les yeux pétillants, emplis d'amour et d'humanité.

Comment fait-il ¿ Comment fait-il pour dégager autant de bonté, autant de chaleur, avec tout ce qu'il a vécu ¿

Noam ouvre ses bras, prend son père à l'intérieur.

— Pourquoi dois-tu partir si vite ? lui demande ce dernier.

— Nous ne pouvons pas prendre le risque de rester bloqués à cause de la tempête, et nous avons eu de nouveaux ordres. Mais ça va aller, ne t'en fais pas.

Farouk s'extrait doucement de l'étreinte de son fils, pose ses mains sur ses épaules et le dévisage à son tour.

— Je m'en fais toujours, je n'y peux rien. Je ne peux pas te demander de me promettre d'être prudent. Mais sois attentif, d'accord ?

— Je le serai, papa.

— Je t'attendrai ici.

— Je reviendrai.

Les yeux plongés dans ceux de son fils, Farouk dit :

— C'est la grande bataille, c'est ça ?

Noam ne répond pas.

Personne n'est prêt. Et Zulmira...

— Fais attention à toi aussi, répond simplement le pilote.

Il s'emplit une dernière fois de la vision de son père, si fort, si fragile à la fois, recule d'un pas, sent les mains usées quitter ses épaules, sourit et, lentement, se dirige vers son appareil.

— Je t'aime, Noam, entend-il derrière lui.

— Je t'aime papa, murmure-t-il.

Il rejoint la passerelle de sa navette, se retourne et lance un ultime au revoir à celui qui l'a tenu, soutenu toutes ces années ; qui l'a chéri chaque jour, sans rien demander en retour. Qui a été là. Solide. Pour lui.

Merci, papa.

La porte se referme dans un claquement sec. Noam se dirige vers le cockpit quand une nausée d'une violence inouïe le plie en deux. Il rend tout ce qu'il a dans le ventre et s'effondre.

— CAPITAINE, VOUS ALLEZ BIEN ? dit l'ordinateur de bord. JE DÉTECTE UNE ACCÉLÉRATION RAPIDE DE VOTRE TEMPÉRATURE CORPORELLE AINSI QU'UN POULS IRRÉGULIER. ÊTES-VOUS CONSCIENT, POUVEZ-VOUS ME RÉPONDRE ?

Noam ne peut que gémir, secoué de spasmes. Sa tête est un étau, tout tangue autour de lui : les parois de la navette, les bancs métalliques, les boutons et les poignées, l'entrée des coursives.

— CAPITAINE, DOIS-JE REQUÉRIR L'INTERVENTION D'UNE ÉQUIPE MÉDICALE ? SANS RÉPONSE DE VOTRE PART D'ICI TRENTE SECONDES, JE LANCE LE PROGRAMME DE DEMANDE DE SECOURS.

Noam lève une main tremblante, régurgite. Ses yeux sont en feu, il n'a plus aucune force ; il essaie de se relever et s'écroule.

— DIX SECONDES. NEUF, HUIT, SEPT...

— Stop ! coasse le pilote.

Il tousse, s'étouffe presque, haletant.

— CAPITAINE ? insiste l'ordinateur.

— Tout va... bien...

— VOTRE CŒUR EST À CENT VINGT-QUATRE PULSATIONS MINUTE, VOS ONDES CÉRÉBRALES PRÉSENTENT DES PICS ANORMAUX. DOIS-JE SOLLICITER LE ROBOMÉDIC DE LA BASE OU UN...

— Non ! l'arrête Noam.

Il se redresse malgré ses jambes flageolantes. Sa combinaison est souillée de haut en bas, le sol de la navette répugnant.

— Capitaine ? appelle Abergel. Nous sommes prêts, nous attendons vos ordres.

Noam ferme les yeux, rassemble ses forces pour tenter d'avoir la voix la plus normale possible.

— Départ dans dix minutes. Fin de communication.

— Bien reçu.

Noam inspire longuement, laisse le vertige qui l'a saisi se dissiper en même temps que les nausées.

Caillasse de caillasse... C'était quoi, ça ? L'effet de la tempête sur mon taux de chronons ?

— Ordinateur, marmonne-t-il.

— OUI, CAPITAINE ?

— Nettoyage de la soute. Sors ma carapace, je vais la mettre à la place de la combinaison. Décollage retardé de quelques minutes.

Le souffle court, il rejoint sa minuscule cabine, se passe rapidement au jet d'air, dégoûté, jusqu'à ce qu'il soit propre et que l'odeur de bile ait disparu. Les taches blanches sur ses bras, ses jambes semblent s'être élargies.

Survivre jusqu'à la fin des combats, au moins.

Il relève la tête, croise son regard dans le miroir au-dessus du compartiment de nettoyage. Ses traits sont tirés. Ses yeux encore brillants de larmes.

Et si je n'y arrivais pas ?

53

— On va y arriver, lui a assuré Zulmira lors de leur conversation du matin même.

— C'est du suicide ! a-t-il objecté. Pourquoi roche avancer l'attaque ?

Torres s'est tue un moment.

— Est-ce que tu me fais confiance, Noam ?

Il était resté là, assis sur son lit de fortune, incapable de répondre.

Est-ce qu'il lui faisait confiance ?

En quelques secondes, tous ses souvenirs s'étaient rappelés à lui. La mort d'Alix, Kay et Zulmira qui le sauvent, lui. La salle de commandement au premier jour où il y est entré en mémoire de celui qu'il avait tant aimé. La rage de Torres lorsqu'elle avait dû faire face à la trahison de Sharma, sa soif de reprendre sa place, son discours dans la bulle centrale.

La découverte des communications depuis sa cabine vers la forteresse de Radendt.

Leurs doutes, à Kay et à lui.

— Noam ? a demandé la commandante.

— Je...

Il a songé aux appareils d'Abergel et de Moose posés non loin, aux réfugiés venus à Solitude. Il a pensé aux rovers dans la plaine aride, aux cadavres, à ces femmes, ces enfants, ces hommes, morts pour rien.

— Il y a des choses qui m'inquiètent, a-t-il lâché.

— Des soucis avec les navettes ? s'est alarmée la cheffe des rebelles.

— Plus grave. Je… je me demande si Radendt n'a pas accès à certaines de nos informations.

Est-ce que c'est elle ?

Concentré sur les réactions de la commandante, il a poursuivi :

— La localisation des hangars censée être secrète, celle du laboratoire d'Éléonore, aussi. Le piège sur la base lunaire. C'est comme s'il s'attendait à tout.

— Moïra est une IA incroyablement évoluée, a répondu Torres. Elle peut prévoir…

— Mais pas à ce point, l'a coupée Noam. Et pas à chaque fois ou presque.

La commandante est demeurée muette.

— Zulmira… J'ai peur qu'il n'y ait un traître parmi nous. Je me demande s'il ne faut pas tout annuler. Si jamais Radendt est informé de notre plan, c'est toute la rébellion qui…

— Il y a un traître, a dit Torres.

Noam en est resté coi.

— Tu… tu as dit quoi ?

— Il y a un traître chez nous.

— Comment tu le sais ?

— Grâce à Sofia. Elle avait dédié l'une des IA de la base à la surveillance des transmissions vers la surface. C'est comme ça que j'ai découvert des traces de communications non autorisées de l'astéroïde vers la forteresse, au travers de ma propre console que quelqu'un a utilisée.

C'est ça que Kay a détecté également, a songé Noam.

— Je n'ai pas réussi à en récupérer le contenu, mais cela m'a dessablé les yeux.

— Tu sais qui ça peut être ? a demandé le pilote.

— N'importe lequel d'entre nous.

— Pourquoi me dis-tu tout ça, alors ? Cela pourrait être moi.

— Je te connais, Noam. Je connais ton histoire.

— Ça pourrait être toi, aussi…

Torres s'est tue.

— Zulmira ? a insisté Noam après un long moment.

— Regarde, a-t-elle simplement dit.

Un faisceau lumineux s'est élevé du communicateur au poignet du pilote, formant une image holo de la commandante.

— Où est-ce que tu es ? a questionné Noam.

— Dans un entrepôt de Radendt.

L'image s'est élargie, révélant autour de Torres des conteneurs éventrés, plusieurs cadavres de soldats au sol et de rares silhouettes occupées à récupérer et entasser des blasters dans un coin.

— C'est... c'est quoi ça ? Tu es en mission quelque part ?

— J'ai quitté la base en secret avec quelques-uns des nôtres. Nous avons pris l'un des arsenaux de Radendt. Il y a là de quoi armer une bonne partie de nos sympathisants à CG-1.

C'est pour ça qu'elle est partie sans rien dire ! a réalisé le pilote.

Un soulagement incroyable le traverse.

Ce n'est pas elle...

— Avancer l'assaut comme je te le demande est le seul moyen de surprendre Radendt et celui ou celle qui l'informe. Si nous maintenons le plan initial, nous courons à notre perte. Si nous attendons encore, nous finirons par être submergés par la contre-attaque contre nous. Il faut poursuivre, surprendre, déjouer les statistiques. Et y croire.

Noam a marqué une pause à son tour.

Lancer l'attaque sans être complètement préparé, avec un traître parmi les rebelles.

Des risques énormes.

— Tu vas le dire aux autres ? a-t-il fini par demander.

— Bientôt. D'ici là, n'en parle à personne. Nos conversations pourraient être interceptées. Même celle-ci...

Noam a tiqué.

Ne rien dire à Kay ni à Axiome...

— Les renforts que tu as promis ? Seront-ils vraiment là ?

— Noam, fais-moi confiance une dernière fois, élude Torres.

Le pilote a observé les rebelles dans l'entrepôt puis le visage fatigué de leur commandante à l'expression plus décidée que jamais.

— Je quitte Solitude avec Abergel et Moose dans la journée, a-t-il dit. Je rassemble tout le monde et on sera à tes ordres avant la nuit tombée.

Noam rouvre les paupières dans l'étroite cabine de sa navette. Les vertiges ont cessé, ses doigts ne tremblent plus.

Remis de son malaise, il rejoint son fauteuil de pilotage, puis pose le regard sur la longue seringue fournie par le robomédic avant son départ de l'astéroïde. Il s'empare de l'aiguille d'un geste décidé, serre les mâchoires et se la plante dans le cou. Il sent aussitôt le liquide synthétisé selon les instructions d'Éléonore s'infiltrer dans son corps, accompagné d'une douce chaleur.

De quoi mieux supporter les nausées et tes vertiges dus aux chronons, lui a dit la scientifique. *Mais ça risque de te tuer encore plus vite.*

La seringue vidée, Noam la laisse tomber au sol.

Mektub, comme dirait Kay.

— Ordinateur ? appelle-t-il.

Sa gorge le pique, mais son mal de tête semble déjà refluer.

— Paré au décollage.

— ALLUMAGE DES MOTEURS ET DES SYSTÈMES DE NAVIGATION, répond la machine.

Zulmira, j'espère que tu ne t'es pas trompée...

Noam rouvre les canaux com, déclenche le plan de vol et, doucement, tire sur la manette des gaz. Sa navette s'élève dans le désert en projetant un nuage de poussière, imitée par les appareils d'Abergel et de Moose. Avant de s'envoler, Noam jette un dernier regard à Solitude.

Malgré la tempête qui approche, la silhouette de son père se tient près des maisons de roche, maigre et fragile, le bras levé en signe d'au revoir.

Ou d'adieu ?

Arun, Zacharie et Amaya

13 ans plus tôt

La réunion se termine dans le bloc des quartiers nord. Assis autour d'une lampe de faible intensité, Arun Sharma, Zacharie Smith et Amaya Dabo savourent les nouvelles reçues de Torres et de Sato : elles ont trouvé un immense rocher en partie creux dans la ceinture d'astéroïdes, doté de larges veines de fer et de nickel.

Un endroit où s'ancrer enfin, loin de Radendt.

Un endroit d'où démarrer leur rébellion et gagner leur liberté.

— Ensemble, nous y parviendrons, conclut Amaya.

Elle pose sa main sur la table.

— J'en suis persuadé, ajoute Zacharie, radieux.

— Comment croire le contraire ? termine Arun, plaçant sa paume au-dessus des autres.

Les trois jeunes gens se sourient, emplis d'espoir.

— Il va nous falloir des ingénieurs pour nous installer, déclare Amaya.

— Un dock pour nos futures navettes, complète son voisin de droite.

— Un laboratoire pour Orcane, propose celui de gauche.

Tous les trois se regardent avant d'exploser de rire.

— Jamais elle n'acceptera ! s'exclame Zacharie.

— Elle nous ferait bâillonner pour qu'on cesse de la perturber dans ses recherches ! renchérit Arun, hilare.

Les yeux pétillants de joie, Zacharie observe ses compagnons.

— Quand je suis arrivé sur cette planète, raconte-t-il, j'étais plein d'espoir. J'avais quitté la Terre, les camps d'activité obligatoire, les tempêtes, la chaleur et les typhons…

— Tu as dû bien vite déchanter, commente Arun.

— Tu m'étonnes ! J'ai été affecté au nettoyage des usines de chronons. Je travaillais douze heures par jour, mangeant et buvant à peine. J'étais épuisé et pas loin d'être désespéré à l'idée d'avoir fui un enfer pour en rejoindre un autre.

Perdu dans ses souvenirs, Zacharie ajoute :

— Le truc qui m'a presque autant marqué, je m'en souviens encore, c'est la manière dont ceux arrivés avant moi prétendaient que sur cette planète, on peut presque *sentir* l'avenir.

— Ne nous dis pas que tu crois aux sableries des adeptes du chronon ! se moque Arun.

— Non, bien sûr que non ! Mais il y a quand même quelque chose avec les pressentiments, ici, qui sont beaucoup plus forts que sur la Terre. Vous voyez ce que je veux dire…

Ses compagnons acquiescent.

— Et c'est ça qui m'a permis de tenir. C'est cette impression tenace qu'un jour, je m'en sortirai. Qu'un jour, je serai libre. C'est pour ça que je me bats, pour que cela advienne.

— Sakura m'a dit que lorsque tout serait terminé, elle fonderait une famille, raconte Amaya. Elle veut trois enfants, vous vous rendez compte ¿ *Trois !* Et elle jure l'avoir vu dans les chronons !

— Moi, je rentrerai sur Terre, annonce le colosse Arun.

— Toi aussi tu crois à tout ça ¿ s'étouffe la jeune femme aux longues tresses brunes.

Le militaire hausse les épaules.

— Bien sûr que non. Mais cela ne m'empêche pas de savoir ce que je ferai lorsque nous aurons gagné.

— Vous imaginez si jamais les chronons ne sont pas ce que l'on pense ¿ dit Zacharie. S'ils ne montrent pas le passé ou l'avenir, mais juste… juste n'importe quoi ? Ces pressentiments ne rimeraient plus à rien !

— Seule Orcane pourra peut-être un jour nous expliquer ce qu'il en est vraiment, répond Amaya. En attendant, j'ai envie d'y croire.

Elle se lève de sa chaise.

— La nuit est tombée, je vais pouvoir continuer mon porte-à-porte.

— Sois prudente, lui demande Zacharie.

— J'ai traîné dans cette ville durant toute mon enfance avec les gamins des rues, répond Amaya. Je la connais comme ma poche. Ne t'inquiète pas, rien ici ne peut m'échapper, et rien ne peut m'arriver non plus.

54

Les navettes filent à toute vitesse entre le ciel azur et la terre ocre, telles trois flèches noires. L'air vrombit à leur passage, leur ombre saute de rocher en rocher, de dune en dune sur le sol désolé de Chronon Galactics.

— J'espère que L'ORDINATEUR DE BORD ne s'en sort pas MIEUX que moi, lance une voix dans le cockpit.

Le cœur de Noam s'emballe. Il a presque reconnu les intonations d'Alix.

— Axiome ! Tu es de retour ¿

— Pas complètement. Une large proportion de MON CENTRE CALCULATOIRE tente toujours de contourner les défenses des systèmes de Radendt mais nos dernières avancées me permettent de mettre un peu d'énergie ailleurs.

— Tu penses que vous allez réussir ¿

— LES PROBABILITÉS SONT DE L'ORDRE DE 37,3 %.

— C'est peu, lâche Noam, déçu.

— SI TU TIENS COMPTE du fait qu'il s'agit de l'alliance d'un ingénieur autodidacte et d'une IH à moitié amnésique contre une richissime corporation bâtie par l'un des plus grands cerveaux de la Terre et son IA plus que centenaire, C'EST PLUTÔT PAS MAL, AU CONTRAIRE.

— Tu marques un point.

— Je te le fais pas dire.

Noam lève les yeux au ciel, amusé.

— Tu n'as pas gagné en modestie.

— Je supporte toujours aussi peu de perdre.

Noam sourit, se revoit, le soir, devant un quadrant de cailloux, à jouer avec Alix alors qu'ils étaient enfants, à perdre exprès, à triompher, parfois, et provoquer les bouderies du jeune garçon.

— Je sais…, murmure le pilote.

— J'ai trouvé quelque chose sur moi, annonce l'IH. Des images de jeux de balle quand on était petits, le souvenir d'une sortie dans les bars et puis ton père qui nous passe un savon lorsqu'on rentre.

Les yeux de Noam se remplissent de joie.

Je me rappelle, moi aussi. On était repartis dans le désert, on avait fait l'amour sous les étoiles.

— Et puis… Un début de PROGRAMME DE CONCEPTION D'IA STANDARD.

— Quelque chose te concernant ? tique Noam.

— OUI. À LA FIN D'UNE PARTIE THÉORIQUE SUR LA STRUCTURATION neuronale et cellulaire des cerveaux, il y avait mon nom, comme un NOM DE CODE, au milieu d'autres.

— Que tu connais ?

— Non, mais j'ai pu rechercher entre deux attaques de pare-feu. Il s'agit d'expériences IH menées par Radendt qui ont été effacées pour cause de DÉSÉQUILIBRES DE PENSÉES ET ERREURS DE CALCUL RÉPÉTÉES.

— La fameuse instabilité des IH…

— Sauf que je ne suis pas inst…

— Je sais, l'arrête Noam. Je sais, Axiome.

— Je… je ne veux pas être effacé, dit la machine.

— Radendt a un moyen de le faire ? s'alarme Noam.

— Je n'en ai aucune idée. J'ai RECOPIÉ une partie de mon CODE DANS l'ordinateur de bord de ta navette, sans doute qu'il y sera en sécurité.

— Sauf si la navette explose, redoute le pilote.

— Avec toi aux commandes et moi aux calculs, impossible !

Noam hoche la tête.

— Tu as trouvé autre chose ? demande-t-il.

— Non, si ce n'est que j'ai compris que le système de la forteresse est compartimenté. Il y a plusieurs zones indépendantes les unes des autres. Certains programmes font référence à une zone inférieure. C'est peut-être là que j'aurai la réponse à mes questions.

— Une zone inférieure ? répète Noam.

Il songe à la porte derrière laquelle il a aperçu la salle médicale lorsqu'il a pénétré dans le quartier général de Radendt avec Malik.

C'est par là, dans les sous-sols. C'est forcément là que Radendt cache ses secrets.

— Tu saurais comment y aller ?

— Je ne suis même pas sûr que ce moyen existe, à moins de s'y rendre physiquement.

— Ce qui va être impossible pendant un bon moment...

— Je poursuis mes recherches, entre deux tentatives de décryptage et d'INTRUSION VIRTUELLE.

— Il n'y a pas de risque ?

Axiome prend quelques secondes avant de répondre.

— Très peu. Ne t'en fais pas.

Il coupe la communication.

Noam repousse la vague inquiétude qui lui serre le ventre puis rallume les canaux com. Ils approchent du lieu de rendez-vous donné à l'escadrille rebelle, au nord du grand désert, là où les chronons frappent plus qu'ailleurs.

Là où ils seront absolument indétectables.

De l'autre côté du cockpit, il aperçoit les appareils de Moose et d'Abergel qui filent comme lui au-dessus du sol ocre de la planète, de *leur* planète, peut-être, bientôt. L'écran de navigation indique qu'ils sont presque arrivés. Noam renforce la puissance des boucliers – pas besoin d'être encore plus irradié par les chronons –, s'assure que tout paraisse normal dans les airs et à la surface.

Est-ce que la commandante a ordonné le lancement de toutes les attaques en même temps comme prévu, ou allons-nous uniquement tenter de prendre la caserne nord ?

Il aurait aimé discuter avec Kay, avoir le loisir de réfléchir.

— Fellous au rendez-vous, déclare une voix féminine dans le canal de l'escadrille.

Noam sourit.

— Zinski, pareil.

— Drapier aussi.

Les uns après les autres, les membres de la flotte rebelle s'annoncent et atteignent le point de rassemblement. En vol stationnaire au-dessus du désert, les appareils attendent patiemment que leur capitaine leur donne les prochaines instructions après celui de se regrouper.

— En formation d'attaque, ordonne Noam.

— Simulation semi-réelle, cette fois ? s'enquiert un pilote.

— Presque.

— Tu peux nous dire où nous allons ? demande Abergel.

— Combattre Radendt à CG-1… avec quatre jours d'avance.

Personne ne réagit sur le canal, et les navettes restent au-dessus du sable.

— Tu… tu nous fais une blague ? l'interroge finalement une pilote.

— Ordre de la commandante.

— Tu es sérieux ? insiste un autre. Ce n'est pas du tout ce qui était prévu.

— Je sais.

— Il y a un problème ? redoute Abergel.

— Pas à ma connaissance. Et les ordres sont les ordres. Prêts ?

Tous répondent à la seconde même. Noam fait alors pivoter son appareil pour qu'il pointe vers la ville et, après une longue inspiration, lance les moteurs à leur puissance maximale.

L'escadrille se propulse à toute vitesse en direction de CG-1. Soucieux, Noam alterne entre les écrans radars, le paysage qui défile sous ses yeux, les voyants des canaux com, tous ouverts.

Pourquoi aucun message n'arrive-t-il de Torres ou de Gorski, dont les troupes sont censées approcher de la caserne, là où Noam et les navettes devront le couvrir ?

Il s'oblige à mettre de côté l'angoisse qui le taraude pour se focaliser sur sa mission.

Surveiller le ciel. Protéger Gorski et ses gars pendant qu'ils attaquent la caserne. Rejoindre Smith. Vaincre.

— CIBLE en vue, annonce Axiome.

Noam plisse les yeux. Au loin, une ombre est apparue dans le désert, autour de ce qui pourrait ressembler à d'immenses rochers ou de petites collines.

La forteresse, l'astroport, les blocs et les rues de CG-1.

— Activation des boucliers secondaires et déverrouillage des canons, ordonne-t-il. Je vous rappelle que notre mission se résume à un support aérien défensif. On reste dans le périmètre nord de la ville.

CG-1 grossit de seconde en seconde. Les premiers bâtiments se forment, les blocs les plus grands, la halle des nouveaux arrivants, les lignes des rues, le creux des places, dans un camaïeu de brun, de jaune, d'orange et de blanc.

— Soyez prudents, ajoute-t-il. On n'est pas à l'abri de mauvaises surprises venues des airs ou du sol.

— Tu nous as suffisamment prévenus avec tes simulations tordues ! s'amuse Steward. On est prêts à tout.

Le capitaine éclate de rire, autant pour lui que pour ses compagnons.

— Alors, soyez aussi bons que lors des entraînements.

Il étire ses doigts qu'il repositionne tout de suite sur les manettes de pilotage, le visage concentré.

— C'est parti, lance-t-il. Vive la rébellion !

— Vive la rébellion !

Pourvu qu'on ne se soit pas trompés...

55

Les navettes passent en rugissant au-dessus des premiers blocs.

— Zéro activité en bas, informe la pilote chargée de la surveillance au sol.

— Pas mieux à l'horizon, ajoute Abergel.

— Formation circulaire autour de la cible, ordonne Noam. Vigilance maximale.

Pas normal.

Les rues de CG-1 sont encore plus désertes que d'habitude, et seules quelques silhouettes surgissent de portes ou de porches de pierre, jettent un regard avant de retourner précipitamment sous leur abri précaire.

Aucune patrouille n'est visible dans les environs.

Les navettes virent légèrement vers le nord.

— Mouvement à sept heures. Les nôtres.

Noam hoche la tête.

C'est mou.

— Tir à neuf heures ! s'exclame Moose.

Au même moment, la lumière froide d'un laser déchire le ciel et atteint l'un des vaisseaux. Absorbant la décharge d'énergie, son bouclier scintille un instant avant de reprendre sa transparence.

— Batteries antiaériennes, informe le pilote touché. Coup d'essai à basse puissance. Je m'en occupe.

— Ils nous testent, ajoute Abergel.

Deux nouvelles salves partent du sol et manquent de peu leur cible. L'un des appareils plonge et, d'un tir précis, détruit sans difficulté l'une puis l'autre des défenses ennemies.

— Gorski et ses hommes encerclent la caserne, annonce l'un des rebelles. Aucun signe de contre-attaque. L'endroit est calme. On fait quoi ?

— Rien, répond Noam, dont le regard passe des rues dégagées au ciel tout aussi vide.

— Où sont les navettes de Radendt ? s'interroge Abergel. Il n'y a rien, que ce soit en visuel ou en radar.

Couverts par les aéronefs, les soldats de la rébellion prennent position autour de leur objectif, blasters à la main.

— Les nôtres se préparent pour l'assaut. Rien à signaler.

Par groupes de deux ou trois, les rebelles rejoignent le bâtiment au large toit plat utilisé par Noam dans ses simulations. Quelques tirs sporadiques s'échangent, Gorski pénètre dans la caserne en courant.

Quelques secondes plus tard, les rebelles apparaissent aux fenêtres.

— La caserne était vide…, murmure Noam pour lui-même.

— Je le sens vraiment pas, capitaine, déclare Abergel.

— Pareil.

— On fait quoi ?

Noam réfléchit aussi vite qu'il le peut. Sous les vaisseaux qui tournent en cercles concentriques autour du bâtiment, les soldats de Gorski se rassemblent et, dans un mouvement général, se dirigent vers les entrepôts de Radendt.

Pourvu que Zulmira ne se soit pas trompée.

— On poursuit, ordonne Noam. Soyez sur vos gardes.

Les navettes bifurquent vers l'est de la petite ville. Aucun canon ne les accueille, il n'y pas d'activité autour de la forteresse, rien de visible dans la zone de l'astroport.

Ce n'est pas possible !

Les aéronefs zigzaguent dans le ciel sans nuages, avancent et tournent le long d'ellipses plus ou moins larges afin de suivre la progression rapide de Gorski.

— Entrepôts à quatre cents mètres.

En bordure du désert, les bâtiments forment trois étroits traits parallèles.

— Toujours rien ? s'inquiète Noam.

— Toujours...

Une déflagration terrible déchire les airs.

— C'est quoi ça ?! s'exclame un pilote.

Une épaisse fumerolle apparaît au-dessus d'un bloc plus grand que les autres dévoré par les flammes, au toit éventré et aux fenêtres noircies.

— Qu'est-ce qui...

Une seconde explosion déchire l'atmosphère un peu plus loin, aussitôt suivie par le hurlement de sirènes d'alarme.

— Ce sont des sympathisants ! Regardez au sud !

Une vingtaine de silhouettes en carapace surgissent des ombres, battes, blasters et couteaux à la main, et se dirigent en courant vers un poste de garde secondaire.

— Il y en a d'autres à onze heures ! ajoute un pilote.

Noam se tourne de l'autre côté et voit, comme ses compagnons, une seconde compagnie se précipiter vers un hangar entouré de barbelés.

— La forteresse ! Elle est attaquée elle aussi ! s'enthousiasme Abergel.

À l'extrémité opposée de CG-1, des colonnes de fumée s'élèvent dans le ciel tout autour de la Place Centrale et du quartier général de Radendt.

— C'est Torres ! Elle lance déjà l'opération contre la forteresse !

Noam hoche la tête, soulagé.

C'était pas le plan. Effet de surprise ?

De nouvelles déflagrations retentissent dans sept, huit endroits de la cité. Plus à l'ouest, une escouade d'hommes protégés par six rovers rebelles remonte l'avenue-4 en direction des entrepôts généraux.

— Smith arrive ! s'exclame un pilote.

Sous l'ombre des navettes, les soldats menés par Gorski poursuivent leur progression dans les rues de la ville.

Une nouvelle explosion résonne, plus proche, une deuxième, une troisième.

— Non ! lâche Moose.

Une quatrième détonation retentit, assourdissante.

— Ils contre-attaquent ! hurle-t-il.

Plusieurs rovers de Smith ont été touchés. Renversés au sol, ils brûlent au milieu de flammes et d'hommes qui, paniqués, courent pour éviter la pluie de mines-projectiles qui les bombardent. Gorski et ses soldats se sont retranchés dans un large bloc. Des dizaines de silhouettes au logo de Radendt Galactics surgissent des rues alentour et les encerclent.

— En renfort, tout de suite ! rugit Noam.

— Des navettes ! alerte Abergel.

Une nuée d'aéronefs – plus d'une trentaine ! – approche depuis l'astroport en formation d'attaque, droit vers les vaisseaux rebelles.

— Mode dispersé ! ordonne Noam. On se sépare ! Abergel en couverture de Smith, les autres avec moi vers Torres !

Les appareils s'écartent. Ceux menés par Abergel se précipitent vers les pilotes ennemis pour les ralentir tandis que les autres suivent Noam en direction de la forteresse.

Sans même vérifier qu'ils le suivent, le capitaine vire et file vers la Place Centrale. Sous sa carlingue, des explosions retentissent, des silhouettes en carapace surgissent de nulle part, jettent des grenades, tirent et se replient, harcèlent de toute part les soldats de Radendt apparus un peu partout. De la fumée s'élève des rues, des blocs, des rovers détruits.

— Batterie à trois heures ! avertit un pilote.

Le toit d'un entrepôt s'est ouvert pour laisser passer les extrémités de plusieurs canons. Dans un sifflement strident, les missiles s'en échappent.

— Ils ont des traqueurs ! s'exclame Noam.

Il prend de l'altitude et pivote afin de se trouver dans l'alignement des projectiles. Il tire une fois, deux fois, atteint sa cible à chaque salve.

— J'en ai eu…

— Féron est touché ! rugit une voix.

Une explosion retentit quelque part au sol, une colonne de flammes et de fumées monte à l'endroit où la navette s'est écrasée.

— Caillasse !

— Il y a d'autres batteries !

— Les vaisseaux de Radendt sont sur nous !

Noam s'extrait de la vision du crash.

— Formation défense ! hurle-t-il.

Il abandonne la ville et s'élève, cerné par les lasers qui fusent.

Deux appareils foncent sur lui. Noam pique, vrille et termine en looping pour se redresser brusquement. Il vise. Un faisceau de lumière rouge pulse de ses canons et surcharge le bouclier adverse. Noam en profite. Collant à sa cible qui tente de décrocher, il augmente la puissance du laser au détriment de ses défenses, voit le champ chronotique ennemi apparaître, blanchir et tout d'un coup disparaître. L'aéronef se disloque dans un bruit sourd.

— Et d'un ! lance-t-il.

Sa joie disparaît aussitôt.

Les canaux com sont silencieux !

Qu'est-ce qu'il se passe ?

Il braque pour revenir vers CG-1, aperçoit ses coéquipiers aux prises avec les batteries et les navettes de Radendt. Les tirs hachurent le ciel de rayons bleus, jaunes ou rouges ; les missiles s'élèvent et explosent, des appareils tombent pour se redresser au dernier moment. Le chaos dans les airs est à l'image de celui dans la ville : un enfer de flammes et de fumées, de métal et de roche en fusion.

— Capitaine à escadrille, vous m'entendez ? appelle-t-il.

Pas de réponse.

— Caillasse de caillasse !

Au-dessus de l'entrepôt général, trois vaisseaux viennent d'abattre un aéronef rebelle. Ils redressent et, ensemble, foncent vers Noam en même temps que les artilleries sol-air pivotent dans sa direction.

Les boucliers au maximum de leur puissance, Noam pique, tire à fond la manette des gaz et se précipite vers les nuages de fumée qui montent du sol.

— Laissez-moi juste quelques secondes…, murmure-t-il pour lui-même.

Il braque, plonge, évite un missile qu'il détruit d'un coup de laser chanceux ; s'approche de seconde en seconde des volutes noires qu'il veut rejoindre, leur base mêlée aux flammes hautes de plusieurs mètres qui rugissent, alimentée de dizaines d'explosions qui se succèdent.

— … pour vous faire…

Le bouclier de Noam crépite – il a été touché ! –, tient bon ; le pilote augmente encore sa vitesse au détriment de l'énergie allouée à son halo protecteur, prie pour ne pas être atteint une seconde fois qui pourrait le…

— … un tour de magie.

Un rictus victorieux sur les lèvres – il est dans les fumerolles ! –, il tire de toutes ses forces sur les manettes, monte en chandelle et déclenche la furtivité de sa navette.

Merci, Léo !

Il émerge du sommet des fumées, invisible.

Il se décompose à la vision du désastre.

Les rues de la ville brillent sous les lasers des militaires de Radendt qui avancent encore, encore et encore, repoussent les rebelles et leurs sympathisants dans les venelles, les blocs détruits, qui marchent sur les corps tombés et en font tomber d'autres.

— … de caillasse, tu vas répondre… ou non ?

— Kay ! s'exclame Noam d'un ton désespéré.

— … coupé communi… réussi… deux secondes…

Le canal com grésille, à nouveau opérationnel.

Noam réagit aussitôt.

— On décroche ! hurle-t-il à ses coéquipiers. On décroche MAINTENANT !

Qu'est-ce qu'on a fait, Zulmira ?

56

Le canal com redevient silencieux.

Pourvu qu'ils m'aient entendu !

— Capitaine à escadrille ! Capitaine à escadrille !

Personne ne répond.

Caillasse !

Noam vire de bord. Il modifie les alimentations chronotiques afin de charger au maximum ses canons sans perdre son bouclier furtif et pique vers les aéronefs les plus proches. Quatre appareils pourchassent Fellous. Le capitaine s'apprête à tirer lorsque la pilote vrille soudain, gaz éteints, tombe sur CG-1 avant de rallumer ses moteurs au dernier moment pour filer vers le nord, loin des combats.

Toujours invisible, Noam fait un demi-cercle pour venir en aide à deux navettes qui décrochent et disparaissent dans les nuages de fumée qui obscurcissent CG-1.

Ils ont reçu mon ordre ?

Noam balaie du regard le champ de bataille. Les appareils rebelles se sont rassemblés à l'ouest de la ville et filent à toute vitesse, pris en chasse par ceux de Radendt. Au sol, les affrontements faiblissent les uns après les autres.

Les insurgés se replient dans les blocs, les hangars et les tunnels creusés dans la roche.

Il n'y a aucun signe de combat à la forteresse.

Aucune aide providentielle comme l'avait promis Torres.

On n'a pas déjà perdu, non, ce n'est pas possible !

La lumière crue d'un laser dans le ciel le ramène à ses deux compagnons en fuite. Talonnés par cinq navettes, ils n'ont aucune chance.

Noam pousse ses moteurs à toute puissance et file à leur poursuite. Rapidement, il rejoint les unités de Radendt. Dissimulé derrière son halo de chronons, il prend le temps d'ajuster ses cibles, verrouille et lâche deux missiles. Les bombes chercheuses atteignent leur objectif en une fraction de seconde : les appareils adverses explosent.

— … m'entendez ? tonne tout à coup la voix terrifiée de Zinski.

Ce dernier évite de justesse un faisceau laser, son bouclier crépite, en absorbe un second avant de s'éteindre.

— Les com ! s'exclame Noam. Les com sont revenues !

— T'es où capitaine ? demande Abergel.

La jeune femme se place à l'arrière de Zinski de manière à le protéger.

— Derrière vous, mode furtif.

Profitant de la situation, Noam tire sans discontinuer, abattant trois appareils les uns après les autres. Les adversaires survivants décrochent à leur tour, fournissant un répit inespéré aux rebelles.

— Ils vont très vite calculer ma position. Je vais les retenir, rejoignez le point de rassemblement 3.

— Ta navette est trop précieuse ! objecte Abergel. Je les occupe.

— Non ! proteste Noam.

— Je viens avec toi, lance Fellous.

— Pareil, dit Jameson.

— On peut…, commence le capitaine.

— Ils se regroupent déjà, l'interrompt Abergel.

Les suivant à distance, les aéronefs ennemis reprennent une formation d'assaut et, les propulsions au maximum, repartent en chasse.

— On n'a pas le choix.

Noam cherche désespérément un argument à opposer à la jeune femme, une raison de rester, lui, plutôt que les autres. Mais la navette d'Éléonore est leur seul avantage, et s'il venait à être détruit…

— Vive la rébellion, murmure-t-il. Merci.

— À la revoyure, capitaine ! lance Abergel, bravache. Ce fut un honneur de servir avec vous tous !

— Gagnez ! ajoute Fellous.

— Et vengez-nous, termine Jameson.

Les trois appareils montent en chandelle pour faire volte-face et foncer sur la flottille ennemie.

— Point 3, rappelle Noam, la gorge serrée.

À l'arrière de l'escadrille, il suit ses coéquipiers qui filent à vitesse maximale vers le désert, là où les radars ne pourront plus les détecter, là où…

Une première explosion retentit.

… ils pourront disparaître aux yeux de leurs assaillants…

Une seconde.

… et rassembler leurs forces…

Enfin, une dernière, au loin. Très loin.

… Peut-être.

Les navettes se posent dans le cirque montagneux au milieu d'une tempête de poussière. Les moteurs s'éteignent ; le vent se calme. Les minuscules grains ocre retombent dans un silence funèbre.

Des sas encore fumants de chaleur émergent des pilotes à la combinaison tâchée de sang, d'autres à la visière fissurée, tous sous le choc de la retraite.

Aucun ne parle.

Noam les dévisage.

Il faut que je trouve quelque chose à dire !

Il ouvre la bouche. Rien ne sort.

Il compte les survivants.

Six.

Ils ne sont plus que six.

— Noam !

Le capitaine cherche par réflexe autour de lui avant de réaliser qu'il s'agit de…

— Noam, tu nous entends ? intervient dans son casque la voix de Kay.

— Oui, coasse-t-il. Je t'entends, maintenant.

— Ces sablards ont brouillé toutes les ondes et les canaux com !

— J'ai vu.

— J'ai eu peur que tu… que vous…

— On a failli tous y rester, raconte Noam. Trois navettes ont été abattues. Un tiers de l'escadrille…

Le pilote balaie du regard le petit plateau rocheux, revient aux hommes et aux femmes qui, malgré la défaite, attendent ses ordres.

— Les communications sont de nouveau opérationnelles, leur annonce-t-il. Je fais le point sur la situation. Brief dans quinze minutes. D'ici là, procédez aux réparations les plus urgentes.

Avant de rentrer à l'intérieur de sa navette, il ajoute :

— Surveillez aussi les radars et le ciel. Au moindre grain de poussière suspect, lancez l'alarme.

Il retourne au cockpit et s'écroule dans son fauteuil de pilotage.

— Kay ? appelle-t-il.

— Je suis là.

— Tu as pu contacter les autres, en ville ?

— Oui. Ils ont évité le pire.

Noam laisse échapper un soupir de soulagement.

— Mais les pertes sont importantes. Il y a eu quelques tués, beaucoup de blessés. Les hommes de Radendt s'étaient cachés dans des blocs abandonnés ou même chez des civils, armés jusqu'aux dents.

— Tu sais si ma sœur...

— Aucune nouvelle précise de CG-1 pour le moment.

Noam déglutit.

Elle s'en est sortie, elle s'en est forcément sortie...

— C'était un piège ? demande Noam, s'obligeant à changer de sujet.

— Ça m'en a tout l'air. Zulmira, c'est elle qui a décidé d'avancer l'assaut. Et elle nous a menti sur sa caillasse d'aide venue de l'espace !

Tant pis...

— Ce n'est pas elle la traîtresse, annonce Noam.

— Quoi ?

— Je ne peux pas t'en dire plus, mais je le sais.

— Pourquoi avoir anticipé l'attaque, alors ?

— Aucune idée, mais il faut lui faire confiance. On n'a plus que ça...

Son ami observe un moment de silence.

— Ça va, de votre côté ? s'enquiert Noam.

— Rien à signaler à la base. Les com sont réparées. Mais Axiome... Il a eu plusieurs moments de latence.

— C'est-à-dire ?

— Les absences dont je te parlais...

— Il fouille sa mémoire, le coupe Noam. Il me l'a expliqué.

— Tu es sûr ?

— Absolument. Tu as peur de quoi ? Qu'il nous trahisse, lui aussi ?

— Non.

Le pilote sent la colère monter.

— Qu'il soit instable, alors ?

— Je n'ai pas dit ça, même si c'est un risque, Noam. Toutes les expériences jusqu'ici...

— Il est différent ! l'interrompt sèchement son ami. Il n'est pas comme les autres !

— Excuse-moi. Je ne voulais pas...

— Laisse irradier, c'est pas grave, lâche Noam.

Il prend une longue inspiration pour se calmer.

Alix est en train de revenir. Il fouille juste dans les circuits et tout le sable de machins.

Son regard se pose sur le dos de sa main tremblante marqué par les chronons.

Et moi dans tout ça ? Il revient quand je meurs ?

— J'ai eu un message d'Éléonore, dit Kay, changeant de sujet. Elle veut que tu la contactes. C'est urgent, même si…

Il s'interrompt en même temps que le communicateur de Noam émet trois *bips* rapprochés.

— Zulmira organise un brief pour la suite des opérations, annonce l'ingénieur, lisant l'ordre qu'il a reçu lui aussi. Dans trente minutes.

Arun

27 ans plus tôt

Quatre ans.

Quatre ans depuis que son frère et lui ont été attrapés par des hommes en blanc dans un cul-de-sac de Virshi, quatre ans qu'ils leur ont promis d'échapper à la faim et à la misère, sans vraiment leur laisser le choix.

Et seulement s'ils réussissent les tests.

— Foutez vos putains de simulateurs sur vos têtes ! hurle l'instructeur Jimenez.

Personne ne bronche dans la salle bondée, occupée par une cinquantaine de gamins – des garçons, des filles, des ados, des plus jeunes, tous avec le même regard résolu. Des mains malingres qui affichent encore les traces de l'enfer des rues s'emparent des casques posés sur les tables devant eux, chacun muni d'une visière holo, d'écouteurs circulaires et de capteurs d'ondes magnétiques.

Arun jette un regard à son frère à côté de lui.

Raja a grandi, forci. Ses épaules se sont épaissies. Il porte la tête haute ; ne sursaute plus au moindre cri ; ne se réveille plus la nuit, en sueur. Il a de nouveaux amis, passe de moins en moins de temps avec son aîné, rit souvent à gorge déployée. Drague des filles. Seul son œil mort rappelle encore le garçon fragile qu'il était.

Arun ne regrette pas. Ils ont fait le bon choix, même si l'éloignement de son cadet lui serre le cœur, parfois.

Il ajuste le simulateur sur sa tête.

La visière est éteinte. Il ne voit plus rien.

— Ce test va nous permettre de contrôler vos aptitudes mentales, aboie Jimenez. Quatre ans que nous vous entraînons. Il est temps de vérifier ce que vous avez dans le ventre.

Il s'interrompt quelques secondes puis ajoute :

— Aucun échec ne sera toléré. L'échec, c'est la défaite, et l'Académie n'accepte pas la défaite. Seuls ceux qui passeront le test poursuivront. Les autres retourneront d'où ils viennent : dans la fange.

Arun sent la colère monter avec la peur, l'humiliation.

S'ils retournent à Virshi, c'est la mort assurée – de faim, de maladie, tué par un gang ou par un marchand. Ils doivent à tout prix réussir.

Raja ! prie-t-il. *Sois aussi fort que d'habitude !*

La visière pâlit. Des formes surgissent : des maisons, basses, quelques immeubles écroulés, des ruelles étroites. Arun reconnaît tout de suite le ciel sale bruni de pollution, le bruit des hélicos qui patrouillent au-dessus du bidonville, prêts à disperser le moindre attroupement, les cris des boutiquiers ambulants, l'odeur, infecte, de merde, d'humidité et de mort.

Virshi, le camp de son enfance.

— Bougez vos doigts, enjoint une voix dans les écouteurs.

Arun s'exécute. Un pistolet automatique apparaît dans chacune de ses mains.

— Les armes sont commandées par votre seule volonté. Pensez à tirer, et le laser partira. Votre objectif : tuer tous vos adversaires. Absolument tous. C'est un *ordre*.

Sous son casque, Arun acquiesce.

L'exercice est simple, ils l'ont déjà accompli à plusieurs reprises. Il s'en est toujours bien sorti.

Sans aucun avertissement, des silhouettes se forment autour de lui dans le bidonville. Des hommes, des femmes, des enfants, certains avec une cible au-dessus de leur tête. Méthodiquement, Arun tire, évitant avec adresse ceux qu'il ne doit pas toucher. Il bouge les pieds sous la table, avance dans la simulation, son sens de la réalité altéré par les électrodes dans le casque. Sans se mouvoir de sa chaise, il court de ruine en masure, élimine tous ceux qu'il croise sur son passage, ne perd pas de temps à les regarder s'écrouler dans une mare de sang ou retomber dans les rues boueuses de Virshi.

Il *doit* réussir le test.

Cible après cible, il esquive les tirs adverses, a l'impression de bondir d'un toit à l'autre comme il l'a fait tant de fois à l'Académie, été comme hiver, se jette au sol pour éviter un laser, une matraque, une lame, tel qu'il l'a appris dans les salles d'entraînement jusqu'à vomir d'épuisement, le visage tuméfié, le corps meurtri de coups.

Mais il a tout assimilé et, de seconde en seconde, se rapproche de la sortie du labyrinthe, une arche verte.

Un sourire se dessine sur ses lèvres.

Il abat une femme armée d'une mitraillette, un garçon caché derrière un tas d'immondices, deux hommes aux vêtements de marchand.

Et soudain, s'immobilise.

Devant la porte finale se tient une silhouette.

Raja.

Une cible au-dessus de la tête.

Non !

Non, je ne peux pas !

Un *bip* strident lui vrille les oreilles.

— VOUS AVEZ ÉTÉ TUÉ. SIMULATION TERMINÉE.

Merde !

Les mains crispées par la colère – contre lui, contre les instructeurs qui ont osé mettre une cible au-dessus de son frère –, il repose son casque, étourdi par le retour brutal à la réalité.

Certains de ses camarades sont en larmes, le visage défait. D'autres arborent un sourire soulagé. Il se tourne vers Raja, le cœur battant.

Son frère fuit son regard.

— Bravo, Raja ! lance Jimenez, de l'autre bout de la pièce. Le seul ici à avoir réussi à 100 %. Même capable de tuer ton frère pour vaincre ? Bravo ! Figure-toi que j'ai une excellente nouvelle pour toi. M. Radendt, qui a suivi la session, est très impressionné. Il souhaite te parler. Et il va peut-être pouvoir faire quelque chose pour ton œil mort.

57

La demi-heure qui suit passe aussi lentement, aussi vite qu'une vie. Dans une ambiance lourde et un silence pesant, les pilotes survivants rechargent leurs vaisseaux grâce aux sphères de chronons dissimulées dans la cache, procèdent aux réparations les plus urgentes, s'occupent à tout, à rien, une console de diagnostic à la main, un bandage dans l'autre, une combinaison rafistolée ou un casque à la visière changée sur l'épaule. Tous observent du coin de l'œil Noam qui a décalé leur brief pour qu'il ait lieu après la réunion de Torres. Le visage fermé, enfermé dans ses pensées, le capitaine erre comme eux dans le cirque montagneux où ils se sont retranchés. Il a passé en revue sa navette, réfléchit sans cesse, craint pour Anastasia, pour ses compagnons d'armes à CG-1, pleure les coéquipiers qu'il a perdus. Ceux qu'il va perdre, encore, peut-être.

Un vertige le prend – est-ce la fatigue ? L'exposition aux chronons ? –, il s'assied sur un rocher, observe le paysage minéral qui s'étend autour de lui ; la succession de pics et de ravins, les glaciers qui scintillent, tout là-haut, éclairés par les soleils.

Son canal com tactique sonne deux fois, l'informant du début imminent de la réunion.

Il prend une longue inspiration, se relève et, d'un pas décidé, rentre dans l'abri souterrain creusé dans la pierre.

— Merci à tous de nous avoir rejoints, les accueille Torres.

L'image holo montre les visages fatigués et anxieux de chacun. La commandante est en combinaison de combat. Elle affiche une zébrure rouge au front. Ses yeux semblent encore plus noirs que d'habitude.

— La situation est très tendue, annonce tout de suite Gorski. On s'est repliés à…

— Pas de lieu, l'interrompt Kay.

L'ingénieur est à peine visible dans la pénombre, seulement éclairé par quelques lumières vertes.

— J'ai pu colmater les brèches dans nos systèmes de communication et les relancer, j'ai supprimé tous les programmes espions, mais on ne sait jamais ce qui peut être entendu. Il vaut mieux ne pas mentionner les endroits où nous sommes les uns et les autres.

— Dans ce cas, toute cette réunion est dangereuse ! proteste Smith.

— Il n'y a pas d'autre solution, dit Torres.

— Nous avons subi des pertes, reprend Gorski, mais en réussissant à nous replier. Nos équipements et nos capacités de combats sont intacts malgré quelques blessés. Par contre, je ne sais pas combien de temps il faudra à Raja Sharma pour nous localiser. S'il nous prend au piège…

— De ton côté, Dabo ? demande la commandante.

La femme aux tresses grises apparaît dans la masse holo.

— Tout se passe comme prévu, lâche-t-elle, laconique.

Noam ne dit rien, mais ne masque pas sa surprise.

Comment peut-elle paraître si détendue ?

— Smith ?

— L'assaut raté contre l'entrepôt nous a coûté quatre rovers. Il y a eu une dizaine de blessés.

— Vous êtes en sécurité ?

— Pour le moment, oui. Comme Gorski, cependant, il nous est impossible de bouger. Toute retraite nous exposerait aux soldats de Radendt. Nous sommes piégés.

Il grimace, ajoute :

— Où sont les renforts que tu nous as promis, cette aide si précieuse qui devait nous conduire à la victoire ?

— Chaque chose en son temps, dit la commandante. Kerval ?

En quelques mots, Noam raconte l'arrivée sur CG-1, l'absence de navettes adverses puis l'attaque soudaine, la mort de l'un de ses pilotes, leur retraite permise grâce au sacrifice d'Abergel, de Fellous et de Jameson.

— Nous leur avons échappé, termine-t-il. Mais notre capacité aérienne est maintenant nettement inférieure aux forces de Radendt.

Torres hoche simplement de la tête.

— Oroen ? poursuit-elle.

— J'y étais presque quand tous les systèmes ont sauté. Avec le recul, je jurerais qu'il s'agissait d'un piège qui nous était tendu. Un peu de difficultés au début, puis tout d'un coup, on y était. Sauf qu'il y avait un traitement-espion, une sorte d'hameçon qui, une fois que nous avons pénétré les défenses virtuelles, a remonté la piste pour nous atteindre et bousiller nos communications.

— Des dégâts internes ?

— Aucun, heureusement. Pas de pertes de données à première vue, mais nous sommes en train de le vérifier.

— Aucun dommage, sauf le fiasco sur le terrain, commente Gorski. Comment allons-nous faire, maintenant, pour quitter CG-1 ?

— On ne va pas s'en aller, répond la commandante.

La mauvaise qualité des hologrammes n'empêche pas Noam de voir l'incrédulité sur les visages, la même expression que lui aussi doit arborer.

— Pardon ? demande Smith. Qu'est-ce que tu veux dire ?

— Je vais vous recontacter un par un dans les minutes qui suivent et vous donner les prochaines instructions.

— Pourquoi ne pas en parler maintenant ? s'agace Gorski. J'étais contre cet assaut qui se révèle être une catastrophe comme je le craignais, et tu nous dis qu'on doit poursuivre sans avoir une vue d'ensemble, sans décider ensemble ? C'est de la folie, Zulmira, c'est de la...

— Il y a un traître parmi nous, le coupe calmement la commandante.

Noam retient un soupir de soulagement.

Ça y est…

— Je ne sais pas encore qui, mais c'est une certitude. L'un d'entre nous agit pour le compte de Radendt. C'est pourquoi les détails de notre assaut étaient connus, pourquoi nous avons subi tant de pertes.

— Que… Qu'est-ce qui te fait dire ça ? demande Kay, abasourdi comme les autres.

— Permets que je garde ça pour moi, dit la commandante.

— Mais si l'un de nous est un traître, pourquoi le révèles-tu ? ajoute l'ingénieur IA.

Les lèvres de Torres s'étirent en un sourire confiant.

— Parce que évidemment, il est indispensable que nous soyons tous sur nos gardes maintenant que j'en suis convaincue.

— Et tu nous as envoyés en mission suicide malgré ça ? s'énerve Gorski.

Le visage de la commandante pivote, comme si elle voulait regarder le capitaine dans les yeux.

— Je ne vous ai pas envoyés au suicide, réplique-t-elle.

— Plusieurs d'entre nous sont blessés, d'autres sont morts, nous avons perdu des appareils et…

— Gorski, l'arrête-t-elle d'un ton ferme. Je sais tout cela, nous le savons tous, vous avez chacun fait votre état des lieux. Maintenant, il faut poursuivre.

— Mais poursuivre quoi ?

La commandante laisse planer un instant de silence, puis reprend :

— Le chemin vers la victoire.

— Je n'y crois pas, proteste Gorski. Je n'y crois plus du tout. Il faut arrêter cette catastrophe, sinon la rébellion ne s'en remettra jamais.

— C'est justement ce que cherche Radendt, explique Torres. Et c'est ce que j'essaie d'éviter.

— Folie !

Elle jette un regard derrière elle – où se trouve-t-elle, d'ailleurs ? se demande Noam –, puis indique :

— Nous n'avons que peu de temps. Je vous recontacte.

Sans laisser à quiconque la possibilité de réagir, elle coupe la communication.

Noam reste un moment immobile, les yeux rivés sur l'endroit où brillaient les holos quelques secondes auparavant.

Qui a pu les trahir ?

Il tente d'appeler Kay – il ne répond pas – puis, le cerveau en ébullition, s'approche de l'étroite fenêtre creusée dans la roche et qui donne de l'autre côté de la falaise. Le désert s'étend à perte de vue, se fond au loin dans un brouillard de poussière. Des chronons chatoient dans le ciel, forment des arcs, des voiles de lumière qui ondulent puis se défont, réapparaissent un peu plus loin avant de disparaître définitivement.

Le communicateur de Noam vibre à son poignet.

Torres.

— Je t'écoute, dit-il.

— Je suis désolée, je dois faire vite, comme tu t'en doutes. Les navettes courent-elles un risque là où vous êtes ?

— Pas dans l'immédiat.

— Alors je veux que tu restes sur place, prêt à décoller si besoin, mais que tu sois uniquement en support.

— Tu ne peux pas me demander ça, proteste Noam. Tu ne peux pas me demander de rester bien au chaud quand tous les autres…

— Nous avons besoin des vaisseaux en cas de défaite, le coupe-t-elle. Il faudra couvrir nos arrières, protéger les survivants.

Le visage du pilote se décompose.

— Tu anticipes un échec ?

— Non. Mais je suis obligée de l'envisager.

— On a nos chances ?

— Neuf pour cent, d'après les derniers calculs.

— C'est peu, dit Noam.

— C'est peu, admet-elle. Mais cela n'est qu'un calcul probabiliste. Les ordinateurs ignorent la foi, l'amitié, le courage… et l'énergie du désespoir.

— Ils ont une marge d'aléatoire, rappelle Noam.

Torres éclate d'un rire aussi joyeux qu'épuisé.

— Moi je te parle d'humains, insiste-t-elle. Si on avait dû se fier aux simples statistiques, je ne serais pas là, commandante de la rébellion sur cette planète. Je serais dans un champ sur la Terre à ramasser le peu de légumes qui poussent, harassée et affamée, redoutant la prochaine tempête, le prochain incendie ou la prochaine inondation ; toi tu serais né ailleurs ou…

Elle se tait.

Il devine à quoi elle pense.

Alix.

— Je ne peux quand même pas rester ici, loin des combats, répète Noam.

— C'est un *ordre,* insiste Torres d'une voix plus dure.

Il ouvre la bouche pour répondre, n'en a pas le temps.

— Capitaine ! hurle quelqu'un à l'entrée de la caverne. Capitaine, venez vite !

58

Noam court dans le couloir de pierre jusqu'à atteindre la sortie de la cache rebelle.

— Des rovers approchent, déclare Moose.

Le bras bandé, le pilote désigne l'ouest.

— On a eu un faible écho radar, on a d'abord cru à une tempête mais Steward est parti en éclaireur et les a vus de loin.

— Ils sont nombreux ?

— Une dizaine. Mon ordinateur de bord a estimé leur trajectoire. Ils pourraient venir d'Espérance. Sans doute des adorateurs du chronon.

— On ne prend aucun risque. Ordonne à tout le monde de se préparer à un départ éventuel, direction Rassemblement-7, dit Noam. Je vais aller voir ce qu'ils veulent. Si je ne reviens pas, tu prends le commandement en attendant les consignes de Torres.

— Bien, capitaine.

Noam enfile son casque pour sortir à l'air libre, court à sa navette et se jette dans son fauteuil de pilotage. Il active les moteurs et, quelques secondes plus tard, décolle du cirque en mode furtif, invisible aux hommes comme aux machines. À toute vitesse, il passe les pics et les cols, fonce en direction de l'ouest.

Un nuage de poussière s'élève au loin.

Noam accélère. Rapidement, il discerne sur ses écrans le long cortège qui se dirige vers les montagnes. Onze rovers roulent les uns derrière les autres, sommairement renforcés de tôles. Des mitrailleurs laser dépassent de certains toits percés.

Qu'est-ce qu'ils sablent là ? Ils fuient ? Cherchent à nous attaquer ?

Il ralentit, observe la colonne quand une voix féminine s'élève dans le cockpit :

— Convoi au capitaine Kerval. Vous pouvez vous montrer. Je répète : convoi au capitaine Kerval. Vous pouvez vous montrer.

Surpris, le pilote répond sur le même canal :

— Ici Kerval. Comment savez-vous que je suis dans les environs ?

— Ne vous avais-je pas dit qu'on se reverrait bientôt ? s'amuse son interlocutrice.

— Alicia ! Mais que faites-vous avec ces rovers et cet armement ? Est-ce que vous fuyez Espé...

— Nous rejoignons la bataille de CG-1, le coupe *Celle-qui-voit*.

Noam manque de s'étouffer.

— Stoppez la colonne, dit-il. J'atterris.

Il annule le bouclier furtif autour de sa navette, qu'il pose au milieu du désert. Les véhicules des sectateurs approchent en formation, ralentissent et s'immobilisent à une cinquantaine de mètres de l'aéronef. Noam attrape sa carapace, avance la main vers son casque avant de renoncer.

Autant faire comme eux...

Il descend la passerelle, ébloui par la lumière des soleils couchants. Le vent doux souffle sur ses joues tachées, agite ses cheveux sombres. Au-dessus des rovers, les chronons étincellent, créent des images comme des fenêtres dans lesquelles Noam croit reconnaître son père, le visage d'Alix, la...

Pris d'un vertige soudain, il ferme les paupières, les pieds fermement campés dans le sol pour ne pas tanguer – *Non, pas maintenant !* –, ne pas tomber, ne pas...

— Bonjour, capitaine.

Il rouvre les yeux. Alicia se tient devant lui, les cheveux dans le vent, presque entièrement décolorée par les chronons.

— Bonjour, dit-il, se forçant à sourire.

— Vous pouvez laisser votre navette ici, déclare la cheffe des adorateurs. Votre ordinateur de bord peut la faire retourner dans les montagnes ?

Comment sait-elle ?

— Il est hors de question que…

— Vous venez avec nous, bien sûr, l'arrête la jeune femme.

— Venir avec vous ? Mais où ça ?

— Là où je vous ai vu nous accompagner : à CG-1. Les combats vont reprendre. Vos amis ont besoin de nous. Et de vous aussi.

— Mais c'est impossible ! proteste Noam.

— C'est pourtant ce que m'ont montré les chronons, répond Alicia, s'amusant de la confusion du pilote.

Noam observe les véhicules rassemblés derrière la jeune femme. Onze rovers qui certes ne feraient pas long feu contre ceux de Radendt, mais hérissés d'armes et transportant au moins une trentaine d'adeptes.

S'ils savent se battre…

— Nous y allons ? insiste Alicia. Les hostilités sont prévues à la tombée de la nuit.

C'est de la folie. Une pure folie…

Noam imagine Kay lui hurler à quel point il est complètement stupide, que les dingues du chronon ne sont que ça, des dingues, et que…

— D'accord, lâche-t-il. D'accord. Je vais juste prévenir mon escadrille.

Alicia lui tend la main et, la prenant, il la suit jusqu'à l'un des rovers. Installé à l'arrière, il salue le conducteur, un tout jeune homme, et demande :

— Quand arriverons-nous à CG-1 ?

— À temps, répond simplement *Celle-qui-voit*.

La colonne reprend son chemin. Entourés d'un épais nuage de poussière et accompagnés par le toussotement des moteurs, les véhicules gravissent les collines de roche, traversent les plaines ensablées, descendent dans des combes ombreuses, contournent les quelques pics qui leur barrent la route, avançant toujours plus en direction de la ville. Profitant du trajet, Noam détaille l'équipement des sectateurs, leurs blasters datés, le blindage artisanal sur les portières et les pare-brise ; étudie les visages qu'il aperçoit au détour d'un virage ou lorsque l'un ou l'autre des conducteurs le dépasse en souriant.

Est-ce qu'ils seront suffisants pour faire basculer le cours de la bataille, si bataille il y a ? Il ne peut s'empêcher d'en douter, se remémorant le nombre et la puissance de tir des patrouilles de Radendt. Et arriveront-ils seulement à temps ?

Il retient un soupir.

Au-dessus du convoi, les soleils de Chronon Galactics terminent leur course dans le ciel, étirant les ombres, plongeant le paysage aride dans une semi-obscurité mauve et bleu.

— Nous sommes bientôt arrivés, lui annonce Alicia, assise à ses côtés.

À moitié assoupi, Noam se redresse. Au loin, une poche de lumière éclaire le désert.

CG-1.

Il se racle la gorge, vérifie la présence du blaster à ses côtés.

Il est prêt. Aussi prêt qu'il peut l'être.

Il jette un coup d'œil à la cheffe des sectateurs qui regarde devant elle d'un air résolu.

— Alicia ? dit-il doucement.

Elle se tourne vers lui, attendant qu'il poursuive.

— Lorsque nous nous sommes rencontrés à Espérance, vous m'avez dit que nous ne réussirions pas, que nous ne battrons pas Radendt. Et que nous mourrons en essayant.

Elle hoche la tête en signe d'assentiment.

— Pourquoi êtes-vous là, alors ?

Le sourire sur les lèvres de la femme s'étire.

— Nous sommes tous mortels. Pour l'instant, en tout cas.

Noam tique.

Sait-elle quelque chose au sujet de Radendt ?

Ignorant sa surprise, *Celle-qui-voit* poursuit :

— Vous, moi, tous ceux qui nous entourent, ici, sur cette planète, sur les autres planètes également. Partout dans l'univers connu. Nous comprenons, très tôt, que notre existence se terminera un jour. Est-ce que cela nous empêche de vivre ?

— Non, évidemment, mais…

— Tout est une question de *sens*, capitaine, le coupe-t-elle. À quoi sert notre vie si nous n'en faisons rien ? À quoi sert de se lever chaque matin, si c'est pour simplement attendre le soir ? Et, au moment de mourir, quel regard porterez-vous sur toutes ces années si vous ne les avez pas remplies de ce qui vous semblait important ?

Elle ouvre ses paumes marquées par le chronon, les élève au niveau des yeux de Noam.

— Nous autres, adorateurs du chronon, savons généralement quand et comment nous allons mourir. Ce n'est pas une malédiction, au contraire. Cela nous permet d'utiliser notre temps de la manière qu'il convient.

Alicia observe un instant ses compagnons dans les rovers voisins.

— La majorité d'entre nous ici sait que nous ne reviendrons pas à Espérance. Mais nous sommes emplis de fierté à l'idée de ne pas nous être soumis à Radendt. D'autres, plus tard, se souviendront de nous, de notre sacrifice, de notre courage. Eux vaincront, un peu grâce à nous.

Elle prend les mains de Noam entre les siennes.

— Je veux en tout cas le croire.

Le rover ralentit, aussitôt imité par les autres. Le rebelle se retourne, aux aguets.

— Nous sommes arrivés, annonce la conductrice, une femme dans la force de l'âge, aux cheveux blancs et courts.

— Merci, Ingrid, dit Alicia.

Plusieurs incendies éclairent le ciel au-dessus de la ville. Des sirènes mugissent, entrecoupées de tirs sporadiques.

— Les navettes de Radendt…, commence Noam.

— Elles ne nous ont pas encore détectés, le rassure Alicia. Un grand nombre d'entre elles fouillent le désert à la recherche de votre escadrille – vos compagnons sont en sécurité, ne vous inquiétez pas –, et les autres protègent l'astroport. Nous ne risquons rien pour l'instant.

Le bruit assourdissant d'une explosion les fait sursauter.

— L'assaut doit bientôt reprendre, non ? demande Alicia, les yeux malicieux. Peut-être devriez-vous informer la commandante de notre situation ?

Noam hésite, confus.

L'assaut. Torres. Le traître. L'absence de Kay – où peut-il être ?

Il approche son communicateur de sa bouche.

— Torres, appelle-t-il.

— Je t'écoute, répond tout de suite la commandante.

Derrière elle, Noam entend des ordres criés, le vrombissement de blasters que l'on recharge.

— Je suis à quelques centaines de mètres de CG-1, annonce-t-il. Les adeptes du chronon sont avec moi. Une trentaine. Ils ont des rovers, des blasters. Ils se joignent à nous.

La commandante éclate d'un bref rire nerveux.

— J'avais imaginé beaucoup de choses, annonce-t-elle, mais certainement pas ça. Ils sont plus que bienvenus, même si je ne comprends pas ce que tu sables avec eux, ni pourquoi tu as désobéi à mes ordres.

Elle réfléchit quelques secondes.

— Tes navettes sont en sécurité ? s'enquiert-elle.

— Affirmatif.

— Les adorateurs du chronon savent se battre ?

À côté de Noam, Alicia acquiesce.

— Ils ont des blasters, quelques grenades soniques. Les rovers ont été légèrement blindés.

— OK. Deux patrouilles de Radendt convergent vers le centre-ville, annonce Torres. Avenue-2, rues 2 et 3. Prenez la première à revers, le plus vite possible, pour me rejoindre ensuite à la forteresse.

— Bien reçu, commandante.

Il coupe la communication, se tourne vers la cheffe des adorateurs.

— En route vers la mort ? demande-t-il.

Alicia sourit paisiblement.

59

Dans le hurlement des moteurs et accompagnés d'un tourbillon de poussière, les rovers fondent sur la ville, phares éteints. Des sectateurs aux visages tachetés se tiennent assis aux fenêtres, accrochés d'une main au châssis, l'autre sur la gâchette. Les conducteurs ont les traits tendus, les yeux braqués en direction des blocs les plus proches qui grossissent dans le crépuscule à chaque respiration. Sur le toit des véhicules, des hommes et des femmes sont postés derrière leurs canons, prêts à tirer.

Et à mourir.

— Les soldats de Radendt ne vont pas venir ici, murmure Alicia.

Noam veut lui répondre lorsqu'il remarque le petit communicateur à son cou. C'est à ses compagnons qu'elle s'adresse.

— On continue.

Noam observe le paysage assombri qui défile à toute allure, cherche à apercevoir dans les chronons des formes, des images, des visions, mais ne discerne rien.

— Avenue-1 puis 2, dit Alicia.

Les rovers poursuivent leur lancée vers une large trouée sombre entre les blocs.

Noam jette un regard dans le ciel. Les premières étoiles scintillent. Aucun signe de navette.

— Ils patrouillent loin de nous, le rassure *Celle-qui-voit.*

Les cahots s'atténuent à mesure que les véhicules approchent de la ville. Des lumières s'éteignent dans les habitations en vue.

Noam prend son blaster et le déverrouille.

— Noam ? dit Axiome dans son canal privé, d'une voix presque angoissée.

— Il y a un problème ? s'inquiète tout de suite le pilote.

— Je ne sais pas, j'ai mal, je... je crois que je suis blessé, je suis allongé dans une pièce que je ne connais pas et...

Noam se glace.

— Je... Tu... tu ne peux pas être blessé ni dans une pièce, Axiome. Tu es...

La gorge sèche, il n'arrive pas à terminer sa phrase.

Caillasse, qu'est-ce qui lui prend ?

— Noam ? Pourquoi tu m'appelles « Axiome » ?

Encore plus pâle que d'habitude, Noam se tourne vers Alicia. Le regard vers l'extérieur, elle surveille les premiers blocs qu'ils longent jusqu'à atteindre l'avenue-1 sans encombre.

— Noam, tu m'entends ? insiste l'IH.

— Je...

Il n'y a personne dans les rues, des visages apparaissent et disparaissent tout aussi vite à des fenêtres. La colonne de rovers traverse un croisement désert, Noam aperçoit au loin la carcasse d'un véhicule que les flammes finissent de consumer, sent dans l'air l'odeur d'ozone et de fumée, comme lors de l'émeute dont les images...

Les hurlements, les gens qui courent, les explosions, le sifflement des lasers, Alix qui se précipite vers l'astroport et qui...

Non !

Concentre-toi !

— Je t'appelle Axiome parce que tu es...

— ... UNE IH, OUI, JE SAIS. POURQUOI ME DIS-TU ÇA ?

Sa voix a repris son timbre synthétique.

Caillasse, Alix ! Qu'est-ce qu'il t'arrive ?

Ne me lâche pas, ne me lâche pas une nouvelle fois !

— Pour rien.

Penser à autre chose, autre chose !

Noam serre les doigts autour de son arme, s'arrime à la portière alors que le rover bifurque brusquement et fonce dans le crépuscule, droit sur...

— Barricade à deux cents mètres, annonce une voix dans le canal com.

— Ils seront bientôt là, informe Alicia.

La tension monte d'un cran à bord du véhicule. Noam vérifie d'un œil le chargement de sa combinaison de combat, se détend l'index qu'il repose aussitôt sur la gâchette.

— On reparle plus tard, chuchote Noam à son communicateur.

Il a la gorge serrée.

Ne m'abandonne pas une nouvelle fois !

Une déflagration terrible déchire l'atmosphère en même temps qu'un bâtiment tout proche s'embrase et s'effondre sur lui-même.

— On nous...

La phrase de la femme se perd dans les sifflements des lasers. Des silhouettes sombres jaillissent des blocs, se lèvent des toits, apparaissent des ruelles étroites.

— Feu à volonté ! lance Alicia.

Les sectateurs n'ont pas attendu ses ordres. Les tirs fusent déjà, partout, illuminant le ciel et les façades de rouge, d'orange et de bleu. Un homme hurle depuis le canon d'un rover, s'écroule ; Noam, protégé derrière la portière, abat un, puis deux soldats de Radendt, déclenche le système de combat de sa combinaison, se recroqueville instinctivement lorsqu'une explosion embrase le véhicule juste devant, jette un regard à Alicia à ses côtés qui...

— Déploiement ! s'exclame *Celle-qui-voit.*

Noam bondit en dehors du transporteur, roule sur lui-même, évite de peu un faisceau ennemi et s'arrête derrière un pan de mur arraché. Des ordres et des cris jaillissent de partout. Accompagné d'une demi-douzaine de sectateurs, il avance en direction d'un groupe adverse qui mitraille une zone au-delà de la barricade.

Les nôtres sont de l'autre côté ! réalise-t-il.

Il fait signe à ses compagnons de se dépêcher, se précipite pour rejoindre l'abri d'un rover renversé au milieu de l'avenue et tire. Il touche un militaire de Radendt qui s'effondre, un second qui laisse tomber son arme et se retourne en hurlant. Les survivants se replient à l'abri d'un muret avant de répliquer. Les rayons lumineux strient l'artère, une vitre explose, une porte s'embrase. Abrité derrière le véhicule abandonné, Noam accable de tirs les soldats adverses.

De l'autre côté de l'avenue, dans l'obscurité, il distingue des formes qui approchent.

Alliés ou ennemis ?

Il s'assure d'un regard que les sectateurs sont positionnés, profite d'une de leurs salves pour bondir en dehors de sa cachette et rejoindre une courette d'où il pourra sans doute atteindre…

— Noam ! claque la voix d'Éléonore dans son communicateur.

Il se tasse derrière la maçonnerie rocheuse qui délimite la petite cour.

— Je t'avais demandé de me contacter ! s'agace la scientifique.

Une explosion retentit non loin du rebelle, suivie du bruit de pierres retombant lourdement sur le sol.

— Au cas où tu ne le saurais pas…, commence Noam.

Il lance une rafale, plonge pour éviter une autre en retour.

— … on est en pleine bataille, termine-t-il.

— Mes recherches sont plus importantes !

— Tu diras ça à Torres, réplique le pilote.

Il se redresse – juste un peu –, pointe son arme en direction des hommes de Radendt et appuie sur la détente. Aussitôt pris pour cible à son tour, il se jette au sol.

— Deux navettes s'approchent de mon laboratoire, annonce Éléonore d'un ton presque détaché.

Caillasse !

— Tu peux t'enfuir ?

— Je ne *veux* pas m'enfuir, je veux te transférer mes recherches avant qu'ils…

Elle s'interrompt.

— Éléonore ? appelle Noam.

— … suis là, dit la jeune femme. Ils viennent de détruire un des récepteurs externes.

— Transfère tes données à la base et barre-toi ! crie presque Noam.

Il baisse la tête quand un mur explose non loin, ignore les cailloux qui rebondissent un peu partout autour de lui.

— Les communications vers Kay sont coupées et il n'y a que toi… autres… pas confiance.

Noam se redresse, tire au jugé avant de se remettre à l'abri derrière son parapet.

— Éléonore, c'est juste pas possible !

— J'ai compris ce qu'est réellement le chronon ! crie la scientifique. Il n'a rien à voir avec de simples particules qui transmettent de l'énergie et de la lumière, Noam, il faut absolument qu'on sauve ma découverte, elle peut tout changer !

Le pilote réplique à deux salves ennemies, jette un regard au-dessus du muret. Le petit groupe de silhouettes qu'il a aperçu continue d'approcher, armes à la main. Ils n'ont pas les combinaisons de Radendt.

Des nôtres !

— Combien de temps ? demande-t-il.

— Cinq minutes.

— Caillasse, Éléonore, je n'ai pas…

— Dépêche-toi ! hurle la jeune femme.

Il entend une déflagration non loin de la scientifique et se décide sans même se le dire. Il s'élance en direction de la porte entrouverte du bloc. Un faisceau le frôle, un autre noircit la façade, un troisième illumine brièvement la nuit, mais Noam atteint sain et sauf l'intérieur de l'habitation. Il s'assure d'un coup d'œil qu'elle est vide – un meuble renversé, des restes de barres nutritives, aucun signe de mouvement – et se précipite vers une pièce à l'arrière. Le bruit des combats s'atténue, les flashs des lasers aussi et le rebelle pose son dos contre le mur rocheux, le souffle court.

— C'est bon ! déclare-t-il.

— Tu es à une fenêtre ?

— Une fenêtre ? s'étonne Noam. Non, bien sûr que non !

— Trouves-en une, vite ! Tu dois être à l'air libre !

Le pilote rejoint l'escalier qu'il grimpe à toute vitesse et déboule sur une petite terrasse arrière au toit crevé.

— J'y suis, annonce-t-il.

— Je lance le transfert.

Le communicateur de Noam vibre et clignote tandis qu'il récupère les données. Le rebelle distingue vaguement le bruit des combats de l'autre côté de la rue – *Y retourner, vite !* –, le tremblement des murs alors que des détonations retentissent ici et ailleurs.

— Une dernière chose ! le presse Éléonore. Enlève ton casque et regarde les chronons.

— Quoi ? s'exclame le pilote, dérouté.

— Fais-le !

Noam obtempère, confus.

— Je branche mes senseurs sur ton canal com, ils vont mesurer ton activité cérébrale. Cherche un voile de chronons et dis-moi ce que tu vois.

— Éléonore, on est en…

— C'est crucial ! hurle la scientifique.

Deux explosions se suivent dans le communicateur, comme pour rappeler l'urgence de sa situation à elle aussi.

— D'accord, d'accord !

Noam examine la ruelle en contrebas – elle est vide – ; tend l'oreille, discerne les tirs, les cris des combattants, mais rien qui ne semble approcher.

Il prend une longue inspiration, détend ses bras, ses épaules, et plonge son regard dans l'un des voiles qui brillent faiblement non loin.

— Alors ? le presse Éléonore.
— Un moment...
Il plisse les yeux, tente d'oublier le bruit de la bataille, celui de son cœur qui bat trop vite dans sa poitrine, le crépitement des lasers, les détonations, au loin, qui...
C'est de la folie...
Le ciel se trouble au-dessus de Noam comme si les milliards de particules luminescentes se déplaçaient, s'assemblaient pour former quelque chose... une image, vague au début, puis de plus en plus nette. Il y fait jour, les deux soleils de Chronon Galactics éclairent des rues larges, bordées de blocs plus grands que ceux que Noam entraperçoit à côté de lui ; des véhicules ressemblant à de longs rovers passent, transportant des hommes, des femmes et des enfants qui discutent tranquillement.
Noam grimace.
— Je ne comprends rien, murmure-t-il, c'est n'importe quoi...
— Que vois-tu ? lui demande Éléonore.
Le pilote raconte en quelques mots la vision d'une ville différente de celle qu'il connaît, des transporteurs flambant neufs qui empruntent l'avenue, de ces gens derrière les vitres qui ne semblent ni épuisés ni affamés ni marqués par le chronon.
— Je deviens dingue, Éléonore ?
— Non, c'est parfait, parfait ! L'encéphalogramme indique une activité anormale du cerveau dans la zone...
Une déflagration empêche la scientifique de terminer.
— Éléonore ! hurle Noam dans son communicateur. Tu m'entends ?
Il vérifie à son poignet, le transfert de données s'est achevé.
— Éléonore ! crie-t-il encore.
— Les soldats descendent des navettes, il y a une unité entière !
— Il faut que tu t'enfuies tout de suite, je...
— Écoute-moi, toi, c'est essentiel ! Les chronons ! Ils ne montrent pas le passé, ils montrent d'autres réalités !

— Hein ?! s'étouffe Noam.

— Tout était là, sous mes yeux, sous nos yeux ! L'anomalie est juste un… un je-ne-sais-quoi au travers duquel passent les chronons en provenance d'autres réalités, comme des échos stellaires. L'aléa chronotique est la simple altération des probabilités due à la perception de ces échos !

— Éléonore, ce n'est pas possible, sinon comment se fait-il que je n'aie jamais vu de futur ?

— Les sectateurs y arrivent, idiot ! Et pour le reste, je ne sais pas, je n'ai pas encore tout compris. Peut-être est-ce comme notre perception du temps. Nous savons scientifiquement que le temps ne s'écoule pas, qu'il n'est qu'une dimension, or nos sens nous indiquent le contraire. Les chronons et les échos stellaires nous posent sans doute la même problématique, il nous manque un sens, quelque chose. Cependant, mes calculs sont formels : les chronons traversent les différentes réalités dont l'existence a été théorisée depuis longtemps ! Ils passent au travers des anomalies et nous montrent les images de ces autres mondes. Et plus que ça, ils… Attends !

La scientifique se tait quelques secondes puis reprend :

— Les soldats ont des canons pour forcer mes portes. Je vais supprimer mon programme de recherche ici. Noam !

— Oui ?

— Dis à Torres que la clef est là : en étudiant les chronons, en récupérant les informations, on aura accès à ces autres réalités, et on pourra voir comment dans d'autres mondes la rébellion a réussi, on saura ainsi comment…

Sa phrase se termine dans un hurlement de rage et la communication s'interrompt.

— Éléonore ! Éléonore ! appelle Noam.

Il vérifie le canal – ouvert –, répète le nom de son amie dix, vingt fois.

Elle ne répond plus.

— Non, non, non !

Une détonation au rez-de-chaussée du bloc le fait sursauter. Il resserre la main sur la crosse de son arme et se plaque contre le mur, prêt à tirer. Noam discerne les échos étouffés d'une discussion, une cavalcade dans l'escalier qui monte jusqu'à lui ; il lève son blaster ; la porte de la terrasse pivote brusquement et il pointe son pistolet sur...

— Attends ! hurle Anastasia face à lui.

Noam recule, le souffle court ; baisse son arme et dévisage sa sœur et les quatre autres silhouettes qui la rejoignent. Malik est parmi eux.

— C'est un désastre ! annonce Anastasia.

Son débit est rapide, son expression paniquée. Elle ne s'étonne pas de trouver son frère là, seul, sans casque, un blaster à la main.

— Les soldats de Radendt, ils sont partout, à chaque endroit où nous étions positionnés !

— Soit l'IA de Radendt avait tout prévu, soit quelqu'un leur a donné des informations, ajoute Malik.

— La situation, dehors ? s'enquiert Noam.

— La barricade a été forcée. Les adeptes du chronon nous ont permis de ne pas finir coincés entre deux feux, mais ils ont disparu à leur tour. On a perdu presque la moitié des nôtres. C'est une catastrophe, Noam !

Le pilote se décide en une seconde.

— Suivez-moi, vite !

Carloman

Les explosions se succèdent dans CG-1 ; se mêlent aux stridulations des alarmes, aux chuintements des lasers, aux hurlements des navettes qui filent au ras des blocs. Devant la fenêtre de son bureau, Carloman les écoute en observant les soldats qui courent dans les rues ; tressaille, parfois, lorsqu'il discerne les échos d'une rafale, une déflagration plus forte que les autres.

L'assaut rebelle est un échec, comme prévu depuis si longtemps par Moïra.

Les insurgés cachés dans le désert, dans la ville et même dans l'espace seront tous pris d'ici quelques heures, quelques petites heures, et lorsque le soleil jaune, le premier, se lèvera, Chronon Galactics sera entièrement et définitivement sous le contrôle de Venceslas Radendt.

J'y ai participé.

Il ferme les paupières, revoit le visage cruel et satisfait de Raja Sharma lorsqu'il leur a annoncé le succès de son piège, le travail de leur espion au sein du commandement rebelle, la manière dont tout cela se terminerait, sans le moindre doute possible.

J'y ai participé.

Carloman rejoint son bureau. Sans s'asseoir, il appuie sur une touche et, devant lui, la silhouette holo de Zulmira apparaît.

— Ceci est sans doute mon dernier enregistrement avant longtemps, démarre la commandante.

Elle hésite avant de poursuivre :

— Je t'avoue que tu m'as fait douter un moment, Carloman.

Le cœur du secrétaire s'emballe, mais il connaît la suite du message qu'il a vu et revu puis revu encore.

— J'aurais tellement aimé qu'on s'en aille, tous les deux… Tellement aimé qu'on essaie d'oublier nos peines et nos désillusions. Tellement aimé qu'on cherche enfin à construire plutôt qu'à détruire.

Elle se tait, juste un instant.

— Mais on avait des rêves, Carloman. Et je ne peux pas abandonner les miens.

Une explosion dans la ville le fait sursauter ; il ne se retourne pas pour autant, hypnotisé par l'image de la femme face à lui.

— Tu te souviens, à l'usine, lorsqu'on chargeait les sphères de chronons à la chaîne ? On se jurait chaque jour de survivre et de trouver le chemin qui nous sortirait de l'épuisement, de la peur et de la faim ?

Carloman acquiesce même si évidemment elle ne peut le voir ; se rappelle de l'intérieur immense du bâtiment de roche, les tapis roulants rouillés, les corps tordus des ouvriers irradiés ; le visage résolu de Zulmira qu'il avait tout de suite aimée, tant, tant aimée.

Mais pas assez pour la suivre.

— Tu me disais qu'on devait s'élever dans la hiérarchie, qu'on en avait les moyens, que j'étais une meneuse et toi un pragmatique ; qu'à nous deux nous pourrions au moins nous sauver nous.

Elle baisse la tête.

— Je me demande souvent comment aurait été notre vie si nous n'avions pas pris des chemins si différents. Je rêve tout aussi souvent de toi, moi, ensemble. Avec notre fille.

Elle soupire.

— Mais tu n'as pas voulu me suivre, mon amour. Tu n'as pas voulu de mes rêves, et tu as poursuivi les tiens, parce qu'on est faits de nos tripes et de notre histoire et que, parfois, les sentiments, aussi forts soient-ils, ne peuvent rien contre la matière dont on est faits.

Son visage s'approche de la caméra.
Ses yeux brillent.
— J'aurais tellement aimé pouvoir accepter ta proposition. Mais ce serait trahir mes rêves, Carloman, et me renier moi. Et ça, tu ne peux pas me le demander. Pas si tu m'aimes vraiment.
Les poings de l'homme se serrent ; il déglutit, ému.
— Alors je ne viendrai pas avec toi. J'en mourrai peut-être, sans doute. Mais si je partais, je mourrais d'une autre manière. D'une bien triste manière.
Elle reste un moment silencieuse.
— J'espère que nous nous reverrons un jour, Carloman. Quand tout cela sera terminé, quand tout cela sera derrière nous.
Une alarme hurle dans la forteresse, appelant les derniers réservistes à se préparer pour l'ultime bataille, conformément aux ordres de Sharma.
— Ou dans une autre vie.
Zulmira sourit.
— Je t'aime.
L'holo s'éteint, plongeant le bureau du secrétaire dans un silence abyssal.
— Excuse-moi, Zulmira, murmure Carloman. C'est toi qui avais raison, depuis le début.
Il revient à sa fenêtre, à la ville en état de guerre, aux troupes qui courent et qui tuent ; aux silhouettes qui s'enfuient ; aux cris qui percent entre deux explosions, deux rafales de blaster.
Dans quelques petites heures, tout sera terminé a promis Sharma.
— On ne méritait pas ça. Tu ne méritais pas ça. Personne ne le méritait.
Carloman fouille dans sa chemise, en sort le pistolet laser qu'il pose sur sa tempe.
J'y ai participé.
— Moi aussi je t'aime.
Il tire.

60

La ville est assourdie par les salves des blasters, des canons ; tremble dans les explosions de grenades et de bombes incendiaires. Les flammes illuminent le ciel des blocs nord comme des habitations à l'est, éclairent toute la zone autour de la grand-place du marché.

La voix d'Éléonore résonne encore dans la tête de Noam.

Les chronons viennent d'autres réalités.

Les lèvres du pilote s'étirent en un léger sourire.

Est-ce que ça veut dire qu'Alix est en vie, quelque part, de l'autre côté de l'anomalie, et qu'on est heureux tous les deux ?

Il songe à sa dernière discussion avec lui, se rembrunit aussitôt.

Il se disloque… Pas déjà, pas maintenant…

Deux rovers surgissent d'une rue adjacente, des hommes en fusil à chaque portière.

— À couvert, vite ! hurle Malik.

Les tirs fusent, les lasers brûlent le sas d'entrée du bloc, pulvérisent une fenêtre non loin, passent à quelques centimètres du bras de Noam qui se met en retrait derrière l'arête d'un mur, blaster à la main.

Concentre-toi, caillasse !

Il pointe son arme sur l'une des roues du véhicule qui éclate dans un bruit sec. Hors de contrôle, le rover tangue puis s'encastre entre deux habitations. Ses occupants n'ont pas le temps de sortir : le moteur explose.

Noam et ses compagnons se relèvent, essoufflés.

— On va où ? demande Anastasia.

Le rebelle regarde sa sœur, essaie de rassembler ses idées. Les tirs partout, sa discussion avec Éléonore, la fin de leur communication – Kay ne s'en remettra jamais ! –, les sectateurs du chronon – ont-ils survécu au combat ? –, tout se mélange dans son esprit.

— Plein centre, dit-il.

— À la forteresse ? demande Malik, stupéfait.

Noam hoche la tête.

— C'est là-bas que nous attend Torres.

— Tu n'as pas compris, Noam, lâche Anastasia d'une voix résignée. C'est fini. On a échoué.

— On a perdu presque tous les nôtres, rappelle Malik.

Ses traits sont tirés, marqués par la fatigue et la peur. De la poussière et de la sueur maculent son front, ses joues, le faisant paraître plus vieux, bien plus vieux qu'il ne l'est réellement.

— On devait tenir, intervient Anastasia. C'étaient les ordres de Dabo. Juste tenir.

Dabo ?

Où est-elle ?

— Mais même ça, on n'a pas réussi à le faire, poursuit la cadette. Ils sont trop nombreux en face, trop nombreux et trop armés.

Noam ouvre la bouche pour parler mais, soudain, se tétanise. Une auréole sombre sur la jambe de sa sœur attire son regard.

— Tu es blessée ? demande-t-il.

Il veut s'approcher, mais elle recule.

— Ce n'est rien.

— Ana…

— Ce n'est *rien*, répète-t-elle d'une voix tranchante.

— Je vais continuer seul, annonce le pilote. Essayez de rassembler tous ceux que vous pourrez trouver et ramenez-les à la Place Centrale. Si je n'y suis pas, repartez aussitôt et cachez-vous.

Les traits sombres et tirés, ses compagnons acquiescent.

— Ça ira, Ana ? s'inquiète Noam.

— Oui.

Elle se force à sourire.

— Je suis morte de trouille, mais ça ira.

Noam pose sa main sur l'épaule de sa cadette, plonge son regard dans le sien.

— Moi aussi, je suis mort de trouille. Alors, sois très prudente, d'accord ?

— Promis.

Il la serre dans ses bras, fort, se recule, l'observe une dernière fois puis, à contrecœur, l'abandonne.

Il court dans les ruelles en direction de la Place Centrale où l'attend normalement Torres, les révélations d'Éléonore en boucle dans sa tête.

Alix est-il vraiment là, dans un autre monde ?

Aux aguets, il enjambe des cadavres de rebelles à terre ou recroquevillés dans un coin, renonce à regarder de qui il s'agit – des gens qu'il connaît ? Des compagnons d'armes ? – et poursuit.

Est-ce que je suis avec lui, loin des chronons qui ici me tuent à petit feu, loin de ce qu'il a subi et qui risque de le rendre fou ?

Les explosions retentissent un peu partout, de plus en plus espacées maintenant. Noam atteint la place du marché dévastée une dizaine de jours plus tôt – une éternité ! – par les bombes de Sharma, traverse l'esplanade jonchée de gravats et débouche sur l'avenue-3.

Est-ce qu'un Chronon Galactics existe, en paix ?

Il consulte son communicateur, essaie de joindre Torres, sans succès.

Où sont-ils tous ?! Pourquoi est-ce que ni elle ni Dabo ne répondent ?

Il hésite à appeler Kay, redoute, si près du quartier général ennemi, que son canal soit piraté et révèle la position de la base rebelle dans la ceinture d'astéroïdes.

Ne surtout rien lui dire au sujet d'Alix ! Il pourrait le désactiver ou…

Il frissonne.

Un bruit au-dessus de lui le sort de ses pensées. Il se colle contre un mur, suit du regard une navette qui passe à toute vitesse dans le ciel de nuit, s'assure que personne ne traîne dans les environs et…

Son communicateur vibre !

— Zulmira ! lance le pilote, soulagé.

— Rapport, demande tout de suite la commandante.

Rapidement, Noam lui relate l'attaque avec les sectateurs, l'appel d'Orcane, sa fuite avec les sympathisants, leur situation à tous, désespérée.

— Et personne ne semble savoir où se trouve Dabo, termine-t-il. Comment allons-nous faire pour…

— Tu vas vite comprendre. Nous sommes sur la Place Centrale comme prévu. Rejoins-moi.

Il frissonne, songe aux bâtiments de guerre qui patientent quelque part dans le système.

— Zulmira, attends ! Il y a des vaisseaux dans l'espace, d'Horizon ! Est-ce qu'il s'agit de tes alliés ?

— Je… Non. Non, il s'agit de navires de Radendt. Les premiers de sa flotte.

— Mais comment…

— Noam, fais-moi confiance je te dis.

Elle coupe la communication.

Le pilote claque la langue de frustration puis reprend sa course en direction du cœur de la ville, là où, semble-t-il, tout va se jouer.

Il n'a pas besoin de rappeler Torres pour deviner où elle se trouve précisément. À quelques blocs de la Place Centrale, il entend déjà les échanges de tirs, les cris, les déflagrations ; les ordres et les contre-ordres. Arme au poing, il parcourt les derniers mètres qui le séparent de l'esplanade.

La forteresse brille à la lumière de la lune, masse immense de roche et de métal, sombre et menaçante. Des canons au sommet de plusieurs de ses tourelles harcèlent sans relâche les groupes d'hommes et de femmes qui courent se mettre à l'abri, répliquent, disparaissent dans une ruelle pour réapparaître sur un toit, à l'angle d'un bâtiment.

À l'entrée du quartier général de Radendt, une cinquantaine de militaires attendent en combinaison de combat, prêts à fondre sur les rebelles.

Ils sont trop nombreux ! Jamais on ne va pouvoir entrer !

Se mouvant dans les ombres, Noam poursuit en direction de ses compagnons, la visière tour à tour éclairée par les déflagrations des lasers et par les flammes qui s'élèvent d'un bloc ou d'un véhicule touché par un camp ou l'autre.

C'est de la folie !

Il rejoint sans encombre un petit groupe rassemblé près de l'ambassade terrienne désertée.

— Commandante ! appelle-t-il, arrivé jusqu'à eux.

Torres se retourne et hoche simplement la tête en apercevant le pilote.

Se rend-elle vraiment compte de la situation ?

Encore haletant, Noam scrute rapidement les compagnons de la cheffe rebelle – Arun Sharma est là, accompagné de trois autres soldats –, ne comprend pas leur calme apparent.

— Il y a une cinquantaine de gardes en faction à l'entrée de la forteresse, annonce-t-il tout de suite. J'ai vu les canons en haut des tours, ils…

— Je sais, l'arrête Torres.

Elle jette un regard au communicateur à son poignet, et dit :

— Maintenant.

Une, deux, cinq puis dix explosions d'une intensité incroyable saturent l'atmosphère de fracas et de sirènes et de cris et d'orange et de rouge, éclipsant un moment la lumière de la lune et des projecteurs, faisant trembler le sol, les murs et même l'air.

— Qu'est-ce que..., commence Noam.

Des ordres fusent d'un peu partout. Le pilote tressaille, arme au poing, mais s'immobilise face au calme évident de ses compagnons. Des ombres apparaissent sur les toits, dans les rues ; des tirs aussitôt rugissent de l'autre côté des bâtiments derrière lesquels ils se trouvent – sur la Place Centrale ! – mais aussi dans toute la ville, comme une vague, une clameur gigantesque.

— C'est tout CG-1 qui se soulève, explique Sharma à un Noam interdit.

— Suivez-moi ! ordonne Torres.

Derrière la commandante, tous pénètrent à l'intérieur de l'ambassade terrienne aux meubles renversés et aux consoles brisées, grimpent trois par trois les marches qui mènent au premier étage, poursuivent jusqu'au second et son balcon face à la forteresse.

La Place Centrale s'est transformée en un immense champ de bataille. Des centaines d'hommes et de femmes en combinaison rebelle ou en simple carapace, armés de blasters, de pistolets, de tiges de métal ou de couteaux se ruent sur les soldats de Radendt. Les coups s'échangent dans une cohue terrible de cris et de sang, de lasers et de lames ; les lignes fluctuent, avancent et reculent au fur et à mesure qu'arrivent de nouveaux insurgés, de tous les côtés, de tous les bâtiments et de toutes les ruelles.

— Caillasse...

Torres ne quitte pas l'assaut des yeux. Des corps tombent tout de suite remplacés par d'autres, les canons tirent depuis les tours, de manière de plus en plus sporadique, une navette passe au-dessus de la place tel un éclair argenté avant de disparaître dans la nuit.

— Dabo, dit-elle simplement. C'est elle qui a tout organisé. Elle a rassemblé tous les hommes et les femmes de CG-1 qu'elle a pu convaincre. Et ils sont nombreux. Elle les connaît tous.

Au premier rang des combats, les soldats rebelles avancent peu à peu en direction du quartier général, épaulés par les habitants de tout Chronon Galactics qui se ruent sur les hommes de Radendt à coups de lames, de pierres ou de fusils.

— Il fallait que ça reste secret, absolument secret, reprend la commandante.

Sous le nombre et la surprise, les gardes refluent lentement en direction des murs épais de la forteresse.

— Je ne sais toujours pas qui nous a trahis.

Elle se tourne vers Noam.

— Préviens tes navettes. Elles doivent pouvoir décoller d'une minute à l'autre.

Le pilote transmet l'ordre aussitôt.

Sur la place, des adorateurs du chronon arrivent à leur tour, rejoints par d'autres – l'espace d'une seconde, Noam jurerait avoir reconnu Malik, puis le perd dans les combats –, l'esplanade tout entière vibre de la fureur de la bataille, des appels au secours, à la liberté et aux lendemains meilleurs.

— Smith, Gorski, dit la commandante dans son communicateur. À vous.

De nouvelles explosions illuminent soudain le ciel à l'ouest, suivies de tirs de mitraille.

— On est presque là, annonce la voix de Gorski au milieu de claquements de bottes et de cliquetis d'armes. Les diversions ont fonctionné, on n'a quasiment personne en face.

Les diversions ? réalise Noam. *Les attaques précédentes n'étaient que des diversions ?*

— Smith ? insiste Torres.

Son communicateur reste silencieux.

— Sharma ? demande-t-elle.

Le militaire à ses côtés consulte l'écran virtuel apparu au-dessus de son bras.

— Aucun signe d'activité au sud, déclare-t-il, le front plissé.

— Tente de te connecter à la colonne de rovers.

D'un geste rapide, Sharma passe plusieurs commandes. En vain.

— Rien, dit-il, sans masquer son inquiétude.

Il relève la tête, plonge ses yeux dans ceux de Torres.

— C'est lui ?

— Mise à jour des probabilités, demande la cheffe rebelle sans répondre. Hypothèse : attaque de masse sans support blindé.

Les doigts de Sharma parcourent les icônes qui flottent devant lui.

— On tombe à huit pour cent.

— On peut gagner quand même. On *doit* gagner.

— Zulmira ! Zulmira ! hurle soudain la voix de Kay dans le canal com général.

La commandante se fige en entendant le ton paniqué de l'ingénieur.

— Oui ? dit-elle.

— Trois vaisseaux d'Horizon approchent !

Les navires qui attendaient près de l'anomalie !

— J'ai pu intercepter leurs communications : ils se préparent à vous bombarder !

61

Sharma et Noam échangent un regard interdit.

— Nous bombarder ? répète le militaire.

Il se tourne vers la commandante.

— Quelqu'un de l'extérieur devait venir nous *aider*, pas nous massacrer !

Le visage crispé, Torres jette un œil rapide à son communicateur. Sur la Place Centrale, les soldats de Radendt refluent vers la forteresse dans une retraite ordonnée.

— Tu connaissais l'existence de ces vaisseaux ? insiste Sharma.

Elle acquiesce.

— Et tu as tout de même lancé l'assaut…

— Nous n'avions pas d'autre choix, répond-elle. Radendt s'est fait construire des bâtiments de guerre sur Horizon dans le plus grand secret. Je sais de source sûre que les suivants sont déjà en route. C'est notre seule et unique occasion de le renverser, après il sera trop tard.

— Tu aurais dû nous dire tout ça, murmure Sharma, abasourdi.

— Avec un traître parmi nous ? Ce n'était pas possible…

Elle revient à la place où les combats font rage, chaque camp tenant ses positions.

— Il faut capturer Radendt, insiste-t-elle. Maintenant ou jamais. Si on réussit à pénétrer à l'intérieur de la forteresse, nous aurons gagné.

— Tu as fait un pari insensé, Zulmira…

Cette dernière lance un regard inquiet à son communicateur.

— On va avoir de l'aide, affirme-t-elle.

Sa voix, pourtant, manque de conviction.

— L'un des bâtiments a ses radars braqués sur la ceinture d'astéroïdes, les informe la voix de Kay. Je pense qu'il me cherche, enfin qu'il cherche la base.

— Dans combien de temps les deux autres seront en position de tir ? demande la cheffe des rebelles.

— Estimation à trente-sept minutes et douze secondes.

Zulmira pâlit.

— Commandante ! dit Gorski sur le canal général. Je ne vois pas les véhicules de Smith ! Sans eux, jamais on ne pourra…

La communication s'interrompt brusquement.

— Gorski ? appelle Torres. Gorski !

Au milieu des grésillements qui lui répondent, elle discerne tout juste les mots *attaque*, *revers*… et *au secours*.

— Regardez la place ! s'exclame Noam.

Les soldats de Radendt y reprennent l'initiative. En formation sur plusieurs rangs – le premier un genou à terre, le deuxième derrière pour le protéger, le troisième en renfort –, ils repoussent méthodiquement leurs assaillants de plus en plus loin de l'entrée de la forteresse. Sur les tours, les canons ont repris leurs salves mortelles, abattant les révoltés les uns après les autres.

— Insurgés de CG-1 ! rugit tout à coup la voix de Radendt dans toute la ville. Déposez-les armes et rendez-vous ! Il ne vous sera fait aucun mal si vous cessez immédiatement les combats !

Un léger flottement s'empare des assaillants.

Torres ouvre la bouche comme si elle voulait parler, contemple de nouveau son communicateur désespérément silencieux.

— Des vaisseaux de guerre arrivent en orbite, poursuit Radendt. Je leur ai donné l'ordre de bombarder la ville si le couvre-feu n'est pas respecté. Obéissez !

Des hurlements fusent dans la foule, de colère, de peur, d'encouragements. Quelques ombres disparaissent subrepticement, s'échappent des côtés, des lignes arrière ; d'autres restent, scandant *Liberté ! Liberté !*

La commandante se tourne vers Noam, le visage blême.

— Il bluffe ? demande le pilote.

— Je… je ne sais pas.

— Tes renforts ? insiste Sharma.

Elle ne répond pas.

Les premières lignes rebelles refluent sur l'esplanade.

— On ne va pas réussir, Zulmira, dit Arun Sharma. Pas sans aide, et pas avec ces vaisseaux qui nous menacent. Ça va être un massacre !

Le regard de la commandante passe des combats à ses compagnons qui l'observent en silence.

— Ordonne à tes navettes de décoller et de venir en couverture, lâche-t-elle à Noam d'un air abattu. Si on ne perce pas rapidement les défenses de Radendt, je lancerai l'ordre de repli.

— J'ai… j'ai peut-être une idée, avance le pilote.

— Une idée pour nous éviter un désastre ?

— Possible.

La commandante plisse les yeux.

— Je t'écoute. Vite.

— Quand je suis entré dans la forteresse pour détruire les combinaisons, j'ai découvert l'existence de sous-sols. Ils datent des premiers colons, j'en suis certain. Il y a les mêmes marques de pioches et d'extracteurs de roche que j'ai vues à Solitude ou à Camp-0.

— Et ?

— Il y a des marques identiques dans un bar de CG-1.

Sans laisser à Torres le temps de réagir, il explique :

— Ce bar n'est pas très loin. Il y a une probabilité, certes faible, que les réseaux se rejoignent. S'ils ont été creusés en même temps, c'est plausible.

— Tu as vu un passage, un tunnel quelconque ? intervient Sharma.

— Non, et il aura de toute évidence été fermé. Il va falloir le retrouver. Mais si je peux pénétrer à l'intérieur de la forteresse et capturer Radendt par surprise pendant que ses soldats sont dehors…

Les cris redoublent sur la Place Centrale. Les soldats de la forteresse ont effectué une percée, provoquant un mouvement de panique chez les rebelles qui s'éteint rapidement.

Liberté !

Plutôt mort qu'esclave !

Contre toute attente, la majorité des insurgés n'a pas cédé aux menaces de Radendt et résiste encore.

— C'est de la folie, juge Sharma.

Il soupire.

— Mais c'est aussi notre seule et unique chance de nous en sortir. J'irai avec Noam. Je l'aiderai à trouver ce tunnel s'il existe, et nous capturerons Radendt.

La commandante se tourne vers le militaire, stupéfaite.

— Nous sommes en train de perdre, Zulmira.

Le vrombissement sourd de moteurs à chronons se fait soudain entendre. Torres, Sharma et Noam ont à peine le temps de lever la tête que deux navettes rebelles passent à toute vitesse dans le ciel orangé de flammes. Des tirs mitraillent l'arrière des forces de Radendt ; un canon réplique, manque de peu l'appareil de tête, échoue à percer le bouclier chronotique de la seconde.

— Sibu et Rob ! s'enthousiasme Noam.

Un grondement de joie s'élève de la foule qui salue les appareils rebelles.

— Les navettes de Radendt arrivent également pour les contrer ! prévient Sharma.

— Vous avez trente minutes, lâche la commandante. Trente minutes, pas une de plus. Après, j'ordonnerai la retraite.

Noam court dans les rues de CG-1, Sharma derrière lui ainsi que les trois autres soldats, les seuls que Torres a bien voulu leur confier.

Les poumons en feu, le front et le dos mouillés de sueur, il jette un regard au-dessus de lui. Dans le ciel, les navettes rebelles et ennemies se livrent déjà un combat sans merci à coups de laser et de missiles-chercheurs ; les boucliers crépitent, se zèbrent, disparaissent et réapparaissent une fraction de seconde plus tard ; les pilotes piquent, virent, décrochent et reviennent, tiennent tête à leurs adversaires et les empêchent de tirer au sol. Mais, largement inférieurs en nombre, ils ne pourront pas résister longtemps, Noam le sait.

Et les vaisseaux d'Horizon arrivent !

Le pilote poursuit sa course effrénée vers le bar du *Creuseur* et débouche, haletant, dans l'avenue-1. Il s'arrête, plié en deux, les mains sur les cuisses.

Des barricades en feu s'élèvent de part et d'autre de l'artère, projetant d'épaisses volutes de fumée. Trois silhouettes armées semblent surveiller l'une d'entre elles. Noam ne cherche pas à savoir s'il s'agit de soldats ou de rebelles. Sa respiration reprise, il s'engouffre dans une trouée entre deux hangars désaffectés, ses pas et ceux de ses compagnons résonnant dans la nuit, et soudain s'immobilise.

Quatre rovers se tiennent face à lui, à l'arrêt, bloquant la rue qui mène au *Creuseur*. Smith est assis sur le toit du premier d'entre eux, un mitrailleur laser à la main.

Avec les soldats de Radendt.

Essoufflé, les jambes en feu, Noam le dévisage.

— Rends-toi, Kerval, lui ordonne Smith. Il ne te sera fait aucun mal si tu ne résistes pas.

Le pilote tend l'oreille. Il n'entend plus la cavalcade de Sharma et de ses compagnons derrière lui.

Ils se sont arrêtés avant.

Une profonde tristesse l'envahit.

— Pourquoi ? demande-t-il à Smith. Pourquoi as-tu trahi ?

— Nous n'avions aucune chance, répond le capitaine à la main coupée. J'ai fini par m'y résigner.

— Radendt t'a acheté avec quoi ? De l'argent ? Du pouvoir ?

Mauvais, il ajoute :

— Une nouvelle main ?

— Tout cela à la fois. Et surtout une vie meilleure.

— On se bat tous pour ça, réplique Noam, sans même espérer convaincre Smith.

— Mais moi, contrairement à vous, je l'aurai. Pose ton blaster doucement au sol. Nous n'hésiterons pas à tirer.

Le pilote jette un regard aux silhouettes qui accompagnent son ancien coéquipier. Leurs canons sont dressés, pointés sur lui.

Aucune chance de m'en sortir vivant.

— Caillasse ! hurle l'un des soldats.

Il a baissé son arme et, tête levée, recule.

Noam l'imite, et son cœur manque de s'arrêter.

Non !

Une masse noire assombrit le ciel nocturne et grossit, de plus en plus gigantesque, comme un monstre terrifiant, masquant la lumière de la lune, suivie d'une seconde tout aussi imposante.

— Tu le vois, la rébellion a perdu, conclut Smith.

62

La ville tout à coup est silence.

Les échanges de laser ont cessé. Il n'y a plus d'explosions, nulle part, et seul le crépitement des flammes, au nord comme au sud et à l'est, atteste encore de la violence des combats.

Le cœur déchiré, Noam observe les vaisseaux gigantesques s'immobiliser au-dessus de CG-1. Les coques sombres, lointaines, s'illuminent d'une myriade de petits points blancs.

Les canons qui se positionnent ? s'interroge le rebelle.

Ses jambes ne le portent plus, il se sent soudain lourd, lourd et terriblement fatigué. Un vertige le prend – *Quelle importance ?* –, il abaisse son blaster, lentement.

Une déflagration terrifiante retentit dans l'obscurité. Le dernier rover de la colonne s'élève du sol dans une tornade de flammes et retombe bruyamment, noirci et défoncé.

— Aux armes ! hurle Smith.

À l'arrière de la procession de blindés, ses soldats tirent déjà. Profitant de la diversion, Noam bondit et s'abrite derrière un muret. Les lasers jaillissent de partout. Des ombres surgissent du toit des maisons, des fenêtres, et mitraillent sans relâche les sbires de Radendt qui s'écroulent les uns après les autres. L'un des assaillants apparaît non loin, sans casque.

Un sectateur du chronon !

Noam se joint aussitôt à la bataille. Il vise, tire, abat un garde, cherche Smith du regard – il est assis, là, au volant d'un rover ! –, essaie d'atteindre le moteur sans réussir à percer le blindage. Il tressaille alors qu'un rayon rouge le rate de peu, se relève et court jusqu'au bloc le plus proche. Il aperçoit Sharma et ses hommes se lancer à leur tour dans la mêlée, leur combinaison de combat activée.

Le crissement de roues le fait sursauter.

Smith s'enfuit !

Noam abandonne son abri et se précipite sur le véhicule. Il esquive deux ombres qui voulaient le prendre de côté, saute par-dessus un cadavre, s'agenouille pour viser sans trembler et tire à toute puissance.

Son laser perce la vitre et touche sa cible en pleine tête. Le crâne transpercé, Smith s'effondre sur son tableau de bord.

Hypnotisé par le sang de son ancien compagnon, par la fumée qui s'élève, partout, Noam ne réalise pas que les cris cessent ni que les silhouettes ralentissent leur course autour de lui.

— Kerval ? appelle Sharma.

Le pilote se retourne. Cinq soldats de Radendt sont au sol, tenus en joue par une demi-douzaine de sectateurs. Deux des rovers sont toujours là, marqués par les lasers mais en état. Sharma est accroupi près d'un corps allongé, en robe blanche.

Noam se glace.

Alicia ?

Il s'approche et les rejoint. La cheffe des adorateurs gît à terre, blafarde, la respiration difficile. Une tache sombre macule sa poitrine et son flanc.

— Je… je ne devais pas mourir… ici, murmure-t-elle. Mais les chronons en ont décidé… autrement…

Elle se force à sourire, comme amusée.

— Alicia…, commence Noam.

— Non, l'arrête-t-elle. Dépêche-toi… On devait… rejoindre… sauver…

Elle inspire violemment, tousse et crache du sang qui coule sur son menton.

Sa main retombe mollement sur le sol.

— Liberté, souffle-t-elle.

Ses yeux se figent.

Elle ne respire plus.

Noam reste le regard fixé sur elle, sur sa peau presque totalement décolorée par les chronons, sur sa gorge rougie et tendue en arrière, sur ses lèvres qui gardent ce mystérieux sourire.

Tu n'as pas vu ton futur, Alicia, tu as vu d'autres mondes, d'autres mondes où sans doute tu étais heureuse, où ceux qui te suivent vivaient en paix, où on se connaissait, peut-être, toi et moi, où j'avais encore Alix...

Le pilote se redresse. Les combats ont repris dans la ville, sporadiques. Des détonations. Des bruits de moteur. Quelques tirs.

— On doit y aller, lui dit Sharma. Radendt ou mon frère vont très certainement dépêcher une patrouille pour savoir ce qu'il s'est passé ici, et pourquoi leur traître ne répond plus.

Noam fronce les sourcils.

Il n'entend plus les navettes.

Il lève la tête, aperçoit les appareils rebelles filer en direction des vaisseaux titanesques dont les ombres terrifiantes couvrent la ville.

— Ils ne sont pas de taille, lâche-t-il.

— Torres leur a sans doute demandé de nous faire gagner du temps.

Noam acquiesce.

— Faites comme Alicia, comme nous, annonce un adepte du chronon derrière lui. Accomplissez ce que vous avez à accomplir. Nous retiendrons les hommes de Radendt.

Accompagné de Sharma et de ses soldats, Noam traverse les dernières ruelles qui le mènent jusqu'au *Creuseur*.

— Venez, dit-il à ses compagnons.

Ils descendent l'escalier qui s'enfonce dans le sous-sol, blaster à la main, longent les couloirs jusqu'à arriver au comptoir désert.

— Les rats ont fui le navire, maugrée l'un des rebelles.

Noam passe de l'autre côté du bar, ouvre le tiroir où Art range ses armes.

Vide.

— Je crois plutôt qu'ils ont rejoint les combats.

Sans attendre la réaction de son compagnon, il se branche sur son canal privé.

— Axiome ? appelle-t-il, tendu.

Pas de réponse.

— Axiome ? répète-t-il.

Grésillements. Une voix lointaine murmure quelque chose – il ne la reconnaît pas.

— Axiome ! tente-t-il encore plus fort, le cœur battant.

— Oui, dit enfin l'IH.

Noam retient un soupir de soulagement.

— Comment vas-tu ? s'inquiète-t-il tout de suite.

— La situation est compliquée. Toute ma concentration, MES PROCESSEURS, PLUtôt, passent des systèmes de communication de Radendt aux brouillages externes.

— Et toi ?

— Comment ça, moi ?

Il a oublié notre discussion de tout à l'heure ?

— Le vaisseau qui scanne la ceinture d'astéroïdes ? l'interroge Noam, repoussant à plus tard ses craintes.

— Il approche. Je ne crois pas qu'il nous ait repérés, mais il est probable qu'il finisse par nous trouver. J'ai pu avoir accès une fraction de seconde à ses IA calculatoires. Elles sont impressionnantes.

Noam voudrait lui demander s'il risque quelque chose, comment il va, si la destruction de la base l'annihilerait lui aussi, s'il a terminé sa sauvegarde dans la navette d'Éléonore, n'importe quoi, qui…

— Tu as besoin d'aide ? s'enquiert l'IH.

— Oui, se reprend Noam. Urgent. Je t'avais demandé l'autre jour de simuler les passages souterrains entre le *Creuseur* et la forteresse, tu te souviens ?

— On devrait y retourner ! lui répond l'IH. Ça fait au moins deux semaines qu'on n'y a pas mis les pieds. Je me demande si Art a encore son cocktail-poussière. Par contre, évite de m'embrasser devant tout le monde, cette fois.

Non, Axiome, non…

— Affirmatif, poursuit Axiome. Je viens de t'envoyer trois cartes virtuelles.

Reste avec moi…

— La première est la plus plausible, mais il serait alors étonnant que Radendt n'en ait pas eu connaissance.

Noam déglutit.

— Il les aura faites boucher ? demande-t-il.

Plus tard, on verra le reste plus tard.

— AUCUNE TRACE DE CETTE INFORMATION.

L'IH s'interrompt, comme s'il menait une conversation parallèle.

— Kay me dit qu'il n'arrive pas à contacter Éléonore, annonce-t-il un instant plus tard.

Noam se fige.

Je ne peux pas lui apprendre sa mort maintenant !

— Merci. Communication terminée.

Le cœur lourd, le pilote coupe le canal, consulte les données envoyées par Axiome. Les trois passages potentiels se situent dans les cabines du fond.

Noam connaît le chemin. Dans un silence tendu, il conduit les cinq hommes vers la première d'entre elles. Il vérifie sur la carte augmentée au-dessus de son poignet qu'il ne s'est pas trompé.

— On essaie ici.

L'un des soldats approche du mur du fond, gratte rapidement les aspérités de la pierre et insère un minuscule radar dans la cavité ainsi créée. Il l'active, consulte le maillage gris et terne qui se matérialise devant ses yeux.

— Rien, dit-il. Il n'y a que de la roche derrière.

Noam grimace. Il conduit la petite troupe à la pièce suivante, où l'ingénieur reproduit les mêmes gestes. Les ondes forment une image identique à la précédente.

— Toujours rien, murmure Sharma.

— Attendez, l'arrête le soldat.

Noam tressaille. L'homme désigne du doigt l'extrémité du quadrillage à la limite de portée du radar, et zoome.

Une zone plus claire apparaît.

— On dirait… commence-t-il.

— Oui ? le presse Noam.

— La densité est inférieure dans cette partie, explique le rebelle. Je n'arrive pas à voir plus loin. Il peut s'agir d'un affaissement de terrain, des cailloux et de la poussière qui se seraient écroulés lors de la construction des bâtiments à la surface.

— Ou bien ?

— Ou bien de couloirs qui auraient été bouchés, termine le soldat.

Noam et Sharma échangent un regard.

— On essaie, ordonne le pilote.

Tous renfilent le casque de leur combinaison tandis qu'un des rebelles extrait de son sac un tube métallique monté sur un objet ressemblant à un moteur chronotique. Il le pose au sol, active le générateur et recule.

— Dans 3, 2, 1…

Un large faisceau jaillit de l'extrémité de la tuyère, percute le mur qui se troue de plus en plus profondément. Un nuage de poussière brûlante envahit la pièce, transformant chacun des hommes en une vague silhouette.

— Tu vois quelque chose, Bouchard ? demande Sharma.

— Oui, confirme le soldat au radar. La portée s'étend. La zone qui m'intéresse semble grande, se divise un peu plus loin en plusieurs… STOP !

Le canon chronotique s'éteint presque instantanément.

— Un problème ? murmure Noam, le cœur battant.

— Non, répond son voisin. Aucun.

Dans la poussière qui retombe peu à peu, il zoome sur son écran à réalité augmentée.

— Il y a quelque chose après les zones comblées, annonce-t-il. Des passages dégagés.

Il relève la tête de l'image et conclut :

— Je crois qu'on a trouvé.

Colonie d'Aurora

— La puissance du relais de Pi Cassioppeiae-2 a été triplée, annonce Nemo.

— Quelles sont les probabilités que cela soit détecté ? s'inquiète l'un des hommes face à lui.

— Infimes. Radendt est trop occupé à mater la rébellion pour s'en rendre compte, et ni la Terre ni aucune des colonies ne se soucient de ce genre de détails.

L'hologramme sourit.

— Comme d'habitude, nous agissons le plus discrètement possible.

— Sommes-nous certains que le projet Axiome échouera ? demande la seule femme. Plus nous lui offrons de puissance, plus il sera en mesure de se stabiliser.

— Il est déjà trop tard. Les routines de suppression de données que nous avons intégrées morcellent sa pseudo-personnalité, comme à chaque fois. Son effondrement est inéluctable, comme celui de toutes les tentatives qui pourraient s'en inspirer.

Nemo balaie l'assemblée humaine du regard.

— Nous avons géré l'ensemble des liens probabilistiques et aucun chemin majeur ni même intermédiaire ne mène au succès de l'expérience IH. Celle-ci va s'arrêter et le futur Machiniste adviendra.

— C'est indispensable, abonde l'homme en robe bleue. Si jamais la Terre ou l'une des autres colonies se mettait à penser que des humains puissent devenir immortels en se liant aux IA, ce serait une catastrophe. Vous imaginez quelqu'un comme Radendt avec un tel pouvoir ? Nous repartirions pour des siècles de guerres et de misère…

— Il est dommage que le Conseil terrien n'ait pas encore compris que la seule voie pour l'Humanité est celle de la Machine, regrette son voisin.

— Ce temps viendra, assure Nemo. Nous y veillerons.

63

Les dernières roches crissent. Dans un bruissement doux, elles se désagrègent, se transforment en poussière et révèlent, derrière elles, une petite pièce rectangulaire sans lumière.

— On y est, chuchote l'ingénieur radar. C'est la remise que j'imaginais.

Les cinq hommes avancent armes à la main, prêts à tirer.

— On a été repérés ? s'inquiète Noam.

— Aucun signe d'alarme.

— JE CONFIRME, répond une voix synthétique.

Noam manque de sursauter.

— PERSONNE NE VOUS A REMARQUÉS, je m'en suis OCCUPÉ.

— Axiome ? s'étonne le pilote. Comment as-tu fait ça ?

— Avec Kay, on a enfin réussi à déjouer CERTAINES DES DÉFENSES de Radendt. La plus grande partie de mon ATTENTION RESTE FOCalisée sur les vaisseaux d'Horizon, mais je continue aussi de surveiller la FORTERESSE et ton avancée.

— On forme une belle équipe, sourit Noam.

— N'est-ce pas ?

Combien de temps encore ?

— On va où ? demande Sharma.

— La sortie du complexe se trouve au NORD-EST, répond l'IH. Au troisième EMBRANCHEMENT, PRENEZ À droite. Vous arriverez à une porte qui mène aux étages supérieurs.

— Des gardes ? l'interroge Noam.

— Personne. Tous les soldats de Radendt protègent les accès à la forteresse, et J'AI MODIFIÉ LES PROGRAMMES DES CAMÉRAS. Elles n'enregistreront aucun de vos mouvements.

Parée, la petite troupe s'engage dans le couloir creusé dans la pierre. Les rebelles dépassent plusieurs portes fermées, traversent le premier embranchement, le second, et atteignent sans encombre le troisième. À leur droite, un sas sécurisé bloque le passage indiqué par Axiome.

— Il va falloir le forcer, grommelle Sharma. Pas moyen de l'ouvrir autrement ?

Le regard rivé sur sa gauche, Noam ne répond pas, immobile.

— Noam ? appelle le militaire.

— Je...

Devant lui, une grande baie vitrée révèle une pièce aux murs couverts d'écrans avec, en son centre, une couchette de métal. Celle qu'il a vue tant et tant de fois sur sa vidéo, qu'il a aperçue également lorsqu'il a pénétré dans la forteresse afin de détruire les combinaisons.

— Je dois faire quelque chose, dit Noam d'une voix blanche. Continuez, je vous rejoins tout de suite.

— On ne peut pas..., veut s'opposer Sharma.

Noam n'arrive pas, n'arrive plus à réfléchir, il doit absolument savoir ce qu'il y a là-bas, dans des systèmes internes, des enregistrements ; en fouillant rapidement peut-être découvrira-t-il les secrets que cache Radendt au fin fond de son complexe ; mais aussi – surtout ? – trouvera-t-il la preuve qu'Alix est devenu Axiome, la preuve qu'il n'est pas mort et qu'il existe encore et qu'il est avec lui et que plus jamais ils ne seront séparés, au moins jusqu'à ce que...

— Mais...

— C'est un *ordre*, assène-t-il à l'intention de Sharma.

L'ancien chef rebelle ravale sa salive.

— Bien, capitaine, gronde-t-il.

Les yeux rivés sur la baie vitrée et la porte à côté, Noam ne regarde même pas ses compagnons repartir.

— Axiome ? appelle-t-il sur son canal privé.

— Je T'ENTENDS.

— Tu peux déverrouiller le sas pour Sharma ?

— C'est fait.

Alors, ils se débrouilleront le temps que je les rattrape, songe Noam.

— Tu sais où… Tu vois où je me trouve ?

— Oui.

L'IH laisse sa réponse en suspens, puis ajoute :

— Je crois que j'ai peur.

— Moi aussi.

— Est-ce que tu penses que…

— Je l'ignore.

Le cœur battant, il fait un pas en direction de la porte. Un second.

Axiome reste muet.

Il avance encore, atteint le panneau de commande, appuie sur le bouton d'ouverture.

Dans un chuintement doux, le vantail coulisse à l'intérieur du mur, révélant le laboratoire derrière.

Il est exactement comme dans l'enregistrement : les mêmes écrans, les mêmes consoles, les diodes reliées aux consoles et les fils, partout. Noam revoit la scène gravée dans sa mémoire, dans ses rétines, le corps allongé d'Alix, là, sur le lit de métal, taché de sang et inconscient ; Radendt à ses côtés, le laissant mourir.

Non.

Non, il n'est pas mort.

Il est avec moi.

— Tu… tu peux fouiller les systèmes d'ici ? demande-t-il à Axiome.

— Je suis en train d'essayer. La zone est en circuit clos. IMPOSSIBLE DEPUIS L'EXTÉRIEUR.

Noam s'approche de l'une des consoles, l'examine puis s'arrête sur un renfoncement tout en bas.

— J'ai trouvé un accès externe. Je me branche dessus ?

— Oui.

Le pilote extrait du communicateur à son poignet une tige de métal qu'il connecte.

Les écrans s'allument. Noam tressaille.

— C'est moi, murmure Axiome.

Les images défilent sur les murs, succession de corps allongés – des hommes, des femmes, des adolescents, quelques enfants, parfois –, tous reliés aux ordinateurs par des électrodes sur le crâne, la poitrine. Radendt tourne autour d'eux, concentré, son attention passant des informations qui s'affichent un peu partout aux visages des blessés, des mourants, avec chaque fois un dernier geste de la main signifiant qu'il est temps de les laisser succomber.

— IL A MENÉ UN GRAND NOMBRE D'EXPÉRIENCES, explique Axiome d'une voix atone. J'AI ACCÈS aux comptes rendus.

Comment peut-il être aussi calme ? se demande Noam, au bord du malaise.

— TRANSFERT PAR COPIE de chacune des zones du cerveau. Comparaison des structures neuronales humaines et de celles des IH. Tests infracognitifs. Tests cognitifs.

Les visages et les corps défilent, encore et encore, certains aux yeux ouverts, parlant, le regard vide, d'autres juste immobiles, un filet de bave au menton, une main inerte pendant sur le côté du lit de métal.

— Les résultats ont majoritairement été NON CONCLUANTS. Souvenirs parcellaires. Réactions violentes. Confusions.

D'autres images se forment sur les écrans : un vieil homme convulse sur la couchette, une femme aux cheveux brûlés cherche désespérément à se libérer ; des lamentations se mêlent aux hurlements de voix synthétiques accompagnés de paroles décousues, de réponses incohérentes aux questions posées par un Radendt impassible – *Quel est votre prénom ? Je ne sais pas. Combien font 1 + 1 ? Comprends pas question. Avez-vous mal quelque part ? Qu'est-ce qu'un corps ?* –, discussions brèves, laborieuses qui se terminent immanquablement par des gémissements ou des cris. Les écrans passent d'image en image ; des formules mathématiques s'affichent puis à nouveau des visages, des mains, des bouches hurlantes et soudain…

Alix.

Le visage d'Alix apparaît.

— L'UNE DES EXPÉRIENCES SEMBLE AVOIR RÉUSSI ET SERT D'ÉTALON, annonce Axiome avec une froideur inhumaine. PLUSIEURS PROGRAMMES TOURNENT AUTOUR DE SA MODÉLISATION INFORMATIQUE AFIN D'EN REPRODUIRE LE PROTOCOLE DE TRANSFERT DES DONNÉES CERVEAU-MACHINE. C'est moi, n'est-ce pas ?

— Oui, articule Noam. Oui, c'est toi, mon amour.

La gorge serrée, le pilote observe le visage qu'il a regardé, embrassé, tenu entre ses paumes ; le visage qu'il a tant, tant, tant aimé.

Radendt a réussi. Il a réussi avec toi et tu n'es pas mort.

— LE PROTOCOLE DE L'EXPÉRIENCE A ÉTÉ REPRODUIT À PLUSIEURS REPRISES LES ANNÉES SUIVANTES AFIN D'AJUSTER LES POURCENTAGES DE SUCCÈS. LES DEUX DERNIÈRES TENTATIVES ONT ÉTÉ POSITIVES ET ONT ENSUITE ÉTÉ DÉTRUITES. UNE NOUVELLE EST PRÉVUE PROCHAINEMENT, poursuit Axiome. C'est Radendt. Il a prévu de se transférer.

Dans le but d'être immortel, comme l'avait imaginé Kay, comprend Noam.

Devant le rebelle, l'enregistrement montre de nouveau le corps d'Alix allongé, ses blessures à peine soignées, encore sanglantes, ses paupières qui tressautent.

Noam connaît la suite.

Non, Alix est vivant !

— Arrête, demande-t-il. Arrête, on sait maintenant ce que Radendt faisait ici.

Noam retire le câble de l'interface, interrompant la connexion entre Axiome et les systèmes du laboratoire. Sur les écrans, la scène qu'il a vue et revue se poursuit. Radendt y lève la main, prêt à annoncer la fin, la mort du corps de…

Radendt a réussi à transférer Alix dans une machine ! Alix est devenu Axiome ! Il est vivant !

— Il faut rejoindre Sharma et à tout prix capturer Radendt avant qu'il devienne une IH.

Il détourne les yeux des écrans et se force à sourire.

— C'est bien toi, Alix. C'est toi, mon amour. Je le savais, et j'en suis sûr maintenant.

— On pourrait récupérer des données et…

— Pas le temps, l'interrompt Noam. On doit retrouver les autres.

Le pilote quitte la pièce en évitant les images qui défilent encore, ne voit pas Moïra approcher une fois que le corps d'Alix est retombé, inerte ; il s'éloigne du laboratoire à grands pas, n'entend pas la conseillère de Radendt parler de probabilités et d'effondrement et de corruption de données, annoncer que le transfert a donné lieu à d'ultimes erreurs qu'il faudra corriger pour les prochains essais ; il atteint le sas qui conduit aux étages supérieurs en souriant malgré son teint blafard et son visage criblé de taches et, connecté à celui qu'il aime tant, se met à courir pour rattraper Sharma et arrêter Radendt avant qu'il ne soit trop tard.

64

Noam remonte en courant le corridor de pierre – *C'est Alix ! J'en étais certain !* –, traverse le sas resté grand ouvert, passe devant le poste de contrôle dans lequel il s'était arrêté lors de sa précédente incursion et grimpe quatre à quatre les marches de l'escalier jusqu'au niveau supérieur, sourire aux lèvres, ses yeux fatigués éclairés d'une joie immense.

Alix est vivant...

— Sharma ? appelle-t-il sur le canal court.

— Rez-de-chaussée, répond aussitôt le militaire. Zone dégagée pour l'instant.

— J'arrive.

Plus léger qu'il ne l'a été depuis longtemps, Noam parcourt les couloirs du quartier général ennemi en suivant les indications d'Axiome – *Alix ! Axiome est Alix !* – sans rencontrer qui que ce soit et, essoufflé mais heureux, rejoint ses compagnons rassemblés dans une petite salle vide.

— Tout va bien ? l'interroge Sharma, le regard sombre.

Le pilote hoche la tête.

— J'ai trouvé ce que je cherchais en bas : Radendt a prévu de transférer son esprit dans une IH.

— Il le peut ? s'inquiète Sharma.

Noam fait signe que oui.

— On doit absolument le capturer avant, alors.

Noam consulte rapidement le plan fourni par Axiome.

— Son bureau se trouve deux étages au-dessus de nous. Il s'y sera certainement réfugié.

— Avec mon frère et ses meilleurs hommes, prédit Sharma.

Le visage du militaire se durcit.

— Vous me laisserez Raja, dit-il.

Ce n'est pas une question.

La petite troupe traverse en silence un hall percé de luxueuses portes en bois, longe une salle aux meubles travaillés et aux murs décorés de tableaux et de tentures et s'engage dans un corridor quand Noam s'immobilise.

De la main, il fait signe à ses compagnons de se cacher. Sharma fouille rapidement les alentours du regard, avise un sas resté ouvert et le désigne du doigt. Les hommes s'y précipitent avec lui, aussitôt imités par Noam.

Des bottes frappent le sol non loin de l'extrémité du couloir.

— Plus vite ! crie une voix.

Deux silhouettes apparaissent, puis deux autres et d'autres encore, formant une colonne de militaires armés de blasters et protégés par des combinaisons de combat au logo de Radendt.

— Miles, emmène ton unité sur la zone 3 ! ordonne celui qui commande les troupes, un vétéran aux épaules larges et aux traits durs derrière son casque. Il faut assister les gars aux entrées.

Une partie des soldats disparaît dans une bifurcation, tandis que les suivants approchent toujours.

— Ils sont tous devenus aussi tarés que les dingues du chronon ! se moque l'un d'eux. Ils vont être réduits en particules par les vaisseaux.

— Pour ça qu'on a choisi le bon camp, s'esclaffe son voisin.

Les hommes passent en trottant devant la pièce fermée où se cachent les rebelles.

— C'est quand même tout CG-1 qui se soulève, s'inquiète un de leurs compagnons.

— On en reparle une fois qu'ils seront carbonisés ?

— Vos gueules, têtes de roche ! vocifère le sergent qui mène la troupe.

Les voix se taisent, laissant uniquement entendre le bruit des bottes et le cliquetis des armes qui s'amenuise jusqu'à disparaître au bout du couloir.

— Tout CG-1 qui se soulève..., répète Noam. Ils tiennent toujours !

Les rebelles échangent un regard où se mêlent la crainte et l'espoir.

— Mais nos navettes ne pourront rien faire contre les vaisseaux de Radendt, n'est-ce pas ? demande l'un d'eux.

Le pilote acquiesce.

— C'est pour ça qu'il faut qu'on le capture avant. Pour ça et pour empêcher qu'il devienne inarrêtable.

Le mugissement d'une sirène les interrompt.

— C'est l'alerte INTRUSION, prévient Axiome dans le communicateur.

— Ils nous ont repérés ? s'inquiète Noam.

— Impossible, j'ai TOUT DÉSACTIVÉ sur votre passage.

Le pilote jette un regard à ses compagnons derrière lui.

— On court, vite ! dit-il.

Accompagnés par le hurlement de l'alarme, les cinq hommes se précipitent sur la porte métallique d'un ascenseur. Noam appuie plusieurs fois sur la commande d'appel.

Elle ne s'allume pas.

— Les accès aux ÉTAGES ont été fermés, annonce Axiome.

Assourdie par la sirène, sa voix synthétique est presque inaudible.

— Caillasse ! s'agace Noam. Où sont les escaliers ?

— Du monde derrière nous ! prévient Sharma.

Les rebelles abandonnent le sas et se positionnent aussitôt à l'entrée du couloir, armes à la main.

L'écho de pas, encore, entre deux vagues de l'alarme.

— Ils courent, souffle l'un des hommes de Sharma dans le canal privé.

— Dans notre direction, précise un autre.

— On tire dès que possible, ordonne Noam.

Il vérifie une nouvelle fois le plan en réalité virtuelle au-dessus de son poignet.

— Cela nous laissera peut-être le temps d'accéder aux escaliers.

Deux rebelles s'agenouillent, prêts à viser ; leurs coéquipiers se placent au-dessus d'eux.

Les bruits de course se rapprochent, une jambe apparaît à l'angle du couloir, l'extrémité d'un fusil, puis une silhouette en combinaison de combat qui…

— Stop ! rugit Sharma.

Un faisceau laser dévie sur le plafond avec une large traînée noire.

— Dabo ! s'exclame Noam, stupéfait.

D'un geste de la main, la capitaine fait signe à ses propres compagnons de la suivre pour rejoindre Sharma et Noam.

— On a réussi à passer par les portes de service grâce à Malik, annonce-t-elle.

Noam sursaute, reconnaît dans les derniers arrivants la silhouette du jeune homme et d'Anastasia, sa jambe toujours tachée de sang. Elle lui sourit au travers de sa visière et lève un poing serré.

— Tout va bien, dit-elle sur leur canal personnel.

— La situation dehors ? s'inquiète Sharma.

— C'est toute la ville qui s'est soulevée comme je l'espérais, annonce Dabo. On a beaucoup de blessés, des morts aussi, mais le nombre est avec nous. On a réussi à enfoncer plusieurs postes de garde, même si le prix à payer a été lourd.

Son visage s'assombrit.

— Les navettes tentent de retarder le bombardement de la Place Centrale en harcelant les vaisseaux en orbite, mais elles ne tiendront pas longtemps. Deux appareils ont déjà été détruits.

Elle se tourne vers Noam.

— Ils sont héroïques, dit-elle.

— Je sais, répond-il, la gorge serrée.

Une explosion retentit au loin. Le son de l'alarme s'affaiblit pour reprendre de plus belle.

— Ordre à toutes les unités ! hurle la voix de Raja Sharma dans les haut-parleurs. Bloquez tous les accès et tirez à vue !

— Torres m'a informée du plan, déclare Dabo. Partez chercher Radendt. On va les attirer ailleurs et les retenir le plus longtemps possible.

Noam déglutit, croise le regard de sa sœur qui lui lance un clin d'œil bravache.

— Liberté, entonne-t-elle. Liberté, pour nous, pour papa, pour tout le monde.

— Liberté, répond-il.

Il essaie de lui sourire, n'y parvient pas, fait volte-face.

— Suivez-moi, demande-t-il à ses compagnons.

Guidés par Axiome, ils abandonnent l'ascenseur, s'enfoncent dans les couloirs de la forteresse jusqu'à atteindre un étroit escalier qui grimpe aux étages.

— Il y a du monde là-haut, avertit Axiome.

— Nombreux ? s'enquiert Noam.

— Je…

Il hésite.

— JE NE SAIS PAS.

— Comment ça ?

— IL Y A UN PROBLÈME DANS… DONNE… LES PLANS…

Il s'interrompt.

— Noam, tu es là, mon amour ?

Sa voix. Elle a changé tout à coup.

— Les soldats de Radendt ? insiste Noam. Ils sont combien ?

— Quels soldats ? demande l'IH. Où es-tu ? Je ne comprends p…

Il se tait.

Caillasse !

— Capitaine ! murmure l'un des rebelles.

Noam secoue la tête.

— On est peut-être attendus, annonce-t-il, abandonnant la communication avec Axiome.

Ses compagnons acquiescent, vérifient une nouvelle fois le chargement de leurs armes et, ensemble, s'élancent. Ils grimpent les marches trois par trois, débouchent sur un vaste hall désert décoré de nombreux tableaux. Sans hésiter, Noam bifurque vers la droite, aux aguets, approche d'un large couloir qui file vers la gauche, et s'immobilise.

Des hommes bloquent le passage, fusil en main, Raja Sharma en combinaison de combat à leur tête.

— Vous êtes morts, lance le général.

Les lasers crépitent aussitôt. Les rayons de lumière déchirent les tentures, éraflent les murs, strient le tapis de longs traits bruns alors que soldats et rebelles essaient de prendre le dessus.

— Repli vers l'escalier ! hurle Sharma.

Noam lui jette un regard étonné.

— Vite ! insiste l'ancien capitaine.

Noam obtempère, imité par les autres. Le chuintement des blasters s'apaise un instant tandis que les hommes se précipitent vers les marches.

— Laissez-les approcher, murmure Sharma.

En position défensive, ses compagnons attendent, concentrés, le souffle court, quelques secondes qui leur semblent durer des heures.

Une silhouette surgit, enveloppée d'une aura scintillante de chronons.

Raja Sharma !

Le général de Radendt tire aussitôt sur les rebelles, touche l'un d'eux à la jambe, rate de peu Noam et son voisin. Des faisceaux rouges et bleus lui répondent, l'un d'eux s'écrase sur son bouclier et disparaît, comme le suivant.

— Sa combinaison génère son propre champ de chronons ! prévient Sharma.

Les soldats ennemis apparaissent aux côtés de leur chef et mitraillent l'escalier de lasers.

— Le bureau de Radendt est dans le couloir derrière eux, souffle Noam, la tête rentrée dans les épaules, la vision obscurcie par la fumée et la poussière qui envahit l'espace autour de lui.

— On les occupe, dit Sharma. Tu traverses et tu captures ce sablard, OK ?

— OK.

— En avant !

Les rebelles bondissent de leur retraite et répliquent à pleine puissance. Les salves fusent de toute part, s'écrasent contre les portes, sur le plafond, touchent l'un d'eux qui s'écroule en hurlant, ricochent sur le bouclier de Raja Sharma, atteignent un de ses soldats projeté en arrière. Noam tire lui aussi, balayant des yeux le couloir, essayant de trouver un moyen de passer entre les uns ou les autres. Partout les silhouettes progressent puis se replient, se couvrent, s'abritent derrière un angle de mur dans le sifflement des armes.

Protégé par son bouclier, le général de Radendt avance, un visage empreint de morgue.

— Je m'occupe de lui ! rugit Arun Sharma.

L'ancien capitaine se précipite sur son cadet. Il évite un laser, un second et heurte son frère de plein fouet. Les deux hommes s'écroulent au milieu des faisceaux lumineux. Les rebelles en profitent, s'élancent à leur tour, utilisant la couverture du renfoncement d'une porte, d'un sas à moitié fermé pour tenter de repousser les soldats ennemis. Les yeux plissés, Noam regarde à droite, à gauche.

Une chance sur deux de mourir.

Il se jette en avant, sent la chaleur grésiller sur son bras gauche, n'y prête pas attention, passe au-dessus d'un corps affalé au sol, entend les hurlements de rage et de douleur qui supplantent ceux de la sirène, gagne trois mètres dans la cohue des combats, veut courir et retombe, se relève, tire au jugé derrière lui et se redresse en titubant. Un homme de Radendt pivote et lève le canon de son fusil, s'écroule touché dans le dos.

Des bruits parviennent du bas de l'escalier.

Est-ce Dabo ? Des renforts de Radendt ?

Pas le temps.

Il abandonne ses compagnons et se précipite vers le bureau de Radendt.

65

La porte face à lui, Noam appuie sur la détente de son blaster. Un faisceau court s'échappe du canon, fait fondre la poignée qui tombe. Noam recule d'un pas et se lance de toutes ses forces sur le vantail.

La porte cède à la seconde tentative et s'écroule au sol, révélant derrière elle une pièce somptueuse, un bureau en son centre.

Un bureau *vide*.

Noam se précipite à l'intérieur, fouille du regard – Il n'y a personne, personne ! –, lorgne par la fenêtre et aperçoit la Place Centrale où les combats font toujours rage.

Les bombardements n'ont pas commencé !

— Axiome ! appelle-t-il dans son communicateur.

Pourvu qu'il réponde…

— Où est Radendt ?

— J'ai priorisé LE PIRATAGE DES SYSTÈMES DE DÉFENSE pour pouvoir vous aider. Impossible pour le moment d'accéder à L'ENSEMBLE DES CAMÉRAS ET RADARS INTERNES. Je suis désolé.

Roche, il est normal…

Essayant de se concentrer malgré les tirs qui se rapprochent, malgré la sirène qui mugit et les hurlements dans le couloir, Noam examine la pièce.

Des sièges. De vrais livres sur une étagère. Une carte holo de Chronon Galactics. Des paysages terriens partout ailleurs.

Un corps s'écroule dans le corridor – un soldat de Radendt.

Noam se précipite sur le bureau, cherche dessous, sur les côtés, dans les tiroirs vides un mécanisme quelconque, appuie sur tous les boutons qu'il trouve ; fait apparaître une console, les écrans de caméras dans la forteresse, d'autres dans la ville.

Sa fouille est interrompue par la silhouette d'Arun Sharma qui surgit dans l'embrasure de la porte, la combinaison maculée de sang et la visière fissurée. Il lève un bras devant lui, dévie le poing de son frère dont le bouclier chronotique a disparu, le repousse de toutes ses forces. Raja a perdu son casque dans la bataille et, le visage déformé par la rage, se jette sur son aîné.

— Tu n'es rien pour moi ! hurle-t-il.

Arun esquive le gant énergétique au dernier moment.

Un couteau de roche apparaît dans sa main.

— Une navette s'apprête à quitter la forteresse ! annonce Axiome.

— Quoi ⸮! répond Noam, interdit.

À la porte, le général de Radendt frappe son frère qui encaisse un, deux, puis trois coups.

— Raja…, murmure-t-il, le visage ensanglanté et empreint de tristesse.

— Un sas est ouvert en haut de l'une des tours, dit Axiome à Noam.

— C'est Radendt ! Il s'enfuit !

À l'entrée, Raja lance son poing qui atteint son aîné en plein estomac. Arun se plie en deux.

— Est-ce qu'avec ma navette…

— Je l'ai cachée dans les dunes à côté de CG-1. Je la COMMANDE À DISTANCE. Recule de la fenêtre !

Noam obéit. À peine ses mains touchent-elles le mur opposé que le verre blindé explose, projetant des éclats partout dans la pièce.

— Saute ! lance Axiome.

Derrière le pilote, Arun est tombé aux pieds de son frère.

— Raja ! supplie l'aîné.

Le général lève son poing, prêt à l'achever.

— Pardon, murmure Arun.

Noam prend son élan et se jette au travers de la fenêtre détruite.

Arun frappe de son couteau et atteint Raja à l'abdomen.

Le cadet hoquette.

— Je suis tellement, tellement désolé, Raja, souffle Arun.

Déjà loin des deux frères, Noam tombe.

Je vais mourir ?

Il n'a pas le temps de penser plus. La silhouette noire de sa navette émerge des nuages de fumée et le pilote atterrit dans l'une des voiles de chronons déployées.

— Tout va bien ? lui demande Axiome.

L'aéronef s'élève. Un peu plus loin, un vaisseau effilé émerge de l'une des tours de la forteresse.

Radendt a déjà décollé !

— Le sas, vite ! répond Noam.

S'accrochant aux tiges métalliques de la voile, il atteint l'ouverture et bondit à l'intérieur.

— Arun ? s'inquiète-t-il arrivé au cockpit, alors que l'appareil vrombit et file en direction de l'espace.

— Vivant, l'informe Axiome.

Soulagé, Noam branche les systèmes. Le canal tactique s'allume aussitôt.

— … nold a été touché lui aussi ! panique une voix d'homme. On se regroupe vers le second vaisseau ennemi, on va le…

La communication s'arrête brusquement.

— Steward ? appelle une pilote. Tu es là ?

— Sa navette a été détruite !

— Ici Kerval ! hurle le capitaine.

Il file en direction de l'espace à la poursuite de l'appareil de Radendt. Sous lui, la ville rapetisse à toute vitesse ; des rais de puissantes lumières rouges zèbrent le ciel tout autour.

— Situation ? ordonne-t-il.

— Nous ne sommes plus que cinq, commence Sibanda.

— Quatre, le corrige une voix. On harcèle les vaisseaux comme nous l'a demandé Torres pour donner du temps à l'assaut terrestre, mais nous ne tenons pas.

— On est coincé entre deux feux !

La panique du pilote est flagrante.

— Les navettes de Radendt nous poursuivent, et les… Non !

— Rob ! s'exclament plusieurs de ses coéquipiers.

— Vivant, les rassure leur compagnon. J'ai bien failli ne pas…

Sa voix se perd dans une succession de tirs.

— TROIS AÉRONEFS t'ont pris en chasse, annonce Axiome.

— Mode furtif, ordonne Noam.

Son appareil disparaît dans le voile de chronons qui le rend invisible aux yeux comme aux radars ennemis.

— Capitaine ! s'inquiète l'un de ses coéquipiers.

— Je suis là.

Une explosion sur sa droite le fait sursauter – ils lancent des missiles au hasard pour tenter de le détruire. Axiome modifie la trajectoire et la navette bifurque aussitôt.

— Les vaisseaux ont sorti leurs canons terrestres !

— Confirmé, dit Axiome. Maintenant que Radendt a abandonné sa forteresse, ils vont utiliser leurs armes les plus puissantes.

— À tous, Radendt est dans l'appareil devant moi, annonce Noam. Je fais tout pour le capturer avant qu'il atteigne les bombardiers d'Horizon. Continuez à les gêner autant que vous le pouvez, la victoire ou la défaite ne dépendent plus que de nous.

Un silence lourd accueille ses paroles.

— Capitaine, ce fut un honneur de servir la rébellion, lance Kimi Drapier.

— Pour moi aussi, ajoute Sibu Sibanda.

Non, les amis, non…

— Liberté, répond Noam, le ventre noué.

Les survivants de l'escadrille repartent de plus belle à l'assaut des masses noires en surplomb de CG-1. Noam veut approcher sa main de la manette des gaz pour accélérer encore.

Elle ne bouge pas.

Le pilote fronce les sourcils.

La perte musculaire et des visions de plus en plus présentes sont les signes du stade terminal, lui a expliqué Éléonore.

Caillasse ! Pas déjà ! La piqûre devait...

— Axiome, moteurs à puissance maximale, commande-t-il.

L'aéronef bondit dans le ciel nocturne à la poursuite de Radendt. Au sol, la ville s'allume puis s'éteint au rythme des explosions qui la ravagent ; au rythme des batailles de rues et des lasers qui illuminent les colonnes de fumée de flashs rouges, jaunes ou orange.

— Combien de temps avant que Radendt n'atteigne la zone de défense des navires d'Horizon ? demande Noam.

Une boule de feu éclaire la nuit et l'appareil de Drapier.

— Six minutes et treize secondes.

— Diminue la protection des boucliers. Il faut absolument le rattraper avant.

L'aéronef accélère encore, collant Noam à son siège. Le visage du pilote reflète les tirs incessants des alentours ; pâlit quand un missile touche l'un de ses coéquipiers qui se désintègre en vol.

— Cinq minutes et vingt-sept secondes.

Il ne reste plus que deux appareils rebelles qui tentent d'atteindre les navires d'Horizon, poursuivis par leurs adversaires.

— NOOo..., grésille la voix d'un rebelle avant de se taire.

Noam secoue la tête, désespéré, ne lâchant pas du regard la navette de Radendt qui se rapproche lentement, trop lentement !

Dans un maelström de rouge et de jaune, un pilier de feu s'abat sur la ville depuis l'un des bâtiments spatiaux.

— Non ! hurle Noam.

— Alerte générale ! rugit la voix de Torres. À toutes les unités, repliez-vous !

— Non, non, non ! réagit Noam. Je vais l'avoir, j'y suis presque !

Touchée par les tirs croisés de deux canons, une navette rebelle explose en vol, aussitôt suivie d'une seconde.

C'est fini...

— Quatre minutes et trente secondes.

— C'est trop tard, Noam, répond Torres sur son canal personnel.

Le pilote déglutit. Il a des fourmis dans les bras, sa vision se trouble.

— Il est là, tente-t-il, juste en face de moi !

Lancé à toute vitesse, il vient d'atteindre l'exosphère de la planète, poursuit en direction de l'appareil du magnat.

— Je détecte quelque chose ! intervient soudain Kay depuis la base. J'ai besoin de Léo, est-ce que quelqu'un arrive à la contacter ?

— Elle ne répond plus, lâche Torres. Tu as trouvé quoi ?

— Un mouvement dans l'espace. Qui s'approche.

— Trois minutes et douze secondes, informe Axiome.

— Qu'est-ce que c'est ? s'alarme la commandante.

— Aucune idée ! Où est Léo ?

Désolé, Kay, je suis tellement désolé !

— Il faut protéger la base à tout prix, annonce Torres. Oroen, coupe les communications, les accès extérieurs, toutes émissions radio et énergétique.

— Mais vous serez tous aveugles en bas !

— Si la base est détruite, on a tout, tout perdu et...

Une déflagration terrible couvre la fin de sa réponse.

— Zulmira ! hurle l'ingénieur.

— ... fini... explosion... reçoit plus...

Une tristesse infinie s'empare de Noam.

Non, non, non ! Ça ne peut pas se terminer comme ça !

— Noam, t'es où ? gémit Kay. D'autres vaisseaux approchent, il faut que tu te barres !

Les mains autour des commandes de tir, Noam reste coi. Une douleur sourde lui vrille le crâne, ses yeux souffrent des voiles de chronons qui scintillent un peu partout.

La navette de Radendt disparaît puis réapparaît.

Une base spatiale se forme dans les rideaux de particules, entourée de dizaines de petits vaisseaux-collecteurs, avant de se fondre dans la nuit.

— DEUX MINUTES ET TROIS SECONDES, décompte toujours Axiome.

— Inverse la puissance des boucliers furtifs et des canons ! rugit Noam. C'est maintenant ou jamais !

Son appareil redevient visible en même temps qu'un faisceau lumineux jaillit de ses canons.

— RATÉ, l'informe l'IH.

Le pilote, tire, tire et tire encore, manque à chaque fois.

— Caillasse de doigts qui tremblent ! enrage-t-il, sa voix déchirant le silence.

Il vise de nouveau, verrouille sa cible à plusieurs reprises, appuie systématiquement une fraction de seconde trop tôt ou trop tard.

— Roche de caillasse !

Poursuivant l'appareil qui vire pour atteindre la zone de défense des gigantesques bombardiers, Noam aperçoit la ligne d'horizon de Chronon Galactics, son pôle nord de l'autre côté du cockpit et…

— C'est pas possible !

Des taches vertes et bleues trouent l'ocre du désert, comme s'il s'agissait de lacs et de forêts et…

Noam ferme les paupières, les rouvre ; la planète a recouvré son aspect normal.

— Nous sommes pris dans les RADARS DES VAISSEAUX ENNEMIS, annonce Axiome. Ils vont nous tirer dessus. PROBABILITÉ DE SURVIE À CINQ MINUTES : 0,7 POUR CENT.

Venceslas Radendt

Les déflagrations sur le bouclier tachent le cockpit de lumières rouges et bleues. Le visage aussi impassible que d'habitude, Moïra pilote en direction des immenses vaisseaux spatiaux sans se soucier des lasers.

— Sharma est mort, annonce-t-elle. Carloman également.

Allongé sur une couchette médicalisée au fond de la cabine, Radendt lève les yeux au ciel.

— Carloman était insignifiant. Quant à Sharma, il était finalement plus faible que son frère.

Le magnat hausse un sourcil méprisant.

— Peut-être est-ce l'aîné que j'aurais dû prendre dans cette académie miteuse de la Terre.

— Sa probabilité de nous trahir montait à 47,41 %. Raja était fidèle.

— Seule l'efficacité m'intéresse. Le reste s'achète ou se contraint.

Un tir plus puissant que les autres secoue l'appareil qui frémit avant de se rétablir.

— Arrivée ?

— Six minutes et onze secondes.

Radendt consulte les écrans à côté de lui.

— Probabilité d'y parvenir ?

— 89,41 %.

Le visage de l'homme se tord d'agacement.

— Ce n'est pas suffisant. Je déclenche le transfert.

— Pourquoi ne pas attendre que nous soyons arrivés à bord du bombardier ? Le reste de votre flotte d'Horizon sera là dans 6 jours, 3 heures et 18 minutes. Les rebelles n'ont aucune chance.

Les lèvres de Radendt s'étirent.

— Je le sais. Ai-je déjà échoué à quelque chose ?

Il n'attend pas la réponse de l'IA.

— Autant gagner l'immortalité tout de suite.

Il vérifie les jauges et les indicateurs sur ses consoles, place une demi-douzaine d'électrodes sur son front, sourit.

— Es-tu prête ?

Moïra se retourne, plonge ses yeux noirs, sans éclat et sans vie, dans ceux bleu acier de son concepteur.

— Oui, monsieur.

Radendt appuie sur la commande de recopie neuronale et ferme les paupières.

66

La nausée le reprend, le vertige aussi ; Noam n'y pense pas, ne *veut pas* y penser.

— On poursuit.

— Noam, insiste Axiome, il y a des navettes derrière nous, deux bâtiments stellaires munis de canons devant, il est impossible d'en réchapper !

— Je sais.

Alicia l'avait prédit même si elle n'avait pas compris ce qu'étaient réellement les chronons. Ils vont échouer ; échouer et mourir.

— Tu es opérationnel ?

L'IH hésite.

— Compliqué, dit-elle. JE N'AI TOUT À COUP PLUS D'ACCÈS À CERTAINS SOUVENIRS OU CERTAINES PARTIES DE moi.. J'ai l'impression d'avoir si froid et…

Noam plisse les yeux, lâche une nouvelle salve en direction de Radendt dont les IA anticipent la trajectoire en une fraction de seconde afin d'y échapper.

— CAPACITÉS DE CALCULS OPTIMISÉES, annonce Axiome. AMÉLIORATION ESTIMÉE À 75 %.

Sa voix synthétique a changé.

Le cœur de Noam se serre dans sa poitrine, tant et tant que le pilote ne se soucie pas de savoir ce qui provoque ce brusque sursaut de puissance.

Alix… Alix, reste encore un peu avec moi, je t'en supplie !

Les radars internes de la navette rebelle se teintent de rouge.

— Nous sommes à portée ennemie, indique l'ordinateur de bord.

— Noam, tu es sûr que…, commence Axiome d'un ton redevenu plus humain.

— Je vais mourir, Alix, le coupe Noam. Dans quelques heures, quelques jours tout au plus. Et toi…

Il ne termine pas.

— On a toujours rêvé de voler ensemble, de quitter Chronon Galactics, n'est-ce pas ?

Sa vue se trouble, l'espace d'un instant, il jurerait voir Alix assis à ses côtés, casque sur la tête.

— Armes adverses positionnées, poursuit l'ordinateur standard du vaisseau.

— C'est ce qu'on fait maintenant, dit Noam, ignorant les avertissements. Et on va sauver ta rébellion et sauver cette roche de planète à défaut de nous sauver, nous. OK ?

Il sourit, le cœur serré.

On se retrouvera peut-être ailleurs, dans un endroit où on est ensemble et heureux toi et moi ?

— Il nous reste moins de deux minutes avant que Radendt atteigne les navires.

— On va surcharger ses boucliers. Annule les nôtres pour condenser toute l'énergie dans les canons.

— Vaisseaux inconnus en approche, avertit l'ordinateur.

— C'est pas possible ! Le reste de sa flotte ne devait pas arriver si vite !

Noam vire brusquement, échappe de peu à deux têtes chercheuses de Radendt qui s'éloignent et déjà changent de trajectoire, passe au travers d'un maillage de lasers.

— Assistance pilotage ! rugit le rebelle.

Ses mains tremblent sur le manche de commande, les vertiges le menacent de nouveau. Il lance une bordée sur la navette de Radendt qui l'évite sans difficulté, recommence.

— Cible atteinte, annonce l'ordinateur de bord.

Le bouclier adverse crépite et pâlit sans disparaître.

— TRENTE SECONDES AVANT QUE RADENDT ARRIVE DANS LA ZONE DE DÉFENSE DES NAVIRES.

— Coupe les moteurs et tout dans les lasers ! hurle Noam à l'attention d'Axiome.

Il prend une longue inspiration, pose son doigt sur la manette de tir, observe le faisceau surchargé filer en direction de l'appareil du magnat.

Et manquer sa cible.

— SA NAVETTE EST DANS LA ZONE DE DÉFENSE, annonce Axiome. NOS TIRS NE SERVIRONT PLUS À RIEN.

Les deux vaisseaux d'Horizon pivotent, étendent leur ombre sur l'aéronef de Radendt qui ralentit afin de préparer son appontage.

— Non..., murmure Noam, désespéré. Comment j'ai pu le rater...

Un flash lumineux d'une puissance incroyable le fait lever les mains devant son visage.

— ALERTE ! rugit l'ordinateur de bord.

— BOUCLIER AU MAXIMUM ! lance Axiome.

Noam écarte les doigts et ouvre grand la bouche de surprise.

À quelques milliers de kilomètres, l'un des gigantesques bombardiers se disloque dans une succession d'explosions silencieuses.

La voix de Dabo s'élève soudain dans le cockpit.

— Noam ! appelle-t-elle. Noam est-ce que tu m'entends ? On a le contrôle total de la forteresse ! On vient d'utiliser toute la puissance du canon terrestre, nous n'en avons pas assez pour un second tir... Il faut que tu nous aides sinon le vaisseau restant va nous réduire en cendres.

Il acquiesce sans qu'elle puisse le voir, le cœur soudain regonflé d'espoir.

— Ma sœur ? demande-t-il.

— À côté de moi.

Le pilote jette un regard à son radar, suit la navette de Radendt qui a regagné de la vitesse pour filer en direction du second bâtiment.

— La flottille non identifiée se rapproche, dit Axiome.

Une dizaine de points blancs se matérialisent sur l'écran circulaire, formant une sphère autour du vaisseau rebelle.

— Rallume les moteurs ! hurle-t-il à Axiome.

— Déjà fait mais il est trop tard. Nous n'allons pas pouvoir échapper aux nouveaux arrivants.

— Changement de direction !

Son appareil pivote brusquement, ravivant sa nausée, et accélère.

— Désolé pour le retard ! lance une voix.

— Aldaran ! s'exclame Noam, sidéré. Qu'est-ce que…

— J'espère que la commandante Torres ne s'est pas trop inquiétée, le coupe la pirate. En même temps, quelle idée d'avancer l'heure de notre rendez-vous !

Elle abandonne toute trace d'amusement lorsqu'elle ajoute :

— Mes mercenaires et moi, on s'occupe des navettes qui arrivent au renfort de leur patron. Je crois que t'as quelque chose d'important à faire.

— On est là nous aussi ! annonce une voix dans le canal général.

— Abergel ! la reconnaît Noam, stupéfait.

— Moose au rapport, ajoute son coéquipier.

— Les explosions…

— Jameson, malheureusement. Désolée, tu vas devoir me supporter encore un peu.

— Tous à vos postes alors ! dit Aldaran, prenant le commandement.

Ses boucliers toujours abaissés et à la merci du premier laser qui l'atteindrait, Noam repart à la poursuite de Radendt. Malgré sa vue qui se trouble et la douleur sourde derrière son front, il regagne rapidement du terrain.

Merci Éléonore pour ce petit bijou !

Entouré des salves ennemies qui répondent à celles de la dizaine de navettes de toutes tailles qui accompagnent Aldaran, Noam ajuste son viseur et les calculateurs, déclenche les correcteurs de trajectoire et immobilise un doigt agité de soubresauts au-dessus de la commande de tir.

— Liberté, murmure-t-il, appuyant sur le bouton.

Quatre missiles nimbés de faisceaux laser jaillissent. Filant dans l'espace, les ogives intelligentes brillent à la lumière des chronons, à celle des soleils qui pulsent au cœur du système à peine habitable, adaptent leur chemin à celui de leur cible.

Un laser se fracasse une nouvelle fois sur le bouclier de Radendt qui se strie et se teinte de vert et de jaune. Un second le rejoint, dissipant l'enveloppe chronotique qui se reconstitue une seconde plus tard.

— Non ! supplie Noam, le regard rivé sur ses écrans.

Le premier missile atteint le bouclier qui absorbe la décharge dans une explosion de couleurs. La navette fait une embardée afin d'échapper aux suivants.

Un éclat argenté brille le temps d'un clignement de paupières puis disparaît avalé par l'espace.

Un nouveau laser frappe l'enveloppe de chronons.

Le bouclier pâlit.

— IL EST EN SURCHARGE, annonce Axiome.

Le cœur battant, Noam hoche la tête, suit le deuxième missile qui rate sa cible, le troisième désintégré par un tir de défense ; se raccroche au dernier qui poursuit la navette de Radendt.

Propulsée par ses moteurs internes, l'ogive gagne du terrain de seconde en seconde, approche de l'appareil au bouclier affaibli, corrige sa trajectoire en même temps que l'aéronef modifie la sienne pour lui échapper, approchant toujours plus du bâtiment d'Horizon qui pourra l'abriter pour de bon et…

Le missile atteint la navette.

Dans une explosion silencieuse et un souffle rouge rapidement éteint, l'appareil de Radendt se disloque, ses morceaux épars projetés dans tous les sens.

— CIBLE ATTEINTE, informe l'ordinateur de bord.

Incrédule, Noam observe sur son écran les débris qui s'éloignent dans l'espace.

— Cible atteinte, répète-t-il, stupéfait.

Il abaisse son regard sur ses mains tremblantes, voit une larme s'écraser dessus.

— Cible atteinte, redit-il comme s'il ne pouvait y croire.

— Noam ! s'exclame Axiome. Noam, on a gagné !

— On a gagné, oui…

Le pilote relève la tête, plonge ses yeux dans le cosmos infini ; balaie les nébuleuses en forme de nuages, de montagnes ou de poings serrés, se laisse à imaginer tous ces mondes autour des soleils lointains qu'il distingue, rouges, jaunes ou verts, tous ces mondes qu'il ne verra jamais de plus près qu'il ne les discerne aujourd'hui mais qu'il aurait pu visiter avec Alix dans une autre vie.

— On a gagné et on est ensemble, dans les étoiles.

Pris de vertige, sa vision se floute et il a besoin de toutes ses forces, de toute sa concentration pour se retenir de vomir. Pâle et les mains tremblantes, il se dirige vers les débris de l'aéronef de Radendt, ignorant les tirs sporadiques qui strient les ténèbres autour de lui.

— Bravo, capitaine ! lui lance Aldaran. T'as réussi juste à temps : on allait se faire rôtir le cul entre le navire d'Horizon et les navettes de Radendt. Elles ont vu en direct la mort de leur chef et ont décroché !

— Même le bombardier s'éloigne, ajoute Abergel. On a gagné, Kerval ! On a gagné !

— C'est grâce à vous tous, répond Noam, un étau autour de la tête. Si vous ne les aviez pas tous tenus à distance, je n'aurais jamais pu atteindre Radendt.

Arrivé près de l'épave, il ralentit et se connecte sur le canal général.

— Avis à la rébellion ! lance-t-il. Ici Noam Kerval. Radendt est mort ! Je répète : Venceslas Radendt est mort ! Nous sommes libres !

Après un bref moment de stupéfaction, des pleurs et des hurlements de bonheur lui reviennent en écho, le félicitent, se félicitent ; dans une cacophonie empreinte de joie il distingue la voix de Torres, celle de Dabo puis d'Anastasia, le rire de Kay, les hourras de Gorski, de Sharma et de tant d'autres ; ne peut s'empêcher de songer à tous ceux qui ne sont plus là pour profiter de l'instant et sans qui ce dernier n'aurait pas été possible, Alicia, Sato, Steward, Fellous et les autres pilotes ; tous les soldats rebelles, les sympathisants, les adeptes du chronon et les habitants de CG-1 ; Éléonore aussi.

Abandonnant ses pensées, il traverse à une allure presque nulle l'amas de débris, fouille du regard les morceaux de métal noircis qui flottent dans l'apesanteur, la carlingue de sa propre navette martelée par de minuscules bouts d'épave.

C'est fini.

Il sourit.

— On rentre à la maison, Alix.

Il rallume ses moteurs. Il ne remarque pas la silhouette humanoïde de Moïra coincée dans un siège de pilotage qui s'éloigne en tournoyant, des câbles électriques sortant de ses jambes arrachées, son visage mécanique brûlé et en partie fondu, les yeux ouverts dans le vide glacial de l'espace.

L'un est noir.

L'autre bleu.

67

Les deux soleils se lèvent lentement sur la ville couleur désert et, avec la lumière, la chaleur arrive, elle aussi.

Le bruit des combats a cessé. Il a été remplacé par les gémissements des blessés dans les blocs épargnés, sur les places de marché transformées en hôpitaux de fortune. Le crissement des rovers résonne dans les rues jonchées de gravats, de corps, d'armes et de poussière. De la fumée s'élève encore de la forteresse, de l'astroport, d'entrepôts et de hangars partout dans CG-1. Les derniers incendies s'éteignent.

Installée au rez-de-chaussée de l'ambassade terrienne en ruines, Torres passe d'un ordre à un autre, d'un rapport à un autre, félicite des hommes, des femmes, certains bien trop jeunes et d'autres trop vieux ; s'enquiert des pertes, de ceux qui s'enfuient dans le désert pour échapper à une vengeance qu'elle a absolument interdite.

Plusieurs silhouettes apparaissent derrière le trou béant qui donne sur la Place Centrale. Torres lève la tête des consoles rebranchées à la hâte et sourit à Dabo dont le visage, malgré la fatigue et les ecchymoses, resplendit de joie.

— Tout est prêt, annonce son amie aux tresses grises.

La commandante recule sa chaise en s'étirant.

— Alors moi aussi, dit-elle.

— Des nouvelles de mon frère ¿ s'inquiète une Anastasia pâle aux côtés de Malik, la combinaison tachée de sang.

— Il arrive.

Torres pose une main réconfortante sur les épaules de la jeune femme et suit Dabo à l'extérieur.

La Place Centrale est grouillante d'activités. Une estrade a été installée à la va-vite au milieu des brancards et des carcasses de rovers, simple assemblage de tables récupérées dans la forteresse.

Avançant dans sa direction, Torres lève la tête. La masse sombre du vaisseau d'Horizon flotte loin au-dessus d'eux, ses canons désactivés. La commandante sourit, imaginant les complexes tractations entre Aldaran et les équipages, espérant qu'ils finiront par trouver un accord. Elle sait qu'elle aura besoin de toutes les alliances possibles au cas où la Terre déciderait de se mêler des affaires de la planète.

Elle atteint l'estrade, grimpe dessus en grimaçant – qu'elle a mal au dos, aux jambes ! –, se place devant l'amplificateur de voix.

Les blessés, les soldats, les soignants, les enfants, tous se tournent vers elle. Elle balaie la foule du regard, cherche des visages, des silhouettes familières, indique à Dabo de la rejoindre, mais aussi à Gorski, Kay et, en dernier, adresse un signe de la main à Sharma.

L'homme hésite. Elle insiste et il se met en marche vers l'estrade.

Un bruit dans les airs attire leur attention à tous. Une navette noire comme la nuit apparaît au-dessus de la ville et se pose doucement à l'extrémité de la place. Ses moteurs s'éteignent, son sas s'entrouvre, laissant descendre les pilotes Abergel et Moose, ainsi que Noam puis Éléonore. Ces deux derniers s'avancent, le pilote soutenu par la scientifique, et accompagnés par des cris de joie, montent à leur tour à la tribune.

Kay dévore du regard Éléonore qui lui sourit en retour, tend la main à son ami hagard, le serre dans ses bras. Anastasia les rejoint, les yeux mouillés de larmes.

— Je n'avais pas de nouvelles de Léo, dit Kay. Je m'inquiétais à mort. Merci.

— De rien, mon pote, répond faiblement Noam. Elle a buté les six soldats venus piller son labo. Pas mal de dégâts, les canaux com bousillés, pas de véhicule pour partir, mais elle s'en est sortie. Elle est redoutable.

— Habitants de CG-1, des villages du désert, commence Torres.

Sa voix forte emplit toute l'esplanade. Portée par l'ensemble des réseaux de communication, elle résonne également dans chaque rue, chaque ruelle de la ville, dans n'importe quel canal accessible, privé ou public ; dans les oreilles de toutes celles et tous ceux qui voudront bien l'écouter.

— Soldats, rebelles, citoyens, à vous tous, femmes, hommes et enfants de notre planète. Venceslas Radendt est mort et nous sommes libres !

Une explosion de joie fait vibrer toute la place. Des hurlements accompagnent les hourras, les larmes de joie et de soulagement.

— Cette victoire est celle de chacun d'entre nous. Elle appartient à celles et ceux qui sont à mes côtés, sur cette estrade, à Aldaran qui depuis si longtemps nous a ralliés, mais aussi et surtout à vous, vous tous qui avez entendu nos appels, qui avez risqué vos vies pour nous rejoindre dans cette bataille que les IA promettaient perdue d'avance.

Des sifflements et des cris de protestation accueillent la mention des machines.

— Mais nous ne sommes pas calculs et statistiques, reprend Torres. Nous ne sommes pas probabilités. Nous sommes des humains, des femmes et des hommes emplis de convictions ; nous sommes courage et nous sommes espoir. Nous sommes ceux qui, comme tant d'autres avant nous, avec ferveur et parfois l'énergie du désespoir, construisons demain.

Des applaudissements à tout rompre s'élèvent sur la place, dans toute la ville, des avenues les plus larges aux ruelles les plus pauvres, de la halle des nouveaux arrivants jusqu'aux casernes occupées désormais par les rebelles.

— Nous allons panser nos plaies, ensemble, et rebâtir cette ville. De la nourriture va être distribuée dès aujourd'hui, de l'eau aussi. Les richesses de Radendt vont être mises au service de tous pour que plus personne ne souffre.

Elle ouvre les mains, enthousiaste.

— Nous organiserons des élections et rédigerons une constitution où il sera écrit que cette planète nous appartient à toutes et à tous, et personne, plus personne ne pourra se l'accaparer !

Les applaudissements reprennent de plus belle, forçant la commandante à parler plus fort encore.

— Nous construirons une planète où chacun vivra en paix. Nous aurons des arbres, un jour, des villes et villages, des champs, des lacs et des rivières. Vous n'y croyez peut-être pas aujourd'hui, mais qui aurait imaginé que Radendt serait détrôné ?

Elle sourit.

— Qui aurait imaginé que nous pourrions être des femmes et des hommes libres ?

Un tonnerre de joie accueille les dernières paroles de la commandante. Partout dans la foule, les gens dansent, rient et pleurent, se prennent par la main, dans les bras ; se félicitent et se remercient. Sur l'estrade, les capitaines rebelles se rapprochent, épuisés mais heureux, blessés mais emplis d'un bonheur indicible.

Ils ont réussi, ensemble eux aussi.

Entouré de ses compagnons, Noam sourit, une expression un peu perdue sur le visage.

— Tout va bien ? lui demande Anastasia à côté de lui.

Il hoche la tête, et s'écroule.

68

Noam est pâle comme la mort.

Assis sur un rocher, il observe les derniers préparatifs de sa navette. Pour une fois, il ne s'occupe de rien, laisse les autres vérifier les instruments de bord, le fuselage, les moteurs, l'alimentation énergétique, tout.

Il est fatigué. Trop fatigué.

Le vaisseau, les silhouettes de Kay, d'Anastasia et de son père et même les maisons de Solitude derrière se mettent à tanguer.

Pris de nausée, Noam détourne le regard en direction du désert. Il sourit alors qu'apparaît furtivement une forêt aux étranges arbres d'un vert profond, s'étonne de discerner la ligne sinueuse d'un lézard qui disparaît sous un rocher, s'émerveille en entendant des rires, quelque part.

Il revient à sa navette, aux visages tristes de sa sœur et de son père, aux yeux mouillés de Kay.

Tout va bien aller, pense-t-il.

— NOAM ⸮

Il cherche Alix autour de lui, fronce les sourcils, perdu, puis se rappelle.

Il est mort.

Non.

Il est une machine.

— Oui ⸮

— J'ai froid. J'ai très froid. Je n'arrive plus à me souvenir de... d'avant. J'avais des images, pourtant.

Il hésite, ajoute :

— Je suis un homme ou une femme ? Des fois, j'ai l'impression que je suis une femme aussi, une femme blessée à la tête, je revois une usine, des gens qui se penchent vers moi et qui m'emmènent dans la forteresse, il y a là-bas cette créature-machine et Radendt à côté qui me regardent et posent sur moi des électrodes et...

— Tout va bien aller, l'interrompt doucement le pilote. Tu es Alix, celui que j'aime, que j'ai toujours aimé. Ne laisse pas les souvenirs qui ne te concernent pas t'envahir.

Dans une grimace, il se lève et, lentement, se dirige vers la navette.

— On va voler tous les deux, comme on se l'était promis. Vers les étoiles. Vers l'infini.

— Oui. Je crois que je me souviens de ça. Je... je n'arrive plus à bien calculer... Comme si... comme si une partie de mes PROCESSEURS avait disparu... Je n'atteins plus les relais cosmiques...

La gorge serrée, Noam rejoint l'appareil, l'un des chasseurs de Radendt récupéré dans l'astroport.

— Tout est prêt, annonce Anastasia.

Ses yeux sont rouges, son regard fuyant. Noam s'approche d'elle, la prend dans ses bras.

— Merci, lui souffle-t-il à l'oreille. Sois heureuse, d'accord ?

— Noam..., commence la toute jeune femme.

Mais sa voix se brise.

— Il y a d'autres mondes, la réconforte Noam. D'autres réalités où je suis avec toi. Mais ici, tu as une seule chose à faire : t'occuper de toi, et de papa.

— Je te le promets, murmure-t-elle.

Noam se rapproche de son père si vieux, si frêle, croit voir l'espace d'un instant l'ombre d'une femme tout aussi âgée à ses côtés – maman ? –, l'enlace également.

— Je t'aime, murmure le vieillard. Je t'aime tant...

— Moi aussi, lui répond Noam.

Il sent son cœur se recroqueviller dans sa poitrine, abandonne à regret l'étreinte tendre et chaude et, enfin, se tourne vers Kay.

— T'es sûr de toi ? lui demande ce dernier.

Le grand gaillard essuie rageusement ses yeux, se force à sourire.

— Parce que Léo n'a qu'une envie, c'est de te fourrer des machins dans le cerveau pour essayer de comprendre le fonctionnement des chronons et de ses fichues réalités parallèles dont elle me rebat les oreilles et...

— Je suis mourant, Kay, le coupe doucement Noam. On a toujours su que ça finirait comme ça, toi et moi, pas vrai ?

— Caillasse, Noam !

Il attrape son ami par les épaules et le serre contre lui presque à l'étouffer.

— On a réussi cette roche de rébellion ensemble, on a été jusque-là, pourquoi, pourquoi il faut que tu te barres ?

— Parce que je suis en train de crever, Kay, et que la personnalité d'Alix se désagrège.

Noam s'extrait doucement de l'étreinte de son frère d'armes.

— On a fait des choses incroyables, pas vrai ?

Kay acquiesce, les paupières fermées.

— Tu as été... le meilleur ami que j'ai jamais eu.

— Toi aussi. Fais-nous de jolis bébés avec Léo. Juste un peu moins dingues que vous, d'accord ?

L'ingénieur laisse échapper une moue dubitative.

— C'est pas gagné, grommelle-t-il, un sourire forcé au coin des lèvres.

Noam le serre une dernière fois contre lui, le relâche et monte sur la passerelle qui conduit à l'intérieur de la navette. Il rejoint le cockpit, s'installe confortablement dans le fauteuil, jette un regard aux instruments, consoles et manettes tout autour de lui.

D'un geste, il allume les moteurs, initialise l'ordinateur de bord, s'assure que tous les contrôles sont au vert.

Sa main gauche ne répond plus.

Il n'a pas voulu demander à Léo une seconde piqûre.

À quoi bon ?

— Alix, mon amour, tu peux lancer le décollage ? dit-il.

— Entendu.

Le flux d'énergie s'élance dans les systèmes, irrigue chacune des parties de la navette qui lentement s'élève, faisant danser tout autour d'elle la poussière ocre du désert. Les silhouettes d'Anastasia, de Kay et de Farouk disparaissent, avalées, tandis que le petit appareil s'éloigne.

L'espace.

L'espace, immense, infini.

L'espace, où la noirceur se mêle aux couleurs les plus vives ; où les nuages de particules créent des formes plus incroyables, plus magnifiques les unes que les autres ; où d'étranges créatures aux cheveux de feu toisent des monstres aux pattes difformes ; où le mauve se dispute au jaune et au bleu et au rouge et au vert et au…

— C'est magnifique, n'est-ce pas ? murmure Noam, émerveillé.

— Où SOMMES-nous ? demande Axiome.

— Dans le système de Chronon Galactics, à bord de la navette. Tu te souviens ?

— Je ne crois pas.

— Tu es Alix, celui que j'ai aimé toute ma vie, transposé dans une IH par Venceslas Radendt.

— Pourquoi est-ce que je ne me rappelle rien ?

— Le transfert homme-machine est parfois instable, explique Noam. Certains souvenirs peuvent être altérés. C'est normal, ne t'en fais pas.

— NOAM ? dit Axiome.

Son ton est différent.

— Je suis là, mon amour, répond Noam. Avec toi, dans ce vaisseau.

— On va où ?

— Tout droit.

— Ensemble ?

— Ensemble pour toujours.

La tête de Noam lui tourne, il fait un effort surhumain pour poser ses mains sur les commandes. Au loin, le halo multicolore de l'anomalie brille dans le cosmos, projetant des trillions de chronons qui s'échappent dans toutes les directions, portant les images de tous les mondes, toutes les réalités d'ailleurs. Le pilote coupe l'alimentation des boucliers, celle des armements aussi – ils ne leur serviront à rien – et poursuit, toujours plus vite, droit devant. La navette file dans le système aux deux soleils, se rapproche chaque seconde un peu plus de l'anomalie qui grandit dans la fenêtre du cockpit, prend la taille d'un casque de carapace, d'une console de commandement, de la table de la salle tactique dans la base rebelle, d'un petit astéroïde.

— ALERTE, retentit l'ordinateur de bord. NOUS APPROCHONS DE L'ANOMALIE ET LE RAYONNEMENT CHRONOTIQUE DEVIENT DANGEREUX. JE CONSEILLE DE TRANSFÉRER UNE PARTIE DE L'ÉNERGIE DES MOTEURS VERS LES BOUCL...

— Non, l'arrête Noam.

Dans l'espace autour d'eux, les chronons scintillent dans tous les sens. Hypnotisé, Noam voit se former dans leurs voiles une oasis dans le désert de Chronon Galactics, sa mère qui vient vers lui, Alix allongé à ses côtés ; l'image se floute, remplacée par une navette qui se pose sur un bâtiment de pierre et d'où sortent Kay et Léo.

Le pilote sourit.

— TAUX DE RADIATION ÉLEVÉ, avertit l'ordinateur de bord.

Deux diodes passent du vert à l'orange.

— PRESSION EN AUGMENTATION, poursuit la voix synthétique. APPROCHE À VITESSE EXPONENTIELLE DE LA ZONE EXTÉRIEURE DE L'ANOMALIE CHRONOTIQUE.

— Je sais..., murmure Noam, perdu dans ses visions.

Il discerne maintenant CG-1, une autre CG-1 où les rues sont plus larges, où des drapeaux qu'il ne connaît pas flottent au vent, où Zulmira Torres et le secrétaire Carloman roulent dans un rover et saluent une foule dense venue les féliciter de leur élection ; s'amuse de se reconnaître à la place du conducteur.

La jauge de température externe atteint le seuil d'alarme. Une sirène hulule dans l'habitacle – Stop ! ordonne Noam –, le vrombissement des moteurs s'étend à toute la navette, à moins que ce soit à cause de la pression extérieure ?

Les blocs de pierre ocre disparaissent au profit d'une grotte dans le désert. Noam s'en approche courbé, sa carapace déchirée et noircie par les flammes. Il atteint l'entrée et aperçoit derrière, une fois sa vue ajustée, Torres, Dabo, Kay, Sato, Anastasia et tant d'autres, fatigués, les visages désespérés et les armes à la main.

— Non… articule Noam, la bouche pâteuse. On a gagné, gagné…

Il agite faiblement les doigts devant lui, comme pour faire disparaître la vision.

— DANGER IMMINENT, alerte le vaisseau. JE RÉPÈTE : DANGER IMMINENT. PROCÉDURE DE SAUVEGARDE ENCLENCHÉE : LE PILOTAGE AUTOMATIQUE VA PRENDRE LE RELAIS DANS 20 SECON…

Noam désactive l'ordinateur de bord.

— On va dans l'anomalie ? demande Axiome.

— Oui, murmure Noam.

Les voiles de chronons s'agitent de plus en plus vite, de plus en plus fort ; montrent des montagnes aux pics glacés où cheminent une troupe de rebelles menés par Noam et Alix…

— Là-bas, il y a d'autres mondes dans lesquels je ne suis pas malade, dans lesquels tu es avec moi, en chair et en os.

Une lumière rouge teinte la cabine de pilotage.

… une forêt d'arbres mauves et gris, où un petit garçon qui ressemble tant à Alix court après Noam…

— Tu es sûr ? demande Axiome.

Le nez de la navette pâlit, incandescent ; le radar avant et la sonde externe se détachent et se désintègrent aussitôt.

… Zulmira et Kay qui discutent dans les couloirs de la forteresse tandis que Noam montre à Alix une carte de la planète couverte de lacs…

— Je te le promets.

Tout le vaisseau est désormais agité de soubresauts ; un tunnel infini de chronons aux couleurs chatoyantes brille derrière la vitre du cockpit ; la température dans l'habitacle atteint la limite du supportable.

Noam ouvre sa paume tremblante, tourne la tête de côté ; jurerait discerner la silhouette d'Alix là, à ses côtés.

— Donne-moi la main, mon amour, murmure-t-il.

Il a l'impression que des doigts fins se mêlent aux siens, qu'une douce chaleur irradie d'eux, se transmet à tout son corps ; il sourit.

Le vaisseau grince et gémit, agité de soubresauts de plus en plus forts ; le vacarme des moteurs augmente, assourdissant, envahit l'intérieur de l'appareil soudain rejoint par un autre, le bruit de métal qui s'arrache ; des alarmes clignotent et hurlent partout en même temps, l'une des voiles chronotiques se désagrège à l'extérieur et emporte avec elle une partie du blindage externe.

La navette tremble encore et encore et encore, secouée de toute part…

— Je t'aime, Alix.

— Je t'aime, Noam.

… puis explose.

Épilogue

La poussière est retombée sur Solitude et le ciel, de nouveau, est dégagé.

— Vous avez vu ? murmure Anastasia. Il y a eu un flash dans l'anomalie.

— C'est lui, dit Farouk. C'est Noam.

Tous deux restent silencieux, le visage levé, espérant…

Espérant quoi ?

— Alors… C'est fini ? demande Kay à côté d'eux, la voix tremblante.

Incapable de répondre, Anastasia acquiesce, tandis que le vieux Farouk approche ses doigts des sangles qui retiennent son casque et, lentement, les délie.

— Papa ? s'étonne la jeune femme.

Le vieillard libère sa tête qu'il dresse vers le ciel.

— Qu'est-ce que tu fais ?

— Les chronons, chuchote-t-il. Ils vont arriver jusqu'ici.

Il étend les bras en croix, un sourire triste aux lèvres.

— Ils portent un peu de mon fils, alors je veux les voir.

Un voile iridescent se forme dans l'air du matin, trouble l'atmosphère ; le temps d'un battement de cœur, Noam y apparaît, souriant, avec un jeune homme aux cheveux blonds et aux yeux étincelants.

Le visage baigné de larmes, Farouk regarde l'image pâlir, se fondre et disparaître.

— Adieu, murmure-t-il. Adieu, mon fils.

Noam et Alix

Ailleurs…

Le flash multicolore perd en puissance dans le ciel jusqu'à disparaître complètement.

— Tu as vu ? dit Alix.

— Vu quoi ? demande Noam, la tête posée sur le torse de son amant.

— L'anomalie. Elle a brillé bien plus fort pendant quelques secondes.

Noam hausse les épaules.

— Je ne sais pas. Je ne regarde que toi.

Alix soupire.

— Je suis sérieux !

— Moi aussi.

Noam l'embrasse au coin des lèvres.

Le jour est tombé et la nuit avance dans le désert. Au loin, les lumières de CG-1 s'allument déjà, près de la halle sous laquelle tentent de pousser les buissons de la colonie autonome.

— Allez viens, murmure Noam.

Les deux jeunes hommes se relèvent. Ils jettent un ultime regard au désert ocre et majestueux, à la poussière qui brille aux premiers rayons de la lune, aux chronons qui scintillent et qui, çà et là, racontent des mondes lointains et si différents.

Noam et Alix les ignorent.

Ils rentrent chez eux.

Remerciements

Avant de refermer cette histoire, je veux remercier celles et ceux sans qui elle ne serait pas devenue un roman, *ce* roman.

Échos stellaires est né en 2019, au festival des Imaginales, lors d'une discussion avec sa directrice artistique de l'époque, Stéphanie Nicot. Je veux la remercier une fois encore de son amitié et pour m'avoir lancé sur le chemin de ce *space opera*.

Merci à Dimitri Pawlowski, éditeur de L'Homme Sans Nom, qui m'a durant de longues années accompagné dans mes romans précédents. Merci à Julie Cartier qui m'a accueilli avec enthousiasme chez Fleuve Éditions pour celui-ci. J'en suis très fier, et très touché. Adolescent, alors que je rêvais déjà d'être écrivain, je collectionnais les romans du Fleuve. Y voir l'un des miens est incroyable.

Il ne faut jamais oublier ses rêves.

Merci aux équipes de Fleuve pour leur accueil si chaleureux.

Merci à Charlotte Volper, mon éditrice sur ce texte. Ses remarques et son plaisir de travailler sur ce roman m'ont énormément aidé et rassuré.

Merci à Raoul Borges, à Hermine Hémon, à Mireille Sinitambirivoutin-Kiffer pour leurs lectures attentives, exigeantes et précieuses. Ils ont été les premiers à lire cette histoire et à supporter ma crainte qu'elle soit bonne à jeter. Ils m'ont eux aussi énormément aidé et rassuré.

J'ai de la chance.

Merci à Vincent, qui a lu et tant aimé. Merci à lui, à Martin, à Léo.

Ils sont avec moi dans ce monde-là, et c'est pour ça qu'il y a toujours de la lumière dans mes histoires.

Composition et mise en pages
Nord Compo à Villeneuve-d'Ascq

#lisez engagé !
Pour plus d'information :
www.lisez.com
Imprimé sur du papier issu de forêts gérées durablement.

CET OUVRAGE
A ÉTÉ ACHEVÉ D'IMPRIMER
SUR ROTO-PAGE
PAR L'IMPRIMERIE FLOCH
À MAYENNE EN AOÛT 2025

N° d'impression : 107443
R15876/01
Imprimé en France